池波正太郎　森村誠一 ほか

血闘！　新選組

実業之日本社

実業之日本社文庫

血闘！　新選組　《目次》

◉主な登場人物

〈新選組〉

近藤勇《いさみ》……局長

土方歳三《ひじかたとしぞう》……副長

沖田総司《そうじ》……副長助勤。天才剣士

永倉新八《ながくらしんぱち》……副長助勤。斬り込み隊長

斎藤一《はじめ》……副長助勤。謎多き剣士

芹沢鴨《せりざわかも》……近藤とともに初代局長

山南敬介《やまなみけいすけ》……副長、総長。土方、沖田らと対立し脱走

伊東甲子太郎《かしたろう》……脱退し御陵衛士《ごりょうえじ》を結成

松平容保《かたもり》……会津藩藩主。京都守護職

佐々木只三郎《ただざぶろう》……京都見廻組与頭

榎本武揚《えのもとたけあき》……幕府海軍の指揮官。

桂小五郎《かつらこごろう》……長州藩士。のちの政治家木戸孝允《たかよし》

大久保一蔵《いちぞう》……薩摩藩士。のちの政治家大久保利通《としみち》

坂本竜馬《りょうま》……土佐藩士。薩長同盟、大政奉還に尽力

色

池波正太郎

池《いけ》波《なみ》正《しょう》太《た》郎《ろう》（一九二三〜一九九〇）

東京都生まれ。下谷西町小学校卒業後、株式仲買店などを経て横須賀海兵団に入団。戦後は都職員のかたわら戯曲の執筆を開始、長谷川伸に師事する。一九五五年に作家専業となった頃から小説の執筆も始め、一九六〇年に信州の真田家を題材にした『錯乱』で第四三回直木賞を受賞。真田家への関心は後に大作『真田太平記』に結実する。フイルム・ノワールの世界を江戸に再現した「鬼平犯科帳」「剣客商売」「仕掛人・藤枝梅安」の三大シリーズは、著者の死後もロングセラーを続けている。食べ物や映画を独自の視点で語る洒脱なエッセイにもファンが多い。

一

新選組の土方歳三《ひじかたとしぞう》といえば、青白く鋭い面貌《めんぼう》に陰謀と残酷の臭気をただよわせ、豪傑肌の隊長近藤勇《いさみ》にぴたりとよりそい、新選組の黒幕として敵にも味方にも恐れられていたという印象が強い。

芝居や映画などに現われる土方も、ほとんど、そうしたイメージによって裏うちをされているようだ。

数少ない新選組生き残りの人びとのうちには、後年になってから、

「武張《ぶば》っていても局長の近藤さんは、あれでなかなか親しみやすいところもあったが、副長の土方歳三、これだけはどうもいけなかった。無口で冗談ひとつこばすのも惜しいといったふうだし、実際、何を考えているのだか、ちょいと腹の底が知れないようなところがありましたよ。だが、あの人の剣術は相当なものでしてね。敵と斬合《きりあ》いになったときの凄《すご》さというものは隊内の暴れ者が息をのむほどで、それア強かった。それのみか、われわれ隊士一同の取締りについても、それはもう実に厳しいものでした。土方さんが屯所《とんしょ》へ出て来て、じろりとこっちを見ると、がやがや騒いでいた隊士どもは、ぴたりと鳴りを鎮めたものです。土方さんはどういうわけか、何時も妙に沈んだ

青白い顔のいろをしていましたが、きりりとしまったいい男で、総髪を何時《いつ》もきちんと後へたばねていました。いかなる時にも黒の紋服にきちんと袴をつけているのですが、そいつがまた実によく似合って……」

美男だが、どうも隊士一同に疎まれていたようである。とにかく、こうした風評がつもりつもって、土方歳三のイメージをつくりあげてしまったのであろう。

歳三も、自分と隊士達の間に流れている冷たい空気を知っていたものとみえ、

「このごろは、おれが道場へ出て行っても、みんな相手にならん。みんな、一刻も早く、おれの傍から離れたがっているようだよ」

従僕の平吉だけには、こう言って苦笑を洩《も》らした。

「土方先生のことを一番よく知っていたのは、わしとお房さん位なものじゃったろうねえ。他にも少しはいたろうが、そんな人達は、あの戊辰《ぼしん》の戦さで、みんな死んでしまったろうからねえ」

と、明治末年まで生きていた山口平吉老人は述懐している。

土方歳三は、天保六年に、武州《ぶしゅう》多摩郡石田村の農家に生まれた。五人兄弟の末っ子であった。

子供の頃から激しい気性で、よく働きもするが、自分になっとくが行かないと、大人の言うことでも頑としてきかない。十一歳で江戸下谷上野広小路の〔いとう松坂

屋〕へ奉公へ上ったときも、半年ほどのうちに店の番頭と喧嘩《けんか》をして飛出してしまった。

歳三の飯の食べかたが遅いと叱られたのが原因で、このとき歳三は「早飯は体に悪いと、おじいさんから聞いた」と喰《く》ってかかり、激怒して拳を振り上げる番頭の臑《すね》を蹴飛ばし、ぱッと夜の往来へ駆け出すと、そのまま息もつかずに九里の道を一人きりで村へ戻って行った。

二度目の江戸奉公は、かなり永《なが》くつづいたのだが、十九歳の春に奉公先の下女と関係が出来てしまった。大柄な腋臭《わきが》のつよい女だったそうで、女は歳三より三つ年上だ。うまく持ちかけて歳三を誘惑し、すでに手代として主人からも目をつけられていた歳三と世帯をもとうというのが、女のはじめからの狙いであったらしい。

「子供がお腹《なか》に入りました。困ります。困ります」と主家にも訴え、歳三にもかきくどいて執拗《しつよう》に迫る。主家の方でも、少し早いがこうなったからには二人を一緒にしてしまおうというところまで行ったが、歳三はぴしゃりと撥《は》ねつけた。

自分を誘った女の小賢《こざか》しい打算が、どうにも我慢ならなかったのである。

(先に手を出しておきながら算盤《そろばん》をはじいていやがったのだな)

そのくせ、女は歳三に手をさしのべたとき、

「ねえ。遊ぼうよ、ねえ……」と囁《ささや》いたではないか。

「だからその気になったんだ。もし本当に、子をはらんだというなら、おれが引取る‼　けれど金輪際、お前と夫婦にはならないぞ」

主人の前で、歳三は堂々と女に宣告し、さっさと帰郷してしまった。美男の上に女好きな歳三は、このときまでに、もう何人もの女を知っていたが、主家にも店のものにも女遊びの実態をつかまれるようなことは絶対にしなかった。頭のきれる働きもので通っていたのである。

ともかく、女の妊娠がまるで嘘《うそ》の皮なのだということを見破ってしまっていたし、江戸からも、それっきり何とも言ってこなかった。

帰村した歳三は、すぐ上の姉が縁付いていた日野宿《ひのじゅく》の名主佐藤彦五郎方の厄介者《やっかいもの》となり、家伝〔石田散薬〕と称する打身の妙薬を行商して歩くようになった。歳三は、薬をつけた荷へ竹刀《しない》や面籠手《めんこて》を結びつけ、武州から甲州へかけ、到るところの道場を訪れては稽古をつけてもらうのを常とした。

武州多摩一帯は、いわゆる武州気質といって武道が盛んなところだ。鋤鍬《すきくわ》を握る百姓に竹刀胝《だこ》や面ずれのあとを見るのは決してめずらしいことではなかった。

歳三も子供の頃から剣術が大好きだし、帰郷後は自分の小遣稼ぎだけをやればよいので暇もうまれ、ふたたび武道への執着が燃え上ってきたわけだ。

当時の近藤勇は歳三より一つ年上の二十一歳。同じ武州調布の生まれだが、江戸牛込に天然理心流の道場を構える近藤邦武の養子となり、老齢の養父に代り道場を切廻《きりまわ》していた。勇の実父の久次郎も百姓だが、自宅に道場をこしらえ、勇の幼年時代から、時たま近藤邦武を招き、村人に稽古をつけてもらっていたのである。

こういう関係で、勇も月に二度ほど郷里へ来て稽古をつける。自然、歳三との交情も生まれ、ついに歳三は、勇の高弟として江戸の道場で起居するようになった。

近藤勇の道場は、江戸で一流というわけには行かなかったが、勇は、歳三をはじめ沖田総司《そうじ》、井上源三郎、永倉新八《ながくらしんぱち》、原田佐之介、山南敬介《やまなみけいすけ》などの腕利きの門弟配下と共にたゆまず鍛錬を行い、荒稽古ではかなり評判をとっていたものである。

この近藤一党が、幕府の〔浪士隊募集〕に応じて京都へ上ることになったのは、近藤勇三十歳、土方歳三が二十九歳になった文久《ぶんきゅう》三年二月であった。

二

徳川幕府ともあろうものが、浪人を集めて京都市中の護衛にさし向けようというのは、幕府の保守政治も、いよいよどんづまりに来たわけなのだが、それは後になって言えることであって、そのときからでも幕府の腰が立ち直れば何とか盛返すことも出来たろうにと思う。

勤王といい佐幕といい、どちらにしても皇室を上にいただき権力者が政治をとるということは昔も今も変りがないので、日毎《ひごと》に沸騰する勤王運動には幕府も閉口し、何とか皇室と仲よくして、みずからも勤王の実をつくし、苦しい政局を切抜けようと懸命になっていたわけだ。

このところへ、英、米、仏など外国の勢力が東洋進出の辣腕《らつわん》をのばしてきて、日本の門戸開放を迫ってくる。永い間の鎖国を解けと威嚇《いかく》されても、外国事情にはまるっきり盲目の日本は、いや、徳川幕府としては、することなすことすべてがうまく運んでくれない。

日本のどこもここも行手の不安に脅かされ、確固たる目的と進路を見出すのに戸惑うばかりであった。こんなときに革新勢力が擡頭《たいとう》するのは当然なので、諸藩のうちでも薩摩・長州の勤王運動は、皇室のある京都を舞台に熾烈《しれつ》の度を加えるばかりである。

これら勤王志士達の暗躍と暴動を押えようために幕府が派遣した浪士隊が新選組となるまでのいきさつは、周知のことでもあるし、はぶきたいと思う。

はじめは微力だった新選組も、ときの京都守護職、会津侯の庇護《ひご》によって、新たに隊士をつのり武器もととのえ、意気さかんに市中の護衛、浮浪人の取締りなどに働きはじめた。

局長は水戸出身の剣客、芹沢鴨《せりざわかも》と近藤勇の二人。土方歳三は副長に就任したが、早くも、この年の九月十八日の夜更けには、芹沢鴨が暗殺され、新選組は名実ともに近藤勇の手に握られることになった。

　この粛清の首謀者は土方歳三である。

「そうも行くまい。まだ、そこまでやっては……」

　などと、近藤は煮えきらなかったが、

「芹沢さんの人間が生まれ変らんかぎり、とうてい局長の言われるような穏便な解決はつきますまい。先生は芹沢局長の振舞いを何とごらんなのだ」

「そりゃ、おれにもようわかっとるが……」

「単に酒乱だといって済まされることじゃアない。あの男は気違い腹から生まれたんだ。商家の女房を横取りして妾《めかけ》にする。廓《くるわ》へ出かけては取扱いが気にくわんとあって、揚屋うちの器物を叩きこわす。飲代《のみしろ》をゆすりに出かけて断わられた腹いせに、先日は一条通りの町屋へ隊の大砲を引張り出して撃ちかけたじゃありませんか」

「あれはいかん。あれは許せん」

「当り前です。こんなことがつづいたら、発足早々の新選組の信用はどうなります。御公儀でも会津侯でも折角《せっかく》われわれの働きを認めているところなのに……」

「あれで、芹沢も気のいいところもあるのだがなあ」

「局長！　局長はお忘れか。江戸を発《た》つときに、百姓上りのあなたと私が、一剣もって天下の大事に働く機会を得たのは男の冥加《みょうが》。命を投げ捨て事に当ろうと誓い合ったことを……」

「忘れはせんよ、歳《とし》」

「あなたは芹沢と新選組と、どっちが大切なんです‼」

こういうときの歳三は、兄事し尊敬している近藤に対し一歩も退《ひ》かない。

切長の眼がぎらぎらと白く光って、さすがの近藤も持てあましたかたちになる。

「では、やるか」と、近藤も決意した。

歳三は三日のうちにすべてを運んだ。

十八日の夜は、親睦会と称して島原廓内の角屋に全隊士を集めて酒宴をひらき、泥酔した芹沢が一味の平山・平間の二人と壬生《みぶ》村の屯所へ帰り、女を抱いて眠ったところを、歳三以下四名の刺客が襲撃し、芹沢を殺してしまった。

この間だれ一人として、この変事の気配すらも感じるものはなかった。後になって、どうやら一同にものみこめたようだが、ここまで素早く隠密裡《おんみつり》に計画をたて実行につした歳三の策謀と働きは、隊士の畏怖をさらに強めたと言ってよい。

以来、近藤勇の人間はがらりと変った。統率者としての責任感も大きかったのだろうが、とても百姓出身だとは思えない貫禄もつき、進退のすべてが立派になってきた。

これは歳三も同様で、二人は多忙をきわめる中にありながら、夜更けから未明まで、人に気づかれぬように習字や読書に励んだものだ。

芹沢の暗殺は当然のことだったが、歳三は個人的にも芹沢が大きらいであった。無口な歳三がめずらしく昂奮して、近藤に言ったことがある。

「暴力で他人の女を引っ攫《さら》うなどとは男の風上にもおけぬ奴《やつ》ですよ。思ってみただけで虫酸《むしず》がはしる。私も女は好きだが、厭《いや》がるものを無理無体になどというのは、とても出来ない。第一、体が言うことをきいてはくれん。金で買った女にしても、向うが、こっちと同じに楽しみ、よろこんでくれるのでなければ、私は手も足も出ません」

かなり女には神経質だったようだが、この言葉を裏返すと、商売女をも夢中にさせてしまうだけの自信があったに違いない。

歳三も近藤とは、よく一緒に島原の廓へ出かけたものだが、はじめての相手の小松太夫というのには何度も夜を共にして事を行ったのは二度か三度にすぎない。のちに東雲《しののめ》太夫というのが歳三の相手をつとめるようになり、この女とはかなりうまが合ったようだ。しかしそれも、お房というものが出来てからは、ぷっつりと島原へは泊まらないようになってしまった。

土方歳三が初めてお房を見たのは、京へ来てから二年目の慶応《けいおう》元年の夏の盛りで、お房は歳三より六つ下だから、当時二十五歳の女ざかりであった。

去年の夏に、新選組が三条小橋の旅宿池田屋に集合する勤王志士達を襲撃し、勝利をおさめてからは、その実力をようやく天下に誇示出来もしたし、ことに池田屋の長州藩士を主軸とする会合の内容が（御所へ火をかけ、その混雑にまぎれて天皇を長州へ御動座したてまつる）という大陰謀だっただけに、これを未然に粉砕した新選組の名は洛中洛外《らくちゅうらくがい》にとどろきわたったものである。

歳三は幕府から毎月四十両もの給料を貰《もら》うようになった。年に十両もあればどうにか暮せる世の中なのだから大変な収入だ。会津侯からも手当が出るし、しかも近藤と歳三だけは別格で旗本の扱いをうけるようになっていた。

いえば新選組が得意の絶頂にあった頃である。

漆黒の総髪に黒紋付・仙台平《せんだいひら》のまち袴《ばかま》という好みのスタイルに身をかためて京の町を歩む土方歳三の風姿には、垢《あか》くさい下女と狎《な》れ戯れていた面影は全くない。おしゃれで、身のまわりには贅沢《ぜいたく》だったし、どこから見ても立派な江戸の旗本であった。

「平吉よ。お前、先に屯所へ帰っておれ。今日は割に涼しいようだから、おれは久しぶりに清水《きよみず》へ詣ってみようかと思う」

その日――早朝から伏見の奉行所へ公用があり、従僕平吉一人を従えて出かけた歳三は、夕暮れ近くになり、京へ戻って来た。騎乗である。

山なみに囲まれた京の夏の暑さもひどいものだが、歳三の体には、しんしんと底冷えのする京の冬の方が苦手だ。

「お一人でぶらついたりして、何かあったら、おれが近藤先生に叱られますで」

平吉は、歳三にもいっぱしの口をきく。半年ほど前から歳三を頼って京へやって来た平吉は、まだ二十になったばかりで六尺に近い大男だ。

平吉も武州の生まれで天涯の孤児であり、八王子に丁稚《でっち》奉公をしていた頃、薬行商の歳三にはよく飴玉《あめだま》を買って貰ったり小遣いを貰ったりで、可愛《かわい》がられたものである。

「いいから行けよ」

「でも先生。近頃は物騒だというでねえか。勤王の奴らに嚙《か》みつかれて怪我《けが》でもしたら、つまりませぬよ」

口をとがらせ、にきびだらけの赤ら顔に汗をびっしょりかいている平吉は、遠慮なくずけずけと言う。

平吉が歳三の一人歩きを不安に思うのも無理はなかった。

池田屋事件ののちに長州藩では軍をととのえ攻め上って来て、京都御所のまわりで会津・薩摩の連合軍と戦い敗北を喫した。このときも新選組は会津軍の下にあって活躍したわけだが、以来長州藩は、朝廷からも疎まれ、京都に於《お》ける勢力は全く衰微してしまった。それだけに長州の志士達の怒りは倒幕一辺倒に結集しており、ことに新選組へ向ける憎悪は筆舌につくしがたいものがある。勤王・佐幕入り乱れて暗殺や決闘が絶えぬ血なまぐさい京の町であった。

近藤と土方だけは何としても早急に暗殺してしまえという動きも密偵の報告によってもたらされていたし、隊士の一人歩きは禁じてある現在なのだ。

しきりに反対する平吉に乗馬をひかせ、其頃は壬生村から移転したばかりの西本願寺内の屯所へ帰すと、歳三は、まだ照りのつよい西陽《にしび》を白扇に避けつつ、ぶらりと五条の方へ歩き出した。

日頃は多忙をきわめている。

(たまには、ひとりきりで、ぼんやりと時をすごしてみたいものだなあ。清水寺へ詣ってから四条へ出れば夕闇も濃くなろう)

それから祇園《ぎおん》の行きつけの茶屋へ上って、女気なしで、ひとり酒を酌み、しんみりと故郷のことでも思い出してみようという心境なのである。歳三にはそういう詩的な一面があった。

歳三が京から親類の佐藤家へ送ってきたものの中に〔豊玉集《ほうぎょくしゅう》〕と題した句帳があって、

白牡丹《ぼたん》月夜月夜に染めてほし

公用に出て行く道や春の月

などという、あまりうまくない俳句が書きつらねてあり、その中に、こんなのがある。

しいればいれば迷ひ、しなければ迷はぬ恋の道

三

鳥辺野《とりべの》の墓地は、ひぐらしの声にみちていた。此処《ここ》は平安のころから名高い墓地で、墓地を抜ければ清水であった。

(ひぐらしや……ひぐらしや……)

歩を運びつつ、しきりに首をひねって苦吟《くぎん》中の歳三の背後から、凄《すさま》じい気合と共に白刃が襲いかかった。

「卑怯《ひきょう》‼」

夏羽織と帷子《かたびら》を切裂かれた左肩に浅手をうけながらも、歳三の体は毬《まり》のように飛び、背後の刺客には見向きもせず、早くも前面に立ちふさがった別の一人へ殺到している。

悲鳴をあげ、その刺客は刀を放り捨て、夏草の中へのめりこんでいった。

「誰だ？」

歳三は、最初の刺客へ振向き、低く言った。

まだ若い浪士風の男だが、歳三は、こいつ長州者だなと直感した。

だらりと刀をさげたまま突立っている歳三へ迫って来る男の顔は青ぐろく怒張《どちょう》し、眼はつりあがっていた。

勝負はたちまちにきまった。

二人の体が飛違ったときに、歳三の刀は深く相手の胴を薙《な》ぎ、絶叫して立直ろうと足を踏ん張る男の首のあたりを狙い、歳三が次の攻撃を加えようとしたときであった。

「やめとくれやす‼」

女の声である。

声と共に飛込んで来た。

「知り合いのものでございます。もう……もう、これで、おやめやしとくれやすな」

倒れ伏した若い侍を抱くように庇《かば》い、女は必死に叫んだ。

「お前さんは、この長州侍の知り合いなのか？」

わざとくだけた口調で訊《き》き、歳三は刀をおさめ、お前さんは？　と何度も押しかぶせた。

女は恐怖でまっ青になっていたが、もう観念した様子で、

「はい……、長州さま、お出入りのものでござります」

「ふむ……」

歳三は、女を凝視した。

白粉《おしろい》気のない小麦色の顔立ちは京の女のものではないようだ。鼻の先がちんと可愛らしくしゃくれていて、受け唇であった。町家の女というのはわかるが、若いのか年増なのか、それも一寸《ちょっと》見当がつきにくいところである。淡香色《うすこういろ》の無地の単衣《ひとえ》をまとった女は、決して素人ではないのだが、江戸や京の女にはない異色の魅力が歳三をとらえた。

女が低く叫んだ。若い侍が絶息しているのに気づいたらしい。

「とめても無駄だったようだな」

「へえ……」

「だが、私も危ういところだったよ」

「へえ……そうどしたなあ」

「私を憎んでいるかね？」

「いいえ、もう……男はん同士のことどすよって、うちのような女には何もわかりまへん。ただもう、このお人が助かるもんならと、夢中で……」

意外に、あきらめの早いさばさばとした態度になり、女は、歳三のものやわらかな訊問《じんもん》を素直にうけた。

「お前さんの、名は？」

「ふさと申します」

「よく恐れげもなく刀の中へ飛込めたものだ」

「新選組の土方様ほどのお方ゆえ、女には手をおかけやすことはあるまいと思いまして……」

京言葉にまじって折目正しい言葉づかいが出るのも、お房の亡夫、勢次郎が河原町にある長州藩京都屋敷出入りの経師屋《きょうじや》だったためかも知れない。二年前に病歿《びょうぼつ》した勢次郎は、お房と同じ因州鳥取城下に生まれ、腕一本で叩きあげ、京でも名の通った経師屋になった。人柄もよく気さくな性格だったので藩邸の侍達とも仲よくなるし、酒好きなので若い侍達が七条の家へよくやって来ては、勢次郎と酒を飲んだものだという。

お房が庇った刺客は、長州藩士岡部喜十郎というもので、もう一人は岡部の友人の土州《どしゅう》脱藩の侍だったらしい。

「さっき、五条の通りで、ばったり岡部はんに出合いましたんどす」

挨拶を交しているうちに、連れの侍が急に岡部の袖をひき、彼方を指し「新選組の土方だ」と、呻《うめ》くように言ったのがお房にも聞こえた。

「やるか」

「よし」

お房にはもう見向きもせず、清水へ向う歳三の後をつけて行く岡部を見送るうち、お房も気が気ではなくなった。というのは、一人っ子の又市が疫病で死にかけたとき、子供好きの岡部が藩邸を抜け出して来て徹夜で看病をしてくれたことが胸に残っていたためでもあろう。

「何やもう、岡部はんでは心もとない気イがして、何とかおとめ申そうと思ううちに、ついつい此処まで来てしもうて……」

お房には、また不安がつきあげてきたようであった。市中に名高い土方歳三につかまってしまったわけだし、長州藩と少しでもかかわりのあることなどがわかればどんな目に遭うか知れたものではない。訊かれるままに悪びれず答えてしまったが、何とか嘘をついてしまえばよかった……と思うと、お房はまたも全身に冷汗がふきあがってくるのをおぼえた。

だが、それまでのお房の悪びれない態度が歳三の警戒を解いた。

その上、女への好感を倍加させた。

「お前さんには済まなかったが、これも仕方のないことだな」

「へえ……」

すらりとしたお房の姿態が、歳三の食欲をそそった。

(死んだ芹沢なら、いきなり此処で押し倒すところだろうが……)

そんなことを考え、歳三は好みの女に向うと我ながら初心《うぶ》な気持になるのが、自分でも可笑《おか》しかった。

「では、ともかく——ま、これで別れようかな」

お房の満面に安堵《あんど》のいろがどッと出た。

歳三は、もう清水へ行く気もしなくなり、女をそのままに五条へ引返し、駕籠《かご》を拾った。肩の傷はごく軽かった。

(女の家のところを、くわしく訊いておくのだったな。何となくもう一度会ってみたい女だった)

屯所へ戻ってから、ふっとそんなことを思ったりしたものだが、それから七日ほどして、また歳三はお房に出合ったのである。

その日も快晴であった。騎乗の歳三は隊士五名を従え、市中見廻《みまわ》りを久しぶりで行ったのち祇園町会所で昼食をすますと、隊士を会所に休ませておき、ひとり戸外へ出た。近くの薬室へ私用があったのだ。

何時ものように一点の乱れもない服装の歳三は陣笠《じんがさ》をかむり、徒歩で四条大橋を渡って行った。

橋の東詰で人だかりがしている。寄って見ると、中風病みの老人が飼猿に芸をさせているのだ。

猿も老いていた。竹馬に乗ったり、唄《うた》とも呻《うめ》きともつかぬ老人の濁《だ》み声に合せて踊ったり、懸命に働くのだが、笑いさざめく人だかりのうちからは、なかなか銭が投げられない。

(哀《あわ》れな猿め……)

じわりと歳三の眼がうるんできた。

歳三も猿には深い愛情がある。子供のころに山猿を〔三公〕と名づけ飼育していて、病死したこの猿を埋めた裏山には、いまも歳三が据えた墓石が残っている筈《はず》であった。

三公の命日なれば我しづか——と、これも京へ来てからの歳三がよんだ一句である。

紙にくるんだ小粒が歳三の手から老猿の前へ放り投げられると同時に、横合いからも喜捨が飛んだ。ふっとそっちを見て、歳三は目を瞠《みは》った。

人垣の頭ごしに、お房の顔が、おもはゆげにうつむき、ちらりと上眼づかいに歳三へ一礼を送ると、すぐに人垣から離れて行った。

追って出たが、一瞬、女へかける言葉を探しかねてためらううちに、お房は盛り場の雑沓《ざっとう》へ溶けこんでしまっていた。

(何故《なぜ》呼びとめなかったのだ。おれも、どうかしておる)

歳三は、嘆息と舌打を交互にくり返した。

翌慶応二年になると、一時はおとろえていた長州のうごきが活潑《かっぱつ》となり、薩摩・土州・肥後などの諸藩も微妙に働きはじめ、諸国の勤王浪人もこれに呼応していよいよ倒幕の道ひとつに革新勢力がかたまってくる気配濃厚となってきた。

新選組では大津街道の日岡に番所をもうけ、東海道から入りこむ浪人達を警戒するようになった。

奈良東大寺のお水取がすんだばかりで、京の町を包みこんでいた寒気冷気が、日毎に薄紙をはぐように消えてゆく、そんな或《あ》る日の早朝に、土方歳三は単身の騎乗で屯所を出て、抜打的に日岡の番所を見廻った。

詰めている隊士達の勤務ぶりに遅怠《ちたい》がないのを見きわめ、歳三が蹴上《けあげ》まで引返して来ると、驟雨《しゅうう》がきた。

馬を飛ばし、歳三は街道から少し引込んだ〔ゆみや〕という茶店に入った。山林を背負ったこの茶店は店もひろく奥には小部屋もあるし、ここで遅い昼飯をとりながら、雨のやむのを待つつもりであった。

薄暗い店先へ入ったとたんに、歳三は、よろこびの声をあげずにはいられなかった。

「や‼　お房さんではないか」

「ま……」

「よう会うなあ」

「へえ……ほんに……」

「何処《どこ》へ行く？」

山科の豪農の屋敷が、永年の得意先でもあり、亡夫の遠縁にも当るので、その家の婚礼の祝いに出かけるのだと、お房は答えた。

お房が姑《しゅうとめ》と子供を守り、女手一つに職人をうごかし家業をつづけていることは、鳥辺野の問答で歳三もうすうすは知っている。

お房を乗せて来たらしい駕籠と駕籠かきが向うの隅で休んでいた。

お房も今日は盛装をこらし、化粧もかなり濃く、後家島田に結いあげた髪がつやつやとして、なかなかに立派である。

女房や娘なら我慢したろうが、お房は未亡人である。歳三の腹はきまった。

「よかったら、雨がやむまでつき合うてくれぬか。一緒に飯を食べよう」

「へえ……けど……」

「さ、おいで」

忘れかねていただけにこの機会を逃したくはなかった。ためらうお房を引張るようにして奥の小部屋へ連れこみ、まず抱きすくめてみた。

茶店のものにも駕籠かきにも素早く金をやり、目顔で言いふくめてある。

「お房さん、無駄は言わぬ。いいだろう?」

「あ……いやどす……」

お房は歳三の腕の中で、変に声をあげたりはせず、ひそやかにもがきつづけている。

とにかく拒んでいることは確かなのだが、そうかといって必死に逃れようという嫌悪の表情でもない。の表情でもない。歳三の唇を項《うなじ》にうけたときには、一瞬だが酔ったように両眼を閉じさえもした。

かなりの間、二人はあくまでも静かにもみあい、求め、拒みつづけた。

部屋の中には雨音がこもり、遠くで春雷が鳴っている。

(厭でもないようだが、何故、拒むのか……?)

嫌悪されたら、いさぎよく手を引くつもりだ。

「いや。いやどす……」

「いかんか?」

「へえ」

今度は決意をこめ、キッパリとお房が首を振った。

そのとき、歳三の脳裡《のうり》にひらめくものがあった。

「わかった。これア済まんことをした」

お房は厭ではないのだ。しかし、一分の隙なく着飾って、これから婚礼の式へのぞもうという女が、髪や衣服の乱れを気にもせず情事に飛込めるわけがないではないか。

まして歳三の好みに合う女であれば尚更《なおさら》のことであった。第一そんなことのあとで、すぐに祝いの席へ出て行くことなどは、この女にとって好ましいことではあるまい。

女の体から腕をとき、歳三は（おれとしたことが……）と恥入った。

「悪かったな。まあ、許してくれ」

髪へ手をやるお房に、歳三は詫《わ》びた。

「大丈夫だ。髪も着物も、くずれてはいないよ」

お房が、じいっと見返してきた。双眸《そうぼう》が見る見るうるんできた。

襟あしから頰《ほお》のあたりへ、かあーっと血がのぼってきたようである。歳三の思いやりが嬉《うれ》しかったのであろう。

「お前さんのよいときに、どうだろう、私と此処で、また会ってくれぬか？」

お房の右頰に浅い笑くぼが生まれた。

「会ってくれるなあ？」

「………」

「そちらのよいときに、屯所へ手紙でもくれぬか」

うなずいて、お房は小走りに部屋を出て行った。

雨はやみ薄陽《うすび》がもれてきた。

障子を開けると、お房を乗せた駕籠が街道へ出て行くところであった。

庭の木立の一隅に白椿が花をひらきかけている。

歳三は手を叩《たた》いて、嬉しげに酒を命じた。

（あの女との色事なら仕甲斐《がい》がある！）

恋でもなければ、夫婦になろうという前提でもないのである。恋というものならば必ず男女が一つの道を歩み共に暮すという欲求が付随するものだと歳三は考えている。成熟した男と女が、出合いの度に何も彼も忘れて楽しみ合うのが色事というものだ。お房には家業があり、家族がある。歳三には生命を賭《と》した男の仕事がある。だから恋が芽生えよう筈がないのだ。

妻帯をすすめるものも多勢いるのだが、歳三は、明日にもわからない自分の命を知った上で妻を迎える気などは針の穴ほども持ってはいない。

「こんなことに働くのだったら、女房など貰うのではなかった。いたずらに女子供へ嘆きをかけるばかりだものなあ」と、近藤勇も何時だったか、しんみりと歳三に言ったことがある。

数日のうちに、江戸に残して来た妻子に、近藤は二年余も会ってはいなかった。

蹴上の〔ゆみや〕で歳三とお房が色事の第一歩を踏み出したとき、お房は、

「お互いに、こうしてお目にかかるだけの土方はんとお房どす。深入りはやめときまひょなあ」

「わかっているとも」

「お目にかかるときには、お互いの苦しみ哀しみは、きっと表には出さぬ約束してお

くれやすな」

「むろんだ。会うときは互いに嫌われたくないものだなあ」

「へえ。それでのうては、男と女が忙《せわ》しい中に暇をこしらえて、たのしみ合う甲斐がのうなります」

「その通りだ。お房さん。お前さんは何というういひとなんだろうね」

「ふ、ふ、ふ……」

お房の、清潔でぬめやかな肢体は、蜜の香りにみちていた。

ことが終ったとき、お房は可笑しそうに言った。

「しばらく遊ばなんだので、何やもう、しんどうて、しんどうて……」

四

事態は、まさに急迫してきた。

一時は仲の悪かった薩摩（島津家）と長州（毛利家）の両藩は、土佐藩士坂本竜馬《りょうま》などの周旋によって同盟を結んだ。今や両藩は西郷吉之助《きちのすけ》（薩摩）や桂小五郎《かつらこごろう》（長州）などの若い革新派によって保守派が一掃され、あげて勤王倒幕の気勢におおいつくされている。

それにひきかえ、幕府の内部は、いたずらに紛擾《ふんじょう》をかさねるばかりだ。

将軍家茂《いえもち》は何度も西下して天皇の御機嫌をうかがい、幕軍は一日も早く前年の長州出兵を罰し、これを征討してしまおうと焦るのだが、その実力もなく、天下の人心は刻々幕府から離れて行くようで、ことに西南の諸大名は、もう徳川の威望を全くみとめなくなってしまっている。

この混乱に乗じ、フランスは幕府を、イギリスは薩長を援助して、それぞれに自国の日本政局への介入を有利にみちびこうと暗躍しはじめる。

慶応二年の夏には、ついに幕府もたまりかねて長州征伐の軍を起したが、十日ほどのうちに幕軍は、さんざんに負けてしまった。長州軍はイギリスの手引で精鋭の近代兵器を買いととのえ、軍隊を組織化していたし、薩摩もこれを応援するといったわけで、ただもう、やたらに刀槍《とうそう》をふりかざして立向う幕軍の古めかしさでは歯が立たなくなってしまっている。

あれほど外国を追い払えと絶叫していた長州や薩摩なのだが、フランスを背景にしている幕府に対抗するため、進んでイギリスと結びついたのだ。

歴史でも政治でも、人事に至るまで、人間の世界というものは先の見透しなど全くきかないのが真実であり、急変、変転の様相は理屈だけで説きつくせるものではないのだ。

二年七月には、大坂に来ていた将軍家茂が病歿し、幕府親藩の水戸家から出た一橋慶喜《よしのぶ》が十五代将軍となるのだが、この年の十二月に、幕府を信じ、好意をよせておられた孝明天皇が突然崩御されてしまったのである。

孝明天皇を失ったことは、幕府に痛烈な衝撃をあたえた。今まで遠ざけられていた勤王派の公卿が蹶起《けっき》し、宮中の佐幕派は粛清され、ここに朝廷は、薩長の勢力をうけ入れることになってしまった。

こうした情勢の推移は、必然、新選組内部にも波紋をひろげてきた。

(現在こうなってしまっては、単に薩長の目の敵にして過激な反抗をする新選組のやり方はもう古い。幕府の崩壊は目に見えていることだし、勤王といい佐幕といい、どちらにしても国のためにつくすのだから、何も時代の波に自ら乗り遅れることもあるまい)などという新選組参謀、伊東甲子太郎《きねたろう》の考え方に同調する隊士も出てくる。

(もう馬鹿馬鹿しくなったから逃げてしまえ)と脱走するものも殖《ふ》えた。

発足以来の同志、山南敬介ですら、現在の自分に迷い苦しみ、脱走をくわだてたあげく捕えられ、土方歳三の裁決によって切腹をさせられている。それも二年前の、まだ屯所が壬生村にあったときのことだから、以来、近藤や土方が、ともすれば動揺しかける隊士達を引張って行くためには言うに言えない苦労をしたものだ。

壬生の組屋敷内の自室で、歳三は山南を訊問した。

脱走の理由は？　といくら訊いても、山南は一言も答えない。歳三も終《しま》いには、じりじりしてきた。

山南は仙台の浪人で剣もよくつかうし学問もある。でっぷりとした体つきの、眼もとの涼しい、隊内一の君子と称されたほどの温厚な人物だが、歳三とは、どうも気が合わなかったようだ。

「山南さん。あんたが答えぬのなら、もう何も言うまい」

と歳三は、相変らず光沢のない面を沈痛に曇らせ、

「山南さん。あんたとは、とうとう腹をうちあけて語り合うこともなかったな」

「ふん……」

山南が、かすかに笑った。その笑いの底には自分への軽蔑が潜んでいるのを歳三は見逃さなかった。

理論よりも尖鋭《せんえい》な行動をもって幕府への誠意をつらぬこうとする農家出身の歳三と、根っからの武家育ちで内省的なインテリの山南との間には、事ある毎《ごと》に反目が内攻し積りかさなってきている。

「新選組というは、もともと分が悪くなった徳川の力を盛返そうがために生まれたものだ。何も今更《いまさら》あわてることはない。初めから分が悪いのだ。山南さんもそれを承知で我々と行を共にしたのではなかったのか？　あなたも武士だった筈ですからな。今

はどうか知らんが……」

　歳三は激怒を押え、あわれむように、冷たく皮肉を言ってやると、山南はたちまち眼をむいて、斬りつけてでも来るような激しい声で、

「私はただ、この重大な時局にあって、やたらに斬り合い、人の血を流すことが厭になっただけだ。貴公に皮肉られるおぼえはない。副長がお望みのごとく、早く処罰したらよいでしょう」

「わかりました。では……」

　脱走は切腹という隊規である。

　翌日の夕方に、山南敬介は沖田総司の介錯《かいしゃく》で切腹した。

　人格者で、しかも古参の山南処刑については、

「何とか命だけは助けてあげてもよかったのに」

「土方さんの血は凍っているのか‼」などと、蔭《かげ》では大分非難の声もあったようだ。

　これを知って平吉が心配すると、歳三は、

「おれのようなものがおらなんだら、よいわよいわの前例が残り、取締りがつかなくなる。憎まれもので結構だよ」

　眉一本動かさない。

　山南につづいて、行先に不安をおぼえ脱走するものもふえ、歳三の厳格なやり方に

反撥《はんぱつ》し、反《かえ》って風紀、規律を乱すものも多くなってくる。

隊の柔術師範をしていた松原某というのが、市中で喧嘩して斬殺した浪人の妻女と仲良くなったときなど、みじんも許さぬ処罰を加えたので、このため松原は失望し、その未亡人と心中をしてしまったような事件もあった。

「我手にかけた男の女房に、よく手が出せたものだ」

と歳三は、吐き捨てるように松原へ言ったものである。

暴れものが多い隊士達を、ぴしりと押えつけて行くためには、歳三も必死で気を張りつづけていなくてはならなかった。

「何せ一癖も二癖もある連中だし、そこへもってきて、おれは武州の百姓上り、うっかりすると見下されてしまうし、これでなかなか骨が折れるなあ」

一度だけだが、平吉に、しみじみこぼしたという。

それでもまだ薩長の勢力を京都から追い退けていたころは、何とか盛返そう、何とかなる‼　という希望に燃えてもいたし、まだよかったのだが、歳三が京へ来てから四年、今や幕府の劣勢はおおうべくもなくなった。

現在、初志を守って傍目《はため》もふらず働きつづけているのは会津藩と新選組のみだと言ってよい。

会津侯松平容保《かたもり》は、五年前に京都守護職を命じられてからというもの、無政府状態にあって諸国浪人の乱暴と跳梁《ちょうりょう》にまかせていた京の町の治安をはかると共に、幕府と朝廷の間に立ち、会津は徳川の親藩であるが平和到来のため誠心誠意働いてきている。この間に会津の領国へは一度も帰らず、莫大《ばくだい》な出費にもほとんど自腹をきっている有様であった。こうした容保の苦衷《くちゅう》は孝明天皇にも通じ、天皇の信頼は一方のものではなかったようである。

「会津侯のみのために、何時死んでも惜しくはないとおれは思っている」とさえ、近藤勇も歳三に言った。

「全くです。局長、私は何故みんなが徳川を助けてやらんのかと言いたい。こうなれば将軍だとて昔のように威張っていられるわけでもないのだ。結局は天子をもりたてて共に事に当るというに変りはない。薩長の奴ら、すべての権力を奪いとろうという汚ない目的があればこそ、気違い犬のように刃向って来るのだ‼」

薩長二藩に対する歳三の悲憤と激昂は、幕府衰亡の度が深まるにつれて、いよいよ熾烈なものになって行ったのだ。

歳三の刃は、数えきれぬほど薩長の士の血を吸いつづけた。

この中にあって、歳三とお房との出合いは、たゆむことなくつづけられていた。月に三度ほど、二人は蹴上の〔ゆみや〕で落合うのである。

二人の間の連絡は、すべて従僕平吉が行った。隊内ではだれひとり、近藤すらもこのことに気づかなかったようである。

精励恪勤《かっきん》、ほとんど眠るひまもない歳三だが、その日だけは入浴整髪に身をととのえ、衣服その他にもお房の好むものをと心をくだいて、悲憤や苦悩のいろをいささかも面には見せないようにした。

お房にしても同じことであった。

市中が騒然となるにつれ、昔から厭になるほど戦火を浴びてきている京の町では、経師屋のような職業は傍へ退けられてしまう。何時なんどき、戦争が始まるか知れたものではないからだ。

「景気はどうだね？　お房さん。あまりよくはなかろうが……」

或る日の出合いに、歳三が心配そうに訊いた。

そのとき、お房は、むしろ厳しい口調になり、睨《にら》むような視線を歳三へ射つけつつ、

「先生は、お約束をお忘れになりましたんどっか？」

「約束……？」

「お目にかかるときは、お互いの苦しみや哀しみを、決して……」

「おう。そうだ。忘れてはおらん」

「お忘れやしたら、厭どすえ」

「許してくれい、つい、うっかりしておった」

「今の世に、お侍さまでも、うちらでも、苦しゅうないものはおへん筈どす。うちも、新選組の土方先生ならお目にかかりとうは……」

「ないと言うのだな、もっともだ」

お房は、今もって長州藩出入りのものである。その気になれば、長州の刺客を誘導して、土方歳三を暗殺させるということは可能すぎるほど可能であった。歳三がうたぐってみればきりのないお房なのである。

けれども歳三は、そうした疑惑の一片だにも持ってはいない。

男女の心底にひそむものは言葉や態度に出さずとも〔色事〕のうちに判然と滲《にじ》み出てしまうものだ。〔色事〕に熟達した歳三とお房ならば尚更、互の裸身を抱き合う反応のうちに、すべてを確かめ合い理解し合っていたようである。

それにしてもお房は、別に痩《や》せているわけではないのだけれども、歳三の顔色がいつもすぐれないのが気にかかった。体がわるいのではないかという彼女の問いに、歳三は事もなげに、

「私はなあ、若いころから体の調子のよいなどということは一日たりともなかったよ」

「まあ……それで、お医者はんには……」

「生まれて一度もかかったことはない。したがって病気なのかどうなのか、それも知

らんし、まあ自分勝手に持薬《じやく》をのんでいるだけだが、寝込むこともない。気が強い方だからね、私は……」

歳三は、もしかすると結核だったのかも知れない。精神力で押えつけてしまっていたようだが、ついに発病することもなかったし、彼の生涯は発病の余地がないほど激動的な、そして短いものであった。

五

慶応三年正月、明治天皇践祚《せんそ》。

同年六月、薩長土三藩の王政復古会議。

つづいて十月になると、混乱紛糾する政局に自信をうしなった十五代将軍、徳川慶喜は、ついに朝廷へ政権返上を奏請した。

「将軍《おかみ》もどうかなされたのではないか。そんなことをなされては、我々のしてきたことが水の泡じゃアないか‼」

新たに隊士を徴募するため江戸へ出張して、二カ月ぶりで、京へ戻ったばかりの土方歳三は、このことを聞き切歯扼腕《せっしやくわん》の体である。

「将軍はお気が弱すぎる。いかん‼　危ない‼　薩摩や長州はこれをいいことにして、どんな謀計をめぐらすか知れたもんじゃアない」

「将軍家も、あっちから責められ、こっちから突飛ばされて、我々とはまた違ったお苦しみなのだろうが……それにしてもなあ」と、さすがの近藤勇も苦虫を嚙《か》みつぶしたような顔になった。

「とにかく、こうしてはおられません。何とか──何とかせんことには──」

いくら急ぎ、どんなに逸《はや》っても、徳川の挽歌に蓋をかぶせることは出来なくなっていた。

十二月九日の夜。宮中小御所に於《おい》て、天皇親臨の下にひらかれた会議の席上で──二百余年もの間、ともかくも日本全土に平和をもたらした徳川家の業績を主張し、新政府の一員として徳川も加えるべしと論ずる土佐・越前の両藩主の強調も、岩倉卿や薩摩の反撃にあって排除された。

ここに、徳川将軍は速かに官職辞退及び領地返上をすべしとの処置が決定されたのである。

十二月十二日──徳川慶喜は天皇おわす京師に流血の惨《さん》を見ることをおそれ、京の二条城を出て、大坂へ移った。

新選組へは〔会津・桑名両藩と共に伏見を鎮撫《ちんぶ》、警衛せよ〕との指令が下り、局長以下六十六名の隊士は、堀川の屯営をひきはらい、慶喜の大坂入城と前後して、伏見町奉行所へ移ることになった。

歳三にとっては、もう一日が何時明け何時暮れ、昨日が一昨日のようでもあり、明日が明後日にも思えるような、目まぐるしい毎日であった。

江戸から帰る早々、すでに脱退していた元参謀伊東甲子太郎一派が薩摩屋敷と気脈を通じ、しかも近藤・土方暗殺をもくろんでいることが密偵によってもたらされたので、歳三は謀略をもちい、去る十一月十八日夜、伊東一派を七条の辻《つじ》油小路にさそい出し、隊士三十名をもってこれを襲撃。甲子太郎他三名を斬殺している。

その三日前には、薩長連合の立役者だった土佐の坂本竜馬が、京都見廻組の手に暗殺されるといったわけで、京の町も、にわかに騒然となってきた。

こうするうちにも長州軍は摂州西宮へ押寄せ、すぐにも京へ入って来ようという態勢だ。

市中は混乱の極に達した。米価も昂騰《こうとう》し、田舎へ逃げるものもあり、鉄砲や刀、鎧《よろい》まで売り捌《さば》こうと狂奔するものもあり、京都詰めの薩長藩士達は武装も凜々《りり》しく御所周辺を警固。三年前とは逆に、彼等が幕軍を、新選組を追い払おうというのである。

明日は伏見へ移るというその前の午後に、土方歳三は平吉に手紙を持たせ、お房をまねいた。

もはや蹴上の〔ゆみや〕どころではない。

危険だし、時間もなかった。結局、今のところはまだ新選組の縄張り内にあって薩長の連中も近づかない島原の角屋《すみや》へ来てもらうことにしたのだ。

角屋は寛永《かんえい》十八年に建った茶屋だが、その瀟洒《しょうしゃ》な、しかも二百年の歳月に耐えぬき、びくともしない、がっしりと黒光りのした構築は、歳三が好むところのものである。扇、御簾《みす》、どんすなどと名づけられ数寄《すき》をこらした部屋部屋にも骨太い工匠の気魄《きはく》がこもっているようで、ことに歳三の好きな楼上《ろうじょう》の青貝の間の壁や欄間は精妙な螺鈿《らでん》風な細工によって彩られていた。

青貝の間へ入って来たお房は、みずみずしく髪を結いあげ、渋い正装をこらしていた。

歳三も黒羽二重の紋服、袴に身をととのえている。

「土方はん。これで何も彼も、おしまいどすなあ」

お房は、火桶をはさむ歳三に向い合うと、はんなりした微笑を浮かべて見せた。歳三もうなずき、

「此処は、おれが、さんざん遊んだところ。お前さんを迎えるにふさわしくないのだが……時もなし、場所にも困ってなあ」

「かめしまへんどす。今日からは……今からは、もう色ごとする二人やおへんよって……」

「うむ……その通り」

見かわした二人の視線は空間に走り寄って、そこで凝固した。

永い間、二人とも黙っていた。

お房の顔は、能面のように動かなかった。

いまに雪でも落ちてきそうな、冷え冷えとした日で、あたりは森閑と静まり返っている。

仲居は酒の仕度を運んで来て、すぐに去った。

「一盃いこうかね」

「へえ」

「一度も見たことはなかったが、子供さんは元気でおるか?」

「へえ」

「これは、先達《せんだっ》て江戸へ行ったときに求めてきたんだが……以来、お前さんにも会えなかったもので、渡すのが遅れた」

言いながら懐中をさぐり、歳三は袱紗《ふくさ》包みを出してひろげた。

凝った細工をほどこした銀の脚に珊瑚《さんご》玉の簪《かんざし》が一本……。

「やくたいもないもんだが、似合うと思ってね」

「ま……」

「受けてくれるか？」

「おおきに……」

箸をとるお房の、細く、しかもほどよく肉の充ちた手を、指を見たとき、全く予期しなかった激情が歳三の全身へつき上ってきた。

「お房!!」

女の手をとって引寄せ、歳三は、母親の乳房へすがりつく赤子のような、ひたむきな、しかも泣くような甘え声になり、

「もういかん。もう何も彼も、駄目になってしまったよ」

抱きしめたお房の襟へ顔を埋め、

「お房……お房……」

切なげに名をよびつづけた。

「お約束が違います!!」

お房が叱りつけるように言った。

歳三を突き退けて立ち、窓障子を引き開けたお房は、そのまま振向きもしなかった。

奥庭の黒板塀の向うは、田や畑や、雑木林のひろがりがつづき、遠く西山の山なみは灰色の雲に溶けて、よく見えない。

歳三は、すぐに、きりっと背を正した。

「お房さんには、負い目だらけになってしまったな」

お房は答えず。

「間もなく地獄の門を潜るおれだが……お前さんを忘れないという言葉も、あえて言うまい。永い間、いろいろと、有難かった」

お房を残し、歳三は角屋を出た。

精根の限りをつくして邁進《まいしん》した幕府再興の夢は無惨《むざん》に破れ、歳三の胸に渦巻く感情が、お房ひとりを頼りに爆発したのは、歳三にとっても意外なことであった。

しれば迷ひ、しなければ迷はぬ恋の道――の一句は、あくまでも他人が悩む恋の姿を傍観してよんだつもりだったのだが……。

（おれは、お房に惚《ほ》れていたのか……だが、事ここに至って尚、女のなぐさめの一言を聞きたかったおれは、情ない奴であった）

苦笑は哀《かな》しく、自嘲《じちょう》は鋭かった。

馬上に島原の大門を出て行く歳三の双眸は、闘志と殺気にみち、燐《りん》のように燃えていた。

（最後まで、やるぞ‼）

歳三の陣笠に、雪が舞い降りてきた。

六

（生涯に、あの女を知ったおれは、幸せものだったな……もうこの世に何一つ、おれは思い残すことはない）

敗戦に次ぐ敗戦である。

勤王軍――いや官軍の砲火と刀槍をくぐって闘いつづける土方歳三の心身は、お房を想うたびに精気をはらんでくるかのようであった。

伏見へ移って間もなく、近藤勇は伊東一派の残党に狙撃され重傷を負い、そのさなかに始まった鳥羽伏見の戦いでは、薩長の近代兵器の威力が完膚《かんぷ》なきまでに幕軍を粉砕した。

幕軍と共に江戸へ逃げた新選組は、甲府城乗取りをくわだてたが失敗。勝沼の戦いにも破れて再び江戸へ戻った。

このどさくさまぎれに、歳三は従僕平吉と別れ別れになってしまった。いくら「帰れ!!」と言っても承知しなかった強情者の平吉も、勝沼あたりで土方とはぐれ、後を追おうにも押し寄せる官軍に阻まれて、どうすることも出来なくなったのであろう。

四月には、下総流山《しもうさながれやま》に於て、近藤勇は官軍に捕縛され、二十五日朝、板橋刑場で首をうたれた。

当時、東北に結集する幕軍の情況を見るため会津へ潜行していた土方歳三は、のちに近藤の死を聞き、憤激止《や》むところを知らなかった。

「畜生!! 首に縄をつけても一緒に引張って来るんだった。土方一生の不覚だ!!」

それも近藤が自首したのだとわかり、

「くそ!! この土方がついておれば……馬鹿!! 局長、あんた、昔から人が好すぎるんだ!!」

抜刀して滅茶苦茶《めちゃくちゃ》に振りまわしては、狂人のごとく絶叫しつづけた。

会津若松、愛宕《あたご》山に、陣中の歳三が近藤勇の墓をたてたとき、会津藩士の中に、

「屍《しかばね》も、髪の毛すらも入ってはおらぬ空墓をたてて……」という声があった。

そのとき歳三は、厳然と、

「何を言う!! 墓をたて、その墓に葬られた人をしのび、これを供養《くよう》した人の心がある限り、それは立派な墓なんだぞ」

会津の戦いもまたみじめな敗北に終ってのち、歳三は二十名ほどと共に、仙台へ廻《かい》航《こう》してきた幕府海軍へ投じた。

開陽丸ほかの八隻の軍艦をひきいて江戸を脱走した幕府海軍総裁、榎本武揚《えのもとたけあき》は北海道函館へ進軍。十月十五日には守備の松前藩兵を突きくずして、函館と五稜郭《ごりょうかく》を占領

した。

〔五稜郭〕は、安政《あんせい》三年幕府が外国船に備え築城したオランダ築城法による洋式堡塁《ほうるい》である。堡塁といっても周囲二里、高さ二丈六尺に及ぶ土塁をもうけ十万両の大金を投じて幕府が完成した堂々たる〔堅城〕である。

これにたてこもる旧幕軍の胸は、北海道の天地に徳川の国を創設しようという夢にまでふくれ上った。

函館へ来てから、土方歳三の人柄は、がらりと変ったように見えた。

青ざめていた顔にも血がのぼるようになったし、誰とでも気がねなく語り合い、笑い合った。京都時代には、歳三の笑顔でも見つけようものなら、ものめずらしげに、

「おい、土方先生が笑っとった‼　これア雪になりゃせんか」

などと噂《うわさ》されたものであった。

「先生は、すっかり変られましたな」

京からずっと一緒だった元隊士の野村利三郎《りさぶろう》が驚きをこめて言うと、歳三は、明るいさばさばした声で、

「もう、おれは君らを取締らんでもよいのだもの。一応は部将の一人だということだが、まあ榎本総裁の下で君らと共に闘い抜く、それだけでよいのだから、もうこんな気楽なことはないのさ。後はただ、亡き近藤さんの後に一日も早く追いつきたい。そ

れだけだよ」

「しかし、何とかなるかも知れませんよ。イギリスやフランスなども、我々が蝦夷《えぞ》に新しい国をたてることを認めたというじゃありませんか」

榎本武揚は、早くも函館を中心に徳川仮政府としての施政を行い、十二月十五日には蝦夷地全島平定の祝賀祭が市中に催されたほどだ。

「外国の奴らなど当てにはならんさ。日本のどんなところでもいい、割って入って火事場泥棒をやろうという魂胆に変りはないのだ」

「しかし、官軍はあわてているそうです」

「駄目だ!」と、歳三は沈痛に、

「負けて負けて、負けつづけてきたどんづまりが、この函館だからなあ。もう死ぬより他に道はない。将軍《だんな》は恭順。江戸城には官軍が入っておるのだ。もう勝てるわけがないよ」

しかし、榎本軍に加わってからの土方歳三の活躍は凄じいものがあった。

福山城奪取に、諸方の斬込みに、歳三の働きは〔剣鬼〕そのもので、死場所を求めては常に先頭を進み、暴れ狂った。

翌明治二年三月——歳三は、宮古湾(岩手県)に集結する官軍の軍艦八隻を幕軍艦三隻をもって襲撃し、暴風雨にさまたげられ、勝利をおさめることは出来なかったが、官軍旗艦へ決死隊を斬込ませて暴れ廻った壮烈さには、官軍の肝も大分冷えたらしい。

この海戦で、新選組以来の同志、野村利三郎は凄惨《せいさん》な戦死をとげた。

江戸は東京となり、明治新政府は続々と新政令を発しつつあった。

函館軍総裁、榎本武揚が、朝廷及び新政府へ送った陳情書《ちんじょうしょ》の、〔今や生活の糧にも困る徳川家臣三十万に蝦夷地を賜わり、これを開拓させて頂き、合せて北門の守りに働くべく、我々は函館に寄り集ったのである。その他に何の私心もなく、我々もまた日本帝国の繁栄を祈るのみである〕という主旨は明治政府に容《い》れられることなく、約一万の政府軍は、刻々と函館に肉薄してきた。

「薩長が舵《かじ》をとる新政府です。とても総裁のお心は通じませんよ」

歳三は、気の毒そうに榎本へ言った。

「そうかも知れねえが……」

榎本は歳三に向うとき、いつも丸出しになる江戸育ちの伝法な口調で、

「だがねえ、土方君のように、白黒をはっきりけじめをつけてしまうのも、どうだろうかねえ。旧幕府にも薩長にも、厭な奴もいりゃア好きな奴もいた。馬鹿なのも偉いのも、人間らしいのもらしくねえのも、入り交じっているのさ。こいつが人間の世界てえものだ」

「総裁は、薩長のやり方を眼前に見て来ておらんから、そう言われるのだ。その日そ

の日の風向き次第で、奴らは何をこそたくらむか知れたものじゃアないのです」

「向うさまでも、こっちのことをそう言いもし、思ってもいるだろうよ」

榎本武揚は歳三より一つ下の三十四歳だが、ヨーロッパ留学の学識は新政府にも高く評価されている。そして歳三にまさるとも劣らぬ端正な美丈夫であった。

榎本は、自分の意が通らなかったのは残念だがと言い、

「どっちにしても新しい時代が来るし、またひらけても行くのさ。私ア、新政府が立派にやって行くと思うがねえ。どうだえ、土方君――」

「わからん‼ 私には、まるでわからん‼」

「湯呑《ゆの》み茶碗《ちゃわん》には、湯茶の他に酒も入るし、しる粉も入るんだ。わかるかえ？」

「わかりません‼」

四月中旬から開始された戦闘は、たゆむ間もなく激烈に反復され、五月十一日の未明になって、政府軍の函館総攻撃の火ぶたが切られた。

砲声は北海の空を裂き、砲煙、火煙は函館の町を溶かし、突撃反撃の叫喚が消えては起り、起っては止んだ。

情理をつくした名将黒田清隆《くろだきよたか》の、再三の勧降《かんこう》により、榎本が自らの死と引換えに残余の部下将士の無事解放を願出て降伏したのは、五月十七日である。

その前夜――榎本は、本営に副総裁松平太郎ほか大鳥圭介《おおとりけいすけ》、荒井郁之助《いくのすけ》の三将を集

め、「すでに戦いつくし、我らの使命は終った。この上は、もはや疲れ果て戦意の消失した将士の命を失うことは出来ぬ。堂々たる降伏の意義もまた、あるべきである」と断じ、同意を得た。

その夜、自刃を決行せんとして小姓大塚某に阻まれた榎本は、翌十七日、死罪を願って政府軍陣営に降った。

前夜の会議への出席も許されなかった土方歳三は、榎本が本営を出発するのと前後して、ただ一騎、敵軍の充満する市中へ向った。

すでに髷《まげ》も切ってあり、例のごとく洋軍服の腹に白縮緬《ちりめん》の帯をしめた歳三は、この日、二尺八寸の和泉守兼定の愛刀に一尺八寸の国広を差添えていた。

歳三には、どうしても、次の時代を見透している榎本の心情が理解出来なかった。

(何故、一兵も残さず討死せんのか‼　何故、最後まで薩長の犬を叩き斬らんのか‼)

戦争が終った以上、歳三の生きる途《みち》はない。

近藤の処刑があきらかに示すように、たとえ歳三が降伏したにせよ、その命は、たちどころに絶たれたことであろう。

薩長の新選組への憎悪は、歳三の薩長へのそれと同じ強さであったからだ。

(鳥羽伏見以来、いくら願っても、敵の弾丸《たま》が当ってはくれなかったものだが……)

にやりと、歳三は馬上に笑った。

このときの彼の脳裏《のうり》に、お房がどんなイメージで浮かび上ったかそれは知らない。彼と志を同じくする数人が後をしたって来て、この人びとと共に、土方歳三は一筋の奔流となって、ひしめき合う政府軍の中へ突撃した。

兼定の銘刀が、手練の早業《はやわざ》にきらめいたのも束《つか》の間であった。

歳三の体は、弾丸数発の命中によって馬上から投げ出され、ようやく彼の本望は達せられたのである。

武州・多摩にいて、歳三の死を知った平吉が、明治三年の晩春に、思い出ふかい京都へ来て、七条の家にお房を訪れると、お房は涙あふるるままに、

「もう、土方はんのおいやしてやない京の町には、住む気イがのうなりました。最後に島原の角屋で、お目にかかったときのこと、うちは、思い出しては、口惜しゅうて口惜しゅうて、たまりまへんのどっせ。なんで一言……一言でも、土方はんに……」

死ぬ思いに気を張り、色事が恋に変っていた心を打明けなかったのは、敗残の土方と共に家業と家族を捨てて歩む暗澹《あんたん》たる行手にためらった女の打算であったと気づいたとき、すでに、土方歳三は京にも大坂にもいなくなっていた。

「冗談を言いなさるな、先生はお房さんを苦しめるようなことは決してしやせんです。あのときの先生は、もう生きていても死んどったんだ。だから一言、やさしく、なぐ

さめてあげてくれていたらなあ」と、平吉が不満げに言うと、お房は深くうなずき、素直に、

「ほんになあ……うちは唯もう、土方はんが一緒に逃げてくれお言いやすのが怖おした。そのうちの心の底には、土方はんに頼られているに違いないと思う女のおごりが、むさ苦しゅう隠れていたのんどす。それに気づいたとき、うちはもう、京に住む気がのうなりました」

「そうか……やっぱり、あんたは、先生のお房さんだったなあ」

土方歳三の面影ひとつを抱き、近いうちに家をたたんで、姑と子供を連れ、お房は故郷の鳥取へ帰るのだと、平吉に語った。

山口平吉は、後年になって飾職《かざりしょく》の息子夫婦と四人の孫を得、浅草馬道に歿した。

「どうもねえ、負け戦さというやつは、負けた方のアラばかりが残るもんだが……土方先生も大分損をしたねえ」

折があると、平吉は息子夫婦にこう語っては、歳三をしのんだという。

おしの

大内美予子

大内《おおうち》美予子《みよこ》　（一九三五～）

静岡県生まれ。金城学院大学中退。一九六八年の明治維新百年の催しで、沖田総司の書簡を目にし、沖田に関心を持つようになる。沖田総司研究家の森満喜子から史料の提供を受けて、沖田を主人公とする小説を執筆。その作品を森へ送ったところ高い評価を受け、森の知人に回覧されるようになる。順次、書き継がれた作品は評判となり、それが出版社の目にとまり、一九七二年に『沖田総司』として刊行された。その他の作品に、『沖田総司拾遺』『土方歳三』『おりょう　龍馬の愛した女』などがある。

一

沖田総司《そうじ》が、その娘に逢《あ》ったのは、芹沢鴨《せりざわかも》の葬儀が済んで間もない頃であった。

その日、総司は一人で街に出た。行く当てもなく、ただ歩いた。いつの間にか鴨川の流れに出ていた。

川原に下りた。

ここには、街中では感じられなかった秋の気配が訪れて来ているような気がした。

芹沢の死は、総司の心に、ある翳《かげ》をつくっていた。

昨日まで、同じ隊の局長であった男を、その情婦と同衾《どうきん》中、闇の中で惨殺した、という、自らの行為の瞬間を嫌悪する気持と共に、芹沢自身、ああなるところへ、ずるずると落ち込んで行くしかなかったという妙に乾いた気持もあった。

芹沢は孤独な人間だったのではないか……と思った。誰にも内面の弱さを見せることなく、むしろ彼の手で破滅を選んだ。

――死とは、一体何だろう――

芹沢の死は、邪魔ものを除くという、他人のための解決法でしかなかった。

――虚《むな》しいな――

と思った。

ああして、斬《き》りきざまれて死んだ男でも、そのむこうに、安らぎのようなものがあるのだろうか。

棺《ひつぎ》を覆《おお》うて、果して芹沢の一生はどう定まったのであろうか。

総司は足下の小石を一つ拾った。川原は小石で埋っている。この石の数ほど人は生きているであろうが、

「幾個男児是丈夫」

そんな詩句を、近藤は好んで口にした。

猛《たけ》き男というのなら、人は芹沢を丈夫とするかも知れぬ。

——芹沢さんは違う——

総司はつき放すように考えた。

手の中の小石を流れに投げようとしてふと止めた。

背後に人影がさしたからである。振り返ると娘だった。

向うもこんなところに人がいたのに驚いたらしいが、何気なく会釈して通り過ぎようとして、総司と眼が合った時、一瞬、

（あっ）

という表情をした。

「あの……」

そう言ってから急に羞《はじ》らいを見せ、

「お人違いでしたら、お許しくださいませ。貴方《あなた》様はもしや…」

見知らぬ娘が話しかけて来る、ということが、何か非常におかしな事がおこりかかったというふうにしか、総司には受取れなかった。

「江戸小石川の剣術道場にいらしたお方ではありませんか？」

――江戸、小石川の剣術道場――

総司は、頭の中で復唱して見て、ようやく、

「ええ、居ましたが……それが何か」

どうも、我ながら間が抜けた返事だと思いながら、総司にはこの娘に心当りがない。

さっきから、心のどこかで、自分がそう思っていることも、総司の戸惑いを増した。

――美しい娘だ――

「まあ、やはり」

娘は、ぱっと、表情のどこかに残っていた固さを溶かした。

「お忘れでいらっしゃいますか、私、相沢一馬の妹でございます」

（あっ）

こんどは総司がそう思った。女は、少しの間にこうも変るものなのか。

相沢一馬。

それは、総司にとって忘れることの出来ない名であった。その男のことを思い出す度に名状し難い思いに捉われる。


一年前のことであった。

柳町の近藤道場は、秋の午後、森閑としていた。大流儀ではないこの道場は、門弟のほとんどが、多摩方面に散在していて、道場主の勇自《いさみみずか》らも、出稽古に回ることの方が多い。

その日、総司はたった一人道場で、竹刀《しない》の素振りをしていた。もう半刻《はんとき》近くも続けている。素肌に着た稽古着に汗が浸《し》み出していた。

武者窓から見える大銀杏《おおいちょう》がすっかり色づき、西に移った日の光が、それを通して金《こん》色《じき》に見えた。

その光の中で竹刀を静止させた時、総司は、ひどく取り乱した足音が、道場の門をくぐり、この建物の玄関へ近付いて来るのを聞いた。

「お願い申し上げます！」

若い女の声だった。

耳を澄ましたが、誰も出るけはいがない。

「誰方《どなた》か……誰方かお見えではございませんでしょうか」

　重ねて呼ぶ声が上ずっていた。

　下男の伍助も、さっき、ここの妻女の供をして出掛けたのを思い出した。総司は、ちょっと困った表情をしたが、仕方なく玄関へ出た。

「お願いです！　私と一緒にいらしてください」

　そこにいた娘は、総司の姿を見るより早く言った。

「は？」

　面くらっている総司に
「早く！」

　娘は、たしなみも忘れたように彼の袴《はかま》の裾をつかんだ。

「兄が……死にかけております」

「それは、いかん！」

　総司は駆け出した。後から来る娘を振り返って、

「医者を呼んで来ればいいのでしょう？　うちはどこなんです？」

「違います！」

　娘は追いつこうと焦った。

「貴方に来ていただきたいのです」

「私が行っても、どうにもならない」

「この先……すぐですから……お願い！」

娘の目に恐しいほどに必死なものがあった。事情はよく分らないまま、総司は従《つ》いて行くほか無かった。

この辺りは寺が多い。その門前に、花や線香を商う店が、ひっそり並んでいる。その一軒の横手の細い小路を入って、離れ家《や》のような小さなうちへ娘は案内した。

ここで、この娘の兄が、死にかかっているという容易ならざる事態が起っているというのか？

一刻も早くその生命を救う手段《てだて》を講じなければならない。総司は、その気負いで、かまわず、縁の方から、つかつかと上ると、部屋の障子をあけた。

が、次の瞬間、総司は思わず、立ち竦《すく》んだ。そこには、予想もしなかった無残な光景があったからである。

一人の若い男が、切腹を図ったものらしく、左腹へ脇差を突き立てた状態のまま苦《く》悶《もん》していたのである。

敷いてある床から畳まで血痕が這《は》いまわっていた。総司は、正視するに耐えぬ酸鼻なありさまに、なす術《すべ》を知らなかった。

それでも、男の意識は、総司の入って来たのをとらえることが出来たものと見えて、

「は……早く」

と唸《うな》くような声を洩《も》らした。

「何卒《なにとぞ》、兄の……」

その後から娘がすがるように言った。

「介錯《かいしゃく》をしていただきたいのです」

「介錯？」

総司は呆然《ぼうぜん》とした。自分が救おうとして来た生命《いのち》は、断たれることを待ち受けていたとは……。

「手を貸してください……もう力がない」

瀕死《ひんし》の男は、かすかな息の下から、その介錯を急《せ》かせた。

介錯……と言われても、総司の腰には刀がない。医者を呼びに行くということばかりを考えて、稽古中、竹刀をほうり出して走って来たのだ。

部屋の中を見まわしたが大刀がなかった。

総司の探しているものを察すると、娘は消え入るように首を振った。どういう事情か、大刀はここに無いということらしい。

すでに、この男の命を取り止める当てのないことは明白であった。とすれば、一刻も早く現在の苦痛から解放してやることが、なさけに適《かな》ったことかも知れない。

刃物は、男の腹に突き刺った脇差のみ。

「あなたは、むこうへ行っていなさい」

総司は、きびしい声で娘に言った。

これから自分がしなければならぬことを、見せておくには忍びなかったからである。

娘は、凍ったような表情のまま、生きている最後の兄を見た。そして総司の方へ一礼すると何も言わずに、仕切りの戸を引いた。

総司は、男の後へまわって、脇差を抜こうとしたが、それは、深く入りすぎていた。すでに力尽きているはずの男のこぶしが、それを握りしめて離さないのである。

こんな場合、定法通りの介錯の仕方など、心得ていたところで、何の役にも立ちはしなかった。

総司には、介錯を頼んだ男が、まるで自分の生命を奪われまいと、必死で抗《あらが》っているようにすら思われて来た。

――何故《なぜ》、こんなことをしなければならないのか?――

総司は、自分の行為の判断がひどくおぼつかなくなった。彼が、武家の子として切腹について教えられた限りに於《お》いては、もっと、儀式的で、壮烈なものだという意識しかなかった。だが、今、当面しているのは、とうていそんなものではない。

総司は、早く終らせたい、という焦りだけに支配されて、無我夢中で、男の手から脇差をもぎ離し、その胸を貫いた。

相手が絶命した瞬間の手応えが、こんどは総司の体の中の戦《おのの》きに変った。年若い彼に、この異常な体験を受止める心の用意が、何もなかったとしても、無理からぬことであろう。

放心したような総司は、その時娘が手をついて、礼らしいことを言ったのを、上の空で聞くと、逃げるように道場へ帰って来てしまった。

その男が、相沢一馬という名で、かつては斎藤弥九郎道場で、なかなかの腕前であったこと。長患いの末に、自らの病の不治を覚《さと》って自害したことなどを、後から、近所の取沙汰《とりざた》として知った。

「さすがに武家らしい立派な最後だったそうだ」

と、彼の同情者達がささやきあっているのを聞くと、総司は、わずかながら、ほっとした。

相沢は、おそらく、体面よりも、この上、妹の重荷になりたくない、と考えたのではあるまいか。そう思うと、よけいあの若者の惨憺《さんたん》たる死が、総司には傷ましかった。

一通り落着いてからであろう。娘がたずねて来た時、総司は留守にしていて会わなかった。

「切腹した男を、知って居たのか？」

会ったのは土方歳三《ひじかたとしぞう》だったらしい。総司は黙って首を振った。

「相沢の妹だという娘が、お前に礼を言いに来たよ」

歳三は、総司の様子で、おおかた何があったか察したのであろう。

「忘れろ、礼を言われて嬉《うれ》しいことでもなさそうだ」

それっ切り、その話題には触れなかった。

総司は、暗い事件と共に、娘の顔まで忘れようとしたわけではないが、人間は大きな出来事に出くわすと、何か一所穴のあいたように記憶に留まらぬ部分があるという。

――あの娘――

と後から思っても、その面ざしが、しかと浮んで来なかった。ましてこんなところで会うとは、意外というほかない。

「思い出して、いただけましたでしょうか?」

「ええ」

頷《うなず》いたが、思い出した……というより、今、目の前に居る娘の顔が後ずさりして行って、あの時の記憶の中へはまり込んだような感じだった。

そういえば、たしかにあの時、悲惨な兄の死を、健気《けなげ》にも体中で耐えようとしていた娘に違いなかった。

それが、うって変ったやわらかな、目差《まなざ》しで自分を見ている。

「貴女は、いつ京へ来たのです？」

そんなことしか訊《き》くことがなかった。

「去年の暮でございます」

「去年……」

「え」

すぐに会話は途切れた。

「私、しのと申します」

思い切ったように娘は告げた。総司は、まだ名前も知らなかったことにはじめて気付いた。

（しの）

そう呼んでくれと娘はいうつもりか。

総司は、やり場のない視線を川面に投げて、

「私は沖田と言います」

「沖田様というお名前は、存じていました」

「え？」

「ご近所でしたもの」

しのという娘はほほえんだ。どの程度に自分を知っていたというのだろう。

「今も、剣術を、おやりになっていらっしゃいますの?」

おしのは、他意のない調子で言った。

「ええ、まあ……」

江戸の頃とは、まったく質の違ったものになった剣と自分のつながりを、総司は、おしのにそう言われると、あらためて認識せざるを得なかった。一年前の自分は、もう越えることとの出来ない大きな流れの向う側に居るような気がした。

「試衛館で一番腕の立つのは、沖田という若い人だと、兄が元気でおります時、お噂《うわさ》をしていたことがございましたから」

おしのが、兄……という言葉を口にしたことで、二人の胸を一様の思いが通り過ぎた。

それは、触れてはならぬもののようでもあったが、皮肉なことに、一人の人間の死がお互いこうして口を利いている端緒《たんしょ》となっていることを否定するわけにはいかない。

「兄のことでは……」

やはりおしのはそれを言った。

「ほんとに、お世話になりました」

総司は、今にもおしのが泣き出しはしないか、という不安に駆られた。

——自分と会えば、この娘は、兄の死を思い出さずにはいられないのだ——

それが、あるやり切れなさを感じさせた。

――出来ることなら、もっと別なことで逢えばよかった――

そんなことを考えはじめている自分に気付くと、総司はうろたえたように、唐突に立上っていた。

「忘れた方がいい」

あの時の土方と同じことを言った。

「せっかく、貴女も京へ来たのだから」

新しい生き方を見付けたらしい娘に、哀しいことからは遠ざかれ、と言いたかったのだが、適切な言葉にならなかった。

「では、お元気で」

おしのの、とまどったような表情をのこしたまま、総司は、勢いよく堤をのぼった。

「あの……」

おしのにとっては、それがあまりにあっ気なかった。

京では、どこにお住いなのか、とせめてそれくらい聞いておきたかったが、その時、沖田の姿は、もう声のとどきそうにない所へ去っていた。

おしのにして見れば、兄の死につながる人に、こうして遠い土地へ来て出逢ったことが何かの因縁だと思いたかったのかも知れない。

それが又、行きずりの人のままになってしまったことが、ひどく淋《さび》しかった。

一人とり残されても、おしのはその場所を動かなかった。人を待っていたのである。

橋杭《はしぐい》の陰に、ずっと前から男が居た、容《かたち》は武士だが、紺の手拭で面《おもて》をつつんでいた。

あたりに人の気配がなくなったのを見定めると、用心深くおしのの傍へ、寄って来て、

「例のものを、いただこうか」

低い声で言った。

おしのは、無言で懐の書状を差出した。男は受取るとすぐ開いて、非常な速さで読み了《お》えると、川の水へそれを浸し、もみ溶かして、流してしまった。

いつもそうなのである。

うっかり人手に渡ると、大変なことになる書状であることはおしのも承知していた。しかし、こうして自分のしていることが、いつも流れに捨てられてしまうような虚しい気持になる。

「桂様《かつら》」

おしのが、そう呼びかけると、

「困るな」

口調は穏かだが、底に冷たいひびきのある声が返って来た。

「京では、新堀《にいぼり》と呼んでいただく筈《はず》だ」

「申しわけございません」

おしのは、顔を伏せた。只《ただ》一人の知己とも言うべき男なのに、耳なれぬ呼名の如《ごと》く、京ではなじみのない人のようであった。

そんなおしのの思いは、まるで無視して、

「今の男、誰です」

相変らず冷静な声が訊いた。

「江戸で、兄が存じ上げていたお方です」

おしのは思わずそんな答え方をした。

「はて、相沢君の知り合い？」

この男の眼は、どんなものでも見透してしまいそうで、おしのは、わけもなくおそろしかった。

京では、新堀松輔《にいぼりまつすけ》と名乗っているが、実は長州の桂小五郎《こごろう》。おしのの兄、相沢一馬にとって、斎藤道場での兄弟子になる。特に桂が、そう働きかけたわけではないが、磁気を帯びたものに、鉄片が吸い寄せられ、それが又磁気を帯びるが如き現象が、彼を取りまく、この道場の若者の中に起っていた。

その磁力の根源となるものは、勤王攘夷《じょうい》というある熱気をはらんだ思想であった。

一馬もその一人であった。しかし、それはおしのと関りのないことであり、彼女が桂を知るようになったのは、兄が、病に仆《たお》れてからである。

「相沢君の知り合いなら、たいてい、私が知っているはずだが」

「ご近所だった方でございます」

兄の死についての、沖田とのいきさつは、桂には話してなかった。兄がいつも負い目しか持っていなかった桂に対して、その最後の様子をつつまず話すのは、あまりに惨めだとおしのは思ったからである。

「ま、そんなことはどうでもいいが、おしのさんが、突然あの男と立話をはじめたので、びっくりした」

そう言った桂は、もう微笑を含んでいた。

おしのが不思議に思うのは、この男が、いつも、やさし気に見えることであった。京に於ける長州の勢力を、今や一人で支えている、そんな男には思えなかった。

おしのに対しても、江戸の時から、細かい心遣いをしてくれた。兄が病んでからというもの大刀までも質草にしなくてはならないほどの暮し向きであったから、見舞いに来ると、必ずなにがしかの金子《きんす》を置いて行ってくれる桂の親切が、どんなに、有難いことであるか知れなかったが、桂にはどうしても、その心へ近付くことの出来ぬ、一種の冷たさがあるような気がした。

人の心を摑《つか》むのに情を以てしても、決して自分は情にはおぼれぬ男……おしのは、桂のやさしさの裏に、そんな面がひそんでいるように思われてならなかった。

「くれぐれも言っておくが、あなたの今の役目を、他人に覚られるようなことがあってはならない」

「わかっております」

おしのも、つとめて無表情な声で言った。

「だが、あの男、どこかで見たことがあるような気がする」

おしのは、ちょっと、不安な目をした。

この年、文久三年、八月に禁門の政変と呼ばれる紛争があり、長州は禁裡《きんり》警護の任を解かれ、京の市中に身の置きどころを失った。

桂が、京に居ることすら冒険だった。この危険な毎日を持つ男に、沖田を知っていてはもらいたくない思いだった。

「何のために、京へ来た男です」

「さあ、存じません。何もおききしませんでしたから……」

「名は？」

「沖田様とおっしゃる方です」

「沖田、何というのです？」

「さあ、御苗字だけしか存じません」

「そうですか」

その程度の知り合いか、と思ったのであろう。桂にしては珍しい調子で、

「遠目には、まるでおしのさんのいい人のように見えた。それで心配した」

そう言ってちょっと笑った。おしのは思わず頰《ほお》を染めた。

「いや、冗談。とにかく身辺気をつけてほしい。京に於ける幕府の取締りも、一段と厳しくなって来た。あまつさえ新選組のような……」

言いかけて、

「新、選、組」

ともう一度つぶやいた。

「新選組が、どうかいたしましたの？」

「いや、何でもない。長くなると人目に付く、北小路様によろしく伝えてください」

それだけ言うと、桂の新堀松輔は、おしのの前から敏捷《びんしょう》に姿を消した。

おしのは、ため息をついた。

思いがけない渦の中へ、自分の気持とはまったく関りなく巻き込まれて行く不安があった。

一馬が、自害した時、只一通、桂に当てた遺書があった。

その時期、桂は政治的な面で多忙をきわめていた。長州と薩摩のこじれかかった外交問題を拾収するために、江戸と京都を往復して、ほとんど、席の温まるひまもない有様であった。

薩摩の藩主島津久光《しまづひさみつ》の供先《ともさき》を横切ったイギリス人が殺傷されるという、「生麦事件」が起きたのは、一馬の死のわずか前、文久《ぶんきゅう》二年八月二十一日だがその、直後、桂の妹婿、来原良蔵《くるはらりょうぞう》が、横浜の外人居留地へ斬り込もうとしたのを阻止されて、切腹している。

桂は激しい時流の中に居た。

それだけに、何の志を果すこともなく、病の不治を覚って自らの生命を断った若者の無念さも思いやったのだろう。

「腕も、才分も勝れた男だったものを」

とさすがに暗涙を呑《の》んだ。

一馬の遺書には、妹のことをたのむ、とだけしたためてあった。

桂は、おしのに、京へ行くようにと言った。

京の公家、北小路家の奥仕えの侍女、というのが、おしのの落着き先であった。ところが、この屋敷に於ては、侍女というより、掛人《かかりうど》のような待遇を受けた。

そのうち、おしのにも、桂が、この北小路家へ自分を住み込ませた真の目的がわかるようになって来た。

それは俊敏な桂が、時勢の先々を読んで打った布石の一つであったかも知れぬ。

やがておしのは、この長州へ同情的な、公家の一派と、京に潜んでいる長州の勢力との秘密の連絡に使われるようになった。おしのなら、長州との関りは知られていない。

「あなたの兄上が、元気なら、我々の同志に迎うべき人だった」

桂はそう言った。だから、どうしろ、と命じたわけではない。

おしのも桂の言葉に従う他、これからの生き方が見つからなかった。

京へ来てからの、おしのの身辺は、江戸で兄と二人ひっそりと暮していた頃に比べるとめまぐるしい変りようであった。

おしのには、尊王《そんのう》とか攘夷とか、むずかしいことは解《わか》らない。只、この一事にいのちをかけている男達が無数にあることだけは分った。

京で見る桂が、ひどく異質なものに感じられるように、この時勢に、男達は、京へ上ると変ってしまうものらしい。

――兄も、この男達の間に身を投じていたら、自分とは、まったく無縁の世界に住むようになっていたに違いない――

そう思うと、おしのは、女の身で、この動乱の都に居ることが、たとえようもなく心細かった。

――でも、あの人は、ちっとも変っていなかった――

おしのは、今日、鴨川の河原で逢った男のことを思うと、心が和んだ。とはいえ、殊更《ことさら》よく知っている相手でもないのに……。

今日も、はじめて会った時と同じように、ごく短い言葉を交しただけだった。沖田は、あんな死に方をした兄のことを思い出すのが辛《つら》かったのだろう。

――きっと心のやさしい人だ――

おしのは、ぶっきら棒な男のことを、そんなふうに、思いたがっていた。

二

おしのが、桂に、その次会った時、彼はやや勢い込んだ口調で、

「わかった、あの男」

と言った。

「あの男、とおっしゃいますと？」

「この間、ここで、おしのさんと立話をした男だ」

「沖田様のこと？」

「そう」

桂の目が光った。

「新選組の沖田総司」

「新選組の！」

おしのは、叫ぶように言った。

新選組が、今や、京でどんな存在であるかおしのはよく知っていたし、自分のしていることが、彼らを敵にまわしていることも承知していた。

おしのが、耳にしただけでも、幾人かの同志が、新選組のために、殺傷捕縛されている。

「意外に大ものだった。新選組の副長助勤、沖田総司」

桂は、もう一度、その名を言った。半分上の空のおしのの耳に、総司、というひびきだけがのこった。

「副長助勤といいますと？」

「分隊長のことらしい。しかも筆頭、一番隊隊長だ」

「お人違いです」

おしのは、この間、今、桂の立っている場所に自分と向い会っていた沖田の、はにかんだ表情を思い浮べた。

「新選組の隊長だなんて、そんなお方ではありません」

おしのは、ちょっと笑った。怜悧《れいり》な桂の思い違いがおかしかったのだ。

「お年だって、まだ、二十歳《はたち》になるか、ならないか」

「いや、年はわずかに二十歳だが、腕は新選組で並ぶものがないと言われている」

「とても、そんなこと……」

おしのには信じられなかった。

「私は調べたのだ。出身は局長の近藤が、道場主だった試衛館」

試衛館と聞くと、おしのの胸は、早鐘をつくように鳴った。一年前、兄の介錯をたのむためにそこへかけつけた時の動転した気持が、ここへ戻って来たようだった。

「それで分った。あの道場は、あなたの住んでいたところのすぐ近くだ。あそこは流派を問わず、いろんな剣士が出入りしていたらしいから、相沢君も、一度や二度は、行ったことがあったかも知れない。だから沖田を知っていたのだろう」

桂にそういうつもりはなかろうが、おしのには、彼の声音がひどく冷酷に聞えた。

兄と沖田は、そんな関りあいではない、という説明は、口に出来なかった。

それよりも、おしのにとって、新選組というものは、常に身を避けて通らねばならない咬《か》みつき犬のような印象しかない。あの沖田がその一人だ、ということは、眩暈《めまい》を覚えるような事実だった。

「まだ信用出来ないかな、だったら、おしのさんが、自分で確めるといい」

「確かめる?」

「そう」

桂が、何を考えているのか、おしのには見当がつかない。

「江戸の時からの知り合いともなれば都合がいい、向うも用心しないだろう。沖田に近づいてほしい。出来るだけ、新選組の内情を知りたい」

「私に間者《かんじゃ》の真似《まね》をせよとおっしゃるのですか」

「いや、無理にいろんなことを聞き出せとはいっていない」

こんどは、少しなだめるような口調で桂は言った。

「女の貴女が、そんなことに興味を持ちすぎれば、向うも怪しく思うだろう。只、沖田と付き合っていて、気づいたことを、何でも報告してくれればいい」

「そんなお役目、私につとまりそうにはありません……あの方とは、それほど深いお知りあいというほどでもありませんし」

こちらの顔さえ覚えていてはくれなかった人だとまでは、どういうものか、おしのは桂に言いたくなかった。

「おしのさんが、私情をはさむような相手でなければ、尚《なお》結構。しかし住みなれた土地を離れて来ている者にとって、そこでの知り合いに会うのは懐しいものだ。近づける見込みは大いにある」

「そんなこと……」

「出来ないことはない。何も情を交せとは言っていない」

桂はぴしゃりと言った。

おしのは、胸の中へ、熱いかたまりを、容赦なく投げ込まれたような気がした。桂に間者になれと言われれば、今のおしのは従うほかはない。だが沖田を裏切ることは堪えられなかった。彼には妙な形での恩がある。それを桂に説明する時期は、すでに失われてしまっていた。

「むずかしいことではない。何気なく時々会っていてくれればいい。そのうち役に立つことがあるかも知れぬ」

重ねて桂は言った。

沖田に、もう一度逢いたい、とおしのは思っていた。この際、桂の言い付けを承知する以外、自分が、新選組に居る男に二度と近付くことは許されまい。おしのは沖田と無縁になってしまうことの方が哀しかった。

「逢って見るだけで、よろしければ」

おしのは小さな声で言った。

「そうか。世間は広いようでも狭い。死んだ相沢君が、こんな形で我々に加担してくれているのかも知れん」

そんな因縁ばなしを、一番信じそうにもないのが桂であることを、おしのは知っている。そして又《また》、心の中で、あの兄が、自分の最後の介添をしてくれた沖田に、そんなつもりで妹を会わせたりするはずがない、と思っていた。

人は偶然が重なると、それに運命的な力が加わっているような気持を抱く、少くとも、沖田がおしのに感じたものはそれであった。

三度目、おしのに逢ったのは、巡察の途中だった。京の町の者達は、新選組の一隊が通りかかると、おびえたように道を避ける。おそらく背後からは冷い目差しが投げかけられているであろう。そういうものを一切無視することにも、総司は馴《な》れた。

江戸と違って、この町は、いつまで経《た》っても他人だった。

その中で、おしのの姿を見付けた時、総司は、そこだけ、温い空気がふわっと取りまいているような気がした。

おしのの方も、沖田を認めると、はっとしたように目元を染めた。そして、総司だけに分るようなあいさつを送ってくれた。

隊士達の前で、知り合いのように振舞われた時の気恥かしさを思うと、総司は、おしのの、そういった心くばりが好もしかった。

総司も一瞬目を伏せただけで通り過ぎた。道を曲ろうとして、何かに引っぱられたように視線を走らせると、おしのはまだ、立ち止ったまま、こちらを見送っていた。

翌日。

総司は、思いがけず、女の人から託《ことず》かったという文を、八木家の下婢《かひ》から渡された。総司の心の片隅に、おしののことが去らずにある。だが、まさか、と思った。

「ひる八つ半、きよみずにてお待ち参らせ候《そうろう》
しの」

きれいな筆跡《て》で書かれてある。やはりおしのからのものであった。

昨日、その目の前を、派手な隊服で通り過ぎた自分が、急に面映《おもは》ゆくもあり、又そのせいで、所在を知ってわざわざ文をくれたものなら、このままほうっておくわけにもいかないような、戸惑った気持に、総司はなっていた。

ひる八つ半（午後三時頃）という刻限のぎりぎりまで逡巡《しゅんじゅん》して、やはり出掛けた。

おしのは、清水寺の丹塗りの仁王門のところに居た。柱の陰から、顔だけをのぞかせて坂の下を見下していた。

総司の姿を見ると、むしろ固い表情になった。

目礼をして、目が合った時、

「来てくださいましたのね」

はじめて、胸につまった息をはき出すように言って安堵《あんど》の色を見せた。

「私に、どんな用です？」

出来るだけ、柔らかな言いまわしをしなければ、と思いながらも、総司には、およそ不馴れなことであった。

「昨日、お見掛けして、おなつかしかったものですから、つい……御迷惑でしたでしょうね」

おしのは、うなだれた。あの偶然は、求めて得たものでしかない。自分は、ほんとうに、この人にもう一度逢いたかったのだ、と言いきかせて見ても、桂に命ぜられたことの後めたさが、おしのの心を覆って来るのだ。

「迷惑なら……来ない」

言ってしまってから、赤面している。

おしのは、総司の少年のような素直さが嬉しくなった。

「私、本当に、びっくりいたしましたのよ」

「何がです？」

「貴方が、新選組にいらっしゃいましたこと」

「そうだろうな」

　てれかくしのように、ぱっと笑った。

　おしのは沖田に八重歯のあるのを見付けた。それは、新選組の筆頭助勤などという男には、ずいぶん不似合なものに思われた。

「だが、おしのさんも物好きな人だ。新選組に居ると分った私に、どうして逢って見たくなったのです？」

「沖田様が、どこにいらっしゃろうと、関りございません」

　おしのは、自分でも驚くほど、必死な声で言った。

「江戸で、御縁のありました方に、こんな遠い土地でお目にかかれましたのが、まるで、兄のひきあわせのように思えて」

　それは、桂の言ったような意味ではなく、沖田と自分だけを結ぶきずなであってほしかった、と切ないほどにおしのは思った。

「兄のかわりになっていただきたかったのです」

「兄さんの……」

　そう言われると、自分にそんな責任があるような気もして来るのだからおかしい。

「こんな、物騒な男でもいいのですか？」

　おしのは、ええ、というように頷いて見せた。

「おかしな人だな」

沖田の声には、いくぶん親しげな響きが加わっていた。

「用っていうのは、それだけですか？」

「申しわけありません」

「別に、謝まらなくてもいいけど」

人目もある場所での立話などは、限度があった。こうして逢ってどうするか、二人にはその知恵もなかった。

「ご相談したいことでも出来たら、又逢ってくださいますか」

「ええ、勤めがあるから、いつでもというわけには、いかないかも知れないが」

「御都合のよろしい時まで、いつまででもお待ちしております……今日も、いらしていただけるとは、思っておりませんでしたから」

「来ない者を待って、こんなところに、うろうろしていてはよくない。このごろ、不逞《ふてい》の者の横行が激しくなって来て、危険なんだ。おしのさんも一人歩きは気をつけた方がいい」

沖田の親身な言葉が、かえっておしのに二人の間の断層を思い起させた。

――私などが、近付かない方が、この人の為《ため》なのに――

だが、桂は、今更《いまさら》それを許さないであろう。

坂を下りかかると、二人は自然離れて歩いた。

清水焼や、扇、数珠といったものを商う店が、チマチマと並んでいるのを、秋の早い日足が、斜めに照らしていた。

坂の下に駕籠《かご》屋があった。

「では」

沖田は、ちょっと会釈をすると、おしのが駕籠屋に行先を告げるのを待たずに、建仁寺の塔頭《たっちゅう》の方へ、大股に去って行った。

三

春が近いというのに、京の寒さは一入《ひとしお》で、おしのは、もう二度も、ここの冬を越しているのに、骨の凍《い》てるような冷たさには脅威を感ずる。

京の情勢は緊迫して、おしのなりの仕事が忙しかった。

沖田とは、久しく逢っていない。

佐幕派の要人が相次いで暗殺された。その探索警備で、彼も忙しいに違いなかった。

おしのは、ひょっとすれば、そういった事件の糸をあやつっているのが桂ではないか、と思う。そして、おそらく自分が、その糸の役割をしているに違いない……と。

おしのは、使いの内容については何一つ知らされてはいない。しかし、自分の運んでいる書状の中にも、誰かに死をもたらすことを指令したものが、含まれているであろう、という察しぐらいはついている。

何という禍々《まがまが》しい使者であろう――それを忘れたいと思う。

(どうしてお松さんのようになれないのだろう?)

お松、と桂が呼ぶ女は、本名おつま、舞妓《まいこ》の時から桂とはなじみで、一本になる時、彼が、自分の号の松菊から一字を与えて、

〝幾松《いくまつ》〟

と名乗らせた。

長州藩邸に近い三本松の仕舞屋《しもたや》風の彼女の住いを、桂は、何かと連絡に使っていたが、昨年、長州が、京を追われた直後は、幾松の身辺にも公儀の目が光っていて、桂も、あまりこの家へは出入り出来なかった。

その頃から、おしのは、桂の潜伏場所とここをよく行き来するようになった。

よく磨き込まれた、軽い格子をあけると、奥から出て来た、幾松は、

「お上りやす、ごくろはんどす」

いつもの愛想のいい声をかけてくれた。

幾松は、じみな絣《かすり》の着物に、この寒いのに素足で平気らしい。

「おじゃまいたします」

おしのは上りはなに指を揃《そろ》えた。

「そない、ていねいにおしやすと、町方のふうが似合わしまへんえ」

おしのは、ここへは町家の娘の姿で来る。

「桂様は、京へお帰りでございますか？」

「さあ？　おしのはんが、知ってやおへんとこ見ると、お国許《くにもと》やら、江戸やら……どこにおいやすのどっしゃろ？」

さらっと笑った。実際、桂はどこを飛びまわっているのかわからなかったが、今京には居ないらしい。それが、何となくおしのの心を軽くしていた。

奥に一人の男が居た。おしのは、用心深い表情になった。

「おしのはんは、はじめてどっしゃろ。長州のお方どすえ」

幾松は、その男の名を「吉田稔磨《としまろ》」と告げて、

「桂はんと、おんなじで、せえだい危い目ぇしてはるお方どす」

まるで、それを面白がっているかのように言った。おしのは、この女《ひと》を、一種の感嘆をもって眺めている。桂のような危険な男の身辺にいて、こんなに悠々としていられるのは、一体何のせいだろう。

すぐに、必死の形相で目を吊《つ》り上げる男達より、いっそ見事な気がした。京の女の

芯の強さとは、こんなところにあるのだろうか。

「これが、おしのはん……」

言いかけて、幾松は、

「いや、どないしやはったんどす？」

吉田が、まじまじとおしのを見詰めていたからである。

「見たことがある、この女《ひと》を」

もっそり、と言った。異様な眼の光だった。

見すくめられて、おしのは思わず身をちぢめた。

「どこでお逢いやしたんどす？」

幾松がきいた。

「さあ……」

見つめたままで考えている。

「ああ！」

思い出したのか破顔した。笑うとひどく子供っぽい表情になった。

「桂さんが、塾頭をしておった道場」

「斎藤弥九郎《やくろう》先生の道場でございますか？」

それなら、おしのも知らない場所ではない。

「見たんだ、そこで」

吉田は、自分でうなずいた。

「申しわけございませんが、私は……」

おしのは覚えがない。吉田の名をきいたこともなかったし、この風貌を一度見たら忘れるとも思えない。

「いや、あなたは知らんはずです。斎藤道場へ行った時、こちらで一方的に見かけただけだから」

稔麿は、別に斎藤道場で剣を学んだわけではない。松陰の釈放を嘆願したが容《い》れられず、国許を脱走して、江戸のさる旗本の屋敷に身を置いていたことがある。その時期、同じ志向を持つ友を、そこに訪ねたものか。

一馬は、よく道場に泊り込むこともあったから、その時おしのは着更えでも持って行ったのかも知れない。

ほんの行きずりの出会いである。

「それを、よう覚えておいやしたもんどすなぁ」

幾松は、からかい顔で言ったが、吉田は、真顔のまま、

「あの時、『おい見てみろ、あれは俺のいいなずけだ、羨《うらや》ましかろう』と自慢そうに言った男が居たから」

「うそです。私にそういうお方などはありませんでしたわ。誰が、そんなことをおっしゃったのでしょう？」

どうせ、若い門弟の内の誰かの冗談だとは分っていたが、そんな目で見られたのかと思うと、おしのはついひらきなおった。

「あれはたしか……相沢一馬という男だった。御存知か？」

「まあ！」

おしのは呆《あき》れた声を出した。

「相沢一馬は、私の兄でございます」

同門の者は、おしのを一馬の妹と知っているはずだから、兄はこの生まじめな来訪者をかついで、ひそかに楽しんだのかも知れない。

一馬は、そういういたずら好きなところもあった。

「妹御？」

吉田は、一瞬妙な顔をしたが、

「ひどいなあ。俺が、とって喰《く》うとでも思ったのかなあ」

磊落《らいらく》に笑って、

「元気ですか？」

と突然きいた。

「は？」

「相沢君は」

「兄は……死にました」

「なに、亡くなった？」

おしのは、急に胸が迫った。悲しい思い出には馴れていた。しかし、元気で居た頃の屈託のない兄のことを聞かされた時、無防備な部分をつきくずされたような涙が堰《せき》を切って溢《あふ》れ出てしまった。

吉田は、気の毒なほど狼狽《ろうばい》した。

「許してください。知らなかった」

死んだ男のことは、彼らの間では、もう語られることもなかったのであろう。

おしのは、兄が哀《あわ》れでならなかった。

「困ったな、お松さん、この人を慰めてくれ」

吉田は、幾松の方へ救いを求めた。おしのは、この初対面に近い男の前で取り乱した自分が恥かしかったが、

「おしのはん、お泣きやしてもかめしまへん、亡《の》うならはったお方のことは、たまには思い出して上げるのも御供養どす」

幾松にそう言われると、まるで、岩のようながっしりとした手応えの吉田の前でな

ら、涙を見せてもいいような心の許せるものを感じた。

泣いたことが、おしのを久しぶりに、清々《すがすが》とした気分にさせた。

「申し訳ございませんでした。もう泣きません。御用を承ります」

おしのは、しっかりした口ぶりで言った。

「あなたを、こんなことに使っていいのかなあ」

吉田は、やや気おくれしたように言った。

桂の留守の間、京の同志への指令は、彼が任されているらしい。

「吉田はん、おしのはんも、お仲間のうち、お仕事に情は禁物どすえ」

松陰門下の秀才と言われた男を幾松は弟のように扱っている。

「おしのはん。決まったお方がないとお言やしたからには気いおつけやす。こない危い男はんに好かれたらあきまへん」

幾松のあけっぱなしな言い方に、おしのは赤くなったが、つい微笑《わら》った。

「かなわんな、お松さんには」

吉田も笑っているより仕方がない。この男は、多分に長州人らしい謹直さを備えているのだが、桂と違って、どこか内に籠《こも》らない明るさがあった。

「女《おなご》はんのことなど思てはると、大事な時に志気がにぶりますえ」

吉田が、そういう種類の男ではないことを幾松はちゃんと知っている。だが先ほどからのなりゆきで、死んだ旧知の妹という偶然が、吉田の中でおしのへの好意になっているのも見抜いていた。吉田は、からかわれてばかりいるのもしゃくだったのか、

「では、桂さんは、どうでありますか」

長州なまりで反撃した。

「桂はんどすか？」

幾松は、ゆったりと笑って、

「あのお人が、女《おなご》のことで、心にぶらすような可愛《かい》らしところがおますかいな。いざとなったら、女《おなご》のことなど、さっぱり忘れてしまえるお人どす」

涼しい顔で言った。

「それでも、お松さんは、よろしいのですか？」

おしのは聞いて見た。

「しょうがおへん。ほんに、憎らしいお人や思ても、うちは、桂はんのそういうとこに惚れてしもたらしおすさかい。ま、男はんは、憎らしいくらいやないと、手応えがのうてあきまへん」

「止めた」

吉田は手をふりまわして、

「杉山松助に注意されておった。お松さんには何かときかされる、気を付けろ、と。

それを忘れて水を向けてしまった」

何と言われても、幾松は悪びれたふうもない。おしのの目には、それが、生き生きと写った。人を好きになるということを、どんなものにも邪魔されることのない幾松が羨ましかった。

四

京洛《きょうらく》には、もの憂いかすみがたな引き、至るところ、桜の花で満ちている。その平和な風景とはうらはらに、この都には殺伐の気が籠《こ》めていた。

京へ集って来る浪士の中には、過激な尊王思想の故に危険と目される人物ばかりではなく、初心は、いかなるものであったにせよ、やがて、押込み、強盗と堕《お》ちる輩《やから》も少くない。

浪士取締令で、幕府が打出した方針としては、そういう者達を見付け次第捕殺せよ、というものであった。

総司の率いる一番隊は最も精鋭揃いで、大きい捕物には必ずこの隊が出動した。

何人斬った、ということが、手柄話としていつも身辺で語られていた。

そういう話の中へ加わるのを総司は好まなかった。実戦というものは、被覆《ひふう》しておきたい多くの部分を持っている。

それは、その場限りで終らせるべき性質のものであった。

うるおいの少ない日々が続くと、ふと、おしののことを思った。

——こういう世界に住む自分に、求めてまで近付かせるのはよくない——

と考えてはいる。

だが、おしのの方から、用がある、と言って来るのを、心待ちにしている気持が、ないわけでもなかった。

その心を読んだように、おしのから使があった。

（御相談したいことがあるので、南禅寺三門でお待ちする）

と、その日時がしたためてあった。おしのにしては珍らしく、来ていただけるかどうか返事がほしい、という。

公家の雑色、とでもいった文使いの男に、総司は承知した旨答えてやった。

おしのが、どんな所に住み、どんな生活《くらし》を持っているか、総司は、まだ知らない。

その日、南禅寺の楼門《ろうもん》のところで、おしのは待っていた。

「石川五右衛門の『絶景かな』で名高いのはここか」

松林の向うに立ちはだかるような、三門の威容を総司はふり仰いだ。

「ほんとうは、この御門、五右衛門の死後、三十年くらいして建てられたものだそうですわ」

「へえ、おしのさんはよく知っているんだなぁ」

「私も、受け売りですけど」

おしのはくすっと笑った。どこか楽しそうなところがある。

「相談って何です?」

こんなところでは、ゆっくり出来る筈もない。

「この裏手に、蓮妙庵という尼寺があります」

今日はそこへ参ります、とおしのは言った。

「私、この間から、その寺で、お茶を教えていただいております」

「はあ」

「それで……お願いがございますけど……」

おしのは言いよどんだ。

「どんなことです?」

「きいていただけるでしょうか?」

「だから、何です?」

話は少しもはかどらない。

南禅寺の右手を東へまわると、少し上り坂になっており、名も知らぬ、黄色の花房が、重たそうに垂れている。

片方が流れになっている細い道だった。

尼寺の門が見えた時、おしのは立ち止った。

「これからは、沖田様も、いらしていただけませんか?」

思い切ったように言った。

「茶を習いにですか?」

「え、庵主様には、お願いしてございます」

「驚いたなあ」

「同じ日に、ここへ来れば、ゆっくりお目にかかれるでしょう?」

茶を習うということも、そのために考え出したのかも知れない。

「悪いお弟子だ」

「お茶も、一所懸命いたします」

むきになったおしのは、小さな少女のように見えた。

「人の身の上は、何が起るかわからない」

「そんな、大ぎょうなことでもございませんでしょう?」

「いや、私にとっては、寝耳に水だ」

そう言ってから、自分でおかしくなった。これを隊の仲間が知ったら、どんな顔をするだろう、と思ったのだ。

二人は低い柴垣の前まで来ていた。

庵《いおり》の入口まで、まだ色の浅い苔《こけ》の間に敷石がはめ込まれたように並んでいた。いかにも尼寺というにふさわしく、何もかも小ぶりで優しげなたたずまいであった。

縁先に置かれた素朴な形の鈴を、おしのは取り上げて振った。澄んだ音色がひびいた。

総司は、自分がまったく別な世界へ迷い込んで来てしまったような気がした。

取次ぎの尼僧が出て来て、まず、本堂の方へ通された。

「よう、おこしやしたな」

庵主らしい老尼はにこにこして言った。かなりな年齢《とし》なのだろうが、濃い利休鼠《ねずみ》の法衣《ころも》をつけた姿は、気品高く美しかった。

「おしのはんと一緒にお茶をなさりたいといわはったのは、このお武家はんどすか?」

老尼は、正直に珍しそうな顔をした。

「はい」

おしのは頬を染めている。

「沖田と言います」

自分のことを、ここで何と紹介したものかわからないので、総司はそれ以上あいさつのしようがなかった。

「若い男はんが、ご奇特なことどす」

まったくだ、と総司も思う。

茶室へ通される時、

「お刀は、こちらへお預りいたしまひょ、ここは尼寺どすさかい、茶室の口に、刀掛けもおへんさかい」

案内をしてくれた別の尼僧が言った。

茶室で座が決まると、老尼は、穏かな表情のままで、総司の方へ言った。

「どうぞ、ここではおゆるりと、お腰のものは、さっさとお離しやす」

「刀はさっき、お預けしました」

「ほんまのお刀はそうどすやろ、そやけど、お心の中には、まだ、お刀を持っておいやす。ここで誰ぞが、かかって来たら、何を得物に闘うか考えておいやすのどすやろ」

「武士なら、当り前のことでしょう」

「せっかく、ここへおこしやしておいやすうちだけでも、刀やとか、武士やとかいう重たいもんはほってしもたらよろし」

老尼はこともなげに言う。その間も、茶道具の間を、よどみなく手が動いていた。

「それのあるうちは、お茶の心にはなれまへん」

「そう言われても無理です」

「ほほほほ……」

総司の困ったような顔を見て、老尼は無邪気に笑った。

「そら、無理どすやろ」

おしのは、二人の顔を見比べている。

「そやけど、人間一つのことばかりに、一所懸命になりすぎると、肩がこってかないまへんえ」

この老尼は、総司の日常を見通したようなことを言う。

「あんたはんが、お茶でもなさろうと思い立たはったのは、ええお心がけどす」

「別に、思い立ちなどしません」

「そんなら、このおしのはんのおかげどすか？」

老尼は、又笑った。

「あの……」

床の間の掛物を拝見していたおしのがやっと口をはさんだ。

「あ、おしのはん。あんたはんほっておいてかんにんどすえ。ここでは、こういうお客人に、めったにお目にかかることもないさかい」

だから、相手にするのが、おもしろい、と言わんばかりの老尼の口ぶりに、総司は苦笑した。

「このお軸は？」

「それは、消息を、お軸にしたものどす」

「消息……と申しますと？」

「お手紙のことどす。三百年ほども前のもんどす」

「あ……」

おしのは、小さい声を出した。

「日付けが、今日と同じ日でございますね」

やよひ五日、としるしてある。

「気が付いてくだはりましたか」

老尼は嬉しそうに、

「それ故、これは、三月五日より掛けませぬ」

「一年に、一日だけ……」

「はい、このお軸が、今日という日に書かれた縁《えにし》を大切にするためどす。縁の深さは、刻《とき》の長さやおへん。お茶の心も、仏法もそこは同じどす。一期一会《いちごいちえ》という言葉がおすが、たった一度の出会い、それを大事にするのどす」

その言葉に、おしのは、はっと醒《さ》めた。

——こうして会っている時だけの縁——

まるで、沖田と自分のことを言われているように思われた。

辞去する時、

「又おこしやす。お刀を預けに」

と老尼は、総司へ言った。

「はい、来ます……又」

微笑を返した。この枯淡な老尼に、又会いたくなるような予感が、総司にはあった。

五

桂が京へ帰って来た時、

「あの人を危いことに使うのは止《よ》せ」

と、吉田は言った。

「おしのさんのことか？」

桂は、吉田とおしののことを、

（冗談から駒《こま》ということもおすさかい）

気をつけた方がいいと、幾松から耳うちされている。

「我々のやらんとするのは男の仕事だ、それに女を使うのは、本意ではない」

女ごときに、という気持が、この時代の男の中には一様に潜在している。と同時に、女は憐《あわ》れむべきものという考えもあった。吉田にとって、おしのは特にそういう対象になっているらしい。

「君には解っていない」

桂は無表情のまま、

「事を成らしむるためには、あらゆる布石が大切だ。心配しなくとも、あの娘を、それほど危ないことに使ってはおらん」

「新選組の男などに近付けることが、どうして危険ではないと言えるのだ」

「今のところ、沖田とあの娘は、新選組でもなければ、間者でもない、只《ただ》の昔なじみさ、だが、そのうち、一番大切な時に、あの娘自体が、我々の情報になる」

「おしのさんは、相沢君の妹だ。そういう道具にしたくはない」

桂から見れば、それは単に吉田の感傷でしかない。

「沖田とのつながりは、相沢君が持っていたものだ、従って、この役目は、おしのさんでなければつとまらぬ」

「兄の旧知が、新選組に居たことが、おしのさんの不運だと言うのか」

「不運になるかどうか、まだわからん」

「敵に身を委《まか》すようになっても、女の不運ではないと……」

「吉田君」

桂は止めた。吉田はまるでおしのが生贄《いけにえ》にでもされているかのように考えているらしい。

「沖田に関する限り、おしのさんは勝手にさせてある。我々は只黙って見ているだけでいい。君らしくもない。情をはさむな」

桂はその話は打ち切ると、

「今日、ここへ、古高《ふるたか》俊太郎が来る」

古高も同志の一人である。京の町では桝屋喜右衛門《ますやきえもん》と名乗り、四条寺町で古道具屋をやっている。

「もう一度、同志を集めねばならんが、よく打合わせておいてもらいたい。肥後の宮部も京へ入っているはずだ」

今、彼等《かれら》が、秘《ひそ》かに計画していることは、どんな手段に訴えても、主上を長州へお連れ申し上げる、ということであった。

「も早、穏かな方法で、ことは運ばん」

と桂は言った。

先年、大和行幸の名を借りて強行しようとした長州の企《たくら》みは、見事失敗に終っている。

「京で集めることの出来る同志だけでやるとすれば、数は知れている。果して出来るか」

吉田にしても、もうおしののことを言っている余地はなかった。

「虚を衝《つ》くことだ、敵の」

その布石の一つがおしのだ、と桂は考えている。が、吉田には、何も言わなかった。この情熱的な男を、これ以上刺激しない方がいい。

だが、後で、幾松へは、

「やはり、お前の言うように、吉田は、おしのさんを好いているのかも知れん」

と言った。

「それより、おしのはんは、ほんまにあっちゃの男はんが、好きなんかも知れしまへん。その方に気いおつけやす」

「沖田をか?」

「へえ」

「それなら、それでいいさ、好きになれば、猶更《なおさら》、自分が長州の女だとは言えなくなる」

「さあ、どうどすやろ。女は好いた男はんのためやったら、どないなことでもしますさかい」

「口を割るおそれがあるというのか」

「へえ」

「敵方の女とわかれば、沖田が仕末するだろう」

「むこうの男はんも、おしのはんを好きになってはったら？」

「間者と通じて、隊をあざむけば、打首切腹。そういうところだ、新選組とは、こちらは、手をくださずとも、近藤の腹心が一人減る」

「こわ……」

幾松は小さく言った。

「あんたはんというお人が」

口とは別に、桂の胸へ肩をよせた。

六

その日、おしのは、八坂神社で、沖田と会うことになっていた。

その時刻より、よほど早く来た。

薫るような、若葉の季節である。

丹《に》と緑の美しい楼門から拝殿までの、ゆるやかにまわりこんだ参道に、これも美しい丹塗りの献燈《けんとう》が並んでいる。

蓮妙庵では、時折、沖田と顔を合わせるのだが、茶室ではこれという話も出来なかった。

それに、おしのは、沖田を無口な男だとばかり思っていた。二人でいるとすぐ話題が途切れてしまうのだ。

ところが、蓮妙庵では、はじめのうちこそ、沖田は、場違いなところに連れてこられてしまった、とでもいった表情で、終始黙然としていたが、だんだん打ちとけて来ると、庵主の妙玄尼とも、いろんな応酬をするようになり、結構二人ともそれを楽しんでいるようすなのだ。

おしのは、沖田を、ここへ誘うという思いつきがうまく行くかどうか、さんざ気をもんだくせに、こうなると、自分一人だけ取り残されてしまったようなつまらなさを感ずる。

どんなわずかな時間でも、沖田を一人占めにしておきたいのだろうか……と思うと、秘かに頬がほてった。

が、それと同じ思いを抱いてくれそうにない沖田が恨めしくもあった。

――遅いこと――


待つ、という時間には、もの思いがつきまとう。

沖田は、自分が、桂の意を含んで近付いた女だとは知らない。

それに、もう一人、純粋におしのの身を案じていてくれる男があった。

吉田稔麿である。

吉田は、敵方の男に対する自分の思いを知らない。

知れたら……この二人を、どれほど傷付けることになるだろう。

おしのは、そう考えると、このまま消えてしまいたいような思いに駆られる。

(あ……)

四条通りを、こちらへやって来る沖田の姿を目敏《めざと》く見付けると、今までの、おしのの憂悶《ゆうもん》は、嘘《うそ》のように晴れた。

白い夏絣《なつかすり》の沖田は、いつもと違った印象がある。この前会った時から、もう衣更えの季節をへだてていた。

沖田は、石段の下で足を止めた。その目が自分を探しているらしいのが、身をかくしているおしのには楽しい。

――いつ声をかけようか――

子供のようなはしゃいだ気持になっているおしのの前を、沖田は、ちらと、目くばせのような一瞥《いちべつ》を投げて、黙って通り過ぎた。

今なら、人目もないのに、と思ったが、沖田のはにかみなのかも知れない。

二人は、別々の参詣人のように拝殿の前へ並んだ。

今日ここで会って沖田はこれからどこへ行こう、と言うのだろう？

おしのには、不安な心のはずみがある。

「そのお召物、よくお似合いですわ」

顔は前に向けたまま、おしのはこっそりと言った。

「そうですか」

沖田は、それにあまり身の入らない返事をして、

「おしのさん、あなたをつけている男がある。気が付きませんでしたか？」

と低い声で言った。

「いいえ」

「振返ってはいけない。樹《き》の陰にいる」

「私を？……たしかに？」

「うん、石段のところからあなたを窺っていて、我々の後をつけて来た」

斜め後ろに神経を集中している沖田の横顔が、おしのの見なれぬ鋭さを帯びていた。

「今日、ここで、私と会うことを、誰か知っていますか？」

「いいえ」

と言ったが、それは嘘である。自分が今日出掛けることも、他に用を持たなければ、沖田と会うかも知れないことも、調べようと思えば、桂には容易に分る。

今まで、沖田とのことは、不思議と干渉の外におかれていた。おしのはついそれに心を許した。無論、いざとなれば、何を命ぜられるか分らない、その時、をおそれながらも、まだ、今のうちはいい……今のうちはという薄氷をふむような思いを、だんだん忘れかかっていた。

「ここに、居なさい」

沖田は立ち上ると、絵馬のかかっている社殿をまわって、茂みの方へ近付いて行った。

おしのは、思わず、後を追った。心細さが体中に湧き上って、どうしようもなかったからである。

「出て来い！」

沖田は木立ちの中へ向って威嚇《いかく》的な声を放った。

「用か」

逃げようともせず、姿を現した男を見て、おしのは、呼吸が止りそうになった。吉田だったのである。

「何のために、あとをつけて来たのだ」

「あとをつけたりはせぬ」

だが、沖田は相手の殺気を感じていた。

「私は、新選組の沖田だ、貴公も藩姓名を名乗っていただこう」

内心、

――長州だな――

と思っている。沖田にそれを見抜く目は備って来ていた。侍は、刀の下げ緒のかけ方一つでも生国が知れる。それに、長州と新選組のかかわりは、年来のものだ。

油断ならぬ、と思ったのはそのせいだ。

おしのは、吉田が次に口にする言葉が不安だった。

――沖田に何もかも知れてしまったら――

少くとも、こんな形で知られたくはない。

「その必要はない」

「どうしても、聞きたいと言ったら？」

吉田の左手が鍔元《つばもと》へかかった。

「ほう、刀にかけても、名乗れぬわけがあると見える」

沖田の声には、こういうかけひきには馴れている落着きがあった。

「お願い。止めてください！」

思わず、おしのは駆け寄って、沖田の袖をつかんでいた。

「離れろ！」

期せずして、同じ言葉が、二人の男の口から発せられた。その視線がぶつかりあうと、異様な熱気がほとばしった。

「ああ……」

おしのは、石燈籠《いしどうろう》にすがって、やっと立っていた。

目の前の光景が、白々とした幻のようにしか写らない。おしのにとって、対峙《たいじ》しているのは、まるで見知らぬ二人の男のようであった。

吉田は、沖田を斃《たお》そうと思っている。

人は新選組の強度を過大に評価しているようだが、その成果は、衆を恃《たの》んでの暗殺、謀殺が、ほとんどではないか、そういう集団の中で、いくら沖田の腕が立つと言っても、高が田舎流儀の出に過ぎぬ。

――一対一なら何ほどのことがあろう――

そう思い込めるだけの図太さが、吉田にはあった。

「抜け！」

吉田は低く叫んだ。

「無駄なことを」

二人の間隔が少し狭まった。

おしのは、身動き一つ出来なかった。この静止を破れば、その次は一方の死があるのみだ、という恐怖が、おしのの体をしばりつけていたのだ。

その緊迫した空気の中へ、華やいだ女の声が飛び込んで来た。

「かんにんどすえ、お待たせしてしもて」

女は幾松だった。左手で褄《つま》を取り、ちょっと息をはずませて、

「あ、しんど」

空いた手で、胸元を押えた、吉田によりそって……というより、いつの間にか、二人の男の間に立っていた。

「いや、どないしやはりましたん？」

わざと、とぼけて見せた。

「どいてくれ。片をつけるまで」

吉田は、明らかに、出鼻をくじかれた様子である。沖田は黙って女の所作を眺めていた。

「片をつけるて、斬りあいでもしやはるおつもりやったんどすか？」

幾松は、怨《えん》ずるように言った。

「ここは、御神域どす。どんなご遺恨や知りまへんけど、どうぞ、お手を退《ひ》いておくれやす」

とっていた褄を帯の間へはさむと、

「この通りどす」

と手をあわせる真似《まね》をした。

「遺恨なのではない。不審のことがあったので、問い質《ただ》したまでだ」

「無礼な、不審のこととは、そちらの言いがかりではないか」

「ま、お待ちやす」

幾松は、吉田をやんわりと押えた。

「そちらのお連れはんも、心配してはります。女《おなご》の前で、刃物三昧《ざんまい》は野暮《やぼ》というもの、ここは、この留女の顔も立てておくれやす」

沖田は苦笑した。悠々として迫らぬ、女の度胸のよさに、一歩ゆずらざるを得ない。

「よかろう。お前の名を聞いておく」

「うちは、三本木の芸妓《げいこ》で、幾松と申すもんどす」

そう名乗ると、

「何ぞ、御不審がおしたら、どうぞいつでもお越しやしておくれやす」

と言った。

吉田は、自分の連れらしくふるまった幾松が、おしのを無視した以上、ここは、このままにするしかなかった。おそらく幾松は、桂に、何ごとかを含められているに違いない。

しきりに、目顔で、吉田を急かせている。

おしのは、身を固くして、一度も吉田と目を合わさなかった。

知恩院へ抜ける道を歩きながら幾松は、

「軽はずみなことしやはったら困ります」

と吉田へ言った。たしなめるような口調である。

「お松さんが止めなければ、あの男を斃していたのに」

吉田は子供がおこっている時のような顔をした。

「新選組とやりあうのは、昨日、今日のお人でも出来ます。それを手柄にしたいお人はたんとおいやすさかい。あんたはんのようなお方は、お命を大事にしてくれはらんと困ります」

「俺に勝目がないとでも？」

「そらそうどっしゃろ？　むこうは、人斬ることにかけては、玄人《くろうと》はんどすえ」

幾松は、至極当り前のような言い方をした。

おしのは、沖田の腕の中で、ふるえが止まらなかった。

「どうしたんだ？」

沖田は、おしののおびえ方を、むしろいぶかった。

「それほど、こわがることはない。只ちょっとおどしただけだ。あなたをつけ狙っているようだったから……あの男、第一人相がよくない」

沖田は何も気付いていない、という安堵と同時に、吉田に対する呵責《かしゃく》を、おしのは激しく感じていた。

それが、おしののわななきの原因なのかも知れない。

沖田は、おしのの様子に困り果てて、鳥居内の茶店へ連れて行くと、

「連れの者が、気分を悪くしている。少し休ませてほしい」

とたのんだ。

「へえ、どうぞ」

そこの老婆は、もの馴れた態度で、奥の部屋へ案内してくれた。

二人きりになると、おしのの方から、沖田にしがみついた。先ほどからの異状な気の昂《たかぶ》りが、おしのを普段とは別の娘にしてしまったようである。

総司は、自分の、日常的な挙動が、おしのの恐怖を呼びおこしたことに、索然とした思いになっていた。

「おしのさん。やっぱり、私は、あなたに近づかない方がいい」

その言葉は、半ば、自分に言いきかせるものであったかもしれない。

「一緒にいると、いつ又、今日のような目にあわせないとも限らない。そういう男なのだ、私は」

「いや！　いやです！」

近付かない方がいい理由は、おしのの方でも背負わされている。だが今はそれを考えたくはない。

「離さないで！」

「私の生活《くらし》の中へ、おしのさんまで巻き込みたくはない……剣を抜いて闘うだけが目的のような生活の中へ……」

今、腕の中にいるおしのが、実は、求めてはならないものだ、と思うと、総司は、にわかに渇きにも似たものを覚えた。

「いいのです。沖田様に、どんなお生活《くらし》があろうと……でも、忘れてください。お会いしている間だけは……」

自分も忘れたい、と思っているように。

「おしのさん」

沖田の声が熱した。

「何も出来ない……あなたの為に何も……」

激しくおしのを抱いた。

男の衝動だったかも知れない。

その代償に、何を約束してやることも出来ぬ。そういう苦しみを、おしのの体にぶつけているかのようであった。

「それでも、いいのか?」

おしのは、かすかに頷いた。

――この人が、好き――

すべてをなげうって、次の瞬間死んでもいい……そう思った時、おしのの心は翼を得て飛翔した。

沖田の腕の中で、おしのは、もう震えてはいなかった。

七

五月雨が、京の町に降りこめている。外出から帰った土方は、屯所の玄関でしめった足袋を脱いだ。素足でふむ廊下が、じっとりして、疳癖《かんぺき》な彼には気持わるい。

自室へ入る前に、沖田の部屋をのぞいた。

「何をしている?」

総司の背中が、手元をかばった。

「なんだ、手紙か……かくすところを見るとあやしいな」

土方が、からかうと、

「そう、女へ宛てた手紙ですからね」

総司は澄《すま》して答えた。

「分ってるよ、お前の手紙を出す女とは、姉さんぐらいのものだろう」

「そんなに、あなどることもないでしょう」

「なら見せろ」

「いやだ」

「それ見ろ」

他愛なく土方は笑った。

――出先きで、何か気詰りなことでもあったのかな?――

と総司は思った。土方が、総司の部屋へ入って来て、無駄な時間をつぶすのは、発散させたいものが心の中に澱《よど》んでいる時なのだ。

昨年八月、禁門の政変で、京を追われた長州が、さかんに、暗躍を続けている。

何か一騒動、持ち上りそうな気配にもかかわらず、新選組に任された、探索の成果が、はかばかしくない。それを守護職にでも、駄目を押されて来たのだろう。

「総司、お前今日は非番だな？」

「そうですが」

「ご苦労だが急な仕事だ、隊に残っている組下を、四名ばかり、足止めしておけ」

「出動ですか？」

総司の声に、当ての外れたひびきがあるのを、土方は聞きのがさなかった。

「何だ、出掛けるところでもあったのか？」

「いえ、別に」

ごまかしたが、蓮妙庵へ行くつもりだった。

「そうか、後で俺の部屋へ来てくれ」

土方が出て行くと、総司は、姉へ書きかけた手紙をそのままにして、おしのに……

というよりも、蓮妙庵へ宛てて行けぬようになった旨の手紙を書いた。

その手紙をこの組の小者で「かめ」という男に持たせてやった。みんながろくに相手にしない愚鈍な男だが、総司には、なついていて、使いの件も、この男なら人に漏らすこともないからである。

かめは、蓮妙庵の所在を、すでに知っている。

「あすこの庵主様は、おらのようなもんにでも、しんせつにものを言ってくださるし、うめえ菓子くださるで、好きだ」

と言った。かめが出て行くと、総司は、まったく、別な自分になってすごす、そこでの時間に、いくぶんの心のこりがないでもなかった。


その夜遅く、土方と沖田は肩を並べて歩いていた。めずらしく二人とも無言。

背後に東山の連山がある。昼間の雨は上って星が出ていた。

三条河原町の竜神亭という小料理屋に、長州、土州の侍達が、近ごろよく出入りする。

こういうところの亭主は、おそらく彼等と気脈を通じているから、そこを責めても尻尾《しっぽ》をつかめる筈はない。

「八十八《やそはち》を使え」

土方は、探索方に言った。

山野八十八は、二十を少し出たばかりで、色の白い、ほれぼれするような、いい男だった。腕も立つのだが、愛嬌《あいきょう》があって、普段はとうてい新選組のようなところにいる男とも思えない。

「小婢《こおんな》に、そういう客のある日を聞き出してくれ」

土方に言い含められると、本人は、そういった役まわりに、不服そうな顔をしたが、八十八が行きさえすれば、女の方から気をひいて来る。

客は今夜集まるはずだった。

竜神亭では、確かに、その用意をした痕跡すらある。

――それが、どうして急に来なくなったのか――

土方は、それを考えている。

――今夜の手入れを、かぎつけたのだろうか？――

組の内部にも、間者がまぎれ込んでいる可能性も、土方は頭に置いている。だから今夜の出動を知っている者はごく少数で、非番を取り消された一番隊の者も、あれから一歩も外へ出ていない。

――どこかで、肩すかしを喰った俺達を、笑っている奴があるに違いない――

そういうことが、土方は、どうにも我慢ならぬ性質《たち》である。

総司も、歩きながら、しまってあったものをそっと取り出すように、

――おしのに逢いに行っていたら――

と考えた。

（おや？）

前にも、これと同じことがあったのに思い当った。

やはり急な手入れがあって、おしのへは、行けぬと言ってやった。かめが蓮妙庵で

菓子をもらって来た時だ。

長州の久坂玄瑞《くさかげんずい》が、京へ潜入し、東山高台寺近くの〝はしもと〟という料亭に、今夜、在京の同志を集める、という情報が入ったのである。これは大物だった。

それが行って見ると、その〝はしもと〟には、目指す久坂をはじめ、それらしい客は一人も居なかった。

「そういうお客はんのお越しやすおはなしは、いっこうに伺うておりまへん」

四十がらみの、利口そうな女将《おかみ》は、やんわりした調子だが、

「どうぞ、お上りやして、お気の済むまでおあらためを……」

そう言った言葉には、いくぶん皮肉な自信があった。

敵が居ない、となると、急に会うはずだったおしののことを思い出した。

まるで今夜のように……。

果してこれは偶然だろうか？

「お前まで、いやに黙り込んでるじゃないか」

屯所が、近くなった頃、ようやく気をとり直したような、土方が言った。

いつもの総司なら、不機嫌な土方は、勝手に黙らせておいて、隊士達と冗談でも言い合って来るはずだったから。

「気になることがあるんです」

総司は、土方の耳の近くで言った。

「私の出掛ける時に限って、藻抜《もぬ》けの空っていうのは、どういうわけなんだろう?」

土方は渋い表情で、それでも笑った。

「今にお前の名前でも紙っ切れに書いて貼っておくと、浪士除《よ》けのまじないになるかも知れん」

すでに閉まっている屯所の門を叩いた。

眠たそうな、かいめが、入って来る隊士の一人一人に、ぺこぺことおじぎを繰返した。

八

「ジイ……」

と近くの木の幹で蟬《せみ》が鳴いている。

雨が上ったら、急に暑くなった。

おしのは蓮妙庵の茶室に居る。

「あ、水指しのふたが先どす」

柄杓《ひしゃく》へ手をのばそうとして、妙玄尼に注意された。

「すみませぬ」

どうして、いつになく手順を間違えたのか……。

「このところ、沖田はん、見えまへんなあ」

それは、まったく別な話題でありながら、おしのには、心がここにない理由を言い当てられたようで、ますます、落着きをなくした。

「きっと……お忙しいのでございましょう」

さり気なく言ったが、体中が熱くなった。

「それなら、よろしおすけど……御病気でさえなかったら」

おしのは、その言葉を、ぼんやり聞き過し、しばらくしてはっと胸に応えた。

「何か、御心配のわけでも？」

「いえ、そのようなことはありませぬ？」

老尼は、あわてて否定した。

「只、年寄りの取越苦労で、悪いことをいっぺんずつ考えて見るだけのことどす。つまらぬことを口にしました」

おしのは、又手許《てもと》が、留守になりかかった。

この前、沖田とここで会った時、どことなく顔色が勝《すぐ》れなかった。兄の病気に、気付くことのあまりに遅かった苦い悔いが、つい、神経質にさせてしまう。自分だけの思いすごしだろうと、それを払いのけていたのだが、妙玄尼も、同じことに気付いているのではあるまいか。

「お越しがないとなると、気になります。こんどの五日、お茶事のまねごとでもいたしましょう。私から、沖田はんに御案内を差上げておきます」

尼自身も、あの少々変った若者を気に入っているらしい。

沖田が、ここへ何を求めて来るのか、おしのには、分るような気がする。

いわゆる茶を習うわけでもなく、妙玄尼の方も特に教えようとはしない。点《た》てた茶をすすめて、あとは気の向いた話をする。

いつか尼の方から、

「どこにお住いどす？」

と聞いたことがある。今まで、それを知らなかった事も、相手が名乗っていなかったことも、さして不自然とは感じない雰囲気がここにはある。

「壬生の新選組です」

沖田は素直に答えた。

「新選組とは、どのようなお仕事をなさるとこどす？」

尼は、まったく知らなかったらしい。

沖田は笑い、

「ここは、いいなあ」

と言った。

――あの人には向いていない――

沖田は、今のような、殺伐な暮しに疲れているのではあるまいか――とおしのは思った。

――もし、あの方が、新選組でさえなければ――

その大胆な考え方に、おしのは、自分でも驚いた。

それを言い出すことは、沖田のすべてを失うことになるかも知れない。だが、すべてを得られる可能性もある。

五日……その日におしのは、重大なものを、賭《か》けた。

九

四条寺町で、桝屋喜右衛門と名乗って、古道具屋を装っていた古高俊太郎が、新選組に逮捕されたのは、六月五日の早暁のことである。

彼は壬生へ連行され、前川邸の倉の中の、地階、一階、二階、と荷物を上げ下ろしする滑車に、逆さに吊《つる》されて、言語に絶する拷問を受けた。

半日嘖《せ》められて、遂にその計画を吐いた。

――京の町に火を放って、天皇を奪取する――

ということをである。

おそらく、その一味の者達は、古高逮捕の善後策を講ずるためどこかへ集結するに決まっている。時を稼がせてはならない。早急に、その場所を突止めて、一網打尽にする。

近藤、土方とも、その意見に一致した。

「今夜、全員出動する」

出動、と決まった時、総司は、漠とした不安を感じた。

今日、おしのと会う約束がある。

もし、又急に行けなくなった、と蓮妙庵へ使いでも出したら……目指す相手は影も見せなくなるのではないか。

自分に急用の出来るということは、新選組の中枢部が動く、ということでもある。

もし、それを冷静に観察しているものがあったら……これは単に、いつものつじうら、とも言っていられない。

――それと、おしのは、一体どんな関係があるというのだろう？――

総司の不安は、そこへ帰着する。

「何を、浮かぬ顔をしているのだ？」

土方に声をかけられた。

「私にだって、心配事の一つや二つはありますよ」

いくら総司が、深刻な顔をして見せても、いつもの土方なら、笑い飛ばすところだったが、

「おしのという娘のことか？」

真顔で、ほとんど囁《ささ》やくように言った。

「え？」

ぎくりとした心の奥に、やはり、という気持が動いた。いかに自分がそっとしておきたいことでも、土方は、容易に知り尽してしまう。

「土方さんは、あの人のことについて、何を知っているのです？」

土方は黙って、誰も居ない部屋へ総司を連れて行った。

「あれは花屋の裏に居た娘だな。お前が兄貴の介錯をしてやった」

「そうです」

「はじめは、江戸のなじみだと思って、お前が、時々会っているのをほっておいた」

「知っていたのですか、土方さん」

「お前のやっていることぐらい、気の付かない俺だとでも思っているのか」

「そうでしょうねえ」

総司は、尤《もっと》もだ、という表情をした。

「だが、あの娘とは、手を切った方がいい」

「あの人に何があるのです？」

「本当に、あの娘の素性を知らなかったのか？」

「知りませんよ」

「居所も？」

「さあ？　どこかの公家に仕えているらしいけど」

それも、自分の方から深追いするのを避けていたのだ。

「気を付けろ。お前の言い訳は、俺にしか通用しないぞ。あの娘の仕えているのは、北小路《きたこうじ》随光《よりみつ》といって、長州の桂あたりと気脈を通じている公家だ」

「長州……」

総司は、自分の心の中に浮んだ、不確かな疑念をはっきりした形で突きつけられたような気がした。

「この間、お前の言ったことが、妙に気になったから、調べたのだ。深入りすると面倒になる、あの娘は早く始末した方がいい」

「始末？」

その言葉は、不吉な意味を持っている。

「待ってください。あの人自身は、何も知らない筈だ」

「心配するな。殺《け》せとは言っていない。只、あの娘が、お前に近付けば、誰の利用するところとなるか分らん。一番いいのは、さっさと京を落してやることだ」

土方が、あやしいとにらんだ者を、内密裡《り》に始末しなかったのは、せめても、総司の江戸からのよしみに対する温情だったかもしれない。

「分りました」

おしのとのつながりは、相沢一馬の傷ましい死によって生じたものである。それが、幸せにいつまでも、続くはずがない、そういう諦めが、はじめから総司の心の中のどこかにあった。


今夜は、祇園祭《ぎおんまつり》の宵山《よいやま》である。

町には、華やいだ、ざわめきが流れていた。

おしのは、南禅寺の三門で、最初ここへ沖田を呼んだ時のように、松林の向うをすかし見ながら待っていた。

今日ここへ、沖田自身が来るか、それとも又断りの使いが来るか……おしのは、それで自分の運命を占ってみようとしている。

――どうぞ、来てください――

祈るように目を閉じた。沖田はなかなかあらわれない。来る、と信じながら、おしのは胸が騒いでならなかった。

松林の向うに、侍らしい人影が動いた。が、すぐ見えなくなった。沖田ではなかったらしい。

——どんなふうに、自分の考えていることを伝えたものか——

それを思うと、一刻も早く会いたいという焦りとはうらはらに、沖田と顔を合わせるのが、おそろしくもある。

——新選組をやめてください——

それを言うだけの勇気が、果して自分にあるだろうか？

いっそ、何も言わずに、自分が沖田の前から姿を消してしまった方がいいのかも知れない。

「待たせて、済まなかった」

不意に、といっていいほど、近くで沖田の声がした。

「あ、沖田様」

おしのは泣き出しそうな表情になった。

沖田も、何かに、心を奪われているかのように、おしのの様子が、いつもとは違うのに気付かないらしい。南禅寺の横をまわって木立が深くなると、彼は急に歩を止めた。

「いつか、おしのさんは、江戸へ帰りたいと言ったことがあったな」

「ええ」

「それについて、貴女に話があるのだ」

「どんなことでございましょう？」

おしのの胸は、飛立つように高鳴った。

「こんな処《ところ》では、話せない」

「では、どこへでもお連れくださいませ。妙玄尼様へは、私、お断りを申して参ります」

茶事の後で、と思っていた。だが、今のおしのには、そんなことは、すべて二の次にしてもよくなっていた。

「いや、今日は、ゆっくりしていられないんだ。明日まで、どこへも行かないで、ここに待っていてくれないか」

「ここで、ですか？」

「そう。私が来るまで、必ずここに居ると約束してほしい」

おしのは頷いた。

「くわしい相談は、その時する」

明日、ここで、おしのに別れを告げなければならない——抗し切れぬ宿命に対する激しい思いが、沖田の目の中にあった。

しかしおしのは、それが自分の胸の中の炎と同質のものだと確信した。

「お待ちしています」

一晩中、ここに立ち尽くして待ってもいいとさえ思った。

「では、今日はこれで」

「沖田様！」

背を見せようとした男を、おしのは、今までとは違ったはっきりした口調で呼び止めた。

「どこか、お加減でも悪いのではありませんか？」

「いや、別に」

そうは言ったが、おしのに心の中にある屈託を読まれてしまったようで、沖田は狼《ろう》狽《ばい》した。

「この間からお顔の色がよくございませんわ。一度お医者様にお見せになったら？」

その言葉には、姉のようなひびきがあった。

「何でもない。木の陰に居るから、そう見えるのだろう」

ふり仰いだ梢に、夏の日が薄れかかっていた。沖田は心が急いた。行かなければならない次の場所がある。

「この道、抜けられるのかな?」

庵の裏へ細い道が続いている。

「ええ」

おしのは、又もの思いの中へ入り込んだように、

「お墓を通って行けば」

寂しい声で答えた。

十

おしのは、沖田の言った通り、この場所を去らず、蓮妙庵へたのんで泊めてもらった。

江戸へ帰りたい——と言った自分の言葉を沖田は忘れずに居てくれた。あるいは沖田の中にも眠っている同じ思いを、呼び覚すことが出来るかも知れない。

おしのは独り甘い夢を描き、それを破り去っては、夜の長さを悶々《もんもん》として過した。

障子の外が白々と明けて来た時、おしのはほっと救われるものを覚えた。それは、もう約束した日が、今日、になっていたからである。

やがて仏堂の方で朝の勤行の声が聞えた。

こんなに早くから、沖田が来るはずはないと思いながら、おしのは身拵《みごしら》えをした。女が粧《よそ》おうには、およそ尼寺は不自由な所だったが、そんなことすら、いつもの自分とは違った暮しがもう始まったかのように、おしのの心にはずみを与えた。

今日も暑くなりそうな日だった。

おしのは、露のおりている草を分けて、昨日の茂みのところまで行って見た。沖田が通り抜けて行った道を歩いた。

目を閉じて、昨日のように耳許《みみもと》で沖田の声がするのを待った。

――あの人が来なくても、心配することはない、まだ早いのだから――

そう言いきかせながらおしのは自分の魂が体から離れて行ってしまうような思いを味わっていた。

時というものが、たしかに過ぎて行っているのに、それをいつもと同じように計る感覚を、おしのは失っていた。

どれほど経《た》ってからか……木々の向うに人影を見付けた。おしのは道へ走り出た。

だが沖田ではないことはすぐに分った。

それが誰であるか確認する前に、直感的なおびえが、おしのを立止まらせた。

足早に近付いて来た、町人ふうの男は、

「おしのさんか！」

低いが、鋭い声で呼んだ。

「桂様！」

姿は変っていたが、それは確かに桂だった。

いつもの落着きを備えた彼ではなく、憔悴《しょうすい》の加わったすごみが表情にある。

――何かが起った――

先ほどのおびえを抱いたまま、おしのはそう思った。

「そのお姿は、どうなさったのです？」

「いよいよ、危険になったのだ、昨夜、在京の同志三十名ばかりが池田屋へ会合した。我々の計画は、すでに嗅ぎつけられていたらしい。新選組が、そこへ斬り込んだのだ」

「え！」

おしのは傍《かたわら》の立木に思わず身を支えた。

「あなたが、昨夜、一緒だったはずの沖田もその中に居た」

桂は冷く言った。

「沖田が来ないことを、なぜすぐに報告しなかったかを今、咎《とが》めることは止そう。少くとも、池田屋の事を、あなたが、漏らしたのではないことだけは、私が知っている。

しかし」

　おしのは、桂から、何を言われようと仕方のない自分であることを覚悟した。

「そうは思っていない者もある。早くここから、姿を消した方がいい。それを言いに来たのだ」

　それは果して、桂の親切だったのだろうか。彼は、おしのが、ここを立去れないわけを承知しているかのように、次の言葉をつづけた。

「あなたが待っている沖田は、もう、ここへ来るはずはない」

「それは、どういうことでしょうか？」

「むこうも、あなたを利用しただけかも知れぬ」

「いいえ、そんなはずはありません。必ずここへ……」

　おしのは誰の前であるかを忘れた。桂の冷い表情にちら、と何かが動いた。

「やはり、あなたは、沖田が好きだったのか」

「好きです。お仲間にとって、敵方の人を好きになるのが、裏切りだと言われれば、申しひらきのしようもございません。どうぞ、ご存分になさってくださいませ」

「いや、今更何を言っても仕方がなかろう。どっちにしても、沖田はここへは来ない。死んだのだ」

「そんな……うそです！」

おしのは叫んだ。

「うそではない。吉田稔麿と相討ちで斃れるのを、杉山が目の前で見ているのだ」

「吉田様と！」

これほど過酷なことが、おしのにとって又とあろうか。

「その杉山松助《まつすけ》も、片腕を斬り落されて、藩邸までは、たどりついたものの、出血多量で、今朝死んだ」

桂は、容赦なく言った。

おしのは、泣くということが、悲しみのうちでは、次元の低いものであることを悟った。

今、涙などは出なかった。

桂は、池田屋で闘死した同志の名を次々とあげていった。それは、まるで制裁のために加えられる鞭音のように、おしのの耳には響いた。

「私は急ぐ、あなたも、早く京を離れることだ」

桂は、金包みらしきものを渡そうとした。

「結構です」

おしのが拒むと、桂はむしろ迷惑そうな顔をして、それを道端の石の上にのせた。

そのまま別れの言葉も残さず桂は去った。

——沖田が死んだ——

何度繰返しても、おしのの頭はそれを受付けなかった。

何かが、うそだ、うそだと叫びつづけている。

(明日まで、どこへも行かないで、ここで待っていてくれ)

沖田は、そう言った。

——その約束を、あの人が破るはずがない——

そう信じたいと思う心を、ゆすぶり動かしつきくずそうとする不安に堪えながら、おしのは待ち続けた。

日が落ちて、木立には闇が迫った。普段なら、こんな時刻に一人で立っていられるような場所ではない。

蓮妙庵の他にも、この近くには天授庵、正因庵、と木立をへだてて寺が多い。

その日没偈《にちもつげ》の声もやがて途絶えた。

長い刻が過ぎていった。

もう沖田が来るはずがない。やはり、桂の言ったことに間違いはなかったのだろう。

眼を上げると、天の川が真上にあった。

——沖田様、やはりあなたは、そこへ行っておしまいになったのですか?——

おしのは、星の群に問いかけた。

はじめて、熱い涙が湧き上り、堰を切ったようにあふれておしのをその中に浸した。

やがて、子《ね》の刻九つの鐘が鳴り、沖田が明日と約した日は終った。それは、おしのにとって、すべてが終ったということであった。

——あなたが、ここへ来てくださらなければ、私が参ります——

蓮妙庵への小路が白く続いている。

おしのは、はるかに、その方へ手を合せた。沖田と、ここで過した時間は、夢であったかもしれない。しかしそれを与えてくれたものに、おしのは礼を言いたい気持で一杯であった。

吉田も死んだ。

自分に好意以上のものを持ってくれた二人の男が、互に闘って死んだ。

——ゆるしてください——

おしのには、それが、心ならずも双方を偽って来た自分に天が下した鉄槌《しつつい》のように思えてならなかった。

こうなったからには、死を選ぶことだけがたった一つの救いなのかも知れない。

おしのは、懐の中の小さな紙包みを思い出していた。

「危急の時に使うがいい」

そう言って、以前桂のくれたものだった。

「何でございましょう?」

とおしのが聞くと、

「阿芙蓉散《あふようさん》」

と桂は言った。

阿芙蓉とは、アラビア語アフューンの漢語訳、つまり阿片のことである。

日本へは江戸時代の初期に、李時珍《りじちん》の「本草綱目」に依《よ》ってその薬用が伝えられた。西川如見《じょけん》の「増訂華夷通商考」や、寺島良安の「和漢三才図会」などにもその名が見える。

当時としては非常な高貴薬であった。

「これを飲んだものは眠ったまま死ぬ」

間者としての携帯必需品ということであろう。必要とあらば敵に一服盛るためのものであり、あるいは捕えられて拷問の辱めを受けるよりはこれを用いた方がいいということでもある。

おしのは、その薄い褐色の粉の入った包みを持っていることがおそろしくもあったが、今となれば、容易に死ぬことが出来るというのは、桂の与えてくれた、最後の恩典であった。

——池田屋へ行こう——

その修羅の痕跡の中で生命《いのち》を断つことが、自分に一番ふさわしい、とおしのは思った。

十一

土方歳三は、巡察の途上、無人の池田屋の中で女の死体を発見した、という報告を受けた。

建具調度が折れ、ひしゃげ、飛び散った血痕がどす黒く乾いた座敷の真中で、若い女は何の傷もなく、花を置いたように倒れ伏して死んでいた。

――おしのという娘だ――

土方は、一度見た人間の顔はまず忘れない。

「どうして、この女がここへ入り込むのを見過したのだ」

ここは事件の現場なのだ。土方は鋭い口調で言った。

「昨夜は、所司代の者が固めていたはずですが……」

あの騒ぎの後の混乱が、どこかに盲点を作っていたのだろう。

「その詮議《せんぎ》はもういい。だが、この事、他言はするな」

「とおっしゃると?」

「いずれにせよ、外部に知られれば、警備の手ぬかりを笑いものにされるだけだ」

死体は、人目に立たぬよう、すみやかに処分させた。

無論、まわりへ口止めしたのは、別の配慮もあってのことだ。

この娘を、長州方の手先と承知で、京を落してやるつもりでいた沖田は、杉山松助が、桂に報告したように、池田屋で闘死したのではない。

彼は、吉田稔麿と闘った時、肺の疾患に依る喀血《かっけつ》のため倒れたのだ。重傷を負って意識の鮮明さを失っていた杉山には、その見分けがつかなかったのだろう。

土方は、おしのが死を選んだ真の意味は知らない。しかし、沖田は今、生命の限界に向って急な斜面に立たされていた。

おしのの死だけは、彼に告げたくなかった。

あの娘は、もう京に居ないということを、どんな形で沖田に納得させたものか、いつもの土方にも似合わず、思いあぐねていた。

赤い風に舞う

藤本義一

藤本義一《ふじもとぎいち》　（一九三三～二〇一二）

大阪府生まれ。大阪府立大学卒業。大学在学中からラジオドラマの脚本を執筆し、卒業前年の一九五七年に発表したラジオドラマ『つばくろの歌』で、芸術祭文部大臣賞戯曲部門を受賞。映画監督・川島雄三に師事し、映画、ドラマの脚本を手掛け、一九六五年からは深夜番組『11PM』のキャスターを二五年間務める。一九六八年に小説の第一作『ちりめんじゃこ』を発表、一九七四年に『鬼の詩』で直木賞を受賞している。上方文化の研究者としても知られ、大阪出身の織田作之助を描く『蛍の宿　わが織田作』、井原西鶴を題材にした『サイカクがやって来た』などを発表。二〇一二年に肺がんのため亡くなった。

一

うち、お鈴《すず》というのですけど……。

誰方《どなた》もうちと新撰組《しんせんぐみ》の山崎《やまざき》はんとの関《かかわ》りは御存知おまへんやろなあ。

当り前のことです。

うち、歴史という大きな時の流れの波の中での小さな一粒の泡みたいな女でしたんやもん。

人間、いつの時代でも、流れになる人と、波になる人と、波に呑《の》まれてしまう人と、流れに流されている人とに分かれるもんやと思うのです。

流れに踏みとどまる人とか、波に呑まれへん人というのは、ほんまに少ないもんやと思うのです。

それが世の中というものです。

こんなふうに思うたのは、うちが十六になった頃でした。

人はみな、一年に一歳《ひとつ》ずつ年齢《とし》を重ねていくというのは当り前のことですけど、人によっては一年で五歳《いつつ》も六歳《むっつ》も年齢を重ねるという時期がおます。十六の時のうちは、一年の間に、何回、春夏秋冬を重ねたかわからんように思うのです。一日が春夏秋冬でおました。

元治《げんじ》元年の秋でおました。

うちは、これからの夢を胸に描きながら、生れ育った故郷で平穏な毎日を送っていたのでおます。

うちの故郷は、山陰の小さな京の町といわれる出石《いずし》でおました。京から山陰に向う道は丹波路《たんばじ》といわれてます。その丹波路の途中の老の坂峠を越えると、亀山という所に出るわけです。その先は、園部、福知山で、この城下町を通り抜けて行くと、その先は日本海（鳥取）に向うわけです。豊岡とか城崎《きのさき》に行く道は、八鹿《ようか》で分かれるわけです。

京から三十七里のところが、うちの生れ育った故郷の出石でおます。

静かな町です。

静かで華やかな町です。

出石川は一年中水の量も多うて、千石船が一日のうちに幾艘《そう》も川を上ってくるのです。

千石船は、円山川の川口が海に注ぐ城崎から上ってくるわけで、うちは、日本国中がこういう静かで華やかな風景やと幼い頃から思うていたもんでした。

出石の町の入口には、大きな灯台がおまして、夜になると、あかあかと灯が入っていて、一年中この町がお祭りの賑《にぎわ》いに沸いているように思えたものでおました。昼間の川筋は両岸に柳の並木がずらっと並んでいまして、ほんの僅《わず》かの風にも美しい髪のように揺れていたものです。

灯の透きとおった輝きと柳の緑の美しさを見るにつけ、風がこんなに美しい町に生れて育ってきたのを倖《しあわ》せと思わんと罰が当るように思えたものです。

父は、出石焼の陶工でおました。母は、うちが三歳の時に、流行《はやり》の風邪で死んでしまい、うちは父と二人きりで暮していたものです。

「鈴、こっちに来てみいやい」

窯《かま》のあたりで父の声がすると、うちは飛んで行ったもんでおました。焼き上った陶器が板の上に置かれていまして、父は、目を細めて、その出来上りを賞《め》でていたものでおました。

灯台の光よりも透きとおった肌合いの陶器は、次第に熱を失うていって、冷たい気品が具《そなわ》ってくるのが子供心にもわかったものでした。

「鈴、この出石焼ちゅうもんは、目で見るだけのもんやないのや。手で触って、はじめて肌合いを知るもんやねんで。さ、さ、触ってみんかいな」

父は、うちの小さな手を握って、陶器に近付けていったものです。うちは、まだ、十分に熱いんやないかと思うて、逆うように身を退《ひ》いて、小さな五本の指をぱっとひろげて、陶器の肌に触ったものでした。

「どや、鈴……」

「うん、冷たい」

「冷たいだけか」

「ううん、つるつるしてる」

「つるつるというたら味があらへんやないか。すべすべしているというた方がええのや」

「うん、すべすべしてる……」

「よっしゃ。ほなら、そのひろげた手をな、ずっと出石焼の肌に当てておいてみいや。な、どないなふうになるかいな」

「うむ、あたたこうなるわ。暖《ぬく》うなってくるようや」

「そやろ。それがな陶器の気持や。陶器のやさしさや。味というもんやで……」

その温味《ぬくみ》は、自分の手の熱が陶器に移ったんやのうて、陶器の温味がこっちの掌《てのひら》に移ってくるように思えたもんでした。

「人の情というもんは、そんなもんやで。自分が他人に情をかけたと思うてる間は、決して情というもんはわからんもんや。それよりも触れてみて、向うの方からじんわりと温味が伝わってくるなあと思わないかんのや。それが情というもんやねんで……」

人の情、人の心というもんは、そういうもんやねんなあとうちは思うたもんです。人間それぞれ一人で生きているように思うているもんの、実はそうやのうて、一人一人が相手から伝わってくる温味を身に覚えて生きているのやと思うたものです。

うちは、十一の時に、広戸甚助《ひろとじんすけ》様の御屋敷に奉公に上ったものです。行儀見習というものの下女として働くことになったのでおます。

広戸様は昔ながらの豪商でして、この御屋敷に奉公するというだけで、幼馴染《おさななじみ》から羨《うらやま》しがられたものでした。

「ええなあ、出世の道が拓《ひら》けたんと同じやないかあ」

とか、

「ええ嫁入りの口が見付かってええなあ、鈴ちゃん」

といわれたものでおます。それほど、格があったお家でおました。男なら、どんな下っ端でも御領主様の仙石様に仕えるか、家柄の息子はんなら弘道館という学問所で勉強するのが一番やといわれ、女なら、広戸様の御屋敷に上るのが一番やといわれていたのでした。そやから、うちは、町では最も倖せな奉公に上った一人やといえます。とりたてて、うちが美しかったわけでものうて、頭がよかったというわけでもおませんでした。ただ、広戸様の先代様が父の出石焼を高う買うてくれはったという縁があったわけです。うちが奉公に上った頃は、御屋敷には、御当主の甚助様とお妹様の八《や》重《え》様がおいでになりました。甚助様は商《あきな》いのために、京、大坂の方にも頻繁にお出かけになってましたから、八重様にだけはいつもお会いする機会が多かったことです。

八重様は二十歳を過ぎたお歳頃で、美しい方でした。普通なら、家にあり余る財産があったなら、うちのような奉公人を下目《しため》に見て、厳しく叱《しか》りはったり、阿《あ》呆《ほ》扱いをしはるものでしょうに、八重様には一切そういうところがありませんでした。いつもやさしい微笑を向けてくださいましたし、なにかにつけて気を配ってくれはったものでおました。

「辛《つら》いことがあったら、なんでもいうた方がええ。人間、辛いことをいつまでもお腹《なか》の中に蔵《しも》うていたら、ほんまに体が悪うなんのやさかいに……」

こんなやさしい言葉をかけてくれはったものでした。

甚助様は対馬《つしま》藩出入りの商人ということで、対馬と京の間を往《い》ったり来たりしてはりましたから、八重様はいつもお一人で、お茶やお活花《はな》の稽古、それに書の道、香の道を楽しんではったものです。少し俯《うつむ》き加減にならはった横顔の、ふっくらとした頬《ほお》のあたりは、朧《おぼろ》な春の宵の美しさでおました。それに、一抹の淋《さび》しさが宿っていたものでおます。これが、女の深い美しさになっていたものでおました。

この淋しさは、八重様のお小さい頃に御両親が相次いでお亡くなりになったからやと思います。そういうことを、ふと、口になさったこともおました。

「あんたも、小さい時に、おかあさんを失うて淋しいやろうなあ。そうやけども、世の中には、必ず、その淋しさを埋めてくれる身近な人がいてはるもんや。それを忘れてはいけません。あたしには兄がいてます。年齢《とし》はひと回りも上やから、時には兄さんやと思い、時には父上のようにも思うのです。一人の兄が、父になったり兄になったりして、二人になるものです。あんたも出石焼の名陶工といわれる父上に、亡き母上の面影を重ねたなら、身近な人が二人になるというものです」

信じ合える人が一人いるだけで、人間、決して淋しい思いをせずに、倖せに暮していけるのやと教えて下さったものでした。

元治元年の夏の終りに、甚助様が急に京から戻られました。いつもは柔和な甚助様なのに、この時は緊張した面持で、陽に焼けた顔が厳しゅうて、目も鋭く、なにか切羽詰った問題を背負っておいでのように見えました。うちがそないに思うたぐらいですから、八重様には、もっといつもの兄上とは違うと映ったことでしょう。

「八重、着替えを持って来てくれ。汗臭くていかん。いやァ、夏の老の坂峠は、まるで蒸風呂のようなものだ。いや、浴衣はいかん、いかん。これからまた出かけねばならん」

甚助様は落ち着きなく歩きまわっておいででした。こんなことは、それまでに、まったくないことでした。

「どちらにお出かけになるのですか」

「養父《やぶ》の西念寺の御住職に会いに行く。早急に話し合いたい事があってな……」

「はい、それなら、こちらにお召し替えになった方が……」

八重様は地味な絽《ろ》の着物を素早くお出しになりました。そういうお二人を見ていると、御兄妹というよりも、御夫婦のように見えたものです。うちにも、甚助様のような兄がいたならと羨しゅうに思うたものです。

広戸様の御屋敷は、その夜から激しい人の出入りになりました。というても、表からの出入りではなく、もっぱら、人目を忍ぶように、裏木戸からの出入りでした。西念寺の御住職のお姿も見かけました。うちと八重様は茶菓や酒肴《しゅこう》を運んだものです。

その時、新撰組、新撰組という言葉が聞えたものでした。

新撰組という言葉は、なにもその時はじめて耳にしたものではありませんでした。新撰組の血気にはやる若い人たちが、京の三条小橋の小さな旅籠《はたご》の池田屋に斬《き》り込んで、三十余人を殺したり捕えたりしたという話は、京から三十七里を隔てた出石の地にも届いていました。うちのようなものにも、京を中心にして世の中が大きく変りかけているのやなあとわかったものです。

そして、御屋敷の奥座敷での話を聞くと、その後の長州藩の動きがなんとのうわかったものです。

「長州藩は、池田屋の変を惹起《じゃっき》した狼藉不逞《ろうぜきふてい》の新撰組の輩《やから》を徹底的に探索のために動き出した。これは、すでに皆の衆も知っての通りじゃが、実は、長州藩は、ただ、新撰組の面々を捕獲して、町の安泰を企《はか》ろうと考えたわけではない」

　甚助様の押しころした低い声に、集った人たちは、瞬きもせんと、石のようになって聞き入ってはりました。

「長州藩の目的というのは、もっと大きい。武力でもって御所を威圧し、朝議の変更を追って、藩の威信を回復させ、七卿復権、それに会薩追放を狙ってのことだ。桂《かつら》先生は、こういう長州藩の強硬な軍事的強迫には、あくまでも反対されていた……」

　甚助様は、長州の桂小五郎《こごろう》様に心酔なさっている様子でした。

「桂先生は、この長州藩の動きを止めようとなさったが、すでに上京して、京の町を包囲し、軍勢進発の勢いの長州藩の面々は、この桂先生のお考えを卑劣漢といい、七月十九日に、知ってのとおり、御所に突進し、その挙句は敗れてしまったのだ。もし、あの時、長州藩の方々が桂先生の言い分を素直に聞いていたなら、歴史はまた変ったのだが……」

　奥座敷の話を集めてみると、こんな具合でした。甚助様は、桂小五郎様こそ、これからの新しい時代の創《つく》り手なのやと熱っぽく喋《しゃべ》ってはったものです。

台所では、八重様が、ひっそりと片隅に座ってはったものでした。下男下女を早く引き揚げさせて、うちと八重様だけで客をもてなすようにと甚助様がおっしゃったので、広い板の間には、二人だけでした。

うちは、八重様がお疲れになったのやと思うて、近付いていうたものです。

「もう、お寝《やす》みになりはったらどうですか」

すると、八重様は、屹《き》っとした顔で、うちを見ていわはったのです。

「お鈴ちゃん、あんた、世の中は、男の力だけで動いているというのをどう思う……」

二

急にいわれたこともおましたが、今まで八重様が、こんな厳しい顔をお見せになったことがなかったので、うちは、思わず二、三歩退いて、ぺたんと板の間に座ってしもうたのです。蛇に呑まれてしもうた蛙《かえる》の気持でしたなあ。

八重様は、いつもの優しい顔付になりはって、

「いやな、お鈴ちゃん、世の中には、男と女がいてるのや。そやのに、天下を動かすというのは男だけやと思うてる男が多いと思えへんか」

「へえ……。なんぼ、偉そうにいうたかて、男の人は、おかあさんという女のお腹から産れてきますのになあ……」

うちは、なんにも、こんなこといおうと思うていたわけではおません。ただ、思いがけのう口を衝《つ》いて出た言葉がこれでした。

八重様は、にっこりなさいました。

「ほんまや。女あっての男なんやなあ。兄上たちは、その点を忘れてはるようやなあ」

この数日後、甚助様が朝早うに、うちを起しはって、これを今すぐに西念寺に届けよといいはったんです。大きな一反風呂敷に、衣類が、ずっしりとした重みで入っていました。

「誰にお渡ししますのか」

「八重や……」

「八重様が西念寺に……」

「そうや。いてる。庫裡《くり》にいてる。なるべく他人目《ひとめ》につかんように行ってくれ」

うちは、胸に抱くようにして、白々と明けかける畦道《あぜみち》を西念寺へと小走りに駈《か》けて行ったものです。小さい蛙が畦道の両側に、ぴょんぴょんと跳んで逃げたのを覚えてます。

なんで、八重様が西念寺にいてはるのかが皆目わかりまへんでした。何時《いつ》の間に行きはったのか。うちが寝る時には、奥座敷で甚助様と八重様の話し声がまだ聞えていたのですから、夜明け前に、八重様だけが西念寺に向いはったとしか考えられませんでした。そやけども、なんのために行きはったのか、なんで、うちをお供に付けはらへんかったのかと思うたものです。

冷たい庫裡前の廊下に入ると、板が小さな軋《きし》みをあげたものです。庫裡の横戸が五寸ほど開いていて、灯と人声が洩《も》れていました。

うちは廊下に両膝ついた恰好《かっこう》で、八重様と小さな声で呼んでみました。この声は、聞えんようで、男の人の声が低く聞えてきました。

「京では焼けた家は二万七千五百十三、橋が四十一。寺社は二百五十三、堂上邸十八、諸家屋敷五十一……」

「へえ、それはえらいことでしたなあ。京の人は、どこへ逃げはったのでおますか」

まぎれもなく八重様の声でした。

「東福寺、東寺の内、島原、七条、八条、九条の河原へ逃げたようだ。いや、まことに凄《すさ》まじいものだったな。天を灼《こが》すというのは、まさに、あの状況を指しているな。京の人は、どんどん焼けなどというておったな」

「どんどん焼……」

「そうだ。いい得て妙だ。西の国では、焚火《たきび》のことをドントともドンドともいう。あれに模してのことだろう。いや、ドンドン焼けというのは、それよりも激しく、ドンドン焼けろ、もっと焼けろという自棄糞《やけくそ》のいい方なのだろうな……町の衆の気持がよくわかるいい方だ」

「死なはった人も仰山いてはったでしょうな……」

「う、うん、まあ……」

お二人の言葉が途切れた頃を見はからって、うちは声を大きゅうして、八重様と呼んだのでおました。

「お鈴ちゃんか、よう、来てくれた。中にお入り……」

八重様は、うちを庫裡の中に引き込むようにして導きはったのでした。

揺れる蠟燭《ろうそく》の灯の向うに、静かに座ってはる男の人が、凝《じ》っと、うちを見てはりました。両手をきちんと膝に置き、瞬きせずに見てはりました。頬が削《そ》がれたように窪《くぼ》んで、鼻筋はとおり、唇は薄く真一文字になり、目は鷹《たか》のように鋭く、切長の方でおました。

「お鈴という小間使いでございます。これから、桂様の身のまわりをするようになりましょう……」

八重様が、うちを紹介してくれはりました。うちは、頭を下げながら、この人が噂《うわさ》の桂小五郎先生やなと思うたことです。

「そうか、まだ若いな。が、利発そうな娘だな」

うちは、こんな褒《ほ》められ方をしたのは、はじめてでした。一人前に扱われたような気がしたのです。どういうお礼の言葉を返したらいいものかと迷っていると、八重様が、あっと小さな声をあげはったのです。

「なにか……」

桂先生は、八重様の風呂敷を開ける手許を覗《のぞ》き込むようにしていいはりました。

「お鈴ちゃん……」

八重様は気持が激しく揺れるのを抑えながら、いいはったものです。

「兄上は、これを持って行けとおっしゃったのですか」

「はい。いわれたとおりに持って参りましたんや……」

「なにか不審な物でも入っているのかな」

桂先生は、体を前に倒すようにして、いいはりました。

「あたしの着物が入っています。兄上は、此処《ここ》に桂先生の衣類を届けるといいましたのに……。桂先生のとあたしのとが包まれています……」

八重様は狼狽《ろうばい》しながら、御自身の長襦袢《ながじゅばん》とか腰紐《こしひも》といったものを、包みの中から分けようとなさったのです。

「八重殿、それは分けることもあるまい。甚助殿は、それらを八重殿の持参金として届けさせたのだろう……」

「持参金……」

八重様は、唖然《あぜん》としてはりましたが、急に座り直し、俯《うつむ》いてしまいはったのでおます。うちは、桂先生と八重様の間に、ぴーんと張られた糸に、息苦しさを覚えて、思わず庫裡の外に出ようとしました。

「二人が此処に居ること、絶対に他言するなよ」

凛《りん》とした声が、うちの背に投げかけられました。うちは、ほんの少し振り向いて、深う頷《うなず》き、小走りに西念寺の山門に駈け出しました。男と女の愛が、あんなふうに展開されるのかと思うと、膝のあたりに小さな顫《ふる》えが襲ってきたのを覚えています。美しい絵を見たような気がしたのです。

山門を出て、近道をとろうと西念寺の裏山に上り、雑木林を駈け下りようとしたら、急に、ざわっと人の気配がして、うちは思わず立ち竦《すく》んでしまったのです。

「この出石の者か」

むっくりと雑草の中から立ち上った大男がいいました。すると、他の二人の男たちも、草の中から体を起したのです。

うちの、それまでの男女の愛を見た顫えが急に恐怖の顫えになりました。

「へえ……」

「広戸甚助という男は知っているな」

「へえ、うちの……御主人様でございます」

咄嗟《とっさ》に嘘《うそ》をつくという器用な芸当は出来ませんでした。失敗《しま》ったと思ったのも、後の祭りでした。

「ほう、甚助屋敷の奉公人か。これは願ってもない餌《えさ》におれたちはありついたようだぞ」

うちは、四人の男に囲まれる形になりました。

「何処《どこ》に行って来た……」

「へえ、お父ちゃんの窯の手伝いの帰りでおます」

われながら、うまい嘘をついたものだと思いました。ここはもう甚助様とか八重様のことには一切触れない方が賢明だと思ったのです。それは、小さな動物の知恵のようなものでした。

「窯……」

「へえ、出石焼の窯です。お父ちゃんは陶工でっさかいに……。毎朝、食べるもんを届けに行くのです」

「そうか。……で……と、われわれは、新撰組の者や。桂小五郎という男を追うてきたわけや。狙いを出石につけてやってきたんや。その出石の広戸甚助という商人の所に必ず小五郎は立ち寄る筈《はず》や」

急に、大男は大坂訛《なま》りになったものです。

うちは、新撰組の人が大坂弁を喋りはるとは想像してませんでしたから、なんや急に気持が安らかになったもんです。

「新撰組のお人でも大坂弁で喋りはるのですか。夢でも見てるようでおますな……」

すると新撰組の四人は、大きな声で笑いはったものです。

「そら、新撰組ちゅうたらな、あっちこっちの土地の者《もん》が寄り合い世帯をもってんのや。江戸っ子もありゃ、ズーズー弁もありゃ、大坂弁もいてよる。……そいでな、桂小五郎を見付けたら、一報くれんか。お前のな十年分の給金を賞金にしてもええで……」

すると、もう一人の、がっしりした体格の人がいいはったもんでおます。

「ススム、でっかい口をきくなよ。お前が金を持っていたのを見たことはないぞ」

すると後の二人が大声で笑いはったものです。ススムといわれた大男は、急に真顔になりはって、

「金はな、なんとでも都合するのやで、阿呆奴《やつ》が……。大坂の金持は半分ぐらいが知合いやからな……。おれは、嘘はいわん男やからな、な、小五郎が出石に現われたら、

報《し》らせて欲しいのや……頼むで、ほんまに、ほんまに……」

「へえ。ほんまに、十年分の給金を貰《もら》えるのですか」

「おおともよ、おれはお前のような娘を騙《だま》すようなことは一切せんからな」

ようようという掛け声で、他の三人は囃《はや》し立てはったものです。

うちの想像していた新撰組とは、えらい違いでした。楽天的というか、村の祭りで若い衆相手に阿呆なことをいうているような雰囲気でした。

大男は、名を山崎蒸《すすむ》といい、今日から出石の宿に泊って、徹底的に桂小五郎を探し出すといったのです。

「あの男は、京の町をどんどん焼きにした男やからな。おれは、ただ単に、新撰組の怒りだけで、あの男を追ってるわけやないのや。おれは、京の町の人の代りに怒って小五郎を追うているのや」

出石の町外れの旅籠『あみや』の名をうちに憶《おぼ》えておくようにといいはったのです。小さな旅籠ですけども、さすがに出石へ出入りの要点を抑えてはると思いました。円山川、出石川も徹底して抑えるといいはりました。四人の他に、まだ新撰組の隊士が出石に入り込んでいるということでした。

「もし、今、小五郎が、この出石の町に入り込んでいたなら、もう、小五郎は、袋小路に迷い込んだ哀《あわ》れな一匹の小鼠《こねずみ》ということになるのや」

うちは、西念寺の庫裡の桂先生と八重様の姿を思い浮かべていたものです。この大きな秘密を知っているのは、出石の町の中で、うち一人だけやと思うと、いやでも緊張したものです。

うちは、甚助様に、この新撰組との出会いをいったものかどうかと悩みました。八重様にいったものかどうか。そして、父に打ち明けていいものかどうか。

誰かにいうた方が気が軽うなることはようわかっていました。しかし、口にすることで、甚助様や八重様が浮足立って、かえって桂先生が新撰組に嗅ぎつかれてしまう結果になるのを一番に懼《おそ》れたのです。

そやけど、うちは自分一人で、この秘密を守ってるのが苦しゅうなったのです。うち自身が追いつめられていくように思えてきたのです。

夜も浅い眠りになり、今までに見たこともない恐ろしい夢に見舞われるようになったのです。真っ黒な海から、急に波が湧き立ち、それが牙《きば》のような鋭さで、逃げまどううちを呑み込んでしまうのです。

かと思うと、何十羽、何百羽という烏《からす》の群が奇声を放って襲いかかり、うちの白骨になった骸《なきがら》をもう一人のうちが見守っているというようなものでした。

夢から醒《さ》めても、暫《しば》らくの間は現《うつつ》実との境目がわからず、ただもう冷汗をべっとりかいて、放心の有様でした。

耐えられず、うちは、心を決めて、甚助様に一切のことを打ち明けました。

三

「ようやうてくれた。この二、三日前から、それらしい連中が出石に出没しているという噂は立ってはいたが、変装しているのでもうひとつわからんというのが正直なところやった。お鈴、お前だけが、この出石の町で、新撰組の男等の顔を知ってるのや。それも四人……。ここはひとつ、お前の力で桂先生を守ってもらわないかん」

甚助様のおっしゃるには、新撰組は六人を京から出石に送り込んだようやということでした。

永倉新八《ながくらしんぱち》、斎藤一《はじめ》、藤堂平助《とうどうへいすけ》、山崎蒸、川島勝司《かわしまかつじ》、谷三十郎《たにさんじゅうろう》の六人で、永倉、斎藤、藤堂は剣の達人やということでした。

「谷三十郎は槍術《そうじゅつ》……山崎は香取流棒術に長じているという……この六人は、桂先生を見付け次第、どういう方法でもよいから殺害せよとの命を受けている」

この六人は京から出石までの三十七里を三日足らずで追って来たと聞いたうちは、そんなことが出来るのかと思うたものです。

一日に十三里、それも平らな道やのうて、老の坂峠などという嶮《けわ》しい土地もあるわけです。それを踏破してきた六人が巨《おお》きな男に思えたものでした。

「奴らは、歩きながら眠るともいわれてるし、眠りながら走るともいわれてる男たちや。草の根分けても、桂先生を探索したいと思うてるのや。お鈴、それをお前の力で、なんとか食い止めるようにしろ」

また、重い荷物を背負うようになってしもうたのです。

悩みとか苦しみというのは、打ち明けただけでは、決して軽うなるものやのうて、かえって複雑に絡み合うて、どうにも身動きならん状態になるということに気付いたんですが、もう後の祭りでした。十六歳の小娘の才覚では、そこまで先が読めるものやなかったのです。

「それで、桂先生は、この出石から、どないやって出はるのですか」

「うむ……」

甚助様は腕を組み、暫くの間、天井を仰いではりましたが、低い声でいいはったものです。

「桂先生は、もう出石にはおられんのだ」

「へえ、ほな……」

なにも、うちが防波堤になることはないのです。

「広江孝助《ひろえこうすけ》はんはいてはる。桂先生はいてはらへんのや」

謎みたいなことをいいはったんです。広江孝助という名前が、なんとのう広戸甚助という名に似ているもんやと思うたのですが、それ以上、深うに突っ込んで聞くわけにもいかんかったのです。ただ、漠然と桂小五郎先生は広江孝助という名前になりはったんやないかということだけがわかりました。

うちは、甚助様に背を押されるようなかたちで新撰組の泊ったはる宿の方に向うことになりました。その都度、うちは山崎はんに嘘をつくようになったのです。

「どうやら桂さんから手紙がきたようです」

とか、

「甚助様が京に行かれるのは、亀山あたりで桂さんと落ち合う約束が出来てるのやないかと思いますけど……」

甚助様に教えられたとおり、新撰組の目をなるべく出石の町の外の方に向けようとしたわけです。うちが嘘をつく度に、新撰組の方々は、四方に散り、また集ってくるという具合でした。

「なんで、皆さんは、目の仇《かたき》のように桂さんを追いはるのですか」

出石川の堤に腰を降ろして、川の流れを凝《じ》っと見てはる山崎さんに訊《たず》ねてみたことがおました。

「一口に説明は出来んけどもな、桂小五郎は京の町を焼き払うた張本人や。政局を長州人の手に握ろうと企りよって、志士隊に檄《げき》を飛ばした挙句、これが成らずと見るや河原町の長州藩邸に火を放ちよって、その騒ぎの中を巧みに逃げよったんや。お鈴……お前は見てえへんから、おれが説明してもわからんやろが、そりゃな、京の町は悲惨なものやったで。地獄やった。赤ん坊は小さい手を天に差し伸べて死んどったし、焼け過ぎて炭みたいになってる死人もいた。男か女かわからん死体も転がっていたんや。なんにも知らぬ人を巻き込んだ上で殺してしまいよったんや。その元凶が桂や」

山崎はんは、膝の上の手を握り締め、また緩め、その怒りのもっていき場がないという苛立《いらだ》ちを見せてはったものです。

「そやけど、新撰組も、京の町で、なんにも知らん人を巻き込んではるのと違いますか。この出石では、そういうふうに聞いていますけども……」

「そんなことはない。そんなことは断じてないのや。京の町の人を巻き込んで、無惨に殺すようなことはせん。あの池田屋襲撃の話は耳にしてるやろう……」

「はい」

「あれにしてもやな、あの日は昼過ぎから京に烈風が吹き荒《すさ》んでおったんや。風の強《きつ》い日に、志士隊の連中は京の町に火を放つという計画を立てておったから、こっちが先手を打って池田屋を襲撃して、奴等の放火《ひつけ》を未然に防ごうとしたんや。それやのに……それが成功したというのに……池田屋襲撃を機に長州軍が京に入って来よって、火を放ってしまいよったんや。こんなことてあるかい。それまで、手を拱《こまね》いて、京を包囲してよった長州の連中が怒濤《どとう》の勢いで御所を襲い、敗れたと見るや火を放ちよった。こんな卑劣な奴てあるかい……」

握り締めた拳《こぶし》が、ぶるぶると顫えていたものです。うちは、噂に聞いていた新撰組とは違うものを見る気持でした。噂やと、若さに乗じて狂犬のように京の町を荒しまわるのが新撰組やということでしたが、現に話し合うてみると、そんな狂いは見られず、ただ、純に、一途《いちず》に京の町、それにつながる天下国家の安泰を守り抜こうとしてはるのでした。

「新撰組ちゅうたら、世間の人は青二才や、若僧や、厄介者《やっかいもの》やと思うてるかわからん。いや、思うてる。そう思われても、詮《しょう》がない。なにしろ、若いさかいに動きまわる。目立つ。それに、一人一人が、それぞれの武術を持っているさかいになあ。そやけど、このままではいかんという信念で結束してるのは事実や。そこには、氏素性というもんは一切ないわけや。みんなが、それぞれの持ち分守って一途なんや」

山崎はんは熱っぽうに喋りつづけはったもんです。蒸と書いてススムと読ますのは、大坂で鍼医《はり》をやっていた親父が漢書の中から選んだらしいが、どうも、この字は嫌いやから、草冠《くさかんむり》を取り除いて、烝という字を書くことにしているとか、香取流棒術を習得したのは、背丈にも合うているが、剣のような刃物で敵を倒すのがどうも好かんし、他の仲間よりも一風変った術で敵を倒して目立ちたいという幼稚な考えからやとか語ってくれはりました。

うちが指先を草の葉で切った時、素早く手当してくれはって、人を倒す術を習うた限りは、人を助ける術も身につけんといかんと思うて、南部はんという先生に金瘡《きんそう》縫合の術を習い、新撰組内においては、松本良順《まつもとりょうじゅん》先生のお弟子さんみたいな立場で救急法を隊士たちにほどこしているともいうてはりました。

うちは、こういう幅の広い男はんに、今まで接したことはおませんでしたので、次第に魅《ひ》かれていったことです。

一方、甚助様の指示で、うちは、ひそかに宵田町《よいだちょう》の八重様と広江孝助と名乗った桂先生が新しゅう店開きしはった荒物屋に手伝いにいったものです。

新撰組の山崎はんに心を魅かれ、一方では八重様と桂先生の所に行くという矛盾した生活の中で、うちの十六歳の胸は痛みました。

ただ一言、あの荒物屋の広江孝助という男はんが桂小五郎ですというだけで、すべての事は片付くのですが、そんなことをしたなら、御恩ある八重様を不幸のどん底に突き落すことになるわけです。

桂先生と八重様は、ただの表面《うわべ》だけの御夫婦やのうて、周囲《まわり》の目にも親密な仲の御夫婦やとわかるような暮しぶりでした。

八重様にとっては、桂先生が、はじめての男はんであり、日一日と深う愛していく自分を止めるわけにはいかんという状態でしたんや。うちの目にも、八重様の初々しい新妻ぶりが羨しゅうに思われたものです。

ただ、時折、八重様が、ふっと淋し気な表情になりはって、溜息《ためいき》ついて、店の裏手を流れてる小川の流れを見てはるのが気懸《きがか》りでした。

「どないしはったんです……」

と訊《き》いても、

「いや、なんでもないのや」

と気弱な笑いを返しはったものです。

うちは、ただ、桂先生との偽りの夫婦に悩んではるのやなあとだけ思うてました。

それが、もっと深い悩みやということを、偶然に山崎はんら新撰組の方の会話の中で知ったんです。

「いや、桂は絶対に、この出石の町を出ておらんぞ。出たとしても湯島（城崎）あたりに潜《ひそ》んでおる」

「今に、あの女が京からやってくるぞ」

あの女……うちは、聞き耳を立ててました。

幾松《いくまつ》はんという桂先生を一途に慕うてはる芸者はんやと知りました。八重様の悩みは、どうやら、そのあたりにあるのやと思い当ったのです。うちは動悸《どうき》の高鳴るのを覚えました。その時、永倉新八はんが駈け込んで来て、うちの心臓を凍《こお》らすようなことをいわはったんです。

四

「おい、宵田町にな、新しい荒物屋が店開きした。広江孝助という男だ。そいつの女房が広戸甚助の妹だが、あの孝助が桂ではないか」

「なにッ」

一斉に腰を浮かしはりました。うちの体は氷詰めになったようでした。

「甚助の妹の亭主が……」

山崎はんは、うちの方に目をやりはったのです。うちは上歯で下唇を噛《か》みました。血が滲《にじ》むほどに噛みました。そうせんことには、顫えがおさまりそうになかったんです。

「広江孝助という男、知ってるんか。知ってる筈やな」

「へえ。昔から御屋敷に出入りしてはった備前の行商の人です」

喋りながら、声の浮ついているのが相手方に知られるのやないかと気が気やおませんでした。

「備前の行商人かいな。そら、桂やないわ。桂小五郎、そこまで悪人やないやろ。幾松がいてるのに、但馬《たじま》の豪商の女に手を出すわけがないで」

山崎はんは、うちの嘘を、あっさり呑んでくれはったんです。うちは、吻《ほ》っとすると同時に、山崎はんを騙《だま》した後めたさを強う覚えたんです。

山崎はんは、うちを信じてくれたはる。その山崎はんを騙してしもうた。こんな罪深いことてあるやろかと悩みました。その夜は眠ることが出来ませんでした。

八重様と甚助様を守ることが出来た。いや、桂先生も守ることが出来た。三人の方を不幸に追いやらずに済んだのや。三人の方や、三人の方やと自分にいい聞かせ、騙したんは山崎はん一人なんやと、三人と一人を一所懸命に天秤《てんびん》にかけ、三人の方が重いんやと自分に強ういい聞かせ、なんとか納得させようと思うたんです。

それでも山崎はん一人の方が、うちの胸の中では重うに感じられました。

「これが恋なんや……」

と、呟《つぶや》いてみました。何十人、何百人の人よりも、ただ一人の人の重みの方が大きいと思う心が恋であり、愛やと思うたのです。

「山崎はんに、本当のことをいうのが大切や。ここで、山崎はんを騙すというのは、自分自身を一生詐《いつわ》りつづけることになるのや」

うちは、夜中に起き上り、着替え、新撰組の方が泊ってはる『あみや』に走ろうとしました。そうせんことには、一生に悔を残すことになると思うたんです。が、ものの半分の道程《みちのり》も行かん間に、うちの気持は萎《しな》えてしもうたんです。八重様もうちと同じ女やないか。それに、うちの方は勝手に山崎はんのことを思いつづけてるに過ぎないわけですけど、八重様の方は桂先生と男女の仲を深めてはるのです。うち一人の身勝手で大恩ある八重様の倖せを奪うということは許されんと思うたのでした。うちがなんにもいわんかったなら、誰もが傷つかんのです。うちの胸は苦しおましたけども、その苦しさを凝っと抑えることがうちの人生の試錬なんやと自分にいい聞かせたもんでした。

ただ、甚助様には、報告だけはしておこうと思いました。

「そうか、お鈴、お前が新撰組の矛先《ほこさき》をかわしてくれたんか、おおきに、礼をいう。よっしゃ、そんなら、早速、桂先生にも八重にも広江孝助は備前の行商人やったと振る舞うようにと報らせないかん」

甚助様は、うちにようやったというて、三カ月分の給金に当るお金を握らせてくれはったのです。うちは、そんなもんを頂くとかえって胸が苦しくなると断ったんですが、どうしてもといいはられるので受け取りました。うちは、それで以前から欲しかった塗りの下駄を買い、残りは新撰組の人たちにと活《い》きのええ魚を買うて持って行きました。湯島の知り合いに漁師がいて持って来てくれたんやと嘘をつきました。この嘘は気持のええ嘘でした。

「これは、これは、刺身がええぞ。酒や、酒や」

山崎はんは喜んでくれはりました。笑いはると子供のような顔になりはって、うちは、その顔を見てるだけでも倖せでおました。

それから、うちと山崎はんと二人っきりで逢《あ》うという時が重なりました。出石川の上流の樵夫《きこり》小屋に桂小五郎がいるかもわからんから案内してくれといいはった時も、細い山道を後になり先になりして二人だけで行きました。小屋に桂先生がいてはるわけがないので、はじめから徒労とわかっている案内でしたが、うちの心は弾んでました。道々、山崎はんは、こういう静かな山や川のある町に住んでみたいものやといいはりました。

「なにして暮しはるのですか」

「うん、親父譲りの鍼《はり》医の看板をあげてもええし、救急法で病人を癒《なお》すことに専念してもええ。いや、腕に自信があるさかいに、船頭、それも荷船の……やってもええ」

是非そうして下さい、いつまでも傍にうちがいますよってにといいたい気持を抑えて、力強く杣道《そまみち》を上って行きはる背中を見ながら、小走りに従《つ》いて行ったものです。

小屋は雑草が茂り放題で、人影はありませんでした。

「骨折り損やったな。疲れたやろ。負うて行ってやろか」

といいはった時、うちは、自分でもびっくりするぐらい厳しい声になって、

「うち、子供やおません。子供扱いせんといて下さい」

と、叫んでいたものです。

うちの気迫に押されて、山崎はんは一瞬気を呑まれて、うちを見降しはりました。後は言葉はおません。ただ、二人、瞶《みつ》め合うて、雑木林の中をゆっくりと陽《ひ》が移ろうていくのを過しました。山崎はんは、うちの両の腕に武骨に手を入れて引き寄せ、唇を重ねはりました。うちは、涙が溢《あふ》れてきたものです。うちは、自分の想いが相手に伝わったのが嬉《うれ》しかったんです。唇が離れ、山崎はんは、うちの目を見ながらいいはったものです。

「おれは三十二、あんたは十六、ええのか」

「へえ……」

「いずれ、近い裡《うち》に京の騒ぎも鎮まるやろ。新撰組は目的を遂げて、各隊士は散らばる。その時、おれは出石に帰ってくる……きっと」

「へえ」

「待っててくれるか」

「へえ……」

この日から、うちは、はっきり女になったのやと思いました。男に体を求められて女になるというい方は世間の通常ですけど、うちは、そうは思わんのです。男はんと将来を約束した時、女になるのやと思います。

晩、蒲団《ふとん》に入る時も、この蒲団が山崎はんの熱い腕や厚い胸板やと思い、この夢もそう遠くない日に実現するんやと思うと、嬉しゅうて、なかなか寝つかれませんでした。苦しゅうて眠りに就《つ》かれへん時は夜明けに狂いそうになるものですが、嬉しゅうて寝られん時は、夢の中にまた夢が生れて、とろとろと気持よい旅に出るものやとわかりました。翌日《あくるひ》、どんなに寝不足でも、気持は澄みわたり、なにを見ても輝き、時には薄翅《うすば》のように透けて見えたものでした。

毎日、うちは山崎はんと忍び逢いをしました。山崎はんは、唇だけを求めはりました。

「世帯を持った時、抱きたい。それまでは……」

といいはりました。

「一応、後五日で京に戻る。桂を諦めるわけにはいかんが、もうこれ以上、出石でうろうろしているわけにはいかんからな」

うちの悲しそうな顔を見て、必ず、近い裡《うち》に帰ってくるといいはりました。この帰ってくるというい方が、うちには、なにより嬉しおました。出石を山崎はんは自分の故郷のように考えておられると思うたものです。

「へえ、待ってます。近い裡ですな」

「そうや。時代の流れは早いんや。何カ月がかり、何年がかりという戦いやない」

きっぱりこういわれると、うちはもう山崎はんと世帯を持っているような気がしたものです。

後二日で京へという日、斎藤さんが息せき切って宿の玄関から土足のまま上って来はりました。夕暮れには、まだ一刻はあろうかという頃でした。

「おい、幾松《いくまつ》が来たぞ。出石の桂と連絡をとったか、さもなくば、京で桂を逃がした商人の今井から桂の落ち着き先を知らされたのだろう。広戸の屋敷ぞ」

新撰組の方は、一斉に身仕度しはりました。うちは、待ってた甲斐《かい》があったなあという山崎はんの声を耳にしながら、甚助様の御屋敷に飛んで帰りました。

すると、すでに幾松はんはおいででした。

鳥追い姿で、美しい横顔に疲れが滲《にじ》んでました。

「妹さんのお八重さんと世帯を……」

「そうするしか桂先生を匿《かくま》う手段がなかったんで……」

甚助様は、苦しそうに額の汗を拭いはりました。幾松さんの顔に険しさが疾《はし》りました。

「新撰組が幾松さんを追うてこっちに……」

うちがいうと、お二人の顔から、さっと血の気が退《ひ》きました。

「幾松さん、西念寺に……この娘に案内させます」

が、幾松はんは、宵田町の荒物屋に行くといいはったんだす。うちは、反対しました。もし、幾松はんが八重様と仲睦《なかむつ》まじい桂先生のお姿を見はった時、むらむらと悋気《りんき》しはって、冷静さを失いはったが最後、荒物屋の店先は、血飛沫《しぶき》で染まるということになりかねません。小走りに従いながら、うちは幾度も幾松はんにお願いしました。

「やめといてくなはれ」

黙ったまま、宵田町に行きはるのです。辻《つじ》のあたりに、ちらりと新撰組の隊士の姿が見えました。背恰好《せかっこう》から新倉はんやと思いました。

荒物屋には老人の客が箒《ほうき》を買うてました。

「おおきに、ありがとございます」

八重様は、もう根っから荒物屋のおかみさんになってはりました。

「もう、店閉いしましょか」

奥に声かけはったら、桂先生が板についた商人姿で出て来はって、やさしく八重様の乱れた髪を直してあげはりました。八重様は、ふり仰いで、にっこり応《こた》えはりました。絵に描いたような新婚の美男美女でした。うちは、物陰でこの様子を見てはった幾松はんを仰ぎました。

笠の下の横顔は厳しく、顎《あご》の骨が強く嚙《か》み締められているのを見ました。女の口惜しさが、うちには痛いほどようわかりました。

「違うた。ああ、違うた。他人の空似や」

吐き棄《す》てるようにいいはると、西念寺の方に踵《きびす》を返しはりました。

うちは、吻《ほ》っとすると同時に、世の中にはなんと耐え忍ぶ女の人がいてはるもんやと感嘆したものです。

もし、あの桂先生が山崎はんで、幾松はんがうちやったら、あんな男と女の自然の姿を見せつけられると、前後の見境いものうに飛び出していたと思うのです。

西念寺の縁側で、翌日《あくるひ》に幾松はんに会いました。甚助様からの路銀を届けたのです。

「苦しかったえ。昨夜《ゆんべ》は一睡も眠れんかったえ。そやけど、これが、あてに与えられた運命《さだめ》というもんえ。受けんと罰が当る。逆うと、みんなが不幸になってしまうというもんえ」

うちはただ、縁に両手をついたまま、幾松はんの言葉を聞いてましたもんです。

「あんた、いくつえ……」

「十六……です」

「これから、辛いことがあっても、凝っと耐えるのえ」

「へえ……」

「這《は》うことも出来んのに跳んだりするような考え、真似《まね》は慎んだ方がええのや。先《ま》ず、這うことや。這いつくばう苦しさを自分のもんにせんといかんのえ」

「へえ……」

幾松はんは、湯島への道をとりはりました。桂先生がさも湯島にいてはるように、新撰組に思わそうとしはったんです。

山崎はんは、この幾松はんを追うて、出石から姿を消しはりました。

「近い裡に……」

という言葉を信じて、うちは待ちつづけたものです。苦しい時は、いつも幾松はんの姿を思い浮かべたものです。

「こんなことで山崎はんを恨んではいかん。恨むというのは、間違うた愛の姿なんや」

と、自分にいい聞かせたものです。

山崎はんは……。

帰っては来はりませんでした。

慶応《けいおう》四年の春先に、富士山艦で江戸へ向いはる途中、傷が悪化して死なはったという報らせが甚助様のところに入ったのです。

どうも、慶応四年一月四日の淀堤の戦争で負傷しはったようでした。うちは、心の支えが崩れたように、なにを見ても暗う見えたものです。ただ、年老いたお父ちゃんのために、狂うたり、自分で生命を断つようなことをしてはいかんと自分にいい聞かせての毎日でした。

「うちを見なさい、うちを……。ほんの束の間、うちは桂先生に愛を捧《さゝ》げたんや。愛は与えられるもんやない。捧げるもんや。そう思うのや……」

八重様は、ぼろぼろ大粒の涙を頬につたわせて、いいはったものです。

うちは、山崎はんが、紀州沖で水葬に付されはったというのを聞いて、いつも出石川や円山川の川口あたりに立ち、ぽっかりと浮かんできはるのやないかと思うたものです。

その気持をそのままつづけるには、尼になるしかないと心に決めたのは、その頃でした。

今でも、海を見れば、山崎はんが波を分けて、大股に近付いて来はるように思うのです。

群狼相食《ぐんろうあいは》む

宇能鴻一郎

宇能鴻一郎《うのこういちろう》（一九三四〜）

北海道生まれ。東京大学大学院博士課程満期退学。戦後は中国から引き揚げ、母の郷里である福岡で暮らす。東大在学中に同人誌『半世界』に参加、北杜夫、水上勉、川上宗薫らと交流する。一九六二年に発表した『鯨神』で芥川賞を受賞。作家活動の初期は、『獣の悦び』『魔楽』など過激な性描写を通して人間の実存に迫る純文学作品を発表していた。一九七三年に『女ざかり』を発表した頃から官能小説へとシフトし、若い女性の独白体で綴る作品で人気を集める。嵯峨島昭の筆名で『踊り子殺人事件』などのミステリーも発表。二〇一四年に、三〇年ぶりの純文学作品として『夢十夜』を刊行した。

人斬《ひとき》りは、繰り返すと中毒になるものらしい。

幕末三人斬りの一人といわれる土佐の岡田以蔵《いぞう》が、死ぬ前にこんな感想を残している。

「生れてはじめて人を斬ったときは、もう夢中で、何が何だかわからなかった。ぶるぶる震えて、斬り終っても手が柄《つか》から離れない、というのは本当です。

二人、三人目になると落ちついてくる。斬ったときの刃ごたえや、斬り終ったときの肉の弾《はじ》けかたまで、はっきりとわかる。でもやっぱり、夢中です。

人を斬っているときの自分と、ひごろの自分が、別人だとしか思えなくなっている。人を斬ったのは、夢のなかの自分のような気がしている。

四人めからは、はっきりと血に餓《う》えて斬るんです。人を斬るときの夢中の状態を、また味わいたくなってくる。斬る前の緊張とぞくぞくする感じ、斬り終ったときの何ともいえない、

〝やった〟

という気持。それをまた、味わいたくてたまらなくなってくる。

そうなると、とめどがなくなる。自分で自分が怖くなる。だが、その怖がっている自分とは別に、もう一人の自分が勝手に動いて、剣を振いつづけるんです。

何人斬ってもいい。斬れば斬るほど、いい。女を抱くなんて、比べものにならない。

人を斬って、飽きるということは、まずないんじゃないでしょうか。

人間とはそういうものです。それを抑えるために、人間に、学問は必要なんです。聖賢の道を学んで自分を抑えなければ、私のように人をも亡《ほろ》ぼし、やがては自分をも亡ぼすことになるんです」

この感想を洩《も》らしたのは彼が京都で自藩の藩庁監察吏に捕縛され、故郷土佐城下、山田町の牢《ろう》に入れられて後のことである。

〝人斬り〟岡田以蔵は気がつくのが遅すぎたのである。入牢後の拷問は残酷を極め、以蔵の悲鳴号泣する声は、連日獄中に響きわたったという。正直に背後関係を自白しても許してもらえず、

「罪を他人にかぶせるか」

と、また肉を割《さ》かれ、指を折られる。

結局は、すべての暗殺事件を、

「みな私が思いついて、独断で決行したことです」

と認めて、やっと処刑される運びになったのである。

もっとも土佐藩として追及したのは自藩士井上某絞殺の一件だけで、余罪については追及しなかった、という説もある。

処刑後、その首は、高知城西、雁切《かりきり》河原に晒《さら》された。まだ二十七歳であった。

「刎頸《ふんけい》の碧血淋漓《へきけつりんり》として髭鬚《ひげ》凝結し貌状惨憺《かおかたちさんたん》、人をして酸鼻せしむ。制札に岡田以蔵の首と書す。観《み》る者堵《かき》の如《ごと》く、姦物《かんぶつ》の末路と為《な》し唾棄《つばはき》して過ぐ」

と記録にある。以蔵は結核をわずらい、しばしば喀血《かっけつ》したが、唇をおおう紙一片さえ与えられなかったから、ただ断首の血に塗《まみ》れていただけではなかったかもしれない。

この処刑も、ある意味では止《や》むを得なかった。彼は勤王派の黒幕に使嗾《しそう》されたとはいえ、自ら手を下して、江戸で幕臣二人、京都で十四人以上を暗殺して来たのである。その中には京都町奉行与力が四人までふくまれている。自分でもそれを誇りにし、

「一日一姦を誅《ちゅう》す」

と公言しているのでは、救いようがない。

しかも殺し方が残酷である。首を切って晒すのは〝天誅《てんちゅう》を加える〟という大義名分を立てるために必要なこともあろう。しかし多くはもっとひどい殺し方をしている。死体の手足を切り離し、あたりの木の枝に吊《つる》しておいたりする。子供が人形をバラバラにするようなやり方である。

彼に越後浪人本間精一郎《せいいちろう》が殺されたときは秋のはじめだったが、紺足袋《たび》に黒絹の羽織を着た死骸は膝のあたりに小柄《こづか》を一本刺され、三条と四条のあいだの高瀬川を流れていた、という。膝に小柄を刺す、というのは考えようによっては奥歯がきしむほどの不快感を起させるが、あるいはこれも、何の気なしにやったことかもしれない。

いちばん有名なのは、九条関白の臣、島田左近《さこん》を殺したとき、その手先、目明《めあか》し文《ぶん》吉《きち》をも処刑したやり方である。もっともこの処刑には以蔵の他に、数人のいわゆる〝勤王浪士〟が参加している。

文吉は湯の帰りだった、という。勤王浪士たちの情報をあつめ、島田左近に流していたのが露顕《ろけん》して、つけ狙われていることは知っている。

警戒して、外出もなるべく控えていたのだが、何日も湯に入らないでいるわけにはゆかない。

暗くなってからでかけ、はやばやと入浴をすませ、丁髷《ちょんまげ》の上に畳んだ手拭をのせ、弥蔵《やぞう》をつくって小走りに戻ってくると、前の家の軒下に誰かがたたずんでいる。

大小をたばさんでいる。

どきん、としたが、逃げてはかえって怪しまれる。すりぬけようとすると、ずい、と大手をひろげて立ちはだかられた。

「おい、文吉」

とうしろからも声がする。あらかじめ網を張っていたらしく、数人の武士に、すっかりとりかこまれていた。

「いえ、人違いどっせ」

と逃げようとすると、ギラリ、と長剣が光った。そのとたんに背筋が寒くなり、頭がくらくらとした。

「悪党のくせに、臆病な奴《やつ》よ」

土佐なまりで嘲笑《ちょうしょう》して、武士たちは文吉の襟をつかみ、そこから遠くない二条河原まで引っ立てたのである。

雲の切れ目から細い月が出てくる。東山が黒々と盛りあがっている。河原の両側は一面の畑である。水の音だけが物凄《ものすご》い。

河原の石の上にほうり出されて、文吉は人心地がついた。頬《ほお》を、数本の白刃がピタ、ピタと叩《たた》いている。

「着物をぬげえ。何もかも脱げちゃ」

ひきずられてきたのでほとんど帯だけの裸になっている。湯に入ったばかりの肌も泥によごれ、あちこち擦り傷ができている。

それでも無意識のように手を動かして、文吉は帯をといた。褌《ふんどし》ひとつになって、平伏した。

「い、いのちばかりは、お助けを……」

尻の上に冷たい刃が走って、褌の結び目を切りはなした。額に足をかけて、ぐい、と顔をあげさせられた。仰向《あおむ》けに蹴《け》りころがされた。

「杭《くい》がある。それに」

「よし」

たちまち文吉は手とり足とり、大の字にひろげられたのである。浅瀬に打たれている杭に、手首と足首をしばりつけられた。褌を払われ、全裸にされた。背中と後頭部を川の冷たい水が洗ってゆく。

正面に抜刀して立った、小柄な、青白い顔色の男が、岡田以蔵である。みじめな文吉の姿を見て、かすかに笑いを浮べた。

「さて、土佐名物の鰹《かつお》料理をやろうちゃ」

というと、懐から細長い、光るものをとり出した。

魚を炙《あぶ》るのにつかう鉄串の束である。それを以蔵は文吉の陰茎の先端に、上から、

グサリ

と突き刺し、ぐい、ぐい、と手前に引いたのである。十分に引き伸ばしてから魚串の先端を、河原の砂に突き立てて、止めた。

文吉は絶叫した。ひどく赤ん坊じみた声だった。以蔵は面白そうに目を光らせた。

「ここにも刺してやるか」

次の一本を肛門に押しあてる。ズブリ、と突き刺す。次の一本は尿道に奥ふかく突っこむ。次は陰嚢《いんのう》をひろげ、貫いて砂に止める。臀部《でんぶ》に、下から突き刺す。

土佐藩山内家資料研究所の記録に、

「諸士前後ヨリ交ル交ル陰茎ト肛門ニ魚串ヲ刺ス。文吉痛苦惨悶《さんもん》ニ耐ヘズ声ヲ放テ哀訴号泣ス。斯《かく》ノ如キコト数刻ニシテ云々《うんぬん》」

とある通りの光景である。

やがて岡田以蔵は仲間をうながし、枯葦《かれあし》をあつめて河原に火を焚《た》いた。

「故郷《くに》の鰹料理なら藁火《わらび》を使うところじゃがあ、こいつには葦で十分じゃ」

以蔵はそう言って、燃えている枯葦をとりあげた。大きく開いた文吉の股に押しつけた。月光に青白いその額には汗が浮び、目は嗜虐《しぎゃく》的な昂奮《こうふん》に、ギラギラ光っている。火が消えると、次の一本をとってきて、しつこく文吉の敏感な部分を炙りつづける。

半ば気絶していた文吉はそのたびに意識を回復し、絶叫し、号泣する。

さすがに見かねて同志の一人が言った。

「そろそろ、楽にしてやらんか」

「まだまだ。……それとも、そろそろ飽きたかのうし」

「飽きはせんが……もう夜も白んで来たきに、早う片をつけんと、邪魔が入らんともかぎらんからな」

「ならば、こうしてくれる。……犬を殺すのと同じ要領じゃ」

さきに切り外した褌をとると、以蔵は文吉の首にまきつけた。無造作に強く引きしめて、固く結んだのである。

文吉は二、三度大きくはねて、絶命した。

まもなく発見された文吉の体は、前述の資料によると、

「舌出デ陰《い》茎腫膨《しゅぼう》シ満身斑爛《はんらん》トシテ紫痕ヲ帯ビ其状モツトモ惨酸ヲ極メタリ」

というありさまであった。

当時、数多く人を殺したのは以蔵ばかりではない。三人斬りのあとの二人は、薩摩の田中新兵衛《しんべえ》と肥後の川上彦斎《げんさい》で、この二人もむろん、以蔵に劣らず斬りまくり、殺しまくったのである。

桐野利秋《きりのとしあき》こと中村半次郎が〝人斬り半次郎〟と呼ばれたことは有名である。

反対派を抹殺するにも、金品を手に入れるにも、気晴らしのためにさえ、殺人はもっとも有効な手段であった。彼らに限らず自称〝志士〟たちにとっては、自藩の内意をうけ、派閥の命令をうけ、あるいは自らの意志で、人命をうばうのは、日常茶飯事であった。

現在残っている幕末の〝志士〟の写真は、みな野蛮で酷薄で、残忍なうすら笑いさえ浮べていて、教養のかけらも感じられぬ。まさに蛮刀をたばさんだ首狩り土人の顔つきで、彼らならなるほど、何のためらいもなく人を斬れたに違いない、と思わせる。

彼らから狙われた幕府大官、政治当局者、開化論者などの方が、ずっと知的で上品で、少なくとも教養ありげな顔つきをしている。

当局者、大官、開化論者たちは、自ら手を下して〝志士〟たちと戦うには、ためらいを感じたにちがいない。強弱の問題でなく、戦う前からうんざりした気持になったろう。当局者が狂犬のような自称志士たちに手を焼き、同じく狂犬のような浪士たちを集めて彼らと対抗させようと考えた心理は、双方の写真を見ただけですぐ納得できるようである。

殺人の報酬として狂犬たちは、多額の金をうけとった。金はほとんど藩や幕府の機密費から出たものだった。その金で彼らは贅沢《ぜいたく》な身なりをととのえ（志士は好んで黒縮《ちぢみ》の羽織を着た、という）、妾《めかけ》をかこい、祇園《ぎおん》や島原で湯水のように金を費《つか》った。殺人の強烈な昂奮を、酒と女の、同じく強烈な刺激で中和しようとした。

身近に血の匂いをただよわせた志士たちは、意外に女性に人気があった。金離れがいいから遊廓《ゆうかく》の女たちに評判がいいのは当然として、京大坂の堅気の町娘や後家のなかにも、けっこう彼らを好む女がいたのである。

現代でも革命運動家にシンパの女性が多いように、彼等《かれら》の思想に共鳴した女もいたかもしれない。芹沢鴨《せりざわかも》の妾、お梅のように、強奪され手ごめにされて、相手が忘れられなくなり、さいごは鴨といっしょにめった斬りにされて死んだ女もいる。彼らの血なまぐささに、雌《めす》としての本能をくすぐられ、〝志士好き〟になった女も、けっこう多いようである。

京都東本願寺近くに住む床屋で、剃刀《かみそり》を持たせては名人といわれた床伝の娘、おみのもそうした、志士好きの女の一人であった。

男好きのする顔立ちで、体のくりくりとひきしまった娘だったが、十九やそこらだというのに、なみ外れて好色な体質を持っていた。

ある性癖をもっていて、そのときはうっとりと、涎《よだれ》を垂らさんばかりの、白痴的な顔になる。


「面白か女ばい」

と言いだしたのは、ある西国侍である。

「〝人斬りはった話、聞かせとくれやす〟というんじゃ。いや、あのことの最中に、な」

「ほう」

「で、あることとないことつきまぜて話してやると、とつぜん足をピンと突っぱってな、しがみついて来おった。〝話して、話して〟と言いながら、気違いのように腰を使いよる」

「そりゃ面白か。人斬りの話を聞いて燃える女か。わしも一つ、願うてみよう」

志士だというだけで、かんたんに肌をゆるすおみのは、彼らの共有物のようになっており、若い性のはけ口に重宝がられていた。血なまぐさい話を好む彼女の性癖が評判になるにつけ、志士たちは面白がって、同志の斬った話も自分のことのようにして、おみのの耳に吹きこみはじめたのである。

筑紫《つくし》から出て来たばかりのある若侍も、その一人である。

「昨日《きのう》、おりゃ、大仏で会津藩士ば、ぶった斬ったぞ」

下から若侍の胸毛をまさぐっていた白い指が、ふと止った。目明し文吉が殺された場所から遠くない、五条河原である。月も星もないが、逢引《あいび》き宿を利用する金のない若者たちがそこにもここにも抱き合って腰をおろしているのが川明りにぼんやりと見える。

「どうして……どないして斬りはったん？」

可愛《かわい》らしいその声は、早くも震えている。

「うむ、奴ら、将軍警衛に名をかりて、このごろのさばりすぎちょるけんな。通りすがりに、抜きつけに、ばっさり、よ」

「ああっ……一人で？」

「いや、二人でやったとよ。ばってん、最初に切ったのはおれ、止《とど》めを刺したのもおれよ」

「もう、かんにん。……かんにんどすえ」

「よしよし。……そいつは抜きあわせようとしたがな、右腕の筋を切られてだらりと下っておるんで、手が動かん。逃げ出すところを、仲間が背中から突いた。鍔元《つばもと》までぐっさり、入ってな。そいつは空をつかんで、どうっ、と倒れた。……どうじゃ、ええか。この話、ええじゃろ」

女はしゃっくりのような声を洩らすと、若侍にひし、としがみつき、はげしく痙攣《けいれん》しはじめるのである。

つりこまれるように若侍も、何度か身を強《こわ》ばらせた。そのまま二人は静かになる。

虫の声が、ふたたび高まる。

しばらくして、侍の声が言った。

「こんどは、いつ会うチくれるか」

「もう河原はかんにん」

「ばってん逢引き宿に行くのは、いやじゃろ」

「恥ずかしゅうおす、もし人に、見られたら……。知ってはる人の家がよろしゅうおす」

「うむ、丁度《ちょうど》いい知人の家がある」

「どちらはんどす?」

「四条寺町の馬具屋、升屋喜右衛門《ますやきえもん》じゃ」

「馬具屋はん？」

「左様《さよう》。馬具を商ってはおるばってん、われらの古か知合いじゃ。口は固かけん、心配することはなか」

おみのは若い武士に組みしかれたまま、こっくりとうなずいた。

数日のちの昼さがり、二人はその馬具商の裏座敷で向い合っていた。小さな家で、大して商いがあるとも思えないが、手代や女中を何人も置いている。狭い庭には幾むねも土蔵が立ち並んでいる。

よく手入れをされた植込みに、蟬《せみ》の声がかまびすしい。その合間に、四、五日のちに近づいた祇園祭のための笛や太鼓の稽古の響きが、のんびりと聞えてくる。

若侍に抱きよせられ、膝を割られながら、おみのは言うのである。

「また、怖い話しとくれやす。……人を斬る話や、そのほかの、もっと怖い話を……」

「人斬りの話も、種がつきたな。……そう、大坂での話じゃ。五、六日前、佐幕派の中川宮の宮侍を斬ったぞ」

「誰が斬りはったん」

「わしが……といいたかところばってん、嘘《うそ》は言えんたい。同志数名じゃ」

「もっと、もっと怖い話しとくれやす」

「そんなら、もっと怖い話をしてやろう。いいか。これは本当のことじゃぞ」

武士はおみのの耳に口を寄せた。

「この家の主《あるじ》、升屋喜右衛門は馬具屋渡世をよそおってておるばってん、実は歴《れっき》とした侍たい。……この家の地下蔵には煙硝、火薬《たまぐすり》、刀、鉄砲、甲冑《かっちゅう》のたぐいがおびただしく隠されておるのじゃ」

「おお、怖《こわ》」

おみのは身を固くし、震えはじめる。その膝を割って、武士は掌《てのひら》をはさみこんでいく。

「もう濡《ぬ》れはじめておる。……それにしても変った女子《おなご》じゃな」

つぶやきながら西国武士は、手早く袴《はかま》をとり、おみのの白い、むっちりした膝のあいだに、腰を沈めてゆくのである。

——その夜、おみのの父の床伝は、こっそりと長屋を抜け出した。まわりを見まわし、つけられていないのをたしかめながら、足を早めた。

島原の灯を避けて五条に出る。水菜畑のなかに入る。坊城通りをひたすら北に行くと郷士、前川荘司《しょうじ》の黒々とした長屋門が見えてくる。

門には夜目にもくっきりと、

「松平肥後守御預

新選組宿」

と記した木札がかかっている。

くぐりを押しあけて、床伝は中に飛びこんだ。長屋門の内側に開いている武者窓を叩きながら、低く言った。

「ごめんやす。ごめんやしゃ。火急の用件で土方《ひじかた》さまにお目通りを」

すぐに床伝は、副長土方の居間に通された。よほど組に、顔が利いているらしい。

土方は総髪で大顔の、肌は浅黒いが目鼻立ちのととのった好男子である。外出していたらしく隊士の給仕で、遅い夕食をとっている最中だったが、床伝の顔を見ると、箸をおいて膳を下げさせた。苦味《にがみ》走った口もとをゆるめて、まだ脱けない三多摩弁で、

「何か、持ってきたのか」

「へえ」

「お前の娘の話は面白えが、あてにならねえからな。連中は娘を喜ばせたい一心で、ありもしねえ話をする、っていうぜ。もっともときどき本当のことがまじってるから、話を買ってやってるんだけんどよお」

「へ、どうも。こんどはほんまに面白《おもろ》そうどすよって。……例の長州の御浪人はんの出入りの多い、升屋喜右衛門に、とうとう娘が、連れてゆかれまして」

「何、升屋。……聞かせてくれ」

床伝はすりよって、土方の耳に何ごとかささやいた。土方の浅黒い顔が、みるみるひきしまった。

「待っていろ。……これは当座の礼だ。事実であったら、また呉《く》れてやる」

畳に投げ出された四、五枚の小判を、床伝は這《は》いつくばって、ひろいあつめた。

足音を立てずにすばやく歩いて、土方は局長近藤の、部屋の前に立った。

「私です」

「歳三《としぞう》か、入れ」

机にむかって筆をとっていた近藤が、いかつい顔をあげた。机の上には「日本外史」がひろげてある。古梅園の最上品の墨の匂いが、十二畳の居室に満ちている。

「日本外史」の筆写は当時の流行で、近藤も江戸にいるころから日課にしていた。いまも忙しい隊務のあいだに、毎日一時《はんとき》間の執筆を欠かさないのである。

数年前、江戸の試衛館で筆写にとりかかったときは、書き損じも多く、書体も稚拙だったが、毎日の熱心な努力の甲斐《かい》があって、いまではかなり見られる字になっている。

土方の話の途中で、近藤のいかつい顔が緊張し、大きな口がへの字に曲った。

その口もとが、やがてゆるんで、大きな笑窪《えくぼ》ができた。

「それはどうやら本当らしいな歳三。……話の半分ぐらいは、こちらの入れたさぐり、と一致している」

「で、いつ踏み込むか」

「早い方がいい。よし、この夜明けだ。隊士には何も言うな。夜中に一人々々起して、仕度をさせる。升屋をとりまいて、踏みこませろ。切るのが目的じゃねえから、うまく人を選んでな」

「山南《やまなみ》の隊を中に入れべえか」

「いいだろう。山南は大人しいからな。人数は十人も出動させればよかんべえ。……池田屋の方にはりこんでいる隊士からは、何も言ってこぬか」

「まだ変りはないようです。それでは」

土方は自室にもどる。夜半になってから副長助勤の部屋を叩いてまわって、一人々々に出動を命ずる。副長助勤はめいめい、自分の預かっている隊員を起して、仕度をさせる。

大坂に出張しているものもあり、流行の腹痛や熱病で伏せているものも多くて、出動可能な人員は三十名に満たなかった。三分の一の十一名が、庭に集まって、はじめて土方から踏み込む相手の名と、目的を聞いた。

「切るな。捕えよ。家中を残らず探せ。手紙一通も見逃すな。女子供も引っ立てるんだ」

大門が押しひらかれた。足ごしらえに鉢巻もいかめしい新選組隊士十一名は土方歳三を先に立て、浅葱《あさぎ》地に白い稲妻模様の羽織の裾を夜気にひるがえし、夜露に濡れた草を踏んで粛々《しゅくしゅく》と進発したのである。

四条小橋の升屋喜右衛門方は、大戸を閉めきって寝しずまっている。

道の筋向いに薦《こも》をかぶってうずくまっていた乞食《こじき》が、土方を見ると手をあげ、指で輪印を作ってみせる。ここ数日、張りこませている隊士が、

(家人在宅)

の合図をしたのである。

土方が顎《あご》をしゃくると、数人はパラパラと裏手にまわった。残りは路地々々に散り、さして広からぬ升屋を完全に包囲する。

そのまま待つ。やがて夜が、しらじらと明けてくる。戸の中では、小僧たちの起き出す気配がする。

咳払《せきばら》い、手水《ちょうず》の音、下駄《げた》をつっかけて土間に降りてくる音が聞える。

大戸のくぐりがあけられた。寝呆《ねぼ》け眼《まなこ》の小僧が、箒《ほうき》をもって出てきた。入れかわりに山南が飛びこんだ。つづけさまに隊士が走りこむ。あっけにとられた小僧を隊士の一人が口を押さえ、襟首とって引き倒し、うしろ手にしばりあげる。

顔を洗っていた番頭が声を立てた。それにはかまわず、かねて調べておいた奥の寝

所へ、抜身をひっさげた山南を先頭に、隊士たちが風のように飛びこんでゆく。

主人の升屋喜右衛門は寝衣のまましゃがんでいた。夜通し灯《とも》していたらしい行燈《あんどん》の火を、手にもった手紙に移しているところだった。

隊士の一人が飛びついて、ひったくり、手紙を自分の体の下に敷いて転がる。数人が、喜右衛門に折り重なる。火の移りかけた行燈を、隊士の一人が庭にほうり出す。

隣室の、妻女と子供の寝床は空《から》である。山南が手をさしこんでみると、あたたかい。

床の間の掛軸を見ると、異様に曲っている。

隊士の一人が軸をひきちぎった。ぽっかりと、暗い穴があいた。番頭の叫びを聞いて妻女と子供を逃がし、手紙を始末しようとしているところに、踏みこんだのである。

喜右衛門をしばりあげるのは隊士らにまかせて、山南は脱《ぬ》け穴に飛びこんだ。

地下まで、急な梯子段《はしごだん》がつづいている。降りると、石で畳んだ六畳ほどの地下室である。暗くてよく見えないが、そこから人一人、立って行けるほどの通路がつづいている。

突き当りに灯《あか》りがある。山南は刀の切っ先で、足もとを確かめながら走った。

ふいに床下に出た。五、六軒先の長屋の一室だった。床板をあげ、畳を一枚だけ上げてあった。

ここから妻女は、子供を連れて逃げたのである。

いったん升屋にもどってから地下室に部下を入れてあらためると、甲冑が十組、鉄砲が三梃《ちょう》、他におびただしい弾丸と火薬《たまぐすり》が出て来た。床伝の娘の報告は、嘘ではなかった。押入れの奥からは、長州藩士の書信が十数通、発見された。

読んでみると、

「いたずらに延引いたし、機会を失わざる様に……」

などという疑わしい文章が見える。

鉄砲は押収し、甲冑その他の武器は土蔵に押しこんで封印した。升屋喜右衛門と手代、番頭などはすべて壬生《みぶ》の屯所に連行したのである。

新選組ではかねて、この升屋と、土州人の常宿、三条小橋の池田屋惣兵衛《そうべえ》を、怪しいと睨《にら》んでいたのである。

その池田屋に六月の二日、大坂の薬種屋が泊りに来た。

六月六日の祇園祭をひかえて、京の宿はどこも満員だった。いったんは断わったのだが、客は池田屋とは長い取引の、大坂の呉服屋からの紹介状をもっていた。

「裏の、狭い部屋しかあらへんのどす。それでもよろしゅうおすか」

「寝られたら、どこでも結構や。ああ、助かったわ」

背の高い大坂弁の客は喜んで、早速、埃《ほこり》まみれの脚絆《きゃはん》をほどいた。

翌日、客は早くから錦小路の薬種屋にでかけてゆき、大風呂敷に山のように、薬種を買いこんできて、紙袋に詰めかえはじめた。甘草《かんぞう》や大黄《だいおう》の甘ったるい苦い匂いが、池田屋中に立ちこめた。

何しろぜんぶで八十坪ほど、客間は二階の十室ほどの小さな旅宿だから、客の気配は帳場にいても、手にとるようにわかる。天井は低く、廊下もせまく、上り降りのためには急な階段が一本しかない。

——さて六月五日、新選組屯所に引き立てられた升屋喜右衛門は、そのまま隊内の道場に入れられた。

「升屋喜右衛門とは仮の名だろう。え、本当は何というんだよお。長州の藩士か。それとも土佐の浪人か。さっさと言わねえか」

土方が顎をしゃくる。と喜右衛門のうしろに控えた若い隊士が、竹刀《しない》で思いきり、

バシッ

横面を張った。

「あっ、御無体な。……わては先祖からの町人どす。何も怪しいことあらしまへん」

「そんならよお、この、お前にあてた手紙の、機会を失わざる様に、とは何のことだ。え、往生際の悪い奴だな」

土方が突き刺すように鋭い三多摩弁で取りしらべるが、升屋喜右衛門は知らぬ存ぜ

ぬの一点張りである。甲冑や銃についても、馴染《なじ》みの客から預かっただけだ、と主張する。

それでも昼すぎには、土方の追及にたまりかねたか、

「いかにも私は、江州《ごうしゅう》の浪人、古高俊太郎《ふるたかしゅんたろう》と申すものだ。それがどうした」

と言うと、それっきり目を閉じ、口をつぐんでしまった。

あとはいくら殴られても打たれても蹴り倒されても口を開かない。

年齢は三十八、九の、細い、さして丈夫そうにも見えぬ男だが、強情そのものである。

「チョッ」と土方は舌打ちした。

「こいつぁ少し、荒え仕置をしてやらにゃなんめえよ。……おい、縄持ってこい」

たちまち古高は足首を縄で縛られ、キリキリと天井に、逆さ吊《づ》りにされた。

古高の顔から汗がにじむ。したたり落ちて、床に音を立てる。

「五寸釘《くぎ》と木槌《きづち》を持ってこい」

隊士の持参した五寸釘を、土方は古高の足の甲にあてた。自ら木槌を振るって、打ちあげた。

五寸釘はあっけなく古高の足を甲から裏まで貫通した。足の裏の皮を少しもちあげてから、先端が、せり出してきた。

「どうだ言わねえかよ。え、何もかも白状したら、釘は抜いてやるぜ」

古高は脂汗《あぶらあせ》を流し、うめき声を立てているだけで、答えない。よっぽど苦しいらしく、逆さ吊りのまま首を振って耐えているが、やはり口は開かないのである。

土方の額に癇癖《かんぺき》が走った。

「よし、蠟燭《ろうそく》をもってこい。太い奴、百目蠟燭だ」

隊士が持参した蠟燭を土方は一本ずつ、古高の両足の裏に突き出した、五寸釘に刺した。火をともし、古高の足裏に蠟涙《ろうるい》がしたたり落ちるのを、満足げに眺めたのである。

獣めいた声を発して、古高は荒れ狂った。そのたびに熱く溶けた蠟燭が、ポターリ、ポターリと落ちる。

古高は、まだ頑固に歯を喰《く》いしばったままである。

（一説ではこのとき、蠟涙の熱さに耐えかねて古高が吐いた、となっているが、これは疑問である。炎ならともかく、溶けた蠟燭は、それほど熱いものではない。足の裏のような皮の厚い部分なら、なおさら耐えやすいはずである）

土方は苛立《いらだ》った。蠟燭をぬき、足を貫通した釘に縄をかけて引きあげる。傷口が細長く裂けてゆくが、古高は口を開かない。

近藤が愛用の虎徹《こてつ》をさげて姿を見せた。

「吐いたかよ」

「まだだ。……こうなったら、こいつらの真似《まね》をすべえか」

「こいつらの真似、とは」

「土佐の人斬り以蔵が、目明し文吉をいたぶったやり方よ。土佐の鰹料理のように、魚串で体中突き刺して、火であぶるのよ」

耳に口をよせて近藤はささやいた。

「われわれは、奴らとはちがう。……拷問はいくら厳しくてもいいが、組の体面を傷つけるようなことはするな」

近藤の言葉は、古高の充血した耳には聞えなかったらしい。土方の〝人斬り以蔵〟の言葉を聞いたとたん、彼は吊されたままピクリ、と縮んで、叫び出した。

「わかった。……言う。何もかも言う。釘をぬいてくれ」

それから、古高は精も根もつきはてたように、とぎれとぎれに白状したのである。

彼がかねてから長州に同情しており、去年の八月十八日の政変で長藩が京都から追われたことに憤慨していたこと。その首謀者である京都守護職の会津藩主と中川宮を憎んでいたこと。

近く長州藩士を京都ふきんに集め、風の強い日をえらんで、天皇のいます御所の風上から、市中に放火しようと計画していること。急ぎ参内する会津藩主松平容保《かたもり》と中川宮を途中に待ちうけて、斬ること。

その計画のために今夜、長州人を主とする志士たちが、三条小橋の池田屋及び近くの四国屋へ集まる予定であること。

古高がすべて告白したのは昼すぎである。

直後に所司代の市中探索方から、組に報告が入った。かねて目をつけている〝志士〟たちのもとに古高逮捕の報が入ったらしく、みな動揺し、昂奮して連絡をとりあっている、というのである。

ほとんど間をおかずにやはり町人姿に変装した探索方が駆けこんできた。

「ただいま四条小橋の升屋方の土蔵が破られ、封印中の武器を何ものかが奪取してゆきました」

「もう猶予はならねえな。土方」

「出動させるか」

「うむ、三十名では手うすだが、已《や》むを得ねえ。奴らに気づかれぬよう、いったん祇園会所に集合させる。土方、お前は四国屋に行け」

「わかった。所司代と会津藩には」

「古高取り調べの結果を報告して、応援を求めよう。すぐ使いを出せ」

ひごろは隣の八木《やぎ》源之丞《げんのじょう》宅に遊びに来て子供をからかったりしてゆく隊士たちが、

その日は緊張した面持だった。子供たちが屯所をのぞきに行っても、屯所の前庭では隊士たちが低い声でひそひそと立ち話をしたり、真剣な顔で刀を打ち振っていたりして、とりつく島もなかった。

いつも気軽に声をかけ、ときには呼び入れて遊んでくれる沖田総司《そうじ》が、のんびりと歩いてきたが、子供たちが声をそろえて、

「沖田、さん」

と呼んでも、

「やあ」

と手をあげてにっこりしただけで、そのまま行ってしまった。

やがて大門は、ぴったりと閉ざされた。

夕方から、隊士たちはぶらぶら、外出しはじめた。風呂敷をもち、あるいは撃剣の試合に行くように、竹胴を着用し籠手《こて》や脛当《すねあ》てをつけているものもいる。

たまたま遅く寺子屋から帰ってきた八木家の息子、為三郎《ためさぶろう》が、

「どこに行くんです」

と聞いても、

「道場荒しだよ」

というだけである。

日が暮れた。近藤、土方も祇園会所に到着して、着込みをつけて、仕度をととのえた。四条小橋の池田屋は、ここから三十分《しはんとき》もかからぬ距離にある。

蒸し暑い夜で、風が動かない。明日の祇園祭のために、会所の前には人の行き来がはげしい。笛や太鼓の響きも賑《にぎ》やかである。

乞食に化けた所司代探索方が、握りこんだ手紙を持ってきた。近藤があわただしく拡《ひろ》げて、目を走らせる。

「池田屋に、浪士どもが集まってきたそうだ。……踏みこみは八時《いつつ》と決定する。このむね、会津藩に連絡してくれ」

すぐに、使者が走った。

——会津藩邸の奥の一室で、京都守護職松平容保は、昼間から落ちつかなかった。浪人の跋扈《ばっこ》する京都の治安の責任を一身に負わされ、幕府と朝廷と諸藩の権謀の渦のなかに翻弄《ほんろう》されて、この誠実な青年は、ほとんど混乱していた。

「新選組からの連絡はまだか。連絡がありしだい、出動するぞ」

「準備はできております」

と家老がうやうやしく頭を下げた。

その背後から、取次が入ってきた。

「申し上げます。松平上総介《かずさのすけ》さまがお見えになりました」

「おお、すぐお通しせよ」

上総介は、会津藩主松平容保からは、年が同じぐらいなせいもあって、ひどく親しまれ、頼りにされている。

「内々で、お話したいことがあります」

松平容保はうなずいて、家老に退席を命じた。

「出動の準備は、いかが相成っておりますか」

「すべて整っております。新選組からの連絡がありしだい、当藩と彦根、松山、淀の諸藩、所司代の兵、あわせて五千が京都市中を固め、わが藩士が新選組とともに池田屋に押し入る予定です」

「押し入りの儀は、しばらくお待ちありたい。出動の準備も、いまは解かせられるのが上策かと存じます」

「また、何故《なぜ》に。……いまにも近藤から出動の依頼があるかもしれぬのに」

「今夜、池田屋に集まるのは長州藩士だけではありません。薩藩士も、土州藩士もいる。そこに貴藩が打ち入り、彼らを斬ったら、どうなりますか。結局は貴藩及び幕府に薩、長、土の怨《うら》みが集中し、関係がいっそう悪化するだけのことだ。ことに長州藩内では去年の政変で京都を追われて以来、藩論はいっそう激化し、武力上洛《じょうらく》を主張する向きもある、と聞きます」

「しかし、このままでは京都の治安が……」

「そのために新選組があります」

「しかし、彼らだけでは心もとない」

「狼《おおかみ》は、狼同士戦って、ともに死ぬがよいのです。一介の浪士からとり立てられ、莫《ばく》大《だい》なお手当を貰《もら》っているからには、新選組はそれも覚悟しているはずです。どちらも、生かしておいては世のためにならぬ連中。すべて、死んでもらうのがいいのです」

「………」

「新選組だけを、薩長土の憎まれものに仕立て上げるのが、貴藩のみならず、万民のためにもなるのです。ここのところ、私情を殺して、お考え下さい。……しかし、貴藩にはお預りの責任もありましょう。出動の時期は、新選組の斬り込みののちまでおのばし下さい。それも市中と、池田屋のまわりを取りかこみ、固めるだけになされたい」

「それは……松平春嶽《しゅんがく》さまの御意見と、うけたまわってよろしいかな」

「こと新選組にかかわるかぎり、左様お思いいただいて、差支えございません」

公用方が静かに入ってきた。

「新選組からの使者が参っております。八時《いつつ》までにわが藩兵を祇園会所に集められたい、とのことでございます」

一礼して、松平上総介は立った。家来たちに送られて、外に出た。待たせておいた駕籠《かご》に乗る。垂《たれ》を下ろしてから口のなかで、満足そうに、

「これで、思う存分の働きができる」

とつぶやいたのである。


祇園会所の中は、殺気立っていた。刀の目釘を湿すもの。柄を白木綿で巻くもの。仲間に襷《たすき》の結び目を通してもらうもの。鉢巻をしめ直すもの。と思うと悠々と、握り飯を喰っているものもある。

ぴいーんと張りつめた空気のなかで、沖田だけがいつものんびりしている。どんなときにも緊張しないのが沖田の才能で、彼の剣技の冴《さ》えも、かなりその能力に負っているところがある。

斎藤一《はじめ》も黙々と仕度をしている。孤独な表情に近よりがたさがあり、誰とも親しくしないので、冷たい男だ、と思われている。

しかし副長助勤としてあずかっている十名の隊士は彼に絶対的に心服していて、

「斎藤先生のためなら、生命もいらぬ」

と思っている連中も多いのである。

「会津藩兵は、まだ来ぬか」

と、近藤はいらいらして聞く。

「集合は、八時《いっつ》、といってやった。もう来るだろう」

と土方が答える。

外には祇園祭前夜の、のんきな人の波が、ぞろぞろ動いている。

一人が会津藩邸まで駆けだしていき、やがて息せき切ってもどってきた。

「使いを出せ。急いでいただきたいと」

「会津藩はまだ、人数くり出しに手まどっている様子です」

そのうちに十時近くになった。

さっきの乞食が戻ってきて、やはり掌に丸めた手紙をわたす。近藤が読み下す。

「奴らは池田屋に三十人以上集まっているそうだ。いま密談が終り、酒盛りになったところだ」

「四国屋でも十人以上来ているぜよ。会津兵がこないとすると、こちらより人数が多いな、局長」

「勝負は気合いだ。人数じゃねえ。ぐずぐずしていると時を失する。よし、十方、お前は十五名を連れて四国屋に行け。おれも十五人を連れて、池田屋に行く」

夜十時の拍子木が、外をまわってくる。それを聞きながら、近藤は着込みの上に隊の制服の、袖口と裾が稲妻模様になった羽織をひっかけた。ガラリ、と戸をあけ、先頭に立って、なまぬるい夜気のなかに踏み出した。

土方、沖田、山南、斎藤と、「誠」の旗を押し立て、武装いかめしい一行三十人が、粛々とつづく。夕涼みの人たちは、あわてて道をあけ、恐ろしげに袖を引き合って見送る。斬殺集団、新選組の名は、このごろはあまねく京都中に知られていたのである。

ようやく出動してきた各藩兵、及び所司代の兵が、祇園、木屋町、三条通りほかを固めはじめている。しかしいっしょに斬りこみに参加するはずの会津藩士の姿はない。

四国屋にむかう土方と、池田屋にむかう近藤は途中で別れた。

「では」

「それでは」

と言い合っただけである。お互いに、この幼な馴染みともこれっきり会えないかもしれない、と考えて感傷にふけったりするには、事態があまりにも切迫しすぎている。

三条小橋の旅宿池田屋惣兵衛方は大戸をおろし、二階には明りがついている。六人を表にのこし、近藤は沖田、永倉新八《ながくらしんぱち》、藤堂平助、谷三十郎、原田左之助など八人をつれて、横の路地にむかった。

中から外をうかがっていた大坂の薬種屋が、そっと裏木戸をあけて近藤を迎え入れる。彼は探偵方の隊士、山崎某で、いったん、わざわざ大坂に行き、偽《にせ》の紹介状を作り、変装して上洛してきたのである。

近藤は左手を腰にあて、虎徹の鞘《さや》をねじりながら、親指で、
クッ
と鯉口《こいぐち》を押し切った。つづく隊士たちもいっせいに鯉口を切る。

そのまま、近藤はずかずかと座敷に上りこんでゆく。たまたま出てきた池田屋主人惣兵衛が、おどろいてのけぞった。階段にとびついて、叫んだ。

「皆さま、お検《あらた》めでございます。早く」

近藤はつかつかと歩みよると、

「馬鹿っ」

力まかせに頭を殴り飛ばしたのである。

拳固《げんこ》一発で惣兵衛はふっとび、床に四つん這いになる。その背を蹴りのけるようにして、近藤はただ一人、ずかずかと階段を上る。まだ虎徹は鞘をはらっていない。

「何だ。何ごとだ」

と、上から一人がのぞく。土佐の武士、当年三十歳の北添佶磨《きたぞえよしまろ》である。

どっ、と近藤は階段を駆けのぼった。

気合が近藤の喉から絞り出される。虎徹が鞘走り、狭い階段の空間を分断する。

真正面の拝み打ち。抜き合せる暇もなく、北添佶磨は顔面から喉まで、一刀で断ち割られる。防ごうとした手が肱《ひじ》から切られ、宙に飛ぶ。

声さえ立てず、北添はその場に倒れる。二階で杯盤を前に大声激語していた志士たちはぎくっとして階段を見た。

その頭上に、近藤の大喝が炸裂《さくれつ》したのである。

「御用あらためである。神妙にいたせ」

弾《はじ》かれたように志士たちは平たくなった。めいめいの脇差に手をのばした。近くの一人が脇差をひっこ抜きざま、打ちかかってくる。肥後の宮部鼎蔵《ていぞう》である。

近藤はよけもせず、
ガン
と刀を合わせる。あとは鍔ぜり合いの、力まかせの押し合いである。横からもう一人が、近藤に切りかける。

ぐい、と宮部を押しはなしておいて、もう一人を払いのける。しかし抜き合せたのは三、四人だけで、あとの二十数人はみな手すりをのりこえ、バラバラと庭に飛びおりて、逃げてゆくのである。近藤の大喝に圧倒され、あとによほど大勢の隊士がつめかけている、と思ったらしい。

「おうッ」

宮部が再び切りこむ。ひどく焦っている感じである。それをこんどは引っぱずして、

「うおっ」

近藤が吼《ほ》えて、虎徹を胴切りに送りつける。しかし、浅い。まともに当っていれば文字通りの生き胴切りになったところである。入れちがいに宮部は廊下に飛び出し、階段に走っていく。

近藤はもう一人の志士にむき直る。すさまじい近藤の眼光と気合に、相手は脂汗をうかべたまま、じりじりと退《しさ》る。脚がふらつきはじめる。もはや、鷹《たか》に睨まれた小雀《こすずめ》である。

このとき、どういうわけか他の隊士は、つづいて駆け上っていない。三名を裏門に待たせているので、近藤がひきつれて入った人数は、わずか五名である。

沖田総司は裏座敷にまわったところ、たまたま酔いざましに涼みに出ていた商人姿の肥後人、松田重助《じゅうすけ》を見つけて、切りかかっている。相手は短刀を抜いて手向い、いま激戦の最中である。切ればたやすいのだが、沖田はいまも呑気《のんき》に、生け捕りにしようと思っているらしい。

永倉は二人をひきうけて打ち合っている。一方の太刀先はなかなか鋭く、永倉の着込みの鎖からチカッチカッと火花の散るのが見える。ついに永倉が一人の小手を切り落し、相手はその場に昏倒《こんとう》した。

原田、藤堂も、庭先でそれぞれ数名の志士にかこまれて、手一杯に切り結んでいる。

階段の下にかけつけて、近藤局長のあとを追おうとしたのは、槍《やり》の谷三十郎だけであった。

その瞬間、上から脇差を振りかぶった武士があらわれた。近藤の虎口を脇腹のかすり傷で逃れた宮部鼎蔵である。谷三十郎がおどろきながら、下から槍をつける。

このとき宮部は四十五歳、十分に分別のあるべき年なのに、いささか血迷っていたらしい。大上段に刀をふりかぶると、

「エーッ」

気合もろとも、槍先にむかって飛びこんできたのである。頭上から一刀両断にしようとしたらしいが、槍に対して無謀とも何とも言いようのない自殺行為である。

グサリ、と宮部は串刺しになった。そのまま花火のように血をほとばしらせながら、ずるずると谷三十郎の槍の手もとまで落ちてくる。槍を離すわけにもゆかないでいる谷に抱きついて来る。湯のようなねばねばする血が二人をひたし、突いた谷の方も動けなくなった。

夢中で谷は、槍を抜きとった。しかし横から切りつけてきた志士の方に気をとられて、近藤のあとを追って二階に上ることは忘れてしまった。

宮部はこのあと、超人的な意志力で身を起し、階段下でみごとに切腹して果てている。

結局近藤は二階で、たった一人で数人を相手に、かなり長いあいだ戦っていたのである。しかもむしろ押し気味に相手を切り立て切り立て、狼のなかの猛虎のように奮戦していたのである。

谷三十郎がのちに、

「近藤先生の戦っている姿は見なかったが、エエッ、オウッという特徴のある鋭い気合が聞え、われわれにとっては百万の味方にもまさった」

とのべているが、谷はじめほとんどの隊士が、しばらくは階下にいたのだから、近藤が見えなかったのは当然である。

このころ、せまい池田屋の中は階下も庭も、二階から逃げ出してきた浪士たちと新選組で、芋の子を洗うようである。

暗さは暗し、そのなかで、ひしめき合って切り合うのだから、すべてはかばかしく進まない。すさまじい気合と、ピカリ、ピカリ白刃のひらめきが見えるだけで、敵味方もはっきりしない。

塀をのりこえて生命《いのち》からがら逃げ出した浪士は、まちうけた各藩兵がとりおさえるから、かえってあつかいやすい。

沖田はようやく松田の短刀を打ちおとして峰打ちを喰わせ、刀の下げ緒で縛りあげた。引っ立てようとしたとき自分も、

ガフッ

血を吐いて、膝をつく。刀を杖《つえ》に起きあがろうとするが、立てない。

そのうちに四国屋にまわった土方の一隊がかけつけてくる。四国屋に志士が集まっているというのは誤報だったので、急遽《きゅうきょ》、応援にやってきたのである。新選組ではこのとき、安藤早太郎《はやたろう》、奥沢《おくざわ》栄助が負傷して倒れている。

人手に余裕ができたので、この二人と沖田は、外にかつぎ出す。

土方が二階に駆け上ってみると、近藤に斎藤一が加わっていて、まだ数人残っている志士たちを、じりじりと圧迫しているところである。近藤も斎藤も微傷もうけていず、汗もかいていないが、志士たちは酒を飲んでいるせいか、稽古が足りないせいか、あちこちに傷をうけ、汗まみれになっている。

「局長、かわるぜえ」

「歳三か」

刀を引きながら近藤が、

「切るな。生け捕れ」

と、とつぜん吼《ほ》えた。

それに応じてあちこちで、

「切るな、生け捕れ」

と声がかかった。

ここまでくれば、勝負は早かった。志士たちはたちまち剣を叩きおとされ、あっけなく縄についた。負傷して戦う気力のないものも、むろん縄をかけられた。巾中に脱走したものもすべて捕えられ、あるいは藩兵に抗して、殺された。

このとき案外に多いのは市中警衛の諸藩士の死傷である。志士三十四人中、即死は四人にすぎないのに、諸藩兵は百名以上が死傷している。新選組の損害は即死一人、重傷二人である。

これを見ても脱走した志士たちが、いかに獰猛《どうもう》に暴れたかがわかる。同時にその半分以下の人数で彼らを制圧し追い散らした新選組の実力がわかる。何よりも、たった一人で浪士の中に切りこんだ近藤の腕と胆気が、どれほどのものだったかが、はっきりする。

新選組の負傷者の一人は藤堂平助である。彼は一応、戦いのかたがつき、ほっとして着込みを外したところに、押入れにかくれていた浪士の一人が飛び出してきて、切りつけたのであった。

主人池田屋惣兵衛はじめ、家族、手代、使用人にいたるまで捕縛された。柱や天井も切り傷だらけで、畳は破られ、戸障子は切られ踏みにじられ、天井まで鮮血が飛びちり、腕や脚が散らばっていた。

死体は片端から、大和小路三条縄手の三縁寺《さんえんじ》境内に運び出し、穴をほって、ほうりこんで片付ける。暑いので、早くも異臭を放っているのもある。おびただしい金蝿《きんばえ》が、どこからともなく集まってくる。

昼近くになって、新選組は意気揚々と壬生屯所に凱旋《がいせん》した。

先頭に土方が、微笑をふくんで歩いてくる。つぎに沖田総司がどす黒い顔色で、隊士に支えられてつづく。皮胴の上につけた浅葱だんだらの麻の制服にべっとり血が滲《にじ》んでいる。切っ先の折れた刀を杖がわりについている。

カンカン照りの道に、祇園祭を見にきた群衆が山笠《やまがさ》見物はそっちのけで、ぎっしりと並んでいる。このごろ雨が降らないので道には土埃が立ち、それが隊士の血の上にこびりついている。

永倉新八は片手に白く包帯をまき、曲って鞘に入らなくなった刀を、半紙にまいてさげている。包帯から黒く血がにじんでいる。二人の怪我人《けがにん》と一人の死者は釣台に乗せられて、隊士にかつがれている。槍をかついだ谷三十郎は頭から血を浴びている。顔は洗っているが衣服はそのままで、膠《にかわ》をつけたようにゴワゴワに突っ張り、歩きにくそうである。

それでも得意そうにまわりを見まわし、見物の中に隣家の八木源之丞をみつけて、

「池田屋で浮浪狩をやりました。いい気持でしたよ。話はあとで」

と言いすてて行く。

近藤も微笑して、ゆったりと歩いてくる。あれだけの激戦をした直後の人物とは思われない落ちつきようである。

もう一人、にこりともせぬ瘦身《そうしん》の男だけが、乱刃の名残りをいささかもとどめていない。これも散歩に出た帰りのような、悠々たる歩きぶりである。

この副長助勤、斎藤一は、志士を斬り殺しこそしなかったが、数人の刃を叩き落し、あるいは当身で気絶させ、峰打ちで倒し、近藤とともにもっとも余裕綽《しゃく》々《しゃく》たる戦いぶりだったのである。

壬生の屯所に戻ってくると、門前も黒山の人だかりである。留守の隊士が、

「散れ、散れ」

と追い散らして隙間をつくる。寺子屋から戻って来た八木家の、二人の息子だけがあとから屯所のなかにまぎれこんだが、隊士たちも二人にはさすがに帰れ、とはいわない。

みんな全裸になって、傷の手当をはじめる。井戸から水を汲《く》み出しては運んでくる。一人は白木綿の引き裂きに専念している。卵をいくつも割り、白身を丼に入れて配って歩く隊士がいる。焼酎で傷口を洗ったのちに、白身を塗るのである。

「むーっ、焼酎はこたえる」

「我慢しろ。奥まで塗らぬと、生命とりになるぞ」

血ぞめの皮胴、竹胴、制服、曲ったり刃こぼれしたりした刀は、土間を上った板の間に積みあげられている。自分の刀を持ってゆこうとする隊士を、

「近藤先生の検分があるまで、そのままにしておけ」

と誰かがどなったりしている。

やがて会津藩の定紋をつけた駕籠が二梃、二十名ほどの供にとりまかれて、式台まですっと乗りよせてきた。会津藩主が、侍医二人を派遣したのである。藩重役が三人ほど、つれ立って見舞にやってくる。

——一件が落着したあと、新選組には朝廷と幕府から賞金が下り、隊士に分配された。

局長近藤には六十万円《さんじゅうりょう》と刀一本、土方には四十数万円《にじゅうさんりょう》、その他四十万円《にじゅうりょう》から二十万円《じゅうりょう》まで洩れなく分配され、さらに傷を負ったものには百万円《ごじゅうりょう》が与えられた。

以後しばらく、祇園でも島原でも、隊士たちの豪遊が目立った。深夜、島原から壬生へ通じる道を、大酔し、

「大名になった」

とわめきながら走りぬける隊士が見られたのもこのころである。

東本願寺近くの床伝にも、土方の手もとより、むろん応分の賞金が贈られたのであ

る。

床伝、おみのの父娘の店の近くに、東坊という院家がある。主の東坊に勤王の志があり、ここによく志士が集まって、策謀をめぐらす。それがしぜん、出入りの髪結、床伝の耳に入る。

どういう関係で床伝が、耳に入れた機密を土方の耳に入れるようになったか、娘まで一緒に密偵をつとめるようになったか、はわからない。

娘の場合も孝行のためか、金のためか、不明である。或《ある》いはほんとうに、彼女には血なまぐさい話を聞くと性的に昂奮する性癖があり、そうして聞いた話を（どうして聞いたか、を打ちあけたかどうかはさておき）父親に何の気なく洩らしただけかもしれない。

髪結は剃刀さばきがうまいだけでなく、話し上手でなければつとまらない。床伝は四十二、三の肥《ふと》った男で、剃刀もむろん、話や声色《こわいろ》がうまかったという。声色を使ってみせながら、志士の生国や上京の目的を、それとなく聞き出すのも巧みである。

しかし池田屋で同志を一網打尽にされてから、志士たちも警戒しはじめた。

東坊が中心になって、いままで所司代や新選組に捕縛された例をあつめてみると、ふしぎに志士たちが床伝に洩らしたり、出まかせながら一部真実をまぜておみのに語ったところと合致する。リンチをうけてついに死亡した升屋こと古高の店にも、同志の一人がおみのを不用意につれていっている。

「ためしてみるか」

ということになった。

某日、清水寺《きよみずでら》の石段の上に志士たちが参集する、という話を、一人が密会のときにおみのの耳に入れる。

当夜、様子をうかがっていると、はたして石段の付近に、所司代の密偵らしいものが何人か、さりげない様子であらわれ、うろうろしている。

「間違いない」

「捨ててはおけぬな」

「切るか。親娘とも」

「うむ」

志士たちは額を集めて策略を練った。

――七月の半ばの暑い夜、床伝は店の前に涼み台を出し、裸になって団扇《うちわ》を使っていた。娘のおみのは河原で人と待ち合せているらしくて、湯に行き、お化粧をし、浴衣を着て、夕方から出かけている。

涼み台の前に、水が流れている。水の音を聞きながら、床伝はうつらうつらと寝入っている。眠りながら手が動いて、ときどき蚊を叩いている。

肥っているから、

ピシャリ

と、いい音がする。

ふっと目がさめると、前に武士が二人立っている。まったく見たことのない男である。

「娘は、どこへ行った」と薩摩なまりで言った。

「いま、ちょっと、おりませんで」

「お前にも用事がある」

ピンと来て、反射的に腰を浮かしかけた。瞬間、暗さの中で、光ったものがあった。掛け声もなかった。ガッ、と頸椎《けいつい》の断たれる音がし、床伝の首は血を噴きながら、なまぬるい夜気の中を飛んだ。目をむいて地面にかじりついた。血の噴出する音は水音に消され、暗さのために血の色も見えない。

褌一本の肥った体が、縁台に腹這っているのが、白く浮き上って見える。

「おい。半次郎。この首、地面にかじりついているぞ」

「かじりついた首は、たたりをし申すぞ」

「たたりよけの方法がある。男なら左足、女なら右足の裏を、十文字に切るのだ」

半次郎と呼ばれた男は、太刀で床伝の足の裏を十文字に傷つけ、そのまま闇にまぎれて消えた。

余談ながらこの男は薩摩の〝人斬り〟中村半次郎、のちの陸軍少将桐野利秋であるという。

――娘、おみのが河原で会っていた相手は、例により志士の一人だった。この若い侍はひごろとちがってはなはだ無口で、一方的におみのの中に、荒々しく情欲を吐き出すと、黙って立ち去った。

おみのも身づくろいして、土手にのぼろうとすると、もう一人の顔見知りが闇の中からあらわれた。彼もかねて身を許した男なので、いまさら拒むわけにはゆかなかった。

その男もひごろとちがって、言葉数が少なかった。途中でいちど、

「おみの、お前、怖いことが好きだったな」

といっただけだった。おみのは聞き耳を立てたが、相手はそれ以上、何も言わなかった。

この武士とも別れて、おみのが家の方に歩き出したとき、三人目の武士があらわれた。

「おみのじゃないか。どこへ行く」

「そこまで、用足しに」

「こっちにも用事がある。河原におりろ」

おみのの体は二人の男にもてあそばれて、もうすっかり堪能している。

「今夜は、かんにんどすえ、こんどゆっくり」

「来いというのだ」

手首をつかまれて、強引に河原に引きずりおろされた。

(しかたない。早く済ませよう)

とあきらめて、おみのは、男にしたがった。

河原の、さっきの場所につれてゆかれた。

はっ、とした。丈の高い夏草からわきだしたように、まわりに数人の武士が立っている。いま別れたばかりの、男二人の顔も見える。

みな一度は、彼女と情を交わした男ばかりである。

「おみの。お前を好きな者ばかりが集まったんだ。今夜は皆で、たっぷり可愛がってやるぜ」

というと、声を合わせて笑った。

「あっ」

と叫んでおみのは真っ赤になった。

ここで、おみのを斬る打ち合せになっている。しかし、さすがに誰も先頭に立っては手を下しかねている。その腕の下をすりぬけるように、おみのは夢中で駆けだした。

床伝の家の前までくると、人だかりがしていて、町方の提灯《ちょうちん》が見える。縁台の上が盛り上り、新しい薦《こも》をかぶせられ、父親の足がのぞいている。

おみのはまた叫んで、駆けた。

そのままおみのは、新選組の屯所に駆けつけた。ここなら自分を保護してくれる、と思ったのである。しかし床伝殺しの情報は、早くも土方の耳に入っていた。

「あの女は、もう使えねえ。どこへでも追っ払え」

屈強な隊士が命令をうけて、おみのの襟首をつかみ、門の外へ突き飛ばした。

「さっさと消えろ。二度と近くをうろうろすると、細首が飛ぶぞ」

しばらく、おみのは門前の、水菜畑のなかに突っ伏していた。その襟足の白さが、闇のなかでくっきりと見えた。

やがておみのは立ちあがり、よろめきながら、姿を消した。

——浪士たちの中には、執念ぶかい男もいた。いったんは、

（自分もこの女の体を抱いて楽しんだのだ）

と思うと、心やましさと、愛憎がからまり合って刃が鈍ったが、逃げられてみると、

（やはり斬るべきであった）

と思い直しはじめたのである。

長州浪人の坂木原啓次という男が、とくに熱心にそれを主張した。坂木原は人斬り以蔵と同じように、無抵抗の所司代の目明しを二人ほど斬ったことがあり、新選組が血まなこで探していた男である。

彼の場合はただ一度、おみのの体を味わって、それきり彼女に逃げられていた。よほど未練があったのか、何度も追いかけていって口説いたが、二度とおみのは言うことを聞いてくれなかった。男なら誰でも、というほどのいたずら女が嫌うくらいだから、よほど厭《いや》な男だったのであろう。

おみのを切ろうとした夜は、大坂に行っていたが、もし彼がいあわせたら彼女も助からなかったはずである。

その坂木原が嗜虐的に目を光らせて、主張したのである。

「草の根わけても探し出そう。それも、只《ただ》、殺すのでは気がすまぬ。皆でたっぷり慰みものにしてから、なぶり殺しにするのだ」

坂木原はそのような手段で、実はもう一度、自分の思いをとげようとしたのである。仲間の浪士たちもそこまでは気づかずに賛成して、すぐにおみの探しが開始された。

数日のちに、志士のあいだにうわさが流れた。

「おみのは壬生近くの、銘木屋の土蔵にかくまわれているそうだ」

噂《うわさ》の出所、真偽をたしかめる暇もなく、坂木原啓次はいきり立った。同志を語らって、さっそく奪い取る手はずを決めた。

――新選組の屯所を追い払われた夜、おみのがとぼとぼと歩いてゆくと、向うから白地の着流しの武士がゆっくりと歩いてくる。隊士に着流しは考えられないのでおみのは逃げようとしたが、相手の姿に見覚えがある。

いつか大騒動だった池田屋引揚げのとき、一人だけ返り血もあびずに涼しげに歩いていた副長助勤の斎藤一に、まぎれもなかった。

とっさにおみのは駆けだしていた。

「お願い、助けとくれやす」

と泣き声を出して、腕にすがっていた。すがりながら、おどろいていた。斎藤一の腕の筋肉はいままで抱かれたどの志士よりも堅く、しかも体温が冷たかった。

仮面に開かれた細い裂け目のような目で、斎藤一はおみのを見た。

何十人に守られているより心強い思いが、おみのの心の底から湧き上ってきた。恐《こわ》いが、この男のそばにいるとふしぎな安心感があった。

それに、もうあとには引けなかった。一気におみのはすべてを語っていた。

「追い返されたか。……土方も案外、頭がまわらぬ」

そう斎藤一はつぶやいた。

「ついて来い」

無造作に言いすてると、どんどん先に歩き出した。

その夜からおみのは、屯所とは四条通をへだてた銘木屋の土蔵にかくまわれたのである。主人は斎藤と深い仲らしく、何も事情は聞かない。三度々々の食事は母屋から、女中が運ぶ。用便も虎子《おまる》にとって、女中が始末してくれる。

土蔵のまわりに植木職や夜番に変装して、いつも斎藤一の組の隊士が交代で詰めていることは、おみのは知らない。斎藤は三日に一度ほど、様子を見にくるだけである。黙ってじろり、と彼女を見て、すぐ帰ってしまう。

おみのが媚態《びたい》を示し、白い脛を見せるようなことをしても、いっさい反応がない。

一週間、十日とすぎるうちに、おみのはしだいに退屈してきた。退屈した、というより、斎藤一の前で少しでも美しくよそおいたい女心が勝ったのかもしれない。ある日、隊士の目をぬすんで、こっそり外出してしまったのである。

銭湯に行き、ひさしぶりに体を磨いた。小間物屋で化粧品を買って、夕方、浮き浮きと帰ってきた。と、ふいに目の前に、町人姿の男が立った。

「おみの、随分待ったぜ」

一度だけ肌を許して、あとは振りぬいてきた坂木原啓次だった。

叫ぶ間もなく、当身《あてみ》が入った。目隠しをされ、駕籠に押しこまれた。宙を飛んで駕籠は走った。

気がつくと、おみのは全裸にむかれていた。雨戸をしめきって、行燈を灯してあるので、夜か昼かもわからない。

しかもおみのは両手両脚首をそれぞれに縛られている。縛った縄の端は、欄間に通されている。おみのは宙吊りの天女のような形で、腹這いに、空中に浮いているのである。

まわりには坂木原はじめ、何人かの浪士が、目をギラつかせて立っている。坂木原がさそったらしく、こんどはほとんど顔を知らぬ男たちである。

「そら、膝をもっと開け、開かんか」

内股に痛みを感じて、思わず腿《もも》を開いた。

坂木原が手に持っているのは、洗い張りに使う、両端を尖《とが》らせた、一尺ほどの竹串である。これを洗い張りの要領でぐっと曲げて、おみのの柔らかい内腿のあいだを支えたのである。

「そら、もう一本。ここも開かせてやろう」

豊かに盛りあがった臀部も、やや短い竹串で開かれる。両乳首も開く。それから自分は弓の折れを手にし、女体の下の敷居に女と逆にねそべったのである。

下からその折れをふるい、

ぴしり
と女の股を打つ。おみのはうめいて、身を曲げる。すると竹串が、柔肌に喰いこむ。苦悶《くもん》の姿態を下から見上げて楽しみながら、
ぴしり、ぴしり
尻といわず乳といわず、いちばん柔らかい部分といわず、遠慮会釈なく打ちつづけるのである。
「坂木原、もういいだろう」
と、とりまいた志士たちが声をかける。
坂木原はやっと立って、竹串をはずした。ようやく怒張してきた矮小《わいしょう》な己れの部分を、おみのの柔毛《にこげ》と湿りの部分にあてがった。
居合せた四人の志士に、おみのはその姿勢のまま、徹底的に凌辱《りょうじょく》された。女の部分のみでなく、人体の使用可能な部分は、すべて、繰り返し、犯されたのであろ。このときもっとも積極的にそうしたことを考えだし、実行にあたっても執拗《しつよう》を極めたのは坂木原であった。
何時間、それがつづいたのかわからない。おみのは全身が疲れて、何もわからなくなっていた。もう泣き叫ぶ気力もなかった。ときどきの強烈な痛みに、はっとわれにかえり、すぐにまた失神するのだった。

やがて坂木原はおみのから体をはなし、

スラリ

脇差を抜きはなった。それを仲間に持たせておみのの股間に擬《こら》し、自分はおみのの髪をつかんで反対側に十分に引いたのである。

手を離した。おみのの体の中心は振り子のように、切っ先にむかっていった。

おみのが叫ばなかったのは、その武士が反射的に、刀を引いてしまったからである。

坂木原は不機嫌な顔になった。こんどは自分が刀を持ち、おみのの股間につきつけ、仲間の侍におみのの髪をつかませた。

瞬間、横から刀をはね上げられていた。

新選組副長助勤、斎藤一の痩軀《そうく》が、いつの間にか襖《ふすま》をひらいて、傍に立っていた。

——おみのの誘拐を、見回り役人に知らせたのは駕籠屋である。坂木原から刀をつきつけられ、

「他言すれば生命はないぞ」

と脅されたのだが、彼らは珍しく勇敢だった。たまたま二人とも江戸から来た駕籠屋で、ひごろから長州人に反感をもっていたせいもあった。

同時に、銘木屋の方からも、おみのの失踪の通報が、新選組に行っていた。

勝負はあっけなく片がついた。おみのの髪をつかんでいた浪士は、一瞬後、水もた

まらぬ袈裟《けさ》がけに切り倒された。おみのの髪も同時に切られ、浪士は髪を自分の顔にかぶるようにして仰向けに倒れた。

　もう一人は抜き合せたが、腰のつがいを切りはなされて、地ひびき立てつつ倒れる。残りの一人は刀を投げ出して、土下座する。

　この二人は武士でなく、坂木原にさそわれたやくざと、ひごろから鼻つまみ者の人足であったことが、のちの調べでわかった。

　この隙に、坂木原は雨戸に体当りして、逃走した。

　斎藤一は、狂犬や狼のような浪士を処分するために、おみのを囮《おとり》として使ったことは確かである。その目的は十分に達せられなかったわけだが、斬り合いにはすべて相手があることだから已むを得まい。池田屋斬り込みのようにうまく行く方が、むしろ例外的だとも言える。

　さて明治になってからの話であるが、坂木原某という司法省の官吏が娘を自邸にさそいこんで苛《いじ》め殺し、免官になっている。この官吏が斎藤一の剣を危うく逃れた坂木原啓次と同一人であるかどうかはわからない。しかし万一、同一人だったとすると、斎藤が彼を逃がしたことが、間接には一人の女の生命を奪った、とも言える。

　いずれにしろ幕末の志士・浪士たちの中に、生かしておいては世の中のためにならぬ狼や狂犬たちが多かったことは、確かである。

女間者《かんじゃ》おつな

——山南敬助の女——

南原幹雄

南原幹雄《なんばらみきお》（一九三八〜）

東京都生まれ。早稲田大学政治経済学部卒業後、日活に入社。一九七三年「女絵地獄」で第二一回小説現代新人賞を受賞しデビュー。ダイナミックな物語に定評があり、『抜け荷百万石』『天皇家の忍者』などの伝奇色豊かな作品から、『謀将直江兼続』『名将大谷刑部』などの歴史小説まで作風は幅広い。「付き馬屋おえん」シリーズは、山本陽子の主演でテレビドラマ化された。『闇と影の百年戦争』で第二回吉川英治文学新人賞を、『銭五の海』で第一七回日本文芸大賞を受賞。長年の功績が認められ第三回歴史時代作家クラブ賞の実績功労賞を受賞している。

一

おつなは外出《そとで》の用があるのだが、それを女将《おかみ》に言いだす折がなく、まして、こっそり抜けだしていくだけの暇もなかった。今日の松田屋は、いつになく客の出入りがはげしく、混雑していた。

「おつなはん、いそいでくださいな。大部屋のお客さんたちが呼んではります」

朋輩《ほうばい》女中のおときが勝手をのぞきながら、そう言ったのは、これが二度めだった。

「お酒の仕度ができたら、すぐお二階へはこびます」

とっさにそう答えたが、手さきが小刻みにふるえ、徳利《とっくり》と酒壜《さかびん》の口が合わなかった。口がふれ合ってかちかちと鳴り、酒が木具膳《きぐぜん》のうえにこぼれていった。

（ここでおちつかなければ）

と自分をいましめるのだが、胸のはりさけそうな動悸《どうき》がうちはじめている。鼓動は容易にしずまりそうにないのだった。

（よもや……）

とは思うのだが、この近日のあいだの自分のおこないや振舞いを考えてみると、絶対に大丈夫とは言いきれないのであった。

昨夜《ゆうべ》、体をかさね合い、夜ふけをすぎてまでおつなの体をはなそうとしなかった弥《や》吉《きち》が今夕も松田屋に姿をあらわしたときから、なんとなく胸さわぎがしていた。二階の大部屋にあつまっている客たちのなかには、おつなも見知りの者が多いのだが、ときに厠《かわや》などをつかいに階下《した》へおりて来る男たちのおつなを見る目つき、表情などが普段とはちがうようなのだ。みな、おつなをうかがうような顔をして通りすぎてゆくのだった。

おつなは、弥吉とともにすごした昨夜のことをふりかえってみて、もし素姓が露見したとすれば、この男以外には見やぶった者はいないはずだ、と考えた。

一瞬――、人なつっこい表情でわらいかけてくる山南敬助《やまなみけいすけ》の顔が、脳裡《のうり》にういた。こんなことなら、今日の昼間でも壬生《みぶ》へぬけだしていって、山南にあのことを話しておくのだった……と後悔が湧いてきたが、気丈なこころをふるいおこし、徳利をならべた膳をもって階段をあがっていった。

大部屋は、二階の廊下のつきあたりにある八畳と六畳をぶちぬいた奥座敷である。松田屋は洛中《らくちゅう》でも老舗《しにせ》の旅籠《はたご》だったが、建物はさして大きくはなく、客室は一階に四部屋、二階に五部屋あるだけだった。以前から長州藩とのつながりがふかく、昨今も勤皇《きんのう》・倒幕をとなえる不逞《ふてい》浪士が出入りしている噂《うわさ》もあり、京都守護職、あるいは新選組などから、とかくのうたがいを持たれているのだった。

　今夕も、陽《ひ》がおちなずむころからぼつぼつと、店者《たなもの》や行商人、職人の恰好《かっこう》をした屈強な若者たちが、松田屋にあつまりはじめていた。そのなかには、洛中洛外に名を知られている桂小五郎《かつらこごろう》や井上聞多《もんた》もふくまれていることにおつなは気づいていた。彼らはみな偽名や屋号で呼び合っているが、骨柄《こつがら》、物腰、言葉つきからしても、普通《ただ》の店者や職人には思われなかった。

　大部屋のまえに立つと、おつなが開けるよりも早く、中から障子が左右にひらかれた。

　おつなは一瞬たじろいだ。二十人あまりの、いずれもひと癖ありげな男たちが大部屋にひしめくようにたむろしており、彼らのするどい目が一様におつなにむけられたのだ。

「おう、別嬪《べっぴん》ではないか」

「なかなかの女だ」

「こんな宿屋の女中にしておくのはもったいないぞ」

「顔もいいが、腰つきもいいではないか。十分みのっていて、あつみがある。それでいて太り肉《じし》でないのがいい。抱いたらさぞこたえられんだろう」

　大事な用談が今までおこなわれていたとみえて、酒ははじまったばかりであった。まだ酔っている者はいないようだが、おつなを見る目には、獲物を手捕りにしようとする残酷さがかがやき、そのなかに淫猥《いんわい》な色がひそんでいる。

とっさに弥吉を目でさがすと、彼だけは柱にもたれて横をむいていた。

「さあ、はいれ、はいれ」

「酌をしてくれ。島原などの座敷とちがって、宿の別嬪な女中の酌で飲む酒はまた格別な味だろう」

身の危険を感じて立ちすくんでいたおつなは、いやでも決断をせまられた。木具膳を入口において逃げだそうかと思案したが、逃げても無駄だ、どうせつかまってしまう、と観念した。ただ酌をもとめておつなを呼んだのではないことが、わかっていたからだ。

おつなは料簡《りょうけん》をきめて、男たちのなかへ入っていった。ここまできてしまっては、もう成り行きに身をまかせる以外はない、と覚悟したのだが、そのとき一瞬、山南のやさしい顔が瞼《まぶた》の裏にういて、きゅんと胸のしめつけられるような痛みをおぼえた。

(山南先生、たすけて……)

おつなはこころのうちでつぶやき、膳をおき、徳利をとって目のまえの男に酌をした。この男は『小倉堂』と呼ばれている刀剣商で、今まで、何度か松田屋に泊ったことがある者だった。

黙って猪口《ちょこ》をさしだしている男の指さきを、あふれた酒が濡《ぬ》らしていった。

「ふるえているようだな、女。なんぞこころあたりでもあるのか」

この男が桂小五郎だ――、と思いながら、おつなは恐怖がしだいに醒《さ》めていくのを感じていた。

逃げ道をふさぐように、そのとき部屋の障子がとじられた。その音をきいておつなは居なおるような気持になっていった。

背後からのびてきたべつの男の手が、おつなの腰から尻をなでまわしてきた。

「およしください。立派なお客さんたちが、宿の女中ふぜいをからかうなんて」

男の手をふりはらうと同時に、切り口上の江戸弁が口をついた。おつなはつい一年くらいまえまでは、江戸の小石川・柳町《やなぎちょう》で姉のおあきとともに天麩羅《てんぷらや》屋をやっており、酔っぱらいや男あしらいなどには慣れていたのである。

「かくしていた爪をだしてきたな。その爪でおれの顔をひっかいてみるか」

小倉堂は、たまらなく愉快そうな声をたてて笑い、徳利をもっているおつなの白い手首をにぎった。すると一度はらった背後の男の手がまたのびて、今度はおつなの着物の裾のほうへじかに入ってきた。

「悪ふざけはおやめください。わたしは飯盛《めしも》りじゃないんです。やめなければ、大声をだしますよ」

すっと体をずらして、気丈に言ったつもりだったが、効果はなかった。どうやら逆の効きめになったようだ。

　部屋中に男たちの笑いがおこった。その笑いが渦のようになって、おつなのまわりを取りまいた。思わず両耳をふさぎたくなるような笑いで、おつなはその声におののきをおぼえていった。

　渦にまきこまれて、押しながされて滅茶苦茶《めちゃくちゃ》にされてしまうだろう、と一瞬、戦慄《せんりつ》が身うちをはしったとき、

「声をだして誰を呼ぶんだ？」

「呼べば、誰がおまえをたすけに来てくれるんだ。それを聞かせてほしいもんだな」

「おまえがその気なら、この場を逃してやってもいいぞ。壬生の屯所までしらせに走るがいい。近藤、土方《ひじかた》、沖田たちがおっ取り刀で駆けつけて来るかもしれぬ」

「いいや、近藤、土方らは来るまい。来るのはべつの男だろう」

　いたぶるようにおつなを嘲弄《ちょうろう》している男たちのなかには、はっきりとおつなの素姓を知っている者が幾人かいるようだった。そのほかの者は、おつなを山南敬助の愛人《おんな》、とまでは知らぬらしかった。

「たいそう物騒なお話ですが、新選組があたしにどんなかかわりがあると言うのです。そんな恐ろしい人たちとは、口をきいたこともありませんよ」

　ここでくずれてはならぬ、と意地ずくで言って、見かえしたおつなだった。もし弥

吉が自分にうたがいをいだいたにしても、確証はつかまれてはいまい、とふんだのだ。

けれども部屋のあちこちでまた笑いがおこった。まるでおつなの嘘《うそ》をたのしむような笑いであった。

（いけない……）

と自分に言いきかせながらも、おつなはふたたび笑いの渦にのみこまれていきそうになった。

「この女は、新選組とは口をきいたこともないそうだ」

職人ふうの男が言い、それをうけて、

「そんな女が、何故《なぜ》新選組の密偵《いぬ》をはたらくんだ？」

近江《おうみ》・日野から行商に来て、毎月の行きかえりに松田屋に泊る義助という、三十がらみの男が問いつめてきた。

「さあ、わたしはそんな大それたはたらきの出来る女じゃありません。聞かれたって答えられませんよ」

もうおつなは酌をやめていた。徳利をおき、逃げられぬと覚悟はしながらも、最後まで嘘をつらぬきとおしてみようとこころに言いきかせていた。

ただ山南のためにここまで危険な目にあって、何ひとつ山南に手柄をたてさせてやれぬのが残念だった。せっかく松田屋が勤皇・倒幕浪士たちの秘密の会合場所であることをつきとめながら、その確証をまだ山南につたえていない。

好きでもない男に体をあたえて、小倉堂の正体をつかみながら、山南に報《し》らせる暇のなかったことが何としても口惜《くや》しかった。

唇をかむおつなを見すえて、

「この女は、新選組のこれなんだ」

と、小倉堂がみなのまえに小指をつきだしたとき、異様な声が部屋のあちこちであがった。

「誰の情婦《おんな》だ」

「平隊士の女ではないだろう」

彼らはいちように新選組には恨み骨髄《こつずい》の敵意をいだいている。昨年の池田屋事変では、有為な同志を二十人ちかくも新選組に斬《き》られているのだ。

弥吉の顔は蒼《あお》ざめて、どす黒いまでになっている。

「新選組でも屈指の大物だ、そうだ」

「おつな……」

そのときはじめて小倉堂が名を呼んだ。

「おまえの男が昨日《きのう》一日、近江・大津にいたことを知っているか。大津でおまえの来るのを待つつもりでいたのを、おまえは誰からも聞いておるまい。男の身の上に変事がおきたことも知らずに、ここでつかまってしまったとは、不運だったな」

小倉堂がそう言ったとき、

「小倉堂、男の名を知っているなら、はやく言ったらどうだ」

日野商人の義助がいらだって声をあげた。

「それは、女の口から聞いたほうがいいだろう」

「女を肴《さかな》に飲みながら、ゆっくりと聞かせてもらおうではないか」

義助を制するように傍《かたわら》の男が口をはさんだ。

「じっくりとつついてゆけば、どんなに気丈な女でも最後には音《ね》をあげるさ」

一同のなかには、新選組の女密偵と聞いただけで、頭に血がのぼっている者もすくなくないのだ。

「したたかそうな女だ。かんたんには口を割るまい」

「責めようにもよることだ。手加減せずに、じわじわとやれば、いつかは本音《ほんね》をはくだろう。女には女なりの責め方もあるだろうからな」

男たちが口々に言うのを聞きながら、おつなは、口惜しさとおののきに身をこわばらせていた。

山南が昨日大津で自分を待っていた、とか山南の身に変事がおきた、と言った小倉堂の言葉の意味がおつなにはよくわからなかった。自分のこころを揺さぶるために言

ったのだろうと考えた。それよりも、

(もう、生きてあのひととは逢《あ》えぬだろう)

気のとおくなるような思いが、おつなの脳裡にこみあげていたのである。

二

おつなが生まれたのは、小石川・伝通院《でんづういん》のちかくである。が、そだったのは武州・八王子である。

おつなは、母をおぼえていない。

彼女が生まれた年に、母は大患いののちに死んでしまった。三歳《みっつ》年上の姉がおり、そのおあきとともに、おつなは八王子・子安宿《こやすじゅく》の農家に里子にだされた。

八王子は甲州道の宿場だが、江戸へいちばんちかい町だから、江戸への物資集散地としてもっとも繁昌《はんじょう》したところである。灰、木炭、織物、農作物などを江戸へ送ったが、このごろではなんとしても、

『西の西陣、東の八王子』

と言われるくらい織物が有名だった。農業の片手間にどこの家でも機《はた》を織っていた。子安宿でも機織りはさかんで、おあきもおつなも十歳《とお》になるやならずのころから一

人まえに機をうごかしていた。何事にもおつなよりこころのきいたおあさだったが、機織りにかけては、おつなのほうが腕がよかった。

おあきは十四の年に、小石川・柳町で『清瀬』という天麩羅屋をやっている父親を手つだうために江戸へかえったが、おつなはそのまま子安の里方にとどまり、十七歳になるまでそこでそだったのだった。

仕事中に父親が卒中でたおれ、一昼夜、大鼾《おおいびき》をかきつづけたあと、あっ気なく死んでしまったとき、おつなは江戸へもどった。そのとき姉は、

「商売の手がたりなくて、あんたをたのむのがいちばんいいんだけれど。上田縞《うえだじま》を六日で一疋《ぴき》織る、青梅縞《おうめじま》なら一日でかるく一反織ってしまうほどの腕とひきかえにするのは、なんとしても惜しい気がするねえ」

おつなが江戸で暮らすことにあまり乗り気ではないようだった。

おつなは自分できめて、八王子を出て来たのだから、姉が言うほどには、機織りの腕を捨ててしまうのを勿体《もったい》ないとは思わなかった。

このまま子安にいては、ずっと織り姫と言われる工女ですごすか、百姓の女房になるしかない将来に見切りをつけたのだった。それよりは江戸へ出て、おあきの商売を手つだいながら繁華な町のくらしをしたいと思っていた。

姉ほどではないにしても器量のすぐれているおつなには、八王子にいてもたのしい

ことはすくなかったが、

（江戸と八王子では、くらべものにならぬ）

江戸での暮らしに、おつなは大きな夢をいだいたのだった。

柳町は、伝通院境内の西に、裏門前町《うらもんぜんちょう》、下富坂町《しもとみざかちょう》、御掃除町《おそうじまち》などとともに小石川大下水に沿ってならんでいる町である。職人やら小商人らが住んでいるところで、柳町の裏通りに銘柄屋、射的屋《しゃてき》、食べ物屋などがごたごたと軒をつらねた一角があり、そのはずれの二階家が清瀬であった。

天麩羅屋とは言っても、店は父親の代からのもので古く、四坪ほどの小ぢんまりとしたもので、酒の客が大半であった。昼ごろから店をあけて、夜半にいたるのが普通だった。

夜になると、さすがに酒の客は行儀がわるくなる。酔っぱらいやしつこく言い寄る客を、おあきは手際よくさばいて、なかなか付け入る隙をあたえなかった。

おあきは色白の細面《ほそおもて》で、かたちのよい富士額、きれながの眸《め》と受け口のおちょぼ口には年に不似合いなほどの色気がにじんでいた。幼いころから水商売にはいって店のきりもりをしているため、客あしらいはてきぱきとしており、それでいて適当な世辞と愛嬌《あいきょう》をわすれないので、店に来る客はほとんどおあきが目あてのようだった。

おつなが店に出はじめた当初、

「田舎そだちで山だしの妹ですけれど」

　姉が客へそう言うと、

「だが、八王子そだちの女というのは、聞き捨てにはならんぞ」

「色の道では女将をしのぐかもしれんな」

「おれも、一度は八王子の女といい仲になってみたいと思っていたんだ。もうとうに男の味をおぼえているだろうな」

　八王子の女がかくべつ好色だの、道具がいいだのと言われているのではなかったが、この当時、八王子という言葉には他処《ほか》にはない意味あいがこめられていた。

　八王子は封建制の世ではあまり類例のない自治の町であった。天領であるため代官はいたが、町の運営は名主、年寄、百姓代の民間の代表による宿役人制によっておこなわれていた。

　さほどきびしい取締りなどもやらなかったし、江戸にちかく、江戸の風儀、風俗がながれこんで、駆落ち者の免れ場のようになっていた。おおっぴらの男女交際があたりまえの土地柄である。労銀が得やすいうえに生活《くらし》の費《つい》えがやすく、まして女の多い町である。女が機織りでささえる町だけに、おしなべて女の力がつよく、何事にも女が積極的であることは他処では見られぬ土地柄だった。

　機場工女の風儀というものは、江戸の男たちに垂涎《すいぜん》をおぼえさせるほどのものだったのである。

客が見ぬいたとおり、おつなも昨年の大善寺のお十夜のとき、普段から言い寄っていた男たちのなかから、好もしいひとりの若者に処女《むすめ》の体をあたえていた。だが、その若者と夫婦になる気はなかったのだった。姉のおあきは、男には容易に気をゆるさない女だったが、おつなが知っているだけでも、おあきがしくじったのか、それとも心から好いたのかはわからなかったが、姉とふかい仲になった男はそれまで三、四人はいたようだった。水商売をやっていくうえで、惚《ほ》れたはれただけで男と女がそうなるとはかぎらなかった。弱みにつけこまれたり、ちょっとした事のはずみやいきちがいなどから過ちをおかしてしまうことも、ながいあいだには避けられぬようだった。

おつなは清瀬へ来てから、姉の生活《くらし》のことはほとんど見て見ぬふりをつづけてきた。そうすることがもっとも賢いやり方だったからだが、それでも、ただひとり、

（この男だけは、ゆるせない）

と思った相手がいた。

町に巣食う無頼漢《ごろつき》や無職者などには、おあきははじめから弱みや隙を見せたりはしないから、間違いはなかった。かさにかかっておどしをかけられても、彼らをあしらうことを十分こころ得ていた。ところが、ついちょっとした油断がもとで、罠《わな》にかかって、おあきはとんだ食わせ者に体をうばわれてしまう羽目《はめ》になっていた。

小石川のあたりは大身小身《たいしんしょうしん》を問わず旗本屋敷の多いところで、清瀬にもたまさかには旗本たちも顔をのぞかせた。甘言にのせておあきにかなりな額の金を融通して、あとになって法外な利息を要求したのも、そうした旗本のひとりで、永井主計《かずえ》という四十男だった。

永井主計は、はじめからおあきの体が目的だった。一度思いどおりにしてしまうと、弱みにつけこんですっかりおあきを自分の情婦《いろ》のようにあつかった。そうなってからでは、借りた金に利息をくわえてかえそうにも、永井は相手にしなかった。おあきをずっと、自分の情婦にしておくつもりのようだった。

このときばかりは、おあきも手のうちようがなかったらしい。ずるずると永井の言いなりになり、深みにはまりこんでしまった。永井は小身ではあったが、旗本を鼻にかけており、剣術の腕もかなりなものらしい。下手に他人がかけ合えば、かえって話はこじれそうだった。

「道場の先生にでも相談してみたら……」

はじめにそう口にしたのが、おつなだったか、おあき本人だったか、それとも清瀬の板場に父親の代からいる源蔵であったかはさだかではなかったが、ともかく藁《わら》をもつかむような気持で言ったのだった。

このあたりで道場というのは、おなじ柳町にある天然理心流の道場・試衛館のことだ。

多勢の門弟をかかえるはなやかな一流の道場ではなかったが、強さでは定評のある道場らしかった。天然理心流という流儀も、武州三多摩《さんたま》のあたりでひろまっている田舎流儀の武骨な剣法で、師範の近藤勇《いさみ》、師範代の土方歳三《ひじかたとしぞう》、高弟の沖田総司《そうじ》などはいずれも、三多摩の出身者だということだった。

だが、

「道場の先生……」

と言ったのは、近藤、土方、沖田の三人のいずれをさしたのでもなかった。

近藤や土方も何度か店に来たことがあったが、おつなはこのふたりにはあまり親しみがもてなかった。一流の道場がひしめく江戸市中で名もない小道場を懸命にもりたてているといった、肩肘張ったところがおつなには好きになれなかったのだ。

(山南先生……)

おつな、おあき、源蔵の三人がいちように思いうかべたのは、道場に住みこんでいる仙台藩脱藩といわれている浪人者のことだった。

年齢《とし》はまだ三十まえで、気さくであっさりとした江戸前の気性で、人品骨柄《じんぴんこつがら》にもいや味がない。浪人者とは言いながら実家の家筋がいいようで、金にも余裕があるらしいのは、当時武家でもかなりな者でなければかよえなかった北辰《ほくしん》一刀流の千葉道場で、免許皆伝をうけていることでもあきらかだった。

山南敬助は、江戸の名流の道場の皆伝を得ていながらどうしたわけでか、流儀のさがる試衛館に住みこんで食客をしているのである。試衛館には山南のほかにも、井上源三郎、永倉新八《ながくらしんぱち》、原田左之助《さのすけ》、藤堂平助《とうどうへいすけ》などの腕っこきの剣術家たちがごろごろしていた。

「相手が旗本なら、それなりの掛け合いの仕方もあろうというものだ」

山南があっさりと永井主計退治を請け合ってくれたのは、若い剣術家らしい正義感と、おなじ町内に住む美人の姉妹への気やすい肩入れからだった。

それから一月《ひとつき》もたたぬ間に、永井は今までけっして受けとろうとしなかった貸し金をひきとることで、おあきとは手を切った。清瀬にも姿を見せなくなった。二度と店に出入りしない、と書いた永井の証文を、後になっておつなは見たことがあった。

ふだん誰にも愛想がよくて人柄もおだやかな山南が、一筋縄ではいかぬ悪党の永井にどういう方法で話をつけたのか、おつなには興味があった。

「なに、お城づとめの旗本にはそれなりの弱みがあるんだ。それにくらべれば、おれは気ままな素浪人だからな。永井が出仕する道筋をつかまえて、おだやかに話をつけたよ」

と言って山南は笑っていたが、免許皆伝の腕前にものを言わせたかなり強引な方法であったことが十分想像された。おつなはそんな山南に胸のうちがしびれてくるのをおぼえた。

おつなが機織りの職を惜しみなくすてて八王子を出てきたのには、江戸に出ればこういう男にめぐり逢えるかもしれぬ、というひそかな期待があったからだ。

おつなのほうからすすんで山南にちかづいていった。

（もし夫婦にはなれなくても……）

それほどひたむきな気持をいだいており、このころがおつなにとってもっとも幸せな時期だった。

「おつなちゃんは、聞いているだろうね。ちかいうちに道場を仕舞ってしまうらしいじゃないか」

おあきがそう言ったのは、文久《ぶんきゅう》三年の正月早々のことだった。

「もっといい場所に、引っ越すのかしら」

おつなは相槌《あいづち》をうったが、

「そうじゃないんだよ。試衛館を仕舞って、道場の人たちはみんな京へのぼるって噂だけどね」

「えっ、じゃあ山南先生も……」

おあきの言葉に、みるみる血がひいてゆき、自分でもおどろくような声をだしていた。

公儀《おかみ》が、昨年の暮れもおしせまったころ、尽忠報国を名分として浪士を募集したことは、しばしば町の噂になったことだった。募集に応じた浪士たちが京都守護に任ずるために京へのぼる、ということも聞いていた。が、師範の近藤をはじめ試衛館のおもだった者がほとんど浪士募集に応じたことは、おつなは初耳だったのだ。

おつなは、それを姉の口からきいたことが衝撃だった。

「もう来月早々には、みんな行ってしまうらしいよ。おつなちゃん、先生からなにも聞いていなかったのかい」

おつなの眸《め》にみるみる涙があふれてきて、頬《ほお》をつたった。

「おつな、おれは間もなく京へゆかねばならぬのだが、おまえはしばらく江戸へいてくれ」

山南は、それから数日たってから切りだしたのだった。このときはもうふたりのあいだはとっくに他人でなくなっていた。

「むこうへ行って、時期をみてから便りをするから、そのとき、京へ来るかどうかをきめてくれないか」

おつなはその言葉を待っていたように、

「なんで、早々に行ってはいけないんですか」

おこったような言い方で山南の顔を見た。

「もっとはやく言わねばと思ったが、京は江戸のようなところじゃない。おまえには想像がつかぬだろうが、最近の京はとても危険なところだ」

「いくら危険だと言ったって、あたしは生き馬の目をぬく、と言われる江戸で暮らしているんです」

「江戸はまだ、こうして暮らしているぶんにはおだやかなところだよ。斬り合い、殺し合いなどは見られない。けれども京は今、勤皇、攘夷《じょうい》の運動で沸きたっていて、戦争がいつおっぱじまるかわからないところへきている。おれたちはその渦中にとびこんでいくんだ。とてもあぶなくて、女をつれてはいかれない、とはじめは思っていた……」

山南の言葉には、嘘もてらいもまじっていなかった。

(山南先生といっしょなら、どこへ行ったってこわくはない……)

おつなは今にも泣けてきそうな感情のたかぶりのなかで、

「あたしの気持は、もうきまっています。お便りを、お待ちしてます」

男の眸《め》を見あげて言った。

いっしょに死ねれば、それだけで本望だ、とおつなは思いつめていたのである。

三

おつなが源蔵にともなわれて、京へのぼったのは、元治《げんじ》元年の夏だった。

まえの年の文久三年の春、近藤、土方、沖田、永倉らとともに山南敬助も江戸をたち、京で新選組という浪士団を結成したことは、つとに江戸へもつたわっていた。芹《せり》沢鴨《ざわかも》という水戸脱藩の大立者《おおだてもの》を中心にした一派と、近藤を頭にする試衛館一味とが血の抗争のあげく、近藤派に一統されたことも、江戸へもたらされていた。

近藤勇が局長となり、山南敬助を総長とし、土方歳三を副長、沖田、永倉、原田、井上、藤堂らを助勤にすえた新選組の体制は、文字どおり試衛館道場が京で倒幕派の浪士取締りの集団に衣替えしたようなおもむきであった。

剣をとっては一流のつかい手ぞろいの彼らだが、江戸からのりこんで、日ごと夜ごと洛中洛外を隊伍《たいご》をなして見廻《みまわ》り、不逞浪士たちを斬りまくっているという噂をきいても、おつなははじめのうちは信じかねる思いだった。名も顔も知っている試衛館の一党が、京の市民たちをふるえあがらせている人斬り集団になっているとは考えられぬ一面があったのだ。

山南についてはとても想像がおよばなかったし、近藤、土方でさえも根は朴訥《ぼくとつ》で、武州の田舎者まるだしの率直さをもっていたものだ。

おつなが山南敬助をたずねて京へ行くと言ったとき、おあきも源蔵もはじめは山南とおなじようなことを言った。

「江戸で不自由なく暮らしてゆけるのに、なにも京へなど行かなくたっていいじゃないか」

「わざわざ、大地震の震源地へむかっていくようなもんですよ……」

とは言ったものの、おつなの気持がそこまでになっている以上、ことさらに反対をしても可哀《かわい》そうだという気があったものか、しいてまで止めようとはしなかった。以前からおつなが山南とはなれられないあいだになっていることを、おあきも源蔵も知っており、おつなが京へいくことは仕方がない、とあきらめていたからだった。

おあきは簞笥《たんす》の抽出《ひきだし》から金包みをとりだし、

「これだけあれば、一年くらいはなにがあっても大丈夫でしょう。あんたの嫁入り仕度にと思って、これだけには手をつけずにおいたんだよ」

と無理矢理《むりやり》おつなに持たせたのだが、それが清瀬の店を手に入れるために、おあきが二、三年まえから苦労して貯めた金であることをおつなは知っていた。

京へついた翌日、源蔵は早々に江戸へかえっていった。

その夜、おつなは三条河原町《かわらまち》の『翁屋』という宿屋で、山南に抱かれた。

旅のこころぼそさと、山南にあえたうれしさでおつなは涙ぐみ、男に愛されていくにしたがい、はじめの涙声がしだいにしゃくりあげるような泣きじゃくりにかわっていった。

もう前から体のよろこびを知っているおつなであった。山南と最後にむすばれた江戸の夜から、一年と何か月かがすぎている。男を知った娘ざかりの肌がほてって、寝ぐるしかった夜などは、となりの夜具でやすむおあきに気《け》どられぬよう、ひそかに指人形をつかって、体のなかの火をしずめたものだった。

久しぶりに男に体をひらかれていったはなから、もうおつなは息をあらげていた。今までは男に抱かれて、そうたしなみのない声はだしたことのないおつなであった。けれども、男に片方の乳首を吸われたとたんに、思わずすすりあげるような声がでてしまい、もう片方を吸いこまれたときにも、おぞけだつような快感が背筋をはしり、わけのわからぬ声をあげていた。

そのていどですむうちは、声をしのばせたり噛《か》みころす方法もあったのだが、体をかさねられむかえ入れてしまってからは、とてもそんなことではおさまらなくなった。

せりあげてくるものを必死でこらえているうちに、つづけざまに休みなく高波がうち寄せてきて、おつなは他愛なく悲鳴にちかい声をほとばしらせていた。悲鳴はやがて赤ん坊が泣くような声にかわり、それがながいあいだ切れ目なくつづいた。声をとめようにも、声は体の奥からこみあげてきて、おつなの儘《まま》にはならなかった。

おつなはこうして、京の一夜でわれをわすれるほどにみだれたが、この一夜で、山南に女がいるらしいことを察した。

おつなの肌がおぼえている山南と、一年余月ぶりに触れあった男の体は予想以上に感じがちがっていたのである。おつなは山南のごく身ぢかにいるらしい女の匂いをかいでいた。

京は血なまぐさい町である。

それに山南はこの三十一歳の男ざかりである。夜ごと白刃をふるい、血の臭いをかぐ暮らしをつづけていて、酒と女におぼれることは仕方のないことだとおつなは思った。新選組の隊士たちがしばしば島原へ足をふみ入れるのも、彼らなりの命の洗濯であったのだ。隊長の近藤から若い隊士にいたるまで、ほとんどが島原の女にふかい馴《な》染《じ》みをかさねているのも、こうした事情からである。

けれども、自分が京に来たからには、山南には馴染みの女と手を切ってもらわねばならぬとおつなは思った。山南にどうした事情があれ、こればかりはおつなの言うとおりにしてもらわなければと思案した。そのために嫉妬《しっと》ぶかい女と思われようとも、仕方のないことだとかんがえた。

おつなが、島原の遊廓《ゆうかく》に明里《あけさと》という女をおとずれたのは、真夏の祇園祭《ぎおんまつり》がすぎて数日たった日のことである。

この年の祇園祭の前夜は、後世までわすれられぬ大事変がおこっていた。祇園祭の前日の六月五日、四条寺町で古道具と馬具をあきなっている桝屋喜右衛門《ますやきえもん》という者が、素姓をうたがわれて、新選組の屯所につれてこられた。桝屋を家さがしすると、雇い人たちはいちはやく逃げており、物置にかくされた武器弾薬や、諸国の志士たちの往復書簡などが見つかったのだった。

土方は拷問《ごうもん》につぐ拷問で桝屋を責め、ついに桝屋が古高俊太郎《ふるたかしゅんたろう》という勤皇倒幕家であることを吐かせた。そして、近日中の烈風の夜をえらんで禁裡《きんり》の風上に火をはなち、さらに禁裡の四方を火をもって取りつつみ、急をきいて参内《さんだい》する守護職会津侯を襲って軍神の血祭りとし、禁裡をうかがい、主上を長州へ御動座するという大陰謀があることを、白状させた。

はからずも、その日、土方の意をうけた探索方の山崎蒸《じょう》が、三条小橋・河原町東入ル北側の池田屋惣兵衛《そうべえ》の旅館があやしい、と内偵してきた。例の陰謀をはかるために多数の浪士たちが池田屋に集会することが探知されたのだった。

『明治維新を一年おくらせた』

と言われる史上に名高い新選組の池田屋への斬り込みは、その夜おこなわれた。

池田屋に参集した肥後の宮部鼎蔵《ていぞう》、松田重助《じゅうすけ》、長州の吉田稔麿《としまろ》、杉山松助《まつすけ》、佐伯靱《さえきゆき》彦《ひこ》、土佐の野老山吾吉郎《ところやまごきちろう》、石川潤次郎《じゅんじろう》、北添佶磨《きたぞえきつま》、望月義澄《よしずみ》、播州《ばんしゅう》の大高忠兵衛、大高又次郎——など高名な粒よりの志士たちが新選組に斬り伏せられた。長州の桂小五《かつらこご》郎《ろう》だけは、行きちがってあやうく難をのがれたのだった。

その夜池田屋には大坂の薬屋にばけた山崎蒸がひそんでおり、新選組の斬り込みと同時に中から木錠《もくじょう》をはずしたので、志士たちを一網打尽にすることが出来たのだった。

池田屋事変の余燼《よじん》もさめぬ数日後の午《ひる》、おつなは島原の遊廓へでかけていった。遊廓で天神をしている明里に、おつなは名を言って面会をもとめたのだった。

明里は、山南の馴染みの女だった。

おつなは、その明里に会って、山南と手を切ってくれるようにたのむつもりだった。

それは、江戸を出るときおあきが、

「男が一年以上もひとり暮らしをしているんだから、馴染みの女の一人や二人はいるかもしれないよ。山南先生ほどの腕と器量があれば、女のほうだってほうってはおかないだろうからね。もしそんな女がいたとしたら、下手《したて》に出て、どうか山南さんと手を切ってください、と手をついてお願いするんだよ」

とおつなに教えこんでいたからだった。

「まちがっても焼餅《やきもち》をやいたり、相手の女を責めてはいけないよ。そんなことをして肝心の男に嫌われたら、泣いて江戸へかえってこなければならない羽目になるかもしれないからね」

男でも苦労をかさねてきているおあきだけに、こころのいきとどいた助言をさずけていた。ともかく明里には、自分が江戸から山南を追ってきた事情《わけ》を言い、どうしても山南と添いたいのだ、と真情をうちあけた。

色里の手練手管《てれんてくだ》に明け暮れている明里は、そんなおつなの真正直な色のかけ合いに、はじめは困惑し、やがてのうちにほだされてしまったようだった。

「うちと山南はんとは、そんなただごとでない仲やおまへん。そりゃあ、山南はんはうちのお馴染みどす。山南はんもうちを好いてくださって、ここへおいでになれば、かならずうちを呼んでくだはります。うちにとっても、山南はんは大事なお客どす。無理をしてでも、山南はんのお座敷には出させてもろうてます。うちも女子《おなご》どすから、商売をわすれて山南はんと添いたいと思うこともないではありまへん。けれども、うちはここの廓《くるわ》でそだった女子どす。出来ることと出来ないことの区別は、わきまえているつもりどす」

明里は、おつなとおなじくらいの年齢《とし》らしかった。むろんおつなは京の廓の女をはじめて見たわけだが、明里を見るなり、

（とても、かなわぬ……）

容姿の美しさで自分が問題にならぬことをまず感じたのだった。おつなは今まで、姉のおあきほど容貌《ようぼう》、器量のすぐれた女はいないと思ってきたのだが、明里の容姿や容貌はおあきとはまったく雰囲気のことなったものながら、

（京の女は、これほど美しいのか……）

といった驚きをいだかせたのだった。

「出来ることと、出来ないこととは……」

おつなが聞くと、

「それは、うちが廓の女だということどっしゃろ。どんなにうちが山南はんを好きになり、また山南はんもうちを好いてくれはったにしても、うちを落籍《ひか》せるには二百両という途方もないお金がかかります。悲しいことどすけれど、それほどのお金がのうては、うちは廓から出られへんのどす。廓の女は、だから好いた男はんと添うなどは、夢のまた夢、はじめから出来ないこととあきらめているもんどす」

明里もおつなにつられて、いつわりのないこころをのぞかせた。

「おつなさんはしあわせ者どす。うちはほんまに、あんたはんがうらやましい。好きな男はんと添えるあんたはんがにくらしいほどうらやましい。山南はんを大事にしとくれやす……。末ながく、山南はんと添いとげてくださいませ。山南はんと言えば、ほんとうに気がかりなお人どすけど、おつなはんのようなお方がいらっしゃれば

「……」

明里は言葉をにごしたが、おつなは、そうした言い方が腑《ふ》におちなかった。

「山南先生が気がかりだとは、どうしてでしょう？」

おつなは聞かずにはおれなかった。

「山南はん、ちかごろ土方はんとの仲がうまくいかないのを、ずいぶん気にしてはるようどした」

「土方さんと山南先生とがいけないのでしょうか」

土方といえば近藤と同郷で、新選組でももっとも近藤にちかい人間である。おつなは以前から土方歳三という男があまり好きではなかった。

山南のような気さくでざっくばらんなところがないし、なにかと格式ばったところがおつなは好きではなかった。どことなく底意地の悪そうな性格も、親しみがもてなかった。

山南と土方とは試衛館いらいの仲であるが、性格的には相寄るところがないように感じられた。新選組の総長と副長として、そりが合わぬのもじゅうぶん想像出来ることであった。

「山南はんと土方はんとは新選組での勢力も伯仲してはりますし、剣は五分五分だという人の噂どす。組での人気は今までは山南はんに分があったようどすが、このお二人が勢力争いをしやはったら、山南はんも土方はんにはかなわんどっしゃろ。山南はんはそういう争いが苦手なようどすし、土方はんは自分の敵にまわった相手には、とことん、どんな汚い手をつこうてでも決着をつけずにはおかぬ人どす」

明里にそう言われてみておつなは、山南がちかごろよく浮かぬ顔つきをしていることに気がついた。山南は普段おつなにはめったに愚痴などをこぼすことはない。けれども、局長の近藤とは一心同体と言われる土方の、容易ならざる人物像を多少とも察知しているだけに、おつなは山南のこころの重さを知る思いがした。

おつなには、それによって気のつくことが数々あった。

新選組の隊規ともいうべき局中法度《はっと》は古今の武家法度と比較しても、おそろしく厳しいもので、隊士たちのささいな過誤にもすべて切腹をもってのぞむ。そんな近藤、土方のやり方に山南は批判的であった。厳しすぎる法度はかえって隊士たちの信頼をうしなうもとだ、と言うのが山南の主張だった。

それに山南は、過日の池田屋斬り込みには参加していないのだった。

当日、山南は暑気あたりで高熱をだしており、斬り込み隊にはくわわらず、屯所で留守をあずかっていた。だが、池田屋事変そのものが、京および日本の政情に一大震《しん》撼《かん》をあたえた事件として世に喧伝《けんでん》されたとなると、それに参加しなかった山南への声価にも大きくかかわってきた。

とくに隊の内部での土方と山南の声望には大きなへだたりが出てきた。池田屋事変の功績は、山崎蒸をつかって大がかりな諜報《ちょうほう》を獲《え》た土方に帰するところが何よりも大きかったからである。

池田屋事変いらい、山南がたのしまぬ日が多いのは、おつなの目にもあきらかだった。

「山南はんのこと、うちからもよろしゅうお願いいたします」

おつなは明里にそう言われて、島原の遊廓を出たのだった。

四

夕陽《ゆうひ》がかげるように、山南の声望はおとろえていった。

それを決定的にしたのが、新選組の西本願寺移転の問題である。

新選組は結成いらい壬生の八木、前川、南部家といった郷士の屋敷を接収して屯所にしていたのであるが、この時期になると、もう隊士の数もふえ、手狭な屋敷に分散させておくことが機能上もむつかしくなった。それに壬生は京の田舎であるから、市中取締りにも不便である。

そんなことから、近藤、土方のあいだで、西本願寺の集会所に本営をうつしたら……という意向が出はじめた。新選組をあずかる京都守護職でも、移転そのものには反対でなかった。

けれども西本願寺のほうから猛烈な反対がおこった。

山南ははじめから、西本願寺への移転は賛成ではなかった。

宗門がこぞって反対をするのを無理矢理に接収してしまっては、京における宗門をことごとく敵にまわす恐れがあるし、洛中洛外の市民感情をひどく傷つけはしまいか……、という心配が山南にあった。

さらに、新選組当局と西本願寺との話がこじれるにおよんで、本願寺ではしきりに山南に泣訴《きゅうそ》してきた。

「新選組に集会所をとられてしまっては、全山僧侶《そうりょ》と信徒たちのなかに大騒動がおこって、収拾がつかなくなってしまう。どうか、もっと然《しか》るべき場所をさがしてくれないだろうか。移転や本営の建築にともなう費用は、本願寺のほうで支出をしてもかまわない」

とまで言って、山南に窮状をうったえてきた。

連日、山南をおとずれてくる西本願寺の首脳部たちに、土方をはじめ、彼をもりたてている一派は露骨にいやな顔をした。さらに屯所の外で、山南が西本願寺と会合する機会が多くなると、

「山南先生、坊主たちにすっかりたぶらかされてしまったのではないか」

山南への不信感をつのらせていった。

「坊主の泣きごとに深入りしすぎてしまったようだな。これでもし新選組が西本願寺移転を強行したならば、山南先生は立場上も面子《メンツ》からも、隊にはいづらくなるのではないか」

おつなは、若い隊士たちのあいだでそんな噂がささやかれているのを仄聞《そくぶん》していた。処世に機敏でない山南に歯がゆさをおぼえながら、おつなはひとつの重大な決心をしていた。

もう以前から、おつなは好機《おり》があったら、間者になって山南のために、勤皇倒幕派の志士たちの諜報を獲ようと思っていたのだった。

土方が新選組のなかで近藤につぐ副長としての立場をかためていったのは、土方が徹底した権力者であるためだが、その一方で、山崎蒸などをたくみにつかって諜報活動にもぬきんでていたためである。おつなは、山南が若い隊士をつかってそのような活動をやらすのを好まぬのを知っていたから、自分が山崎蒸のような働きをしようと思ったのだった。

出来れば、池田屋斬り込みのときに取りにがした桂小五郎か、それに匹敵するくらいの志士中の大立者の消息をとらえ、山南の功績をたてさせてやりたいと考えていた。

「桂ひとりを逃がしたことは、ほかの浪士百人を討ちもらしたことに匹敵する」

池田屋の斬り込みからひきあげてきたとき、近藤、土方をしてそう言わしめた。

女の身では、桂小五郎の消息をつかまえるなどとうてい困難かとも思われたが、料簡のもちようによっては、女だからこそ働きやすいとも考えられた。

（山南の身に、変事がおこらなければよいが……）

おつなは、自分が身の危険を賭《か》けて女間者《かんじゃ》として死地でのはたらきをすることよりも、山南の動向のほうが気がかりだった。

二条烏丸《からすま》・車屋町《くるまやちょう》の旅籠・松田屋におつなが女中として住みこんだのは、その年、秋も暮れようとしているころであった。

京へ来てからおつなは、新選組の屯所にさほど遠くない中堂寺村《ちゅうどうじ》というところに、農家の離れを借りて住んでいた。山南が屯所へ行き来するにも手ごろなところで、京都の田舎らしい閑静な雰囲気が気に入っていた。

おつなが松田屋に住みこもうときめた日、

「やめたほうがいいな。あそこは新選組もくさいとうすうすねらいをつけているところだよ。危険このうえもない。何事にも男をしのごうとするのは八王子女の悪い癖だ」

山南はとめた。山南は松田屋にかぎらず、おつなが住みこみで働きにでることに反対だった。

「あたしは十歳《とお》になるまえから、ずっと毎日はたらいていたのです。はたらきづめで今まできたものですから、朝から夜までじっと家にいることが辛いんですよ。松田屋にながくいる女中さんが、お母さんが病気とかでこの秋から実家《さと》にかえってしまっているんで、その人がもどってくるまでという約束なんです」

無理に山南を承知させて、おつなは松田屋にうつったのだった。山南とても勘のにぶい男ではないから、おつなが何のために松田屋に住みこんだのか、真実《ほんとう》の理由に気づいてはいたようだった。

それだけにこの男らしい後ろめたさもあったようだ。そうときまってからも、幾度かおつなを思いとどまらせようと意見がましいことを言ったが、おつなの気持はかわらなかった。

池田屋事変につづく蛤《はまぐり》御門の変でやぶれた長州藩は、京における勤皇倒幕の勢力をたてなおすために、脱藩した志士たちが京に潜入し、しきりに策動を開始していた。新選組でもそうした動向を察しており、彼らの京における拠点をつぶすのに躍起《やっき》になっていた。

二条烏丸・車屋町の松田屋も、長州の藩士や同藩の脱藩者がひそかに出入りする旅籠として、あるていどの疑いはもたれていた。が、何分にもその確証となるものがないのだった。

おつなは京に来てまだ日があさく、山南とのつながりも、あくまでも陰の女であったため、新選組のわずかの連中のほかはおつなの身もとを知る者はほとんどいなかった。疑いをもたれることなく、松田屋に住みこむことが出来たのだった。

それいらい、年が明けてもおつなは中堂寺村の家にもどらず、山南とも一、二度しか会っていなかった。

京を追われたはずの倒幕派の志士たちが名をいつわり、変装して松田屋に宿泊したり、あるいは連絡場所として情報をかわし合っている内情が、おつなにもしだいにわかってきた。

そのなかで、『小倉堂』の屋号を名のっている人物が、一味一党の首魁《しゅかい》らしきことに気づいていた。おつなはその小倉堂が桂小五郎ではないか、と察していた。

（一日もはやく、確証をつかんで、山南先生に報《し》らせなければ……）

思いながらも、なかなかその好機《おり》がなく、一日一日とたつうちに、

「新選組がいよいよ壬生をひきはらって、西本願寺に引っ越してくるらしい。総長の山南敬助が本願寺から饗応《きょうおう》されたり賄賂《まいない》を受けていたことがわかって、隊を追われるかもしれぬようだ」

市中のそんな噂をきいた。

（それは嘘だ！）

おつなは腹のなかでつぶやき、

（もし山南先生が新選組を追われるとすれば、それは土方歳三の罠だ）

口外しようのない憤りをこころのなかで燃やした。

山南が、たとえどんな相手であれ賄賂など受けるはずのないことは、おつなにはわかっていた。永井主計を退治してくれたときにも、山南はおあきからの謝礼をいっさい受けとろうとはしなかったのだ。

西本願寺がうったえてくるままにむこうの事情をきいてやり、本願寺への移転に反対した山南を、土方一派が饗応と賄賂という罠にはめようとしている経緯《いきさつ》は、手にとるように読めるのだった。

『一、勝手に金策致不可《いたすべからず》』

秋霜烈日《しゅうそうれつじつ》をもってきこえる新選組の局中法度に、その一条があることをおつなはわきまえていた。この一条にそむいた廉《かど》で、切腹させられた隊士たちもすくなくはない。

芹沢、近藤とともに新選組創設期の局長だった新見錦《にいみにしき》も、この一条にそむいたとして無理矢理詰腹を切らされたのだった。

（もう、一日もまごまごはしていられない……）

いったん罠におとしたら、追及の手をゆるめぬのが土方のやり方である。

日がたつにしたがい、山南はますます苦しい立場に追いつめられていくだろう、と思案しながら、おつなは一日もはやく小倉堂の正体素姓をつきとめ、桂小五郎の消息を土産に山南のもとへかえりたいと焦りたつのだった——。

おつなは、障子ごしに、川の瀬音をきいていた。

春とはいっても、京の夜はまだ底冷えが去らなかった。おつなは座敷におかれた炬《こ》燵《たつ》をあいだに、さしむかいでずっと男と時をすごしているのだった。

おつなもかなり酒はいけるくちであったが、相手の男は滅法《めっぽう》つよかった。おつなはもう猪口を口にはこばなかったが、酌の手はやすめなかった。酌のあいまに、時雨《しぐれ》の降るようなはげしい瀬音に耳をかたむけ、

（この男が、山南先生ならば、どんなにかうれしいのに……）

と思ったりしながら、ときににこやかな笑いを男にむけているのである。

男は、弥吉といい、小倉堂の番頭と称する若い者だった。小倉堂とはしばしば行動をともにしている男なのである。

松田屋では、おつなは容姿がいいのにくわえて客あしらいがうまいので、客にはよろこばれる女中だった。弥吉なども松田屋に来たときは、きまっておつなに愛想を言い、ときに手をにぎりにきたり、外出《そとで》にさそうようなことがよくあるのだった。

おおっぴらには京を外あるき出来ぬはずの身ながらも、弥吉くらいの男なら、あまり名前や面体《めんてい》を人に知られてはいないから、姿をかえて名をいつわれば、そう危険ではないのである。それに松田屋は代々、長州藩を顧客にしていたので、主人や店の者たちも大方は長州びいきであった。

これまで宮中守護に任じていた長州が今京を追われたからと言って、そう急に掌《てのひら》をかえしたようにはならぬのが、京の商人である。洛中洛外に、わりあいこうした長州びいきの店もあるのである。

「おつな、一度くらいは、おれの言うこともきいてくれたらどうだ」

昨日松田屋にきた弥吉がそう言うのへ、

「そうですね、一度くらいはそんなことがあっても、いいかもしれませんね」

おつなは、めずらしく色よい返事をしたのである。

そして今夕、おつなは店へ言いぬけをし、弥吉との待ち合わせ場所から、高瀬川沿いの生簀《いけす》へ来ていたのだった。高瀬川に沿う四条から五条のあたりにかけては、川にはなった魚をとりあげてすぐに料理して食べさせる料理茶屋がたくさんあった。

弥吉は暮れ方から生簀の二階座敷で飲みはじめて、まだ酒がつづいているのである。

外出の装いをしたおつなの姿を見たときから、弥吉は上機嫌であった。ふだん白い割烹着《かっぽうぎ》に身をつつんだおつなは、うす化粧をわからぬくらいに刷《は》くていどで、つとめて地味なこしらえをしている。彼女が外出の装いをしたのは、松田屋にきてはじめてのことだった。織物の本場でそだったおつなは、着こなしも、柄の好みもきわだっていた。弥吉は、そのおつなにうっとりとし、満足したようだった。

生簀の二階で、いきのいい魚料理で飲みはじめてからも、ずっと饒舌《じょうぜつ》だった。しゃべりながら、酌をするおつなの姿態をときに見やって、生簀にかわれた脂《あぶら》ののった魚を想像したりしているようであった。いずれ自分が賞味するときがくるのをたのしんでいる様子なのだ。

「おつな、おまえはなんで今までひとりでいるんだ。おまえくらいの女ぶりなら、今まで言い寄った男も多かったことだろう」

「それほどじゃあないんですよ」

「そんなことはあるまい。おまえを見てだまっている男のほうがすくないだろう」

「お上手な……、こっちがいいと思っても、もうお内儀《かみ》さんがあったり、いい女《ひと》がついていたりで、なかなかうまくはいきませんよ」

「どんな男が、おつなの好みにあうんだね」

「そうむつかしいことじゃあないんです。でも、ぜいたくを言わしてくれるなら……」

「うむ」

「弥吉さんのご主人みたいなお方だったら、言うところはありませんね」

弥吉もうぬぼれのつよい男で、おつなの口から、冗談でも自分の名がでることを期待していたようだった。おつなはそれを見ぬいて、わざとそう言ったのだった。

「小倉堂か、あれはだめだ……」

「どうして、だめなんです。小倉堂さんはまだお内儀《かみ》さんがいないそうじゃありませんか。あのお年で商いのほうも刀剣の目ききにも相当なものだって聞きましたよ」

言いながら、おつなはさり気なく弥吉の表情をうかがった。

「小倉堂には、二世をちぎった情婦《いろ》がいる。その女の小倉堂への肩入れといったら、まともな夫婦の比ではないんだ」

「あの人ならば、そんな女の一人や二人いたとしても不思議はないでしょうね。あたしなんかが口をかけたって、まともには相手にしてくれないでしょう。だからあたしはぜいたくなんか言わないで、弥吉さんの誘いにのったんですよ」

と言っておつなは媚《こび》をふくんで男に笑いをかけた。

「それはご挨拶だな。だが、ぜいたくでないにしろ、おつなのめがねにかなってうれしいよ。だが、もうそろそろ酒はきりあげようじゃないか」

それが弥吉の合図のようだった。

もうだいぶ夜がふけて、襖《ふすま》でしきったとなりの部屋には二人ぶんの夜具が用意されている。弥吉はそれへおつなをさそったのだ。

弥吉は、おつなのうしろへまわり、両脇をそっとかかえるようにして女をたちあがらせた。おつなはあらがうことはせず、そのまま弥吉に身をゆだねて、となりの部屋へはこばれていった。

酒が適量以上にはいって体がだるかったが、おつなのこころはさめていた。

(山南先生……、かんにんして……)

こころのうちでつぶやきながら、弥吉の手が帯のむすび目にかかるのを感じていた。

(ごめんなさい……、こうするよりほかはないんです)

覚悟をしていたとはいえ、さすがに泣きだしたいような気持がこみあげてきたとき、手ぎわよくくるくると帯をとかれ、着物をぬがされた。

伊達巻《だてまき》をぬきとられ、長襦袢《ながじゅばん》姿でおつなは夜具のうえに横だおしにされた。

弥吉はまだ二十四、五歳の若者で、もう我慢ができぬと見えて、着物のままでおつなにおおいかぶさってきた。

「明りを消すか、襖をとじて……」

となり座敷の丸行燈《まるあんどん》の明りが、襖のあいだからさしこんでいるのである。恥しい姿を男にながめられるのもいやだったが、顔色や表情から自分のこころを見ぬかれるのを、おつなは恐れたのだった。

弥吉はもう、固くいきりたったものを着物ごしにおつなにおしつけていたが、ためらいがちに立って襖をしめに行った。

おつなはそのわずかな間に、弥吉を籠絡《ろうらく》するこころの準備をした。

(小倉堂の正体を、なんとしても弥吉の口からききださねば……)

自分が体を割るからには、どうしても弥吉の口も割らなければならなかった。

暗くなった部屋のなかで、おつなは眸《め》をみひらき、弥吉を待った。

五

麻の荒縄がおつなの着物の上から胸乳《むなぢ》の下にくいこんでおり、両手はうしろにまわされて縛《いまし》められていた。麻の縄目は膝のあたりをもしっかりと結えていた。

おつなはこうした姿《なり》で、宵《よい》のうちから暁ちかくまでのあいだ、松田屋の大部屋の中央にころがされているのである。両足を折って横たわっているおつなの姿態に、ぎらついた男たちの視線がまとわりついていた。

丸くもりあがった尻のあたり、襟の合わせ目からのぞく胸元、身八《みや》つ口《くち》からうかがわれる腋《わき》の下、膝からはみだした白い脛《はぎ》、みだれた裾……は男たちの欲望をそそるに十分だった。なによりも、縛められて多勢の男たちのなかにころがされたおつなの苦痛と屈辱に耐える顔が、たまらぬ刺激であったようだ。

若い志士たちはおつなの姿態を肴に酒を飲み、堪能し、なお堪能しきらぬ欲望をたたえた目で、女の体にみだらな妄想をたのしんでいるのだった。新選組総長をつとめる山南敬助の女であることも、彼らの欲望に残酷さをたぎらせる原因になっていた。

「このまま、おあずけのしっぱなしということはないだろうな」

ひとりの男が小倉堂に言った。

おつなは昨夜、ついに弥吉の口から小倉堂が長州藩の倒幕派の指導者であることを聞いたのだった。そこまで聞けば、桂小五郎と知るに十分だった。弥吉は、体のすべてをゆだね、いくらでも自分の思いのままになっていくおつなに、それを洩《も》らしたのである。

「見てたのしむ、ながめてよろこぶというのも乙《おつ》なものだが、それだけでは我慢がならぬと言われる方も、おありかな」

小倉堂に言われて、二十人以上いる一座のあちこちで、熱気のたちこめるような空気がうごめいた。弥吉だけは怒ったようにぷいと横をむいていた。

おつなには、もう男たちの言葉に反応するだけの気力も体の力もうしなわれてしまっていた。意地をたてとおす張りも、男たちの思いのままにはなるまいとする女の気概も、夜中ちかくなったころからしだいになくなってきていた。

おつなははじめ、弥吉がおつなに疑いをいだいて、昨夜小倉堂の正体を洩らしてしまったのを後悔し、大事にいたるのをおそれて、こういう目にあわせたのではないかと思いこんでいた。が、それが考えちがいであることがやがてわかったのだった。

「おつな、おまえは山南の身におこったことをなにも知らぬようだな」

「知らぬままでは可哀《かわい》そうだから、おしえてやろう」

と言ったのは小倉堂だった。

「山南は昨日、新選組を脱走したんだ。そして大津まで逃げのびたところを、沖田総司に追いつかれて、京につれもどされてしまった。おそらく明日《あす》にも、山南は切腹させられるだろう。『局を脱することを許さず』という鉄の掟《おきて》が新選組にあることは、おまえも知っているだろう」

おつなには信じられぬことだった。

「山南はな、沖田につかまる直前、おつな、おまえに手紙を書いて、大津の宿の者に松田屋へとどけさせようとした。だが、残念ながらその手紙はおまえが留守で、松田屋の内儀《おかみ》の手にわたってしまった。手紙には、おまえに至急大津へ来るようにと書いてある。山南はおまえとどこかへ逃げて、一緒にくらそうと思っていたんだ。嘘ではない。これがその手紙だ」

と言って小倉堂はおつなに手紙を見せた。おつなは横をむいてそれを見ようとはしなかった。
なかば、それを信じる気持と、信じまいとする気持がこころのなかであらそってお
り、はげしい惑乱におそわれていた。だが、あきらかにそのとき、おつなのなかで何
かがくずれていった。
惑乱のなかで、山南の顔が瞼《まぶた》にういてきて、
(山南先生……、逃げたのは本当なんですか……)
おつなは山南にむかって問いかけていた。
体まで男にあたえて山南のために働いたことが無駄になってしまったのが、悲しか
った。もう、おつなは死をおそれていなかった。
それに、このままでことがすむとは思っていなかった。どうせ最後にはころされる、
と覚悟はしていたが、
(寄ってたかってなぶられるのは、いやだ)
そのまえに女としての最大の辱しめを受けるのを、一晩中おそれていた。
女としての辱しめは、夜中をだいぶ過ぎたころ、小用をうったえたおつなにたいし
て仮借《かしゃく》なくおこなわれたのだった。
「なに、小便だと?」
「遠慮なく足すがいい」

「だが、厠《かわや》へは行かさぬ。ここでやるがいい。たれながすもよし、手桶《ておけ》に足すもよし。好きな方法をえらぶがいい」

「誰か、階下《した》から手桶を借りてこい」

おつなは、言いつのればそれだけ男たちを喜ばせるだけだと察し、じっと辛抱をした。

だが、暁どきをちかくにして、こらえきれなくなって辛抱をきらせてしまった。膝を縛《いまし》めた縄だけをといてもらい、おつなは部屋の隅のほうで、手桶にまたがったのだった。

（山南先生……、ゆるして……）

足をややひろげたおつなの正面をのぞきにくる男たちの顔を見ながら、口惜しさと恥しさで涙があふれた。意地と張りは、このときにおよそ失われてしまったと言っていい。

「どうせころしてしまう女ではないか、小便までして見せたのを功徳《くどく》にして、なぐさむのは勘弁してやったらどうだ。これだけの人数がいては、籤《くじ》びきや石拳《いしけん》できめるというわけにもいくまい」

小倉堂がそのときみなに申しわたすように言ったのが、いくらかやすらぎになっていた。

「しかしまさか、首を断らぬとまでは言わぬだろうな」

「おれの同郷の友人が山南の手にかかっているんだ」

「おれは従兄弟《いとこ》を新選組に殺《や》られている」

「最後に介錯《かいしゃく》してやるのはいい。だが、そのまえに女の手で自害させるのも一興だと思うが。なぐさまれずに済むのなら、それくらいはさせてもいいではないか」

憎悪や欲望の色をみなぎらせて言いつのる者も、あとへはひかなかった。

「介錯は、おれにやらせてくれ」

思いつめたようにそう言ったのは、それまで終始だまっていた弥吉だった。まわりの者が、一瞬たじろぐくらい陰惨な表情で言ったのだ。


合図の一番鶏《いちばんどり》が、松田屋の背戸《せど》のほうで鳴いたとき、おつなは縛《いまし》めをとかれ、懐剣をわたされて畳のうえにすわらされていた。

喉を突くか、胸乳《むなぢ》の下あたりを思いきりえぐればいいと聞かされていた。が、覚悟はできていたのに、棒のように突っ張って容易に腕がのびなかった。

そのときになって、ふたたび山南の顔が脳裡にういてきて、その顔が必死におつなに言いかけてきたように見えたのだ。何を言おうとしているのか、それをおつなは知りたかった。

介錯のためにおつなの後にまわった弥吉が白刃をぬき、裂帛《れっぱく》の気合いをほとばしらせた勢いにのって、おつなは懐剣で思いきり左乳の下を突きとおした。

吸いこまれてくるように懐剣の切っ先が自分の体のなかふかく食いこんでくるのが感じられた。その一瞬、おつなが幻覚のなかで見たのは、山南が切腹の座にすわり、首がとぶ情景であった。

（山南先生……）

首だけになった山南の顔にむかって、今度はおつなが呼びかけた。

瞬後――、自分の首もおちたろうと思われたが、激痛がおこり、それが体じゅうをまわりはじめ、苦しみが一向におわらぬことにおつなは不審をおぼえた。

懐剣で突いたら、間をおかずに介錯をしてやると言った言葉を、弥吉がまもらなかったのである。

おつなが苦しみにのたうちまわるのをみなでじゅうぶんながめたのち、やおら弥吉の一刀が振りおろされた。

――山南敬助の首が、沖田総司の一刀でおちたのは、その日の夕七つであった。

石段下の闇

火坂雅志

火《ひ》坂《さか》雅《まさ》志《し》（一九五六〜二〇一五）

新潟県生まれ。早稲田大学在学中は早稲田大学歴史文学ロマンの会に所属、歴史文学に親しむ。一九八八年に伝奇小説『花月秘拳行』でデビュー。一九九九年刊行の『全宗』からは、最新の研究を踏まえた重厚な歴史小説を発表するようになり、『覇商の門』や『黒衣の宰相』など、従来とは異なる角度から戦国を捉えた作品で注目を集める。直江兼続を描き、二〇〇九年大河ドラマの原作に選ばれた『天地人』で、第一三回中山義秀文学賞を受賞。その後は、地方で活躍する武将に注目するようになり、伊達政宗を描く『臥竜の天』や『真田三代』を発表。二〇一五年に急逝、『天下家康伝』が遺作となった。

一

闇が肩にのしかかっている。

愛宕《あたご》おろしの吹きおろす、晩秋の京である。

九戸市蔵《くのへいちぞう》は、夜の闇のなかにしゃがみ込んで寒さに身を縮めていた。すぐ目の前に洛東《らくとう》屈指の大社、祇園社《ぎおんのやしろ》（現在《いま》の八坂神社）の大石段がのびている。

祇園社の正門は南楼門《みなみろうもん》だが、祇園の花街に面した西楼門のほうが人の出入りが多い。九戸市蔵がしゃがみ込んでいるのは、その西楼門の大石段の下であった。

「ばかばかしい。この寒空に、何でわれらが夜通しの張り番などせねばならんのじゃ」

市蔵に向かって吐き捨てるように言ったのは、同じ新選組一番隊の輪堂寅之助《りんどうとらのすけ》である。

寅之助は今年四十になる市蔵より、八つも若い。いつまでも故郷の南部訛《なんぶなま》りが抜けず、あか抜けぬ風采の市蔵とちがって、背が高く、押し出しのいい男であった。

「九戸さんは南部生まれで寒さには慣れているだろうが、わしは伊予西条《いよさいじょう》の出だから、京の底冷えは我慢ならぬ」

と言いながら、落ち着きなく行ったり来たりする寅之助を、市蔵は眠ったような細い目で見上げた。

「そうは言っても役目は役目、我慢するしかあるまいて」

「九戸さんは人がよすぎる。だいたい、祇園石段下に隊士の亡霊が出るなどという、ふざけた噂《うわさ》にまどわされ、われらを張り番に立たせた上の者が悪いのだ」

「輪堂君、近藤局長や土方《ひじかた》さんの悪口はよしておいたほうがいい」

根がきまじめな市蔵は、若い寅之助の放言をたしなめるように言った。

「では、九戸さんは噂をまともに信じるんですか」

「さあ、それは……」

言われて、九戸市蔵も首をひねった。

祇園社西楼門の石段下に、新選組隊士の幽霊が出る——と、噂が立ったのは、この年、慶応《けいおう》二年の十一月はじめのことだった。

最初に幽霊に遭遇したのは、三条西洞院《さんじょうにしのとういん》に店を出す呉服問屋のだんなであった。祇園でお茶屋遊びをした帰り、石段下まで来たところ、闇の向こうに、青白い顔をした足のない新選組隊士を見たというのである。

「浅葱《あさぎ》色の羽織を着ておったさかい、あれは新選組に間違いおへん。それがざんばら髪で、顔は血まみれ、いかにも恨めしそうな目をして、こっちをじいっと睨《にら》むんやから、まあ、恐ろしいのなんの……」

あわてて家へ逃げ帰った本人が、当夜、したたかに酒に酔っていたため、このときは、誰も話を一笑《いっしょう》に付《ふ》して信じなかった。石段から一町離れたところには、新選組の祇園会所があり、たまたま通りかかった隊士を幽霊と見間違えたということもある。

だが、それから数日のうちに、同じような新選組隊士の幽霊を見たという目撃談があいつぎ、祇園石段下の幽霊話は、たちまち京じゅうの噂となった。

当初、新選組では噂を黙殺していた。

市中取り締まりの任務を帯び、薩長の不逞《ふてい》浪士と刃《やいば》をまじえている新選組が、いちいち化け物、幽霊のたぐいを気にかけているひまはない。幽霊を恐れるような臆病者では、とても新選組の隊士はつとまらないのである。

とはいえ、隊士のなかにも二人、三人と、石段下で幽霊を見たという者があらわれ、

「その幽霊、隊幹部の大石鍬次郎《おおいしくわじろう》の弟で、今年の二月に祇園石段下で斬られた大石造酒蔵《みきぞう》によく似ておるというぞ」

「いやいや。あの場所では四月に、宝蔵院流《ほうぞういんりゅう》の槍《やり》の名手だった隊士の谷三十郎《さんじゅうろう》も殺されておる。化けて出るのは、谷ではないか」

などと、隊内に微妙な動揺が生ずるにいたり、新選組の幹部連中のあいだでも、これは黙って見過ごしにはできぬということになった。

むろん、根っからの現実主義者の近藤勇《いさみ》や土方歳三《としぞう》が、風聞をまともに信じたわけではない。

「こいつは、新選組に遺恨のある何者かが仕組んだ芝居だよ、近藤さん」

局長近藤の七条醒ケ井《しちじょうさめがい》の妾宅《しょうたく》で二人きりの話し合いを持ったおり、土方歳三が苦りきった顔で言った。

「おめえもそう思うか、歳《トシ》」

と、近藤は好きでもない酒を、ぐいとあおった。

「しかし、ばかなまねをしやがる。隊士の幽霊が出ると噂が立ったところで、誰も得をする者はいやしまい」

「そこだよ、近藤さん」

土方は切れ長な目の奥をちらりと光らせ、

「得にもならんのに、いたずらに幽霊騒ぎを起こすはずがねえ。裏にはきっと、新選組をおとしいれるための何らかの魂胆がある。芝居の筋書きを書いたのは、おそらく薩摩か長州か……」

「隊の者に調べさせるか」

「ああ。やるんだったら、なるたけ早いほうがいいだろう」

土方と近藤のあいだで話がまとまり、幽霊の正体を突き止めるために選ばれたのが、一番隊の九戸市蔵と輪堂寅之助だったのである。

「あんた、知ってるかね、九戸さん」

輪堂寅之助が市蔵を見下ろした。

「四月にここで殺された谷三十郎さんは、表向き、誰にやられたか分からないことになっているが、じつのところ、谷さんの行状をこころよく思わない、近藤さんや土方さんの差しがねで斬《き》られたっていうじゃないか。石段下に出る幽霊が谷さんだとしたら、隊の幹部連中が西本願寺《にしほんがんじ》の坊主でも呼んで供養してやるのが筋ってものだろう。何も、われわれが張り番をすることはない」

「しかし、げんに幽霊を見たという者もいる」

「つくづく、あんたも要領の悪い人だな、九戸さん。幽霊なんざ、最初からいやしないんだよ。いいかげんに見張りをして、やっぱり幽霊は根も葉もない噂話でしたと報告すれば、上の者も安心する。悪い噂も消えるだろう」

「そういうものかね」

「ああ。そういうものさ」

と、寅之助は、右手に見える祇園八軒茶屋の明かりのほうへ吸い寄せられるように視線を投げ、

「寒さのせいで、どうも腹具合が悪くなってきたようだ。そこの茶屋で厠《かわや》を借りてく

るから、九戸さん、あとは頼む」

「ほんとうに、厠だけだろうな」

「まあ、おたがい、かたいこと言いっこなしにしよう。万が一、幽霊が出たら、うまいこと退治しておいてくださいよ」

「おい、輪堂君」

市蔵があわてて呼び止めたときには、輪堂寅之助の後ろ姿は闇のなかに溶け込んでいた。

二

（それにしても、寒い……）

石段下にたったひとり取り残された九戸市蔵は、ふところに手を入れ、背中を丸めて寒さをまぎらわそうとした。

夜半を過ぎて、ますます冷え込んできた。吐く息も白くなっている。

遠くで、野犬の吠《ほ》える声がした。

（このぶんでは、雪でも降るのではないか）

市蔵の胸にふと、はるか遠く離れた故郷、奥州南部の見わたす限りの雪景色が浮かんだ。

南部の盛岡には、二十年連れ添った女房の里江《さとえ》がいる。十四をかしらに、五人の子供たちがいる。

（みな、どうしておることか……）

市蔵は思った。

もと南部藩士だった九戸市蔵が新選組に入隊したいきさつは、いささか変わってている。

市蔵はもともと、奥州南部藩の巣鷹御用掛《すだかごようがかり》をつとめる下級武士であった。だが、老いた両親をかかえているうえに、五人もの子だくさんで、藩から下されるわずか四石ばかりの手当では、どうにも暮らしが立ちゆかなくなった。

出稼ぎをするために、やむなく脱藩し、江戸の小石川《こいしかわ》に間借りしていたところ、ちょうど新選組の隊士募集があり、十両の支度金に魅《ひ》かれて入隊したのである。その後、京へ上り、一番隊の沖田総司《そうじ》の下ではたらいているが、支度金はもとより、毎月の手当のほとんどは、故郷の家族に仕送りをしている。

見かねた沖田総司が、

「九戸さん、いくら故郷の家族のためとはいえ、好きな酒も呑《の》まずに暮らしを切りつめていては、あんたのほうがどうかなってしまう。たまには、息抜きでもしたらどうです」

と、自分の小遣いからいくばくかの金を渡したが、市蔵はその金までも沖田に内緒で南部に送ってしまった。

あとで話をきいた沖田が、

「しようがない人だなあ」

と、苦笑したほどである。

剣の腕はさほどのことはないが、実直で誠実、ねばり強い働きがみとめられて、局長の近藤にも受けがいい。

今度の幽霊騒動でも、

「九戸なら、妙な噂にまどわされず、辛抱強く真相を突き止めるだろう」

と、近藤自身が市蔵を指名したのである。

（幽霊がほんとうに出るか否かはともかく、ここらで大手柄を挙げれば、隊長は無理としても、伍長《ごちょう》には取り立てられるかもしれぬ。そうなれば、手当が増えて、故郷の家族たちにも楽な暮らしをさせてやれる）

市蔵の頭にあるのは、いつも遠く離れた南部の家族のことばかりだった。

輪堂寅之助が去って半刻《はんとき》が経《た》ち、にわかに尿意をおぼえた市蔵は、石段下から立ち上がった。石段脇の茂みの前で立ち小便をしようとした、そのときである。

石段を上りつめたところにある、祇園社の赤い楼門のかげで何者かが動いた。

（出たか……）

みちのく生まれの市蔵は、むろん怯懦《きょうだ》な男ではない。鈍重そうに見えるが、人より肝《きも》はすわっていると自負している。

その市蔵が、楼門の影を見たとたん、背筋に冷たいものが走るのをおぼえた。

（落ち着け、落ち着くのだ。まだ、幽霊が出たと決まったわけではないぞ）

みずからに言いきかせつつ、市蔵は腰の黒鞘《くろざや》の太刀を左手で握りしめ、石段を踏み、一歩、一歩、ゆっくりと上がった。

（相手が幽霊であれ、何であれ、たたき斬るのみ……）

はたして、幽霊が刀で斬れるものかどうか分からないが、とにかく出てきたものは斬るしかない。

市蔵が楼門まで、あと十段というところまで上りつめたとき、それまで厚い雲に隠れていた月が顔をのぞかせ、あたりが冴《さ》え冴《ざ》えと明るくなった。と思ったとたん、楼門のところにたたずんでいた影が動き、石段のほうに近づいてきた。

男ではない。

女だ。それも、若い。

（祇園石段下の幽霊とは、女であったのか……）

おどろいた市蔵が思わず立ち止まり、刀を抜くべきか抜かざるべきか迷っていると、女はすぐそばにいる市蔵にまるで気づかぬようすで、ふらふらと石段を下りだした。

途中で足がもつれ、女の体がぐらっと傾く。

「危ないッ！」

市蔵はとっさに石段を駆け上り、転びそうになった女の体を受け止めた。

ずしりと重い。

たしかな、生身の人間の重みが市蔵の腕にかかる。

（こいつは、幽霊なんかじゃない……）

思うまもなく、腕のなかの女がいきなり市蔵の胸にしがみつき、声を上げて泣き出した。

「おい、どうしたのだ。どこかに怪我《けが》でもしたか」

市蔵はきいたが、女は泣いているばかりで、何もこたえようとはしない。見たところ、女はどこにも怪我などしていないようである。

「泣いているばかりでは、何も分からぬではないか」

市蔵が言うと、女はなおも激しく泣きじゃくりだした。

「とにかく送ってやろう、家はどこだ」

気のやさしい市蔵は、女を幽霊と思い込んでいたことも忘れて言った。

「家は、ありません……。もう、どこにも帰るところがないんです」

「なに」

「どこかへ連れて行って。どこでもいいから、お願いです」

自分の胸のなかで涙ながらに訴える若い女を、

（どうしたらよいものか……）

市蔵はあつかいかねた。

結局、市蔵が女を連れて行ったのは、安井金比羅宮《こんぴらぐう》の門前にある出逢《であ》い茶屋だった。

堅物《かたぶつ》の市蔵は、出逢い茶屋などへ一度も足を踏み入れたことがなかったが、この真夜中、ほかに女を連れて行く場所を思いつかなかったのである。

茶屋の小女《こおんな》に頼んで熱い甘酒を運ばせ、女に呑ませてやると、青白かった顔に赤みが差し、しだいに血の気がもどってきた。

しばらく待って、女が落ち着きを取り戻したところで、市蔵はやんわりとわけを問いただした。

「うち、騙《だま》されてたんや」

お多勢《たせ》と名乗るその女は、ささくれた茶屋の畳の目を見つめながら震えを帯びた声で言った。

年は二十五、六といったところだろう。

ぜんたいに線がほそく、目も一重ではかなげな顔立ちをしている。ずっと泣きどおしだったせいで瞼《まぶた》が赤く腫《は》れ上がっていた。

「ほんとうは今夜、祇園社の境内で男と落ち合い、京を捨てて、誰も知らない遠国《おんごく》へ逃げるつもりでした」

「駆け落ちだな」

市蔵の問いに、お多勢はこっくりとうなずいた。

「でも、約束の刻限《とき》を過ぎても、あの人は来なかったんです」

「何か、やむをえぬ事情が出来《しゅったい》したのではないか」

「いいえ。あの人はうちを捨てて、ひとりで逃げたんです。うちには分かります。うちのような女を連れて一緒に逃げようなんて、最初っから何もかも嘘《うそ》やったんや……」

お多勢は低くすすり泣きながら、自分の身の上を語り出した。

それによれば――。

お多勢は丹波綾部《たんばあやべ》の在の、貧農の家に生まれたという。十四の年に借金のかたに身売りされ、京都妙心寺《みょうしんじ》末寺《まつじ》の禅寺の住職の隠し女になった。住職は吝《しわ》い男で、お多勢を妾《めかけ》奉公のかたわら、寺の雑用にこき使った。辛《つら》い思いを耐え忍ぶうちに十年がたった。

（このまま、自分は埋もれ木のように年老いていくのか……）

思っていたお多勢の前にあらわれたのが、寺に墨や紙を売りさばきに来る宗良の若い行商人だった。

「あんたみたいな別嬪《べっぴん》さんが、あんな干からびた坊主の思いものになっているのは可《か》哀相《わいそう》や。あんたも、つくづく気の毒なお人やな」

商人はやさしい言葉でお多勢に近づき、何度か寺に顔を出すうちに、住職の留守を見はからってお多勢の体を自分のものにしてしまった。

お多勢が罪の恐ろしさにおののいていると、

「なに、住職には黙っておれば、分かることやない。それより、わしと一緒に京を出て、どこぞで所帯を持つ気はないか」

商人は話を持ちかけた。

お多勢にすれば、商人はさほど好いた相手というわけでもなかったが、それでも日陰の身でいるよりずっといい。

所帯を持つ――という、いかにも月並みな言葉の響きが、女としての幸せを求めるお多勢の心を強く揺り動かしたのである。

商人は、吝嗇《りんしょく》な住職が溜め込んでいた金をこっそり持ち出すようお多勢に言った。

お多勢が言われるまま、商人に金を渡すと、

「わしは、これからどうしても片付けておかねばならん仕事がある。それをすませたらきっと行くから、おまえは今日の夕刻、一足先に祇園社境内の絵馬舎《えまや》のところで待っていてくれ」

と、耳打ちして姿を消した。

お多勢は身のまわりのわずかばかりの荷物をまとめ、約束の場所で人目を忍ぶように男を待った。が、待てど暮らせど、男はあらわれない。

(ああ、あの男は金のために、うちを騙したんや……)

お多勢が、ようやく気づいたときには、すでに何もかもが手遅れになっていた。

「ご住職さまの金に手をつけた身で、いまさら寺へは帰れません。かと言うて、生まれ故郷の丹波へ戻っても、うちのいるところはないんです。もういっそ、死んでしまいたい」

お多勢は激しくすすり泣いた。

(哀《あわ》れな女だ……)

自分も決して、裕福な家に生まれ育ったわけではない市蔵は、お多勢に心の底から同情した。

「お多勢どの」

小刻みに震える女の肩に、九戸市蔵はそっと手を置き、

「死んではならん。何があっても、死ぬことだけはならんぞ」

「そやけど、うち、この先どうしたらいいか」

「人間、死ぬ気になれば、何でもできる。とにかく、身を隠せる場所をおれが探してやろう。そこでしばらく身を休め、先のことはおいおい考えればいい」

「いくらなんでも、見ず知らずのお方に、そこまでお世話になるわけには……」

「なに、袖《そで》振《ふ》りあうも他生《たしょう》の縁《えん》と申すではないか。安心しろ、わしは新選組の隊士で、九戸市蔵と申す者じゃ」

「新選組……」

といえば、京では鬼をもひしぐ存在として恐れられている。

「お武家さま、新選組のお方だったんですか」

お多勢はこのときになってはじめて、見知らぬ男の前ですべてをさらけ出している自分の姿に気づいたらしい。あわてて身を引き、乱れた髪をほそい指でかきやる。

一時の感情のたかぶりがおさまり、おのれを取り戻しはじめたのだろう。

髪を直す女のしぐさと、あわあわと静脈の浮き出たうなじのか細さが、なぜか市蔵の胸をあやしく波立たせた。

「朝まで一緒にいてやりたいが、わしには役目がある。茶屋の者に事情をよく言いふくめておくゆえ、わしが戻ってくるまで必ずここにおるのだぞ」

と言い残し、市蔵は立ち上がった。

三

翌日の昼すぎ、九戸市蔵は、局長の近藤に呼び出された。

屯所の奥の一室に入ると、〝至誠《しせい》〟と墨書された掛け軸を背に、鬼瓦のような顔をした近藤勇がすわり、その横に副長の土方がひかえていた。

二人とも、むっつりと不機嫌そうな表情をしている。

(もしや、持ち場を離れて女と出逢い茶屋へ入ったのがばれたのではないか……)

市蔵は一瞬、どきりとした。

いきがかり上、やむをえず女を茶屋へ連れて行ったとはいえ、いっとき、つとめを懈怠《けたい》したことは事実である。しかも、相棒の輪堂寅之助が、厠に行くと言ったきり姿を消して持ち場にいなかったのだから、何と責められても仕方がない。

(しかし……)

と、市蔵は思う。

女を茶屋へあずけたあと、自分はすぐさま祇園の石段下へもどった。輪堂君はあのまま朝まで戻らなかったたし、一件を知る者は誰もおらぬはずだ。

市蔵が胸のうちで、あれこれ思いをめぐらしていると、

「昨夜のことだが、九戸君」

土方歳三が、底光りする冷たい目で市蔵を見た。

「報告によれば、君は昨夜、ひとりで朝まで張り番をつづけていたそうだな」

「は、はい」

「輪堂寅之助君は途中で腹具合を悪くし、一足先に屯所へ引き揚げたというが、それはほんとうかね」

「はい」

市蔵は、役目を途中で抜け出した輪堂のことを、上司の沖田総司にそのように報告してあった。

どうせ、輪堂は幽霊の張り番をさぼり、なじみの茶屋へでもしけ込んだのだろうが、事実が知れれば、隊内への規律が厳しい新選組のこと、

——士道不覚悟《ふかくご》
で、厳しい処罰が下される。

市蔵は病《やまい》を理由に、多少なりとも同僚の輪堂をかばったつもりであった。

「もう一度たずねるが、輪堂寅之助はたしかに屯所へ戻ると言ったのか？」

土方が重ねてきいた。

「はあ……」

と答えながら、市蔵はとまどった。

(副長はなぜ、輪堂のことをしつこくきくのだ。そういえば、今朝《けさ》はまだ、屯所でやつの姿を見かけておらぬ。もしかして、やつの身に何かあったのか)

市蔵は、ここは正直に答えておくべきだと思い、

「じつは、厠へ行くと言ったまま、朝まで持ち場へ戻らなかったので、私のほうで、勝手に屯所へ引き揚げたのだろうと思い込んだのです。ほんとうのところは、輪堂君がどこへ行ったのか存じません」

「ふむ……」

土方は近藤とちらりと目を見合わせ、険しい顔をした。

やはり、輪堂寅之助の身に異変があったのは間違いない。

「輪堂君がどうかしたのでしょうか。もしや、抜き差しならぬ用事ができて、知人の家へ行ったということもあります。お申しつけとあれば、これから心当たりを探してまいりますが」

「その必要はない」

「は……」

「輪堂君の所在はすでに分かっている。輪堂寅之助は、けさ方早く、清水坂《きよみずざか》の愛宕寺《おたぎでら》

の門前で、一刀のもとに斬られ絶命しているのを、掃除に出た寺男に発見された」

えッ、と市蔵は思わずわが耳を疑った。

（まさか……。ゆうべ、別れたばかりというのに）

市蔵は、夜の闇に溶け込んだ輪堂の後ろ姿を思い出した。そのときの印象がまだなまなましく残っているだけに、輪堂の死がにわかに信じられなかった。

「斬ったのは、不逞浪士ですか」

市蔵がきくと、

「分からぬ」

土方は突き放すように言った。

「輪堂君は背中をばっさりやられていた。敵は、後ろから不意に斬りつけたにちがいない。くどいようだが、君は輪堂君が去ってからずっと、石段下を一度も離れずにいたのだな」

「むろんです」

疑われてはならじと、市蔵は言葉に力を込めた。嘘はつきたくなかったが、痛くもない肚《はら》を探られ、輪堂殺しの下手人《げしゅにん》にされてはかなわない。

「何か、思い当たるふしはないか。輪堂君が誰かの恨みをかっていたとか、人につけ狙われていたとか」

「いえ、拙者《せっしゃ》は何も……」

「誓って、いつわりないいな」

土方がなおもしつこく問いただすと、局長の近藤が、横合いからまあまあと手に持っていた鉄扇《てっせん》で土方を制した。

「もうたいがいにしておいてやれ。九戸君はみちのく生まれで、律儀な人柄だ。かまえて、いつわりは言うまい」

近藤の言葉に、土方はあらためて市蔵のほうに向き直った。

「このような仕儀になったからには、幽霊の張り番は取りやめだ」

「……」

「代わりに君には、輪堂君殺しの下手人を探索してもらいたい。最近の彼の行動を調べ、人の出入りなどを逐一洗い出してほしい」

「承知いたしました」

局長の部屋から引き下がった九戸市蔵は、ほっと胸を撫《な》で下ろした。

死んだ輪堂寅之助は気の毒だったが、自分の責任が問われたわけではない。ささいなことでも士道不覚悟のもとに粛清される新選組で生きていくためには、わずかな瑕《か》瑾《きん》も許されないのである。

九戸市蔵は、屯所の南隣の西本願寺で輪堂のために線香を上げたあと、その足で、凶行があったという清水坂の愛宕寺へ向かった。
寺へ行って、輪堂の亡きがらを見つけたという寺男に話をきくと、土方が言ってい
たとおり、致命傷は後ろ頭から背中にかけて斜めに斬り裂いた一刀であった。血を流
し、地面にうつぶせに倒れているのを寺男が見つけ、あわてて抱え起こしたときには
すでに死体は冷たくなっていたという。
「ゆうべは、犬がずいぶんと激しく鳴くものだと思っておったのです。たぶん、その
ころにでも斬り合いがあったんでございましょうか」
犬が鳴いたのは、丑三《うしみ》ツ時《どき》であるらしい。
(輪堂が斬られたのが、丑三ツ時だとすると、おれと別れてから輪堂はどこかで酒を
飲み、人といさかいでも起こしたのであろうか……)
愛宕寺をあとにした市蔵は、早くも日が暮れだした清水坂を歩きながら思った。
本来なら、そのまま輪堂の立ち寄りそうな茶屋を当たるべきだったが、市蔵は昨夜
出逢い茶屋に残してきた女のことが気になった。
(どこかへ消えてはいまいか。いや、思いつめて自害でもしておらねばよいが)
しぜん、市蔵の足は出逢い茶屋に向いた。
女は、いた。
昨夜と違い、淡く化粧《けわい》している。三つ指をついて市蔵を迎えた女の指先が、ひどく

美しく見えた。

「落ち着いたか」

「はい。お陰さまで」

お多勢は頭を下げた。

「では、行くぞ」

「行くとは、どちらへでございます」

お多勢が不思議そうな顔をした。

「いつまでも出逢い茶屋においておくわけにもいくまい。わしの遠い縁者で、双ケ丘《ならびがおか》に住庵《じゅうあん》を結んでいる老尼がいる。気のおけぬ尼だから、わけを話せば、寺の離れにおまえをかくまってくれるだろう」

「何から何まですみませぬ」

「いいさ、困ったときはおたがいさまだ」

市蔵はわずかばかりの自分の生活費のなかから、茶屋の払いをすませると、お多勢を連れて双ケ丘へ急いだ。

尼寺は、双ケ丘の東麓《とうろく》にあった。『徒然草《つれづれぐさ》』の作者、兼好《けんこう》法師の墓があることで知られる長泉寺《ちょうせんじ》の練り塀をへだて、すぐ北である。

老尼に諒解《りょうかい》をとりつけ、竹林にかこまれた小さな離れに身を落ち着けた。

いつしか、とっぷりと日は暮れ落ちている。

部屋に灯《とも》された行灯《あんどん》の明かりが、立てつけの悪い障子の隙間から吹き込む風で、かすかに揺れた。

「九戸さまは、新選組のお方と申されましたね」

「ああ」

「新選組といえば、鬼のように怖い方たちばかりだと思っておりましたが、九戸さまのようにおやさしい方もおられるのですね」

「いや……」

市蔵は返事に困った。

生まれてこのかた、お多勢のように若くてきれいな女と二人きりで話したことがない。どうしてよいものか分からず、袴《はかま》のほころびを指でむしった。

「腹は減らぬか」

「そういえば……」

「待っていろ。何かないか、寺の厨《くりや》できいてくる」

市蔵は厨の下働きの者に頭を下げ、海老芋《えびいも》の煮付けと高野豆腐《こうやどうふ》のそぼろ煮、それに酒を少々、分けてもらった。

箱膳を前に、二人で黙々とお菜《かず》をつついた。

「どうして」

しばらくして、お多勢が声をかけてきた。

「あなたさまはどうして、縁もゆかりもない私に親切にしてくださるのです」

「おれとおまえの境遇が似ているからかもしれぬ」

市蔵は、女の目を見ずに言った。

「おれもおまえも、京が好きでやって来たんじゃない。貧しさゆえ、故郷にいることができずに、仕方なく京で暮らしている」

「というと、あなたさまも、どこか遠国のお生まれでございますか」

「おれの故郷は、みちのくの南部だ」

市蔵は、故郷に女房子供を残してひとりで京へ出て来ていること、毎月の手当を仕送りしていることなどを、ぽつりぽつりとお多勢相手に語った。

「京は砂糖菓子のように華やかなところだ。だが、その華やかさは、いつもおれとは無縁だ」

「うちだって同じです。京へ来てから、いいことなんか、ひとつもなかった」

「おまえはまだ若い。そのうち、きっといいことにも巡り合えるさ」

市蔵が言うと、お多勢はかすかに笑い、

「いいことなら、もう、ございました」

と、ふっと明かりが灯ったように顔を明るくした。

「何だ、いいこととは？」

「九戸さまのような心の温かい方にお会いできたことです。うち、人からこんなにやさしくされたの、生まれてはじめてです」

お多勢は膳の上に箸を置くと、声を殺して嗚咽《おえつ》しはじめた。

「お多勢どの」

「九戸さま、うちを抱いて……」

「えっ」

市蔵はお多勢の突然の言葉におどろいた。

「いまのうちが九戸さまに差し上げられるものは、うちのこの体しかあらしまへんのや。だから、どうか……」

その夜、九戸市蔵はお多勢を抱くことはできなかった。女の身があまりに痛々しく、哀れで、抱く気になれなかったのである。

だが、この日を境に市蔵の心は、お多勢に急速に傾いていった。

四

市蔵とお多勢が男と女の関係になったのは、それから十日後の、しぐれが降りしきる夜であった。

「こうなっていいの、ほんとにいいの」

お多勢は市蔵のたくましい胸に頰《ほお》を埋めながら言った。

「お願いだから、うちを捨てないで。九戸さまに捨てられたら、うち、生きていくことができない」

「お多勢……」

市蔵は長襦袢《ながじゅばん》のお多勢を押し倒し、不器用な手つきで腰紐《こしひも》をほどいた。長襦袢の下からあらわれたのは、珠玉のごとき若い女の柔肌であった。

痩せ型のわりに、お多勢の胸は豊かにみのっている。市蔵が太い指で荒々しく揉《も》みしだくと、野葡萄《のぶどう》の色をした乳首はツンと上を向き、胸の谷間がうっすらと汗ばんできた。

（この体を、寺の色坊主や奈良のあきんどが、さんざんに慰《なぐさ》んだのか……）

と思うと、嫉妬で胸がうずき、市蔵は無我夢中で女の乳首を吸った。

「あ、ああっ」

お多勢が身をよじって、声を上げる。

市蔵はこれまで、女といえば故郷に残してきた古女房しか知らなかった。遊郭《ゆりかく》で女を買うだけのゆとりもなかったし、女房以外の若い女が怖かった。

だが、お多勢を知って、

(女とはこれほどよいものか)

市蔵は目からうろこが落ちるような思いがした。

日々、頭のなかを占めていた故郷南部の家族のことも今は忘れ、市蔵は若いお多勢に夢中になった。

女ができれば、金が要《い》る。

市蔵は毎月欠かさず送っていた仕送りの額を減らし、世話になっている尼寺への礼や、お多勢の身の回りのものをととのえてやった。

それでも金は足りない。

何といっても、養う者がひとり増えてしまったのである。

(弱った……)

市蔵は頭を抱《かか》えた。

一方、お多勢のことはお多勢のこととして、輪堂寅之助を殺した下手人を探さねばならない。

市蔵は、隊務のあいまをぬって双ケ丘の尼寺へ通い、お多勢との逢瀬《おうせ》を重ねるかたわら、祇園かいわいの茶屋や居酒屋で輪堂の立ちまわりそうなところを片っ端から当たった。

ようやくそれらしい情報をつかんだのは、祇園石段下から六町ほど離れた宮川町の鳥料理屋のあるじに話をきいたときだった。

「ああ、輪堂さまなら、たしかに半月ばかり前、夜更け過ぎにうちの店におみえになられました」

あるじの記憶をたしかめてみると、輪堂がやって来たという日は、彼が祇園石段下の張り番を抜け出し、清水坂の愛宕寺で斬られた日と符合する。

「輪堂はひとりだったか」

「いいえ、お連れさんが二人おいででした」

「連れとは、新選組の者か」

「ちがいます。ひとりは立派ななりのお武家さま、もうおひとりは頭を剃《そ》った行者《ぎょうじゃ》さまでございましたなあ」

あるじは、輪堂の連れの武士は薩摩訛りの男だったと言った。

(まさか、やつは薩摩と通じていたのでは)

市蔵はふと思い当たることがあった。

輪堂寅之助は伊予西条藩を脱藩して京に出てきたと自称していたが、以前、市蔵が西条藩士と西本願寺の報恩講《ほうおんこう》で同席したさい、もののついでに輪堂の話を出したところ、そのような者は当藩に在籍したことはないと言われたのである。

新選組に入隊する者のなかには、履歴に箔《はく》をつける目的で、町人でありながらみずからを脱藩浪士といつわる者が多い。輪堂もそのたぐいであろうと気にもとめなかったが、今となれば、おおいに怪しい。

また、こんなこともあった。

大坂の天満《てんま》八軒屋で薩摩と長州の浪士がひそかに会盟《かいめい》しているという噂をききつけ、沖田総司以下一番隊が乗り込んだときも、輪堂はなぜか数太刀《すうたち》合わせただけで、後ろへ身を引いてしまったように、市蔵は記憶している。

(輪堂は薩摩の間者《かんじゃ》だったか……)

疑って、疑えぬことはない。

「三人は、どのような話をしていた?」

市蔵はきいた。

「奥の座敷に入られましたから、話まではちょっと……」

あるじは考え込むような顔をし、

「そうそう。燗酒《かんざけ》を頼まれて持っていったときに、輪堂さまが急ぎ、金五十両を用立ててくれと申されていたのが耳に入りましたなあ」

「金五十両だと」

「へえ」

五十両といえば、大金である。それだけあれば、お多勢と暮らす小ぎれいな仕舞屋《しもたや》を買うこともできる――ふっと、市蔵はそんなことを考え、

（ばかな……）

あわててお多勢のおもかげを頭から追い出した。

「輪堂といた武士と行者だが、薩摩訛り以外に、とくに目につく特徴はなかったか」

「そやなあ」

「何でもいい、思い出してくれ」

「そう、たしか行者さまのほうが、帰りぎわ、霊験《れいげん》あらたかだぞと言って、火伏《ひぶせ》のお札を置いていかれました」

と、あるじは店の奥から一枚のお札を持ってきた。

お札には、

――火産霊神《ほむすびのかみ》、御璽《ぎょじ》
と書かれ、左下に〝一条山大峰寺《いちじょうさんおおみねでら》〟と寺の名がしるされている。

（一条山大峰寺……。きいたことがないな）

京者《きょうもの》のあるじにきいたが、あるじもそんな寺は知らないと言う。

市蔵は手がかりをもとめ、師走に入った京の町を歩いた。年の暮れのせいか、人の行き来もどこかせわしない。

歩いていると、ちらほらと小雪が舞ってきた。

雪を見ているうちに、ここしばらく、すっかり忘れ果てていた南部の妻子のことが、にわかに胸によみがえってくる。

（年の暮れというに、わしが仕送りを減らしたこと、女房は何があったことかと心配しているだろう。あれきりの金では、正月の餅《もち》も買えまい……）

五人の子供たちのことを思うと心が痛んだが、南部は遠い。遠く離れている家族よりも、手を伸ばせば肌のぬくもりがたしかめられるお多勢のほうが、いまの市蔵には大事なものになっている。

自分が苦しさのあまり、お多勢を捨てるようなことがあれば、お多勢は間違いなく自害して果てるだろう。

（どうすればいい……）

市蔵は身が引き裂かれるような思いで、重く垂れ込めた北山の空を見つめた。

五

「沖田さん。申しわけないが、少し金を用立ててはいただけませんか」

九戸市蔵が思い切って、一番隊長の沖田総司に相談したのは、甘党の沖田に誘われ、今宮《いまみや》神社境内の茶店へ名物の炙《あぶ》り餅を食べに行ったときだった。

竹串にささった炙り餅をうまそうに食っていた沖田は、

「え、金を？」

おどろいたように市蔵を見た。だが、すぐに心得たようにうなずき、

「もうじき正月ですからね。九戸さんも、南部のご家族にうまいものを食べさせてあげたいんでしょう」

「ええ、まあ……」

心にやましいところのある市蔵は、沖田の目を見ずにこたえた。しかし、そんな市蔵の動揺も、人のよい沖田はまるで気づかないらしい。

「いいですよ。どうせ私は独り身で、金の使い道がないんだ。いくらでも貸してあげましょう」

「かたじけない、沖田さん。この御恩は一生、忘れません」

　市蔵が茶店の縁台に手をついて頭を下げると、

「いやだなあ、そんなにおおげさに感謝されるほどのことじゃありませんよ。それより、九戸さん」

　と、沖田は一口茶をすすって、顔つきをあらためた。

「九戸さんは、例の輪堂君殺しの一件、下手人の探索をまかされているそうですね」

「はい」

「調べの進み具合はどんなものです。一番隊をあずかる者として、私も気になっていたんです」

「それが、じつは……」

　市蔵は、死んだ輪堂寅之助が、事件のあった当夜、薩摩藩の者と接触を持っていたらしいことを打ち明けた。輪堂が薩摩から金をもらい、引き換えに間者をつとめていたのではないかという市蔵自身の推測も話す。

「それでは九戸さんは、輪堂君が図に乗って薩摩に高額の金を要求し、逆に彼らに斬られたのではないかと言うんですね」

「そう考えれば、何もかも辻褄《つじつま》が合います」

　市蔵はあたりをはばかるように声を低め、

「ひょっとしたら、あの祇園石段下の幽霊騒ぎというのも、じつは輪堂君と薩摩の者が深夜に密会していたのを、通りがかりの者が見間違えたのではないかと私は疑っています」

「言われてみればたしかに、輪堂君が斬られて以来、石段下に幽霊が出たという話はきかないなあ……」

沖田は炙り餅の串を一本、つまみ上げた。

「九戸さんは、輪堂君と会っていた行者が、火伏のお札を一枚残していったと言いましたね」

「ええ、これなんですが」

市蔵は鳥料理屋のあるじから譲り受けてきたお札を、沖田総司に見せた。

「ほう、一条山大峰寺ですか」

「ご存じなんですか、沖田さん」

「知っていますよ」

と、沖田は冷めて固くなった餅をかじり、

「先日、薬をもらいに行った壬生《みぶ》の医師浜崎家できいた話なんだが、大峰寺といえば、近ごろ町で評判の狐《きつね》落としの行者がいるそうです。治療中の患者が勝手にお祓《はら》いを受けに行くので困ると、先生はこぼしていたが」

「その行者、薩摩藩の密偵をつとめているのでは……」

「可能性はおおいにあります」

沖田の言葉がみなまで終わらぬうちに、九戸市蔵は縁台から立ち上がった。

「さっそく、これから大峰寺へ行ってまいります」

「これからですか？」

「ええ」

市蔵は、沖田からくわしい場所をきき、単身、一条山大峰寺へおもむいた。

沖田は自分も一緒に行こうと言ったが、市蔵はあえてそれを断った。市蔵は、自分よりはるかに年の若い沖田が、近ごろ肺腑《はいふ》の病を患っているのを知っている。

（この寒空の下、沖田さんを歩きまわらせては気の毒だ）

という思いと、

（ひとりで大手柄を挙げたほうが、あとあと出世の足しになる。出世をすれば、手当も増える……）

という計算が市蔵の頭のなかではたらいたのである。

大峰寺は、堀川にかかる一条戻橋を渡り、油小路《あぶらのこうじ》を北へ上がって、二筋目を西へ折れた路地の奥にあった。

小さな寺だった。

寺というより、粗末な掘っ立て小屋と言ったほうがいい。

市蔵は路地の入り口の木賃宿《きちんやど》の二階に部屋を借り、その日から、寺に出入りする者を見張った。

宿の亭主の話によれば、大峰寺はそもそも、たいへん古い由緒を持つ寺であるらしい。もとは一条大路の北に造られた修験寺であったといい、『今昔物語《こんじゃくものがたり》』などの説話集にも大峰寺の行者が奇怪な魔術をもって人をたぶらかしたとある。

しかし、平安時代のすえには、すでに寺は廃寺と化し、再建されることはなかったというから、宮川町の鳥料理屋のあるじが寺の名を知らなかったのも無理はない。

くだんの行者は、その大峰廃寺のあとに小さな御堂を建て、みずから一条山大峰寺と称して、狐落としをはじめたというのである。

たしかに、狐落としで評判というだけあって、朝から昼のうちは狐憑《つ》きとおぼしき病人が親兄弟にともなわれて入れ替わり立ち替わりやって来た。しかし、夜になって、寺の明かりが消えると、祈禱《きとう》をもとめる人の列も絶える。

見張りをはじめて三日、狐憑きの病人以外にこれといって怪しげな人の出入りもなく、市蔵は自分の確信が揺らぎそうになった。

(ただの狐落としの寺だったのか……)

手柄を挙げるつもりで、勇み立って張り込みをはじめたが、日がたつにつれ、お多勢に会いたくてたまらなくなった。

沖田総司から借り受ける約束をした金も、急ぎ、南部の妻子へ送ってやらねばならない。

（もう、張り込みをやめてしまおうか）

あきらめかけた十日目の深夜、市蔵は、二人の武士が、いかにも人目を気にするようすで、表通りを振り返りながら寺へ入っていくのを見た。

暗いので人相までは分からないが、ひろびろと剃り上げた独特の月代《さかやき》から、彼らが薩摩藩士であることが見て取れる。

窓の陰から見守っているうちに、さらに一組、二組と、不逞浪士の小集団が大峰寺へ入っていった。

（えらいことだ。今夜ここで、何か秘密の会合があるらしい……）

やはり寺は、浪士たちの秘密の集会所になっていたのである。

市蔵はあわてて木賃宿を飛び出した。

寺へ踏み込むにしても、自分ひとりの手には余る。仲間を呼び、寺を囲んで一網打尽にせねばならない。

市蔵が向かったのは、新選組の祇園会所であった。今夜、会所には沖田総司以下、一番隊の同僚たちが詰めているはずである。

市蔵は走った。

寝静まった夜の町をひた走る。

四半刻《しはんとき》ほどで、月明かりに照らされた祇園社の赤い楼門が見えてきた。

（もう少しだ……）

市蔵が、祇園社の西楼門の石段下で、さすがに荒くなった息をととのえたとき、背後で人の気配がした。

ひとりではない。

二人、いる。

はっとして振り返ると、石段下の闇のなかで二人の浪士が、すらりと刀を抜き放つところだった。

（つけられたか……）

市蔵は蒼《あお》ざめた。

一刻も早く会所へ知らせねばと、後ろをたしかめずに走ったが、どうやら男たちは市蔵のあとをずっと追ってきたらしい。

（くそっ）

市蔵も刀を抜いた。

二人を相手にやり合う自信はないが、とにかく、ここは死に物狂いで切り抜けねばならない。

闇がぐわっと膨《ふく》らんだと思ったとき、男のひとりが激しい気合いもろとも、真っ向から斬りつけてきた。

市蔵は受けた。

ガッ
と、火花が散る。

市蔵は押し返しざま、後ろへすばやく下がり、相手がふたたび斬りかかってきたところを、身を低く沈めて横へ斬り抜けた。

勢い余って、二、三歩前へよろけた男が、つんのめり、頭から地面へどっと倒れる。

市蔵は、残るひとりの前へ走った。

「カァーッー」

雄叫《おたけ》びとともに、跳びながら、男の顔面めがけて斬り下ろす。

血しぶきを上げ、男が巻藁《まきわら》のように転がった。

一瞬の出来事であった。

（やったのか、このおれが……）

市蔵は信じられなかった。

生きている――と思ったとたん、膝ががくがくと震えだす。こめかみのあたりが、血管が切れそうなほど熱くなった。

ややあって、落ち着きを取り戻した市蔵は、刀を血ぶるいして鞘におさめ、地面に転がっている死体に近づいた。

脈を取ると、どちらもすでに死んでいる。

人相をあらためようと、ひとりの体を引き起こしたとき、男のふところからこぼれ出たものがある。

(これは……)

闇につつまれた地面にこぼれ落ちたのは、黄金色《こがね》に輝く小判であった。ざっと数えて、四、五十両はある。

薩摩藩の者が、浪士たちに活動資金を渡すため、ふところに入れていたのであろう。

(これだけ金があれば、隊を抜け出し、家族も何もかも捨てて、お多勢と新しい所帯を持つことができる……)

市蔵の耳もとで、魔性の声がささやいた。

妖《あや》しく輝く小判は、生きていくための息苦しいしがらみから、市蔵を解き放ってくれる魔法の妙薬なのである。

(しかし……)

市蔵はため息をつき、暗く深い石段下の闇を見つめた。

祇園石段下の血闘

津本 陽

津本《つもと》　陽《よう》　（一九二九〜）

和歌山県生まれ。東北大学卒業。同人誌『VIKING』に発表した「丘の家」が直木賞の候補となり、一九七八年に紀州の古式捕鯨を題材にした『深重の海』で直木賞を受賞。『明治撃剣会』『薩南示現流』など、剣道有段者の経験を活かしたリアルな剣豪小説で人気を集めていたが、次第に歴史小説の執筆も増え、織田信長の生涯を描いた『下天は夢か』は大ベストセラーになる。一九九五年には『夢のまた夢』で吉川英治文学賞を受賞。歴史時代小説への長年の貢献が認められ、一九九七年に紫綬褒章、二〇〇三年に旭日小綬章、二〇〇五年に菊池寛賞、二〇一二年に歴史時代作家クラブ賞特別功労賞を受賞している。

薩摩藩士指宿《いぶすき》藤次郎が、京都醒《さめ》ヶ《が》井《い》通り七条の新選組屯営《とんえい》に、宇都宮脱藩浪士と身分をいつわり侵入していたのは、慶応《けいおう》三年三月中旬から四月半ばまでの一カ月余であった。

目的はもちろん新選組内部の動静を、今出川の薩摩藩邸に知らせるためである。また隙を見出すことができれば、近藤、土方《ひじかた》などの幹部を暗殺するという使命をもおびていた。

藤次郎が密偵を命じられたのは、彼が薩摩藩独得の武術である示現《じげん》流剣法の達者であり、また江戸弁をほぼあやつれるという、二つの条件をそなえていたからである。

彼は二十二歳の春をむかえたばかりであった。蔵方目付の家柄に生れた彼は、幼時から薩藩御流儀示現流を修めた。示現流とは一刀流のなかでも、防ぎ技のない特異な流派である。薩摩藩の重臣東郷重位《ちゅうい》が、天正《てんしょう》年間に京都の禅僧からその奥義を授けられてより、藩のお留め流として連綿とさかえてきた。

この流派の特徴は、他流との立ちあいを禁じ、太刀筋を極秘として稽古の有様を公開しないという、徹底した秘密主義にあった。

門人は入門に際し、示現流を学んだうえは、太刀筋を他に見せ、話すこと、他流試合をすることをつつしむ起請文《きしょうもん》を書き、血判を捺《お》して、指南役に差しださねばならない。

型には燕飛《えんび》、早捨、長木刀《ながぼくとう》など九種があり、ひとつの型には十数種の打技が綜合《そうごう》して組み入れられていて、打太刀、仕太刀の型を演じれば、そのまま実地の稽古になる。相手の動きにあわせ剣尖《けんせん》をおさえながら、飛びちがえて斬《き》る荒技は、そのまま実戦に使えるものであった。

藤次郎は十八歳まで東郷家の門弟として示現流を学び、俊敏の素質をあらわして、師範東郷重矯の薫陶《くんとう》をうけた。

十八歳の秋、江戸藩邸詰めを命じられた父に従い、江戸に出て、武道の修業に専心した。江戸には直心影流《じきしんかげ》、北辰《ほくしん》一刀流、神道《しんとう》無念流などをはじめとする剣術諸派の道場が隆盛を極めていた。なかには同門一万と称するものもあった。

藤次郎は神田お玉ヶ池の北辰一刀流千葉道場で、剣技を学んだ。千葉の一刀流は教えるところが、はなはだ理解しやすい。

例をあげれば、千葉の教えに三の挫《くじ》きというのがある。一つは太刀を殺し、一つは業《わざ》を殺し、一つは気を殺すことをいう。

太刀を殺すとは、敵の太刀を左右に支えあるいは払って、切先を立てさせないことである。業を殺すとは、相手が巧者である場合、二段突き、諸手《もろて》突きなどを試みて、不成功に構わず手もとへつけ入り、絶えまなく足搦《あしがら》み、体当り、捩《ね》じ倒し、などをくりかえし、その勢いをそぎ、業を出させないことをいう。気を殺すとは、こちらが奮迅の勢いでうちかければ、相手の勇気に押され気力が挫《くじ》けることをいうのである。

また、立ちあって猶予なく打ちこまねばならぬ三つの場合をあげていう。すなわち、敵がうちこんできた出鼻、うちこんできた敵の太刀をうけとめたとき、いま一つは敵の畳みかけてくる技が止ったときである。

このような教えは、竹刀《しない》をとって打ちあった経験のある者には、たなごころを指すようによく分るものである。千葉周作は技の解説のほかに、剣技者の心構えについても、簡にして要を得た説を立てた。

剣術に上達するためには二つの道があると、彼は説く。理より入る者と業より入る者とでは、前者の上達は後者よりも早い。そのわけは、理から入る者は敵の技に応じて工夫するが、業より入る者は事にのぞんで敵に打たれてはじめて対応の手段を覚えるというのである。

また剣には守敗離という三つの法則がある。守とはその流儀の伝統を守ることで、一刀流であれば下段青眼、無念流であれば平青眼を守ることである。敗とはこの構えにこだわらず、自由にこれを破って修業すること。離とは守敗を超越して、無念無想の境に入ることである。

若い藤次郎は、一人でも多く新規の相手と立ちあうことが、上達への捷径《しょうけい》であるという、北辰一刀流の闊達《かったつ》な気風に親しみ、江戸の自由な空気をたのしんだ。

しかし、彼は剣を磨くために他流を学びはするが、示現流を自らの武技の根幹とすることに変りはなかった。彼の内心に、道場剣術は所詮《しょせん》は鶏の蹴《け》あいのようなものであるという考えが、退《ひ》かなかった。

三尺八寸の竹刀をひっさげ、床板に胡桃《くるみ》の油を塗り込めた広大な道場で、流れるように華麗な進退の技を競いあうのは、たしかに剣の駆けひきを学ぶのには役立つと思えた。ただそれはあくまでも道場試合という約束事のうちのことで、真剣をとっての立ちあいとなれば、示現流に及ぶものはないのだ。

藤次郎は新選組隊士の徴募に志願し、江戸で採用された。彼の偽りの身分はたやすく通用し、二十人ほどの朋輩《ほうばい》とともに東海道の長旅をかさねて京都に向った。宿場では本陣宿に泊る。毎日贅沢《ぜいたく》なもてなしを受け、京都に着くと、すでに春はたけて、したたるように萌《も》えたつ若葉が、眼にこころよい。

藤次郎は旅のあいだ、同行の新隊士たちとはなるべく口をきかないようにつとめた。彼が江戸にいた四年間に通った千葉道場で見知った者は、さいわい新選組にはいないようであった。

なるべくひかえめにふるまい、旅宿に着いても朋輩の下座につき、雑用をすすんでひきうけるうち、藤次郎は内心の思惑とは反対に、しだいに仲間うちに重きをなすようになった。何事においても寡黙に引きさがろうとすればするほど、朋輩は彼を頼ろうとするのである。剣を使う者には、その道の強者をかぎわける嗅覚とでもいえる本能がそなわっていて、藤次郎の内に秘めた強剛の素質を、自然に感知するわけであった。

なかでも気のあう朋輩は、広田伊織であった。彼は江戸近在の郷士の次男坊で、十八歳のときから幕府お目見得《めみえ》格の旗本の家来となっていたが、生来剣術が好きで熱心に学んでいた。たまたま道場の先生から、新選組が隊士の募集をしていると教えられ、牛込二十騎町の近藤勇の邸をたずねて、首尾よく採用されたのである。

眼の大きい丸顔の広田は、身ごなしがすばやく、体を弾ませるようにして歩き、諸事によく気がつく。「河島君、いま湯屋が空いているぞ」とか、「宿の女中に洗いものを頼んできましょう」などと、頼みもしないのに身辺の世話をやいてくれる。

藤次郎は、偽名を河島昇と名乗っていた。広田は、京都に到着する旅の途中、毎日上機嫌であった。彼は新選組にはいれば、直参《じきさん》に取りたてられるにちがいないと、信じこんでいた。

「半年も経《た》てば、貴公も拙者《せっしゃ》も立派な侍だ。ひとつ、大いにはたらこうではないか」

百石取り、二百石取りの歴《れっき》とした侍になる夢を、広田がえがくのも無理はなかった。

当時、新選組の評判は剣術使いの間では誇張された噂《うわさ》となってひろがっていた。

京都における新選組は、薩長を主とする勤皇《きんのう》浪士の活動に対抗する、強大な武力集団として、その名は全国に轟《とどろ》いている。隊士の人数は二百五十名に及び、近藤以下副長助勤、調べ役などの幹部がまもなく直参にとりたてられるという評判がしきりであった。

醒ヶ井通り七条の屯営は、その噂にたがわぬ宏壮《こうそう》なものであった。一町四方といわれる大名屋敷のような構えである。大玄関からあがったところが大広間で、玄関の左右に広い廊下が通っている。廊下の両側にそれぞれ十畳敷から二十畳敷の部屋が並んでいた。

廊下は顔が映るほど磨きたてられ、木口もまあたらしい。建てられてからまだ一年ばかりで、部屋には畳表のにおいが残っていた。風呂場も台所も旅宿のようにひろく、大勢の男衆や女中が立ち働いていた。

「これはたいした威勢だなあ。近藤先生や土方先生は、いってみれば大名ですねえ」

広田はしきりに感心した。藤次郎も同感であった。

京都守護職御預り新選組は、いまでは京都の警察組織を一手に牛耳《ぎゅうじ》る実力を備えるまでになったと聞いてはいたが、これほど盛大であるとは、想像もしていなかった。

隊内の経費は裕福であるとみえ、隊士の服装も奢《おご》ったものであった。差料《さしりょう》の大小刀は、さすがに平隊士にいたるまで、まあたらしく堅固なこしらえのものを帯びていた。

藤次郎は廊下を行き来する隊士の腰にする刀に眼をやって、やはり剣客揃《ぞろ》いだと感じた。

彼らの刀は、それぞれに尺寸が違う。刃渡り三尺五寸の引きずるような長刀をたばさむ者は、おそらく新陰流か、一刀流の使い手であろう。町で見かける侍の腰刀は、幕府の定めに従った、刃渡り二尺三寸前後のものであるが、隊士たちはいずれも二尺六寸から三尺近い剛刀をたずさえていた。

「河島君、さきほど道場の場所を聞いたのですが、風呂場の裏手だそうです。行ってみませんか」

到着した日の夕食後、広田が誘った。廊下を歩きながら、彼は小声で話しかけてきた。

「もう気がついているでしょうが、隊士の方々の刀は随分長いですねえ。脇差でも大刀ほどの長さのものを差している。さきほど、小太刀を得意とする筈《はず》の、直心影流の目録の腕だという隊士の方も、廊下を掃くような大業物《おおわざもの》を差していましたよ」

「うむ、それは俺も見ました。やはり実際に人を斬るとなれば、刀の寸が伸びているのが、いいのでしょう」

藤次郎は幹部らしい大兵《だいひょう》肥満の男が、羽二重《はぶたえ》の紋付羽織の肩をそびやかし、反《そ》り身ですれちがってゆくのに眼をやる。男の刀の柄《つか》には、頑丈そうな赤銅の金具が、鍔《つば》の縁金とならべてはめられ、それは実戦に及んだとき、柄が割れないようにするためのものであるのが、藤次郎にも分った。

総髪を元結《もとゆい》でたばねた男の顔色は沈んだ鉛色で、眼に凶暴な光をたたえている。ふくらんだ頰《ほお》のあたりに、傍若無人といいたいふてぶてしさが宿っていた。

藤次郎たちは腰をかがめ挨拶して通り過ぎる。廊下の角を曲ると、突然冴《さ》えた竹刀の音が聞えてきて、道場の入口があらわれた。

道場は、七、八十畳敷もあろうかと思われる広さで、燭台《しょくだい》が四、五カ所に炎をゆらめかせ、拭きこんだ板敷がほの暗く光を反射していた。防具をつけた二人の男が、道場の中央で稽古を行っていた。いま一人が壁際にあぐらをかき、それを眺めている。

「もう一本だ。そんな稽古では軽い、軽い。ここぞというときに、思いっきり打ちこまないと、敵は殺せん」

坐《すわ》っている男が、天井に反響する大声でいった。

向いあった二人は、激しい気合いをかけあった。その声音を聞いただけで、藤次郎には彼らの腕前が相当なものであると分った。

小刻みに間合いを取りあうとみる間に、一人がいきなり飛び込み面を打ち、相手が払いのける。たちまち凄《すさ》まじい打ちあいがはじまった。どちらも三段打ち、四段打ちの連続業を繰り出し、めまぐるしく体を動かして応酬する、近間の剣であった。鍔ぜりあいになったかと思うと足搦みをかけ、よろめいた一人がたたらを踏むと、相手はすかさずつけ入って、面金が曲るかと思われる強烈な打撃を打ちこむ。

心得の浅い初心者が、水車のように竹刀を振りまわして打ちあうのとはちがって、腕達者な者が近間の迅速な剣を矢継ぎ早に繰り出す様は、実戦さながらの身のひきしまるような眺めであった。

面を打たれた男は、続けさまの突きで反撃した。床板を踏みならし、大股の送り足で藤次郎の眼前を飛ぶように横切り、四度の突きを重ねて、相手の喉をとらえ、突き倒した。

いつのまにか、坐っていた男が、藤次郎たちの傍に来ていた。

「君たちは今日江戸から着いた仮同士ですか」

たずねられ、藤次郎は、はっ、と答えた。背の高い怒り肩の男は、歯を見せてわずかに笑った。

「諸君の手並みは明日から拝見するよ。息が切れて倒れるまで、道場稽古してもらうからね」

暗がりに浮きでた男の顔は、藤次郎とあまり変らない若さであった。この男も、やはり異様な荒《すさ》んだ気配を宿していると、藤次郎は見た。容易ならざる敵のなかに踏み入ったと、彼は感じた。

翌朝、食事を終えたあと、新参の仮同士は全員大広間へ呼び集められた。新鋳の鎖かたびらが一着ずつ、手渡される。大石鍬次郎《くわじろう》と名乗る調べ役が一同に告げた。

「諸君のうち、武芸自信の者は、流派と師名を申しでて下さい」

新参の二十名は、それぞれ剣、槍《やり》、鎖鎌など得意の業を申し出た。藤次郎は北辰一刀流目録である旨、届け出た。

夕方、大石鍬次郎が巻紙をたずさえ、仮同士の部屋へ来て勤務役割りを告げた。

「ただいまより諸君の役割りをお伝えする。本日より共同一致、隊のために挺身《ていしん》力をつくされんことを希望します」

大石は、仮同士の役向きをつぎつぎに読みあげてゆく。広田伊織は見習として近藤隊長付の小姓となった。

「河島昇君は一番隊所属、隊長は沖田総司《そうじ》君。伍長《ごちょう》は島田魁《さきがけ》君です」

一番隊長の沖田は、藤次郎が屯営に着いた夜、道場で言葉を交した、背の高い男であった。
四、五日も経つと、隊中の様子がしだいに分ってきた。昼までは道場で剣術の稽古をおこない、午後からは市中見廻《みまわ》りである。見廻りといっても、一番隊総出で三条大橋の詰所まで槍をかついで出掛けたのは、仮同士の勤務についた最初の日だけであった。

あとは古参の隊士二人に仮同士二人といった組みあわせで、市中をあてもなく散策して歩く日が続いた。帰隊の刻限もべつに決められていない。小遣いは藤次郎たちにまで月に一両ずつ手渡される。古参の隊士たちは町方役人からの付けとどけも受けとっているようで、懐に一分金を手づかみで入れて外出する。

手分けして市中を歩いているだけで、巡邏《じゅんら》の目的は達せられる。地面に引きずるような大刀をたばさみ、蓬髪《ほうはつ》を風になびかせた隊士が歩むのを見ると、行きあう者は侍といえども眼を伏せて、その威勢をはばかる風であった。市中見廻りの隊士には、反抗の甚《はなは》だしき者あらば、適宜斬殺するも可、という特権が与えられているのだ。

古参隊士のなかには昼間の見廻りを終えると、そのまま祇園《ぎおん》新地などの色街にでかけ、酒色を楽しむ者も多かった。彼らはそのような恵まれた日を送る代償として、命を抛《なげう》って働かねばならない。不逞《ふてい》浪人はいつ、どのような人数で襲いかかってくるか、見当もつかない。

新選組には、五カ条の局中法度がある。そのうち、士道に背くまじきこと、という条項は、もっとも重要視されていた。

士道に背くまじき、とは、敵に出会えば多勢に無勢であろうと、不意討ちをくらおうと、状況の如何《いかん》にかかわらず死ぬまで戦えという意であった。もし敵に背を見せれば、ただちに切腹を命じられるのだ。

夜更けて酒気を帯びて帰ってくる隊士のなかには、半身に返り血を浴び、袴《はかま》に刀身の血を拭った痕をつけ、なまぐさい臭いを放っている者が、めずらしくなかった。不逞浪人と行きがかりに斬りあい、相手を倒してきたのである。

戻ると、たがいに斬りあった相手のことを、大声で話しあう。

「今日の相手は長州者であったが、腕はかなり立ったよ。厚重ねの業物で首へ斬りつけてくるのを組みかえて、左の首へ打ちこんだ。刃がまっすぐ削り込んだのでひと打ちで首が飛んだよ」

「それでは、血は高く飛んだろう」

「そうさ、傍の家の羽目《はめ》の白壁まで飛んだよ」

「それは打ちこみが軽かったんだ。俺が昨夜斬った因幡《いなば》浪人の血は、屋根まで飛んだぞ」

「いや、明日は刀の手入れをしておかねば、どうにもならん。前の差料は手入れを怠ったので柄に血が染みこんで中子《なかご》が腐ってしまったんだ」

人を斬ることを、日常茶飯のこととして考えているようであった。何の感慨もなく、小虫を潰すように殺戮《さつりく》するのである。

藤次郎には、そのような生活を続けている隊士たちが、平常心を失い、荒んだ闘争心に身を任せていることが、理解できた。彼も明日をも知れない動乱の時代に生きている若者である。先を思いわずらうことなく、眼前に立ちふさがる敵に命を賭《か》けて立ち向う、刹那《せつな》の燃焼のこころよさは、若者でなければ分らない。

剣に命を預ける隊士たちの剣術の稽古は、屯営に着いた夜に見た通り、文字通り火花の散る、異様なまでの激しさであった。一本勝負とか、三本勝負などの試合稽古はたまにしか行われない。立ちあうなり相手の機先を制して畳みかけてゆき、道具外れであろうと構わず無二無三に打ちこんでゆく。

藤次郎たち仮同士は、連日朝稽古で沖田たちに剣術の手のうちを試された。師範役に立つのは、沖田、永倉《ながくら》、島田らの使い手のほか、土方副長と調べ役大石鍬次郎、吉村貫一郎《かんいちろう》たちである。

役者のような整った顔だちの、土方副長が稽古に加わるときは、道場の空気はきびしくひきしまった。笑顔を見せたことのない副長の姿には、命知らずの隊士たちを萎縮さす冷酷な陰影がまつわっていた。

彼に士道不覚悟と目星をつけられれば命はない。新選組局長芹沢鴨《せりざわかも》、総長山南敬助《やまなみけいすけ》の大物たちでさえ、その例外ではなかった。役者のように色白な土方の顔は、大勢の隊士たちの間に立ちまじっていても、浮き出るように目立つ。

土方は稽古をはじめる前に、弓弦《ゆみづる》を弾《はじ》くようなよく響く声で注意した。

「立ちあいの中途で面のぐあいを直し、竹刀の先を下に突き、胴に手を触れ、袴を引きあげなどすることは許さん。また許しなく面を外し、休息することもしてはいけない。汗が眼に入っても、そのまま立ちあいたまえ。諸君は、今後はいつ剣戟《けんげき》の場に立つかも知れん。そのときに身を全うしてくれるのは、ふだんの稽古だと知りたまえ。突剣をかざして後は、敵を倒すまで休息はないのだ。試合は許可なくしてはいかん。地稽古を隙間なく行い、相手に一本でも多く打ちこむよう励みたまえ」

藤次郎は最初の日、立ちあいの相手を広田に決めようとした。手早く稽古着に着換えるとき、褌《ふんどし》一本の裸体が周囲の眼をひいた。幼少から示現流の立木打ちで鍛えた上体は、鉄のように筋肉がうねり、削り落したような腹に贅肉《ぜいにく》の影もなかった。

立木打ちとは、椎《しい》または栗の木の五寸幅、九尺の板のうち、三尺を地中に埋めて立木となし、薩摩の山野に自生する鉄のように堅牢《けんろう》なユスの棒を構えて、四、五間の距離から走りかかり、立木を人に見たてて頭に当る部分を左右交互に、独得の長い気合いとともに打ちすえるのである。

その方法は一見きわめて簡単で、誰でも行えるように見えるが、これに熟達するには非常な精励努力が必要であった。その打撃は全力をこめた強烈なもので、堅い栗の木の皮が飛散し、焦げるほどである。

藤次郎は道具をつけ、広田伊織とむかいあった。広田は神道無念流の目録を得た腕前であった。藤次郎より一寸ばかり背の低い広田は、短い気合いもろとも打ちこんでくる身ごなしが、樹間を走る栗鼠《りす》のようにすばやかった。

竹刀を提げた土方が、稽古する隊士たちの間を歩きまわり、「それいけ」「休むな」「なにをしておるか」と罵声を発していた。彼は稽古の手ぬるい隊士の背中を竹刀で殴りつけ、足搦みをかけて押し倒す。

藤次郎はなるべく土方たちの眼につかぬよう、冴えた技をつつしんでいたが、小休みもなく打ちこんできて前後左右に飛びちがえる広田の動きに、いつとなくつりこまれていた。彼は北辰一刀流の目録にとどまってはいたが、他流にふかく踏みこんでは、本来の示現流の技を殺《そ》ぐ動きを覚えることになるのでつつしんでいただけで、身につけた剣技の深さは、優に諸流の免許皆伝に匹敵するものであった。

気がつくと、土方副長が傍に来て、稽古を眺めていた。その後ろに面をつけたままの沖田総司が立っている。藤次郎たちが気づいて剣尖をとめると、「構わん、続けなさい」と土方がいった。

しばらく打ちあううち、土方と沖田は何事かささやきあいながら、眺めていた。何だろう。俺の身許《みもと》がばれたのではないか。ばれたときは致しかたない、俺はこのままでは死なんぞ、と藤次郎は道場の壁にもたせかけた胴田貫直刃《どうたぬきすぐは》の父親譲りの業物に眼をやった。

冷たい汗が一度に噴き出てくるが、気持は存外に波立たず、恐怖心は湧かない。

「稽古やめい」

突然土方副長が叫んだ。竹刀の音がまばらになり、やがて静まった。

「河島君、前へ出なさい」

藤次郎は声をかけられ、つめたいものを背に走らせながら、歩み出た。いまなら土方を突きのけ、壁際の胴田貫を取りに走れると、彼は間合いを計っていた。

「沖田君と一本立ちあいたまえ」

土方が唇の端を曲げて告げる。彼の顔には殺気はなく、おだやかな表情である。

沖田は進み出て、藤次郎と竹刀を交えた。

「勝負一本」

土方が声をかけ、二人は飛び退《すさ》り間合いをひらいた。

沖田はゆっくりと竹刀をふりあげ、右上段の構えになった。藤次郎は定石通り高めの青眼に構え、僅《わず》かずつ足をずらせて右へ回ってゆく。沖田の動きを見ながら、飛び込んで小手か胴を打とうとした。藤次郎は、いま動けばやられると感じながら、小手を狙って飛び込んだ。沖田が右手で柄を押し、弾みをつけた竹刀を左片手打ちで藤次郎の頭上に見舞った。

藤次郎の面上に、沖田の竹刀がまともに重い打撃を加えた。鉄棒で叩《たた》かれたような衝撃が、藤次郎の両眼に青い火花を散らせた。

「参りました」

藤次郎は竹刀を引き、一礼した。

「遠慮しないでもよろしい。さっきのように元気よくやりたまえ。もう一本」

土方が口もとをほころばせ、わずかに歯を見せた。

沖田は想像していたよりも腕が立つと、藤次郎は感じた。天然理心流という、名の聞えていない流派の師範代であったというが、その剣の動きの速さは尋常のものではなかった。ときたま霞《かすみ》がかかったように、彼の動きが読めなくなるのだ。この男に対抗するためには、示現流の業でなければならないと、藤次郎は察した。

二本目は両者は剣尖を相青眼に交えた。

「さあ来いっ」

沖田が叫んだ。

「ちえええーい」

藤次郎の喉をふるわせ、おもいがけなく示現流の長い気合いが、ほとばしり出た。藤次郎はしまったとわれにかえり、いきなり沖田の面を狙って飛びこんだ。藤次郎の打ち込みは早く、沖田はとっさの返し業を封じられ、後じさった。藤次郎は無言で続けさまに二本、三本と面を打ちこんだ。

沖田は飛び下りながら膝をつき胴を抜くが、藤次郎の動きに押され肱《ひじ》が伸びない。

藤次郎は噴きだすように小手から面、お突き、立ち胴と技をくりだしながら、沖田にくいさがって動いた。踏み込みざまに足搦みをかけると沖田はよろめいた。そのとき、彼の竹刀がひらめいて、藤次郎は手首の骨が疼《うず》くほどの強烈な小手打ちを見舞われた。

「恐れいりました。とても私のような未熟な腕では歯がたちません」

藤次郎は沖田総司に頭を下げた。

土方副長が、傍から声をかけた。

「そんなことはない。君の腕はたいしたもんだ。腰が据わっていて、右肩に力が入っていない。道場剣術をやる者には、勝負に焦って右肩を凝らせている者が多い。そういう者が刀を使えば、たとえ思う所へ打ちこんでも刃筋が立たないから片削りになって、浅手を負わすことしかできないんだ。君の剣は刃筋が見事に立っている。いままでに何人斬ったかね」

藤次郎は首をふった。

「いいえ、人を斬ったことはありません」

土方はうなずいた。

「よかろう、いずれ人の首を刎《は》ねて胆《きも》を練りたまえ」

稽古のあと、藤次郎は沖田の気迫につりこまれ、思わずかけた示現流の気合いを、誰にも怪しまれなかったことに、ほっとした。

午後の見廻りに、彼は古参隊士三人に伴われて出たが、朝稽古のときの噂はすでに聞えていた。

「君の腕はたいしたものというではないか。初稽古で土方先生に眼をつけられた者は、これまでになかったぞ。これはよほどの使い手ということになる」

夏を思わせる陽射《ひざ》しが路上に照りつけ、家並みの影を濃くえがいていた。古参隊士のうち、気のよさそうな一人は、単衣《ひとえ》の襟をくつろげ扇子で風をいれながら、藤次郎をほめた。

「いや、そのようなことはございません。私などは取るに足らない腕です。その証拠に、沖田隊長には二本、たて続けにとられました」

「それはあたりまえさ。沖田さんは人間ではないよ。あれは鬼神だなあ。あの人に負けたからといって、君が弱いとはいえないよ」

古参隊士たちは、声をあげて笑いあった。

「実は、私はまだ人を斬ったことはないのです。だから、隊士としてはまだ未熟者です」

藤次郎は頭をかく。先輩たちはまた笑った。

「人を斬ろうと思えば、今夜にでも斬れる。なに討幕の浪士とか吐《ぬ》かしてはおっても、肝心の腕は田舎剣術の、井底《せいてい》の痴蛙《ちあ》というところさ。われわれの手におえない相手といえば、まず薩摩っぽうの初太刀かな」

「おい、そんなことをいっては差しさわりがあろう」

しゃべっていた男が、たしなめられて急いでとりけした。

「いや、これは失言。薩摩っぽうは初太刀が無闇と早く、打ちこみが厳しいが、それを外せば何のことはない。奴《やつ》らは国許《くにもと》ではどうやら組太刀の型稽古ばかりしておるらしい。だから初太刀を外されれば、二の太刀からはどう斬りこんでいいかも分らん痴《し》れ者だよ」

この男たちは、薩摩の侍と斬りあった経験があるのだ。土方も沖田も、もちろん示現流に対応する剣技をこころえているにちがいなかろう。しかし同門の使い手が、京都で新選組と戦ったという噂を聞いたことはない。彼らが斬りあった相手は、たぶん薬丸自顕《じげん》流であろうと、藤次郎は想像した。

薬丸自顕流は、天保《てんぽう》年間に流祖薬丸半左衛門がひらいた、示現流の末流であった。薬丸流の高弟には京都藩邸にいる中村半次郎、大山格之助など軽輩が多い。示現流とは相似てはいるが、立ちあい、気合いなどすべて異っている。藤次郎は、自分の気合いが土方たちに感付かれなかったのは、彼らがまだ示現流の使い手と斬りあったことがないためであろうと察した。

日が経つにつれ、近藤、土方の居間は屯営の奥まった辺りにあることが分ってきた。

平隊士たちは土方副長の居間の前を通りたがらない。足音を聞くと、いきなり「誰だ」と障子のうちから問いかけてくるのが無気味だからである。

土方は外出することがすくなかったが、近藤は二条城へしばしば出向いた。用件は京都所司代との話しあいであるという。近藤は仙台平《せんだいひら》のまち高袴、黒紋付の盛装で白馬にまたがって登城する。小姓が二十名ばかりと古参の副長助勤が二人ついて、若党二人、両掛け一荷、槍一筋を従えてゆく姿は、大名行列のようである。

この有様では、自分ひとりの力で近藤暗殺をなしとげる機会は、めったにあるものではないと、藤次郎は思った。もしあるとすれば刺し違える手段のみである。それならば、成功の可能性はなくもない。

藤次郎が新選組に潜入した事実を知っているのは、今出川薩藩邸にいて討幕運動の根回し役をつとめている大久保一蔵《いちぞう》、中村半次郎らの僅かな人々であった。

藤次郎の間者《かんじゃ》としての使命は、半月ほど前に新選組を脱退して勤皇派に投じた、元参謀伊東甲子太郎《きねたろう》ら十五人にからむ、内紛の真相を探ることにある。

伊東はもと江戸深川に北辰一刀流の道場をひらいていた剣客である。彼は元治《げんじ》元年夏、京都の旅宿池田屋で、多数の討幕浪士を召捕り勇名を馳《は》せた新選組局長近藤勇《いさみ》と、知人の紹介で江戸で会見した。

伊東は元来勤皇家、近藤は頑固な佐幕派であったが、当時の近藤の佐幕思想はさほど熱心なものではなく、攘夷《じょうい》の点において意見が一致し、伊東は八人の同志とともに新選組に加わった。

その後伊東は薩長の人物としきりに親交を結び、新選組参謀でありながら勤皇運動をはげしく行う。そのあげく、慶応三年三月伊東は一味十五人を連れて、新選組と袂《たもと》を分つことになった。

別行動をとる表向きの理由は、薩長両藩と親交をむすび、彼らの内情を探って新選組に利するがためであるとした。近藤は波瀾《はらん》を起すことなく彼らの分離を認めた。伊東らは三月十日朝廷より孝明天皇御陵衛士《ごりょうえじ》を拝命し、その日のうちに新選組本陣を去り五条橋長円寺へ入った。新選組に残留した伊東派、茨木司《いばらきつかさ》、佐野七五三之助《しめのすけ》たちは、間者の役を勤めながら脱走のときが来るのを待っていた。

薩摩側では、伊東甲子太郎は信じうるとしても、彼に従ってきた同志のなかには、かならず新選組の間者がまぎれこんでいると見た。そうでなければ、近藤、土方らが、おだやかに伊東一派の分離を認めるわけがない。

一歩進んで、伊東たちすべてを疑う節もないではなかった。もし彼らのすべてが新選組に内通する者であれば、間近い将来にひき起す予定の討幕戦争に、支障を及ぼす結果ともなりかねない。坂本龍馬《りょうま》らの仲介による薩長連合は成立して一年余を経たが、衰えたりとはいえ幕府の海陸勢力は、薩長のそれに数倍する。見かけよりも弱体な薩長の軍備を幕府にさとられては、事態は不利を招く。藤次郎が大久保らから受けた密命は、伊東一派の裏面の行動を探ることが主であったから、早急に近藤と刺し違えるわけにはゆかなかった。

仮同士になって二十日ばかり経った非番の午後、藤次郎は誓願寺付近の小料理屋で、中村半次郎とひそかに会った。今出川の薩藩邸の付近は、幕府の目明しが昼夜をとわず網を張り、出入りを見張っていて近寄れたものではなかった。

中村半次郎は奥まった部屋で向いあうと、傍の小窓をあけ、後をついてきた者がいないかと往来をうかがったあと、藤次郎にたずねた。

「どうじゃ、新選組屯所の暮らしむきは。ちと慣れたか」

「いや、まだ屯営の内情はたしかには分らんとでごわす」

半次郎は卓上に身を乗りだし、ささやくようにいう。

「それはそうじゃ。相手も楽には正体を現わすまい。お前《は》んはそのままで様子をばうかごうちょればよか。狐《きつね》はそのうちにきっと尾をば出す。俺《おい》は、伊東どんの一派にゃ、かならず間者が隠れておると見ちょる」

藤次郎は、いまひとつの任務を口にした。

「近藤を斬るのは、できんこともなかでごわす。わが命を捨てる気であれば、明日にでもでき申そ。中村どん、お前んさあがやれといわれるなら、俺《おい》はやり申すぞ」

半次郎は歯をみせて、手を振った。

「近藤を斬るがごときは、あわてる事ではなか。俺《おい》がやれというまで、手を出さん事じゃ。よいか、お前んはよか具合いに新選組にもぐりこんだのじゃ。あとはじっとしちょれば、面白か事が自然に分ってくる。それをば知らせてくればよか」

半次郎は不意に言葉を切る。廊下にかすかな足音がして、女中が酒肴《しゅこう》を運んできた。

半次郎は藤次郎の盃に酒を満たした。

「この店の者は、皆薩摩方じゃ。気を許してよかぞ」

彼は酒をふくみながら、声を出さずに笑った。その日の半次郎との出会いをとりついでくれたのも、その酒亭の親爺《おやじ》であった。

「お前んは剣の腕が立つから、そのうちに取りたてられるようになる。おとなしく奴らのいうことに従い、働いてやれば、自然にかくしごとも耳に入ってくる。それまでは、おとなしゅうしちょれ。上役の指図で勤皇の浪士を斬れといわれれば、相手が薩藩の者でもかまわん。斬り棄《す》てちゃればよかぞ。いまは人の命のひとつやふたつに、かもうてはおれん形勢じゃ」

薬丸流の使い手として名の高い中村半次郎は、密会を終え、酒亭の裏口から忍び出るときも用心ぶかく、小半刻《こはんとき》も戸外の様子をうかがった後、闇にまぎれ忍び出て藤次郎と別れた。

　中村半次郎と出会った翌日、藤次郎は市中巡邏から戻って休息しているところを、副長の控え部屋へ呼び出された。藤次郎のほかに広田伊織をふくめた二人の仮同士がいた。部屋には脇息《きょうそく》にもたれた土方副長と、沖田、永倉の両副長助勤がいた。

　土方は、下座に控えた三人に告げた。

「諸君は、新参の仮同士のうちでは腕が立つようだ。そのため今後はとくに荒稽古を積み、隊の柱石となってもらいたい。異存はないですか」

　藤次郎たちは、土方の申し出を承知した。土方はうなずいて言葉を継いだ。

「それでは今夜から、刃引き稽古をしてもらおう。型は直心影流の法定四本の裏の型を使う。諸君は法定の型は知っていますか」

　藤次郎は刃引き稽古で名高い法定の型は、熟知していた。広田たちも知っていると答えた。刃引きとは、真剣の刃を浅く潰したものである。

「よろしい、それでは今夜亥《い》の刻限に、道場裏の庭で行う。仕太刀は沖田君と永倉君、私が勤める。諸君は受け太刀をやればよい。念のためにいっておくが、今夜は月がない。星明りで相手を見分けねば、命がないぞ。褌を締めてかからねば、頭を斬られ、腕を落されることになる。間合いを誤ってはいかんぞ」

副長の控え部屋を出ると、広田が話しかけてきた。

「河島君、たいへんなことになったなあ。闇夜の刃引き稽古とは乱暴だ。受け損じたら命がないぞ。すくなくとも拳を潰されれば、武士はお払い箱だ」

「うむ、無理を承知で胆を練らせるつもりだな。まあいい、危いときは飛び退《の》いて避けるよりほかはなかろう」

広田の顔はあおざめていた。相手は人斬りを業とする新選組の剛の者である。刃引きの刀身を受けそこなえば、そのまま斬り棄てることも辞さないにちがいない。

藤次郎たちは夕食を終え、時を待った。藤次郎は口外をつつしんではいたが、夜目が見える。示現流の稽古は道場では行わず、原野、庭園で行うのが常であった。稽古は昼夜、風雨を問わずに行うので、修練を積むうちには、闇夜にも物の形をつかむことができるようになる。

亥の刻が来た。広田たちは落ちつかない面持ちで立ちあがり、藤次郎の傍へ来た。彼らは泰然と余裕を失わない藤次郎を頼っていた。

「皆さん、夜目に慣れぬうちに無理をしてはいけません。打太刀が手練《てだ》れの先生方ではあっても、受け損じれば落命することもあります。危いと思うときは叱責を恐れずに退きましょう」

藤次郎は仲間にいいふくめた。

道場へ行くと、板敷に平隊士が坐っていた。風にゆらぐ燭台の火明りのなかに、蓋をあけた刀箱が置かれていた。

「皆さん、ご苦労です。箱のなかにあるのはすべて刃引きの太刀です。ひと振りずつお持ち下さい」

平隊士が声をかけ、藤次郎たちは銘々《めいめい》刀をとりあげた。

「目釘《めくぎ》をあらためておりますが、なお湿りをくれたほうがいいでしょう。柄は真田紐《さなだひも》で巻き締めて下さい」

裏庭に出て待っていると、間もなく人影が近づいてきた。

「用意はできたかね」

土方の声が話しかけてきた。

「それではやるか。初手は私が仕太刀をやる。君が来たまえ」

仮同士の一人が呼ばれた。土方は刀を抜き、仮同士と剣尖をあわせた。闇のなかを二人はこきざみに五歩退った。藤次郎には、土方が大刀を八相に構えた姿が見えた。やがて二人は大股に踏み込んでゆく。

土方の打ち込みは容赦ない激しさで、離れた場所に立っている藤次郎の耳に、短く口笛を吹くような刃鳴りが聞えた。ガチッ、と刃が打ちあうとき、火花が散る。土方の剣はいまにも相手を斬り捨てんばかりの速さでたたみかけてゆく。仮同士が、あっと声をあげ、横倒しに地面にくずおれた。

「どうした、面をかすったか。たいしたことはなかろう。だらしのない奴だ。今夜はこれまででよい。部屋に戻って休息しろ。誰かついていってやれ」

広田が駆けより、手拭いで仮同士の額を縛り、肩を貸して戻ってゆく。

「河島君、どうだ。君ならやれるだろう」

土方が声をかけた。藤次郎は進みでて、刀を抜いた。

剣尖をあわせたあと、まっすぐ退って間合いをとる。藤次郎の内部に、錦江湾《きんこうわん》の浜辺でくりかえした夜稽古の記憶がよみがえってきた。南国の熱しやすい血が、一瞬騒ぎたった。

剣をかまえた土方よりも早い足取りで、藤次郎は滑るように出た。顔のまえで白刃が唸《うな》りをたてて走る。彼は全身に汗を噴きださせ、歯をむいて土方の刀身を打ち払い、押え、額めがけて刀をふるう。土方の打ち込みは重く、彼の刀身をうけとめるとき、二の腕に響きが伝わった。

一本目八相、二本目一刀両断を終えると、口中に金気くさいにおいがひろがっていた。三本目右転左転の型をはじめたとき、思いがけないことが起った。唸りをたてて打ちこんできた土方の刀を、藤次郎の刀がはねとばしたのである。立木打ちで鍛えた藤次郎の手首のひねりは強烈であった。

「ご無礼いたしました」

藤次郎は詫《わ》び、地面に転がった刀を拾い土方に手渡すと、思いがけない機嫌のよい声が戻ってきた。

「君は元気があっていい。若い者は思うように体が動くからいいな。よし、今夜はこれまでだ。戻ってよろしい」

藤次郎が汗をぬぐおうとすると、額にとげが刺さったような疼きが走った。刃こぼれの鉄片が、額いちめんにくいこんでいるのであった。

藤次郎の評判は、翌日からさらに高くなった。彼は数十人の隊士で混みあう風呂場で、見知らぬ他隊の男たちが、声高に話しあうのを、湯気にまぎれて聞いた。

「こんど一番隊へ入った新参のなかに、腕の立つ者がいるらしいね」

「うむ、刃引きの闇稽古で土方先生の刀をはねとばしたそうだな」

「北辰一刀流の使い手らしいが、土方先生に眼をつけられるのなら、相当なものだろう」

「さあ、どうかなあ。本当の腕は、命のやりとりをしてみないと分るまい」

藤次郎はその古参隊士たちに気づかれないように、風呂場を出た。

たしかに、彼らのいうとおり、藤次郎も自分の腕前が、剣戟の場でどの程度通用するのか、見当がつかなかった。新選組では、剣技の未熟な者をえらび、隊規に反して切腹を命じられた隊士の介錯《かいしゃく》をさせ、胆を練らすという。生身の人間を斬れば、どのような手応えがあるのだろう。斬りあいの場に立てば、相手の殺気に射すくめられ、自分の体が思うように動かず、不覚をとるのではなかろうか。彼は近い時期に自分をおとずれるであろう殺人の体験を、あれこれと想像した。血にまみれ、地べたに転がっている自らの姿を思いえがくと、体の奥から軽い嘔《は》きけをともなう悪寒が、這《は》いのぼってきた。

その朝、藤次郎は汗にまみれて眼覚めた。四月半ば、雨催《あまもよ》いのむしあつい日和であった。道場裏の井戸端で、薪を割る男衆たちと言葉を交しながら水を浴び、部屋に戻ると、二人の一番隊平隊士が刀をさげて呼びに来た。

「おい河島君、すぐ支度をしろ。いま町方から知らせが来て、先月から探索していた不逞浪人が、千本通りの裏店《うらだな》に隠れているらしい。相手はたぶん一人だが、捕縛できればよし、刀を抜いてあばれたら斬り捨てる。いいか、鎖かたびらを着ておけ」

藤次郎は手早く身支度をして、部屋を出た。大玄関の土間に、十手を腰に差した町方役人が二人、立っていて、藤次郎たちを見ると腰をかがめた。

藤次郎と二人の隊士は、高足駄をつっかけて外に出た。ひとところ雲がきれ、眩《まぶ》しい陽《ひ》が降ってきた。三人とも刀の柄に金具をはめ、真田紐で巻き締めたうえに、白晒《さらし》を巻いていた。そうしておけば、固い物を斬っても柄の割れるおそれはない。

道ですれちがう物売りの男女は、藤次郎たちを見るとあわてて眼をそむけ、軽く会釈して行き過ぎる。

「そやつは先月仏光寺の隠れ家から逃げおった、長州藩浪人の片割れだな」

「はい、まちがいおへん。家のまえに見張り置いてますよって、よう逃げよらしまへん」

「よし、急ごう」

藤次郎たちは湿った土を蹴って、足を早めた。朝日が照りわたってきて、路面に落ちた馬糞《ばふん》のうえを、蠅《はえ》がさわがしく飛び交っている。それを小首をかしげた仔犬が追っている。天秤棒《てんびん》をしなわせた魚売りが、はだしで湯気の立つ馬糞を踏んでゆく。にぎやかな朝のいとなみがはじまっていた。

千本の裏店の目指す長屋は、小便のにおいのただよう路地の奥にあった。路地の一隅に羅宇《らう》屋がむしろをひろげて坐り、煙管《きせる》の掃除に余念がなかった。

目明しは羅宇屋に駆けより、「なかに居るか」と聞いた。羅宇屋はうなずいた。先頭に立つ隊士が刀を抜いた。

「さあ、行くぞ」

藤次郎も抜いた。隊士たちは無造作に長屋の表戸を蹴倒すなり、暗い家内へ身を躍らせた。

湿気のにおいのこもっている家内をゆるがせ、隊士たちは駆けまわった。目指す浪人の姿はどこにも見あたらない。

「二階へ行くぞ」

皆は背をまるめて、階段を駆けあがった。そこにも敵はいなかった。拍子抜けした思いで外に出た。

「どこへ消え失《う》せたのかなあ」

目明しはうなずいた。

「奴らは、裏の窓から外へ抜け出たのですやろ。ほんならもう一軒、奴らの巣がこの近くにおます。そこへ行きよったんですやろ。そっちへすぐ回りまひょ」

古参隊士はうなずき、藤次郎をふりかえった。

「河島君、君はここへ残っていてくれ。もしかして、奴といれちがいになってはいかん。もし来ればすぐ斬り捨てろ。容赦するな、いいか」

二人の隊士は目明したちと駆け去った。羅宇屋に変装した町方の者もついていった。あとに残ったのは、藤次郎一人であった。

彼は長屋の雪隠《せっちん》のかげに身をひそめ、もしかするとあらわれるかもしれない長州志士を待った。たぶん来ることはあるまい、もし来ても見逃してやりたいものだと考えていた。彼には勤皇の志士を斬るつもりはない。

路地は静まりかえっていた。どこからか鶏がひよこを連れてあらわれ、短く啼《な》きながら地面をつついている。その有様に眼を移していた藤次郎は、不意に路上に姿をあらわした二人の侍に気づいた。

どこから来たのか、長屋の天井裏か床下に隠れていたのかもしれなかった。二人とも腰の刀に反りをうたせ、用心ぶかく辺りをうかがっている。小声で話しあり気配を探りながら、藤次郎は二人が早く立ち去ってほしいと願った。

二人は行きかけたが、また戻ってきて、雪隠のかげをのぞきこみ、藤次郎を見つけた。彼らは、藤次郎より年下らしい、皮膚になめらかな張りをたたえた若者であった。

藤次郎は、しまったと考えながら、思わず路地の中央へ歩み出た。二人は、いなずまのような殺気を放射しながら刀を抜き、目釘に唾をくれ、青眼に構えた。道幅が狭いから、一人ずつかかってくるな、と藤次郎は考えていた。視野の下方で、刀身が揺れている。

「お前《は》んらを斬るつもりはなか。行け」

藤次郎は彼らを安心させようと、薩摩訛《なまり》で語りかけたが、血相を変え眼を吊《つ》りあげた相手には、通じなかった。

藤次郎は刀を抜かず、まっすぐ立っていた。鋭い気合いとともに相手の体が視野いっぱいにひろがってきた。

一瞬くらくかげった意識が戻ってくると、自分がいつのまにか右手でふりあげた胴田貫に左手をそえる、示現流のトンボと称する型をとっているのに気付いた。

眼前に、斬られたはずの自分のかわりに長州浪人が顔と肩先を血に染めて倒れていた。

刀を構えていたいま一人が、叫び声をあげ、路地の入口のほうへ逃げ去った。これはいったいどうしたことだ。俺は何をしたのだと、藤次郎はふりあげた刀を下した。胴田貫の厚重ねの刀身は、物打ちの辺りに小さな刃こぼれがつき、血糊《ちのり》が七色の虹を張っている。

膝がこきざみに震えるのをおさえながら袴で刀身を拭い、鞘《さや》におさめる。柄は血に汚れてはおらず、返り血も、左袖にわずかに飛び散っているだけであった。立ちくらみのあとのように、体がだるい。

藤次郎はしゃがみ、倒れている若者の体をあおむけた。血が音たてて流れていた。笛のような音が喉で鳴っただけで、若者の汚れた半顔は、こときれた者の冷たいかげをすでにあらわしていた。俺はいつの間にこのような技を使ったのだろうと、藤次郎は傷口をあらためる。

左肩から右乳下まで斬り下した袈裟《けさ》掛けの傷は、示現流の長木刀の打ち込みにまちがいはなかった。

藤次郎は、その日の手柄で、新参の仮同士から、正式に隊士に任命されることになった。彼が斬った浪士の屍体《したい》は、戸板にのせて屯営に運ばれ、近藤、土方らの検分をうけた。

小者たちが蓆《むしろ》をのけた屍体を屯営の前庭へ運び、裸にして井戸水で血糊を洗い流した。あおざめた蠟《ろう》人形のような屍体の無残な斬り口が、あざやかにあらわれた。それをあらためて眺める藤次郎は、不意に喉もとをおしあげてくる嘔《は》きけを、瞑目《めいもく》して耐えた。

「これは見事だ。一太刀で仕留《しと》めたのか」

「よほど引きが強かったんだな。これほど斬るには、腰が据わってなりれば無理だよ。それに鍔もとを握っていないとな」

土方たち幹部は、くちぐちに藤次郎の手際をほめた。

「河島君、刀を構えてみろ」

土方が近付いていった。藤次郎は静かに胴田貫を抜きはなって、青眼に構えた。

「なるほど、君の構えは変っているねえ。右手は鍔際に握りこむのか。それに柄の握りかたも、手首を絞らないのか。そんな構えはあまり見たことがないぞ。君の工夫によるものかね」

土方副長の顔には笑いのかげが残っていたし、おだやかな口調なので周囲の者は怪しまなかったが、藤次郎には、土方の内部に揺れている疑惑が感じとれた。

「これは私の癖です。別に工夫して身につけたものではありません」

藤次郎は危険なにおいをかぎつけながら、平然としたふりをよそおって答えた。彼の構えは、一撃必殺の勢いをこめる示現流の形を無意識にあらわしていたようだ。

「そうか」と土方はうなずき、離れていった。

「河島さん、お手柄お見事です」

広田伊織が藤次郎の手をにぎり、顔をかがやかせた。

「立派なものですよ、河島さんの手練れは。沖田さんや原田さんが、あの手並みは只《ただ》者《もの》ではないと、感心されていましたよ」

藤次郎の内部には、はじめて人を斬った昂《たか》ぶりが尾をひいていて、土方に疑いをむけられたかも知れないのに、おそれは感じなかった。

何事もおこらずに数日が過ぎた。土方もその後、彼に対する態度をかえなかった。朝のうちは道場での稽古、午後は古参隊士たちと市中見廻りに出かける日課をくりかえした。

「河島君どうだ、今夜にでも祇園にくりだすことにするか。君の初手柄を祝わねばなるまい。はじめて人を斬った気分はどうだ」

古参隊士が、市中を歩きながら話しかけてくる。藤次郎は、道筋の咲きそろったつつじの植込みに眼をやりながら、そのときの記憶を反芻《はんすう》した。

「どうだ、手応えはあったか」

「いいえ、まったくありませんでした」

「へえ、それは豪儀なものじゃないか」

隊士たちは笑う。相手を袈裟掛けに一尺ほども斬り下げ、心の臓を両断したというのに、両腕にひびくはずの衝撃は嘘《うそ》のようになかった。

「ほんとうに、刀を抜いたのも自分では気付かなかったんです。気がつくと、まえに相手が倒れていたんです」

藤次郎の言葉を聞くと、隊士の一人は感心したように、うなずいてみせた。

「それでいいんだ、それがほんとうなんだ。何も分らないうちに動いた君の技は、もうそれで一人前だよ」

夕方、藤次郎たちは屯営に戻った。街頭の浮塵《ふじん》にまみれた足をすすぎ桶《おけ》で洗っているとき、玄関に大勢の足音が聞えた。

頭をあげると、羽織袴のいでたちの立派な身なりの侍たちであった。宿直の隊士が応対に出て、縮緬《ちりめん》の羽織を着た一人がていねいに挨拶をしている。

「見廻組の佐々木殿だ」

隊士が藤次郎に教えた。あれが有名な見廻組の組頭、佐々木只三郎《ただざぶろう》かと、藤次郎は眺めた。佐々木は江戸にいるとき講武所の剣術教授方をつとめた小太刀の名手である。

京都見廻組は、旗本御家人の二、三男、あるいは由緒ある家柄の武士で組織されていて、気位が高い。新選組とともに市中浪士取締りを行っているが、幕府から豊富な手当てをもらい、金銭を湯水のように使う。天下の直参をかさに着て、酔ったまぎれに人を斬る横暴なふるまいも多かった。彼らは、浮浪人捕縛に際して人手が足りないときは、新選組に応援を求めてくる。

なにげなく眺めていた藤次郎は、見廻組の一人と眼があい、身内の凍るような衝撃をうけた。その男は、たしか神田お玉ヶ池の千葉道場で竹刀をかわしたことのある、相弟子であった。無役の御家人の息子とかで、小手打ちの得意な男であった。名前は村瀬という。

藤次郎は、とっさに顔をそむけ、雑巾で足を拭きながら、ふたたび眼をやった。見廻組の隊士たちは、式台にあがり客間へ案内されてゆく。村瀬は高い鼻梁《びりょう》の目立つ横顔をみせ、歩み去った。彼は藤次郎のほうをふりかえって見ることはしなかった。藤次郎の胸は波立っていた。村瀬は彼が薩摩の出身であることを知っている。村瀬とともに稽古をしたのは、江戸に出て間もない頃で、藤次郎の薩摩訛は色濃く残っていた。

どうすればいいかと、藤次郎は思い迷った。村瀬はまさかこんな場所で俺に会うことはないと思っているだろうし、遠眼に一瞥《いちべつ》しただけでは気付かないだろうと、藤次郎は気をなぐさめるが、不安は高まるばかりであった。彼は立ちあがり、刀をさげて部屋へ戻る前に道場をのぞきにゆくふりをして、客間の前を通りかかった。障子が締っていたが、なかで聞き覚えのある村瀬の声が話していた。

「さっきの男は、どこかで見たことがあります。誰だろう」

「ほう、京で見たのか、江戸でのことか」

誰かがたずねていた。

「いや、思いだせません。どこで会ったのか」

「呼んできて、聞けばいいだろう。昔の知己であれば、旧交をあたためればいい」

藤次郎はそこまで聞いて、足早に廊下を引きかえした。そのままゆっくりとした物腰で下駄を穿《は》き、表へ出た。

表門から、三人の隊士が戻ってきた。藤次郎は会釈をした。一人が「どこへ行く」と聞いた。「ご門前まで買い物に」と藤次郎は答えた。

「猪肉《ししにく》を求めにいくのか」

相手は髭面《ひげづら》を崩して笑った。屯営の門外に猪売りの荷車が、夕方から停って肉を商っている。猪肉は隊士たちの好物であった。

いまにも後ろから呼び止められるか、あるいは白刃をふるって追いすがられるのか。藤次郎の背筋に汗がすべり落ちた。彼は全身の筋肉をこわばらせて歩いた。

長屋門から、小者が出てきて彼を見ている。胸が高鳴ってきた。

「お出かけにならはりますか」

小者は頭を下げた。門を出て、畑に沿う道をしばらく歩き、家並みの間にはいると小走りに裏道へ外れた。彼は後ろから追ってくる足音がいまにも聞えるのではないかという緊張にたえかね、見知らぬ裏通りを一散に走った。


指宿藤次郎が新選組を脱走してから、半年が過ぎた。その間に時勢は激しく動いていた。十月十三日、前右近衛権中将《さきのうこのえごんちゅうじょう》岩倉具視《ともみ》から、鹿児島藩主父子あてに、討幕の詔書と錦旗が渡された。同日、将軍慶喜《よしのぶ》は在京四十藩の重職を二条城に集め、協議の結果、翌十四日、大政奉還上表を朝廷に提出した。同日、朝廷は萩藩主に討幕の詔書、大久保一蔵に会津藩主松平容保《かたもり》誅伐《ちゅうばつ》の宣旨を手渡した。

薩長連合軍と幕府との戦争は、目前に迫っている。藤次郎は今出川の藩邸にいて、戦の準備に忙しい日を送っていた。

新選組から分裂した伊東甲子太郎らは、禁裏御陵衛士《ごりょうえじ》となって、東山高台寺に屯営を設けていた。

伊東らの給与は薩摩から支給されている。彼らは手分けして、伊勢、中国、九州へ勤皇遊説に奔走していた。伊東派のなかに潜んでいると思われる間者の正体は、いまだに分らなかったが、藤次郎が新選組を脱走した後、隊士のうちで伊東派と目される四人の隊士が、大石鍬次郎らの手で粛清された。

中村半次郎は、藤次郎に告げた。

「幕府との戦争はまもなく起るじゃろ。そんときにゃ、新選組はかならず先陣に出てくる。いまのうちに近藤を始末しておかにゃ、いけん。近いうちに、その手筈《てはず》をきめよう」

「伊東さんの仲間うちに、間者は居《お》りもはんか」

藤次郎の問いに、中村半次郎はあいまいな表情で答えた。

「まずは居るまい。居れば半年のうちにゃ、尻尾《しっぽ》を出しちょろじゃろ」

その推測はあたらなかった。

十一月十八日の夜、伊東甲子太郎は近藤勇に、七条醒ヶ井の妾宅《しょうたく》へ招かれた。実際はともかく、表面では同志のつながりをたもっているからには、招きを断るわけにはゆかず、伊東は出かけてゆき、近藤と盃を交した帰途、新選組隊士らに暗殺された。

近藤らはその屍体を七条油小路に棄て、町役人を使い、御陵衛士屯所へその旨を告げにゆかせる。屍体を引きとりに来た七人の伊東の同志を大勢で待ち伏せ、その三人を斬殺した。

伊東配下にひそんでいた間者は、斎藤一《はじめ》という剣客であった。西郷吉之助《きちのすけ》、中村半次郎と伊東との間に、近藤暗殺の計画が練られていることを、彼が新選組に知らせたのである。

幕府の頽勢《たいせい》に、新選組はいらだっていた。近藤、土方は斬りすてた伊東ら四人の屍体を、油小路へ五日間も投げ棄てておき、伏兵を置いて、なおも伊東の仲間をおびきよせようとする、残忍なふるまいをあえてした。

薩藩今出川藩邸には、伊東の残党がかくまわれていた。彼らは伊東の仇討《あだう》ちに近藤を襲撃する計画を急いでいた。近藤が二条城への出仕の途中を狙うのである。

新選組と京都見廻組の市中警戒は、師走に近づくに従い、厳しさを増してきていた。藤次郎は、顔を見られやすい昼間の外出をつつしむよう、上役からいましめられた。彼は戸外が明るいうちに出歩くときは、編笠《あみがさ》で顔を隠すようにこころがけた。


十一月も末近くなった夕方、藤次郎は藩邸を出て、東山清閑寺へ所用に出かけた。彼は北風が吹きつのり、出歩く人影もまばらな裏通りを伝いながら南へ歩いた。提燈《ちょうちん》を埃風に揺り動かされながらすれちがってゆく町人たちが、「おお寒う、雪になるのかいな」と肩をすくめている。

藤次郎は木綿羽織のうえに、朱の色のあせた毛布をマントのように着ていた。毛布に通した紐を首にくくりつけている。素足に高足駄で、彼はいきおいよく歩いていた。雪催《ゆきもよ》いの風に吹きたてられても、彼の体内は、熱い血が流れていた。

まもなく天下分け目の戦がはじまる。どんなことがあっても勝ってみせると、藤次郎は意気ごんでいた。幕府に勝てば、無限の希望にあふれた未来がひろがるのだ。

麩屋町《ふやちょう》通りから五条大橋に出て、清閑寺に着き、用を終えると、すぐ引きかえした。戻りには祇園をよこぎり聖護院《しょうごいん》のほうへまわって帰ることにした。頭上の空は晴れ、細い月が出ていた。祇園に入ると、さすがに人影が眼につく。

祇園石段下の火の見櫓《やぐら》が見えるところまで来たとき、藤次郎は不意に軒下から走り出た男たちに取りかこまれた。手にする抜き身が、水中に身をひるがえす魚のように、するどく光った。藤次郎はとっさに傍の常夜燈《じょうやとう》を背にした。一人が呼びかけてきた。

「おい、指宿。俺だよ、村瀬だ。新選組で会ったときはうまく逃げられたが、こんどは逃がさんぞ。神妙に覚悟しろ」

相手は曾《かっ》て新選組屯営の玄関で、藤次郎が偶然会った京都見廻組の村瀬であった。

彼をふくめ、藤次郎をとりかこむ人影は八人であった。いずれも羽織を脱ぎすて、袴の股立ちをとった見廻組隊士である。藤次郎は夢中で刀を抜き、トンボの構えで腰を落した。示現流の構えは、トンボと称するものが、ただひとつである。その形は子供が打つぞといい、右手に棒をふりあげたとき、それに左手を添えた姿から取ったという。右肱が横に張りだしている形を羽根に、構えた剣を胴に見たてて、その名がついたのである。

足構えは、他流とは反対に左足を前にする。敵の動きに応じ、左右交互の摺《す》り足で踏み込む。

藤次郎はその場をのがれることはできないと、瞬間にあきらめた。いつから後をつけられていたのか、気配を察することのできなかった自分に、運がなかったのだ。かくなるうえは、一人でも相手を多く斬って武名を残したいと、彼は思いさだめた。

八対一の斬りあいであっても、打ちこんでくるのは常に一人である。剣の心得のある者は、二人同時に打ちこんではこない。相手に体をかわされれば、味方同士が相討ちとなるからである。一人ずつ刀の錆《さび》にしてやる、落ちつけ、と藤次郎は自分にいい聞かせた。

半円をえがいて藤次郎を囲んでいる敵のうち、正面の村瀬が激しい気合いとともに打ちこんできた。藤次郎の喉からも尾をひく長い気合いがほとばしり出て、彼は小股の摺り足で飛ぶように前へ出た。

藤次郎は村瀬に近寄ると、いきなり大股に踏み込み、面を打ちおろしてくる村瀬の刀身を胴田貫の剣尖ではねた。村瀬は足先で空を蹴って倒れ、藤次郎はすばやく引きさがった。

村瀬は低くうめきながらもがくが、起きあがらない。右肩が血に濡《ぬ》れてきたのが、月光で分った。

藤次郎は、ふたたび刀身をトンボに構えた。彼は自分が毛布を脱ぎすて、下駄をぬいではだしにならねばならなかったことに、ようやく気付いたが、いまとなってはそうする隙がなかった。

つぎの敵が膝で調子をとりながら迫ってきた。

「ぎゃあああっ」

敵は絶叫とともに一気に間合いを詰めてくるなり左横面を狙って打ちこんできた。

藤次郎はトンボの構えから敵の鍔もとを狙って胴田貫を振りおろした。

朝に三千、夕に八千といわれる示現流の立木打ちで鍛えた太刀筋は、おそるべき威力をみせた。鉄の噛《か》みあう音が響き、敵の手から刀が離れ宙に飛んだ。藤次郎の流れるような動きはとまらず、立ち胴を抜かれた敵は血を噴きあげながら倒れ伏した。

返り血に顔を染めた藤次郎は、長い気合いの尾を引き、摺り足に動くたびに下駄の歯で土埃を巻きあげながら、つぎの敵に迫った。彼に踏み込まれ、敵は左右にひらいた。

藤次郎の足指は、下駄の鼻緒にかたくくいこんでいた。彼は退く敵を追いこむ。胴田貫をトンボに構えた彼の背で、毛布が風をはらんだ。二人を倒して沸きたつ闘志が気合いとなって噴き出す。

正面から背をまるめ突きをいれてきた剣を、彼ははじきとばし、首筋を狙って刀身を叩きこむ。いま一人が左方から斬りこむ刀をまたもや打ち落し、うろたえてあおむく顔を頭上から刃鳴りと共に両断する。

藤次郎の肩に、頭髪のついた肉片がこびりついた。毛布が血に塗《まみ》れて重い。彼も左手の小指に刃を受け、ちぎれかけていたが、痛みは感じなかった。

あと四人か、よし皆片付けてやる。血みどろの藤次郎は、五人めの敵が小手を打ちこんでくる剣尖を押えるなり、その臑《すね》を払った。捨てトンボという臑打ちの技は一瞬にきまり、敵は叫びとともに転がったが、藤次郎も前にかがんだ拍子に、左足の下駄の鼻緒を切った。

藤次郎はうつぶせに倒れ、すぐ横に転がってあおむけになった。残った三人の敵が頭上に迫っていた。彼は立ちあがりかけて膝をつき、刀を構えようとしたが、毛布がじゃまをした。

「ちええーい」

毛布をはねあげ、立とうとしたとき、横あいから打ちこんでくる影を藤次郎は見た。体をかわす余裕はすでになかった。彼は渾身《こんしん》の力をふりしぼり、敵の刀を叩き落そうとしたが、胴田貫の刃先には血を吸った毛布がからみついた。無明の闇が眼前にひらいていた。

近藤勇の首

新宮正春

新宮《しんぐう》正春《まさはる》（一九三五～二〇〇四）

和歌山県生まれ。神奈川大学中退後、報知新聞社に入社。同社の運動部記者として、Ｖ９時代の巨人を担当する。長嶋茂雄とは親交が深く、『ミスターはドンに敗れたか』『知られざる長嶋茂雄』などのノンフィクションを刊行している。一九七〇年、小説現代新人賞を受賞した時代小説「安南の六連銭」でデビュー。壮大なスケールの伝奇小説『鷹たちの砦』『陰の剣譜』『陰の絵図』『ゼーランジャ城の侍』、迫真の剣豪小説『不知火殺法』『異聞・武蔵剣刃録』『巌流 小次郎剣鬼伝』などが代表作。二〇〇四年、急性呼吸不全のため亡くなった。

一

諏訪部《すわ》の重助《じゅうすけ》がその噂《うわさ》をきいたのは、日光街道の古河宿《こが》にいたときだった。

下総流山《しもうさながれやま》に立てこもっていた旧幕軍の大将が単身、官軍に投降した、という噂である。

大将の名は、大久保大和《やまと》。

幕府の若年寄格といえば、万石とりの大名である。

「なんでも、配下の者の助命を条件に、ひとりで陣所を出てきたそうな……。紋付袴《はかま》に威儀をただして、堂々と名乗りでたというから、意気地なしばかりの幕府の侍にしては、めずらしく骨がある人物らしいの。なにせ、お上（将軍）が兵をほったらかして真っ先に逃げだすのが、いまの幕府だものな」

と、同宿の喜七がいった。

蚕種商人の喜七は、諸国をまわっているせいもあって、土地にしがみついて生きている連中よりは世情に通じている。

喜七がいったとおり、瓦解《がかい》寸前の幕府には骨のある人物がいない。

この年の一月、鳥羽・伏見で激突した幕軍は、一万五千の兵力を擁しながら、近代装備を誇る四千五百の薩長軍に打ち負かされた。

朝廷は、仁和寺宮嘉彰親王《にんなじのみやよしあきら》を征討将軍に任命し、錦旗節刀《きんきせっとう》を授けた。征討軍の本営である東寺に錦旗が高々とひるがえったのである。

大坂城に入った将軍・徳川慶喜《よしのぶ》は、朝敵の烙印《らくいん》をおされたのを知って恐懼《きょうく》し、会津藩主・松平容保《かたもり》、桑名藩主・松平定敬《さだあき》、老中の酒井忠績《ただしげ》、板倉勝静《かつきよ》らをともない、夜陰にまぎれて城を抜け出し、海路、江戸にのがれた。

総大将に置き去りにされた幕軍の将士は、ただ呆然《ぼうぜん》とするばかりだった。やむなく彼らのある者は、江戸をめざし、ある者はどこかに隠れる、というふうに全軍がすべて四散してしまった。

流山に立てこもっていた大久保大和の一隊も、そうしたはぐれ者だと喜七はいった。

「たしかに、大久保大和と名乗ったので？」

重助がたずねた。

「ああ。流山の陣所を囲んでいた官軍のだんぶくろから、たしかにそう聞いた。大久保大和は、投降するさい堂々と名札を出したという話じゃ……」

喜七は、そうこたえ、

「……いずれにせよ、早う戦がおさまってくれんと、こちとらは商売にならん」

と、溜息《ためいき》をついた。

千住から日光今市まで、いわゆる日光街道の宿場は、草加、越ケ谷、小山、宇都宮など十八宿にのぼる。そのうち、江戸から十五里ほどの古河宿は、宇都宮についで大きな宿場だった。

旅籠《はたご》の数は、しめて三十一軒。

なかでも飛脚宿の中屋は、山菜茶漬が名物で、諸国からくる蚕種商人の定宿となっていた。

ほかには、上州の煙草《たばこ》商人が泊まる京屋、江州商人の定宿となっている紙屋などが、まずまずの広さをもっている。

重助たちが泊まっている山形屋は、文字どおりの木賃宿で、粗土の壁がところどころ落ちて、外の景色が見えた。いつもなら中屋に泊まる喜七が、こんな木賃宿に草鞋《わらじ》をぬいだところからも、懐の乏しさは想像がつく。

「ま、重助さん、あんたは戦で怪我人《けがにん》が出たほうが商売になるけどな。わしらは、そうはいかん。これ以上、物騒になってきたら、わしも同宿のよしみであんたのその刀で守ってもらわんとな……」

と、喜七は重助の肩を叩《たた》いた。

「へえ……」

薬売りの箱を脇においた重助は、苦笑した。

あらゆる切り傷、火傷《やけど》に効くというのが謳《うた》い文句の膏薬《こうやく》を売りつけるため、重助は大道で芸を見せる。いま喜七がいった刀も、その商売道具のひとつだった。刀で奉書紙を切ってみせたあと、その刃を自分の腕に押しあてて、ほんの少し血を出す。それに売り物の膏薬を塗り、血止めに卓効《たっこう》があるところを見せるのである。

薬は、千住の宿場でいくらでも手にはいった。毒消し、腹薬、小児五かん、疝気《せんき》、眼病の薬など、千住三丁目のさかい屋にはなんでもあった。それを卸してもらい、旅しながら売るのが重助の商売だった。古河宿のこの旅籠には、雑多な連中が草鞋をぬいでいるが、重助は妙に蚕種商人の喜七と気があった。年上の喜七も、重助が気にいったらしく、

「世の中が落ち着いたら、あんたに蚕の買い付けを教えて、一緒に旅してまわってもようござるな……」

と、までいった。

「……大久保大和のことなど、どうせわしらには関《かかわ》りはない。わしがだんぶくろから聞いたところでは、越ケ谷で放免になるのではないか、ということであったわ」

「越ケ谷？」

重助は、目を光らせた。

「あんた、知らんらしいな。越ケ谷には官軍の屯所があって、大久保大和もそこまで

連れていかれ、そこでひと通り取り調べられるという話よ」

と、喜七はいった。

なぜ重助のような一介の膏薬売りが、幕府の若年寄格という重職についている大久保大和に関心をもつのか、という喜七の顔だった。

「いや、わたしは別に、その大和さまに関心があるのではございませぬ。流山で小競《こぜ》り合いがあったのなら、怪我人も出たのではないかと思うて……、なにごとも商売でござるわ」

と、重助は目で薬箱をさした。

その翌朝——。

諏訪部の重助の姿は、古河宿の山形屋から消えた。

二

古河の宿場から越ケ谷までは、日光街道を西下して十里足らずである。

途中、渡良瀬川と利根川の合流地点にある栗橋の関所跡を通りぬけ、幸手《さって》、杉戸、粕壁《かすかべ》と宿駅を過ぎれば、そこはもう越ケ谷だった。

越ケ谷の宿場は、長さ二十二町もあり、呉服屋をはじめとして、「万の商人集ひ、住用便、当宿に足れりと見ゆ……」と当時の紀行記にも書かれたほどの町である。

大沢町のあたりには、飯盛女も多く、夜になると、にぎやかに音曲を催しているのが表まで聞こえた。

官軍の屯所がおかれているのは、越ケ谷きっての物持ちである塩屋吉兵衛の屋敷だった。

吉兵衛は、諸国の塩と油とを手広く扱っている大問屋で、屋敷には土蔵が十八棟もたちならび、客人用の縮緬《ちりめん》の夜具や布団が二百人分もそろっていた。

塗りのはげた大きな薬箱に、錆《さ》び刀をくくりつけた諏訪部の重助は、町はずれの木賃宿に草鞋をぬいだ。

広壮な塩屋の門前で店をひらいているうちに、ことのいきさつがだんだん明らかになってきた。

重助は、こうした聞き込みは慣れている。

大久保大和が率いる旧幕軍の残党は、最初から流山にこもったのではなく、江戸の郊外にある綾瀬の五兵衛新田《ごべえしんでん》で兵をまとめ、そこから流山へと向かったのだという。

流山の造り酒屋・長岡屋に本陣をすえ、近くの山で調練をしているときに、大和の隊は官軍に取りかこまれた。

官軍の指揮をとっていたのは、東山道鎮撫《ちんぶ》総督府の副参謀で、薩摩藩士の有馬藤太《とうた》である。

参謀の水戸藩士・香川敬三《かがわけいぞう》とともに、日光街道を北上していた官軍の本隊は、もともと流山に近い結城《ゆうき》藩で起きた佐幕派のクーデター鎮圧が目的だった。

ところが、その途中、流山に集結中の旧幕軍の一隊を発見したのである。大久保大和が率いるその隊には百八十挺《ちょう》の小銃があった。

早朝、本陣を包囲した官軍にたいし、散発的な応射をしたが、銃声はすぐにやみ、やがて、白旗を掲げた若者ふたりの先導で、ひときわ恰幅《かっぷく》のいい男が、官軍の陣地に近づいてきた。

「けさほどから射撃をまじえましたが、菊の御旗を見て、はじめて官軍とわかり申した。存ぜぬこととはいえ、官軍に発砲したこと、申しわけございませぬ」

作法どおり刀を鞘《さや》におさめた男は、そういうと「大久保大和」としるした名札を差しだした。

有馬藤太はこの帰順の申し入れを受け、越ケ谷の屯所までの同行を求めた。

大和は、一応の後始末をつけてから同行したい、と、申し出て、許しを得ていったん自陣に引き返した。それが明け方の六つごろだったのに、昼過ぎになっても大和が現われない。しびれをきらした有馬藤太は、兵を連れて陣所に乗りこんだ。

大和は紋付袴で威儀をただし、待たせたことを詫《わ》び、小姓に短刀や書籍などを分け与えたあと、馬で悠々と越ケ谷の屯所へと向かった……。

「わが藩のご家老衆よりも、よか着物を着ちょる。さすが若年寄格ともなると着るもんから履き物までちがう、という評判じゃ」

と、大和のようすを教えてくれただんぶくろの一人は、うらやましげな声を出した。

「では放免されるのも、間もなくで？」

そう重助がたずねると、そのだんぶくろは目をむいて、

「放免などというもんではなか……。そもそも大和どのは、旧幕軍の脱走者を宣撫《せんぶ》するために、流山に派遣された人だというではないか」

と、いった。

数日後――。

厳重な警護のもとに、一挺の駕籠《かご》が塩屋の屯所を出た。

大久保大和を乗せた駕籠である。

重助は、一定の距離をおいて、そのあとをつけた。

駕籠は草加を過ぎて千住の橋を渡り、そこから板橋へと向かった。

板橋には、官軍の東山道鎮撫総督府の本営がある。

重助は、待った。

有馬藤太が、大久保大和の正体を知らないはずはない。表向きはあくまでも丁重に

大和を板橋に送り届けたのは、越ケ谷の屯所で取り調べるには、あまりに大物だからなのだ。

三

やはり、重助が思ったとおりだった。

大和が本営に送りこまれてから、しばらくして、一人の侍が数人のだんぶくろとともに門をくぐっていった。

（加納道之助《かのうみちのすけ》……、やはり首実検に呼んだか）

髪を町人髷《まげ》に結っているいまの重助には、道之助も気づくはずはないが、それでも万が一ということもある。目を伏せて、やり過ごした。

加納道之助は、元新選組伍長《ごちょう》である。

伊東甲子太郎《きねたろう》とともに新選組に入ったのが、元治《げんじ》元年（一八六四）十月のことだった。

のち甲子太郎とともに新選組を離れ、御陵衛士《ごりょうえじ》を拝命して高台寺の月真院に屯所を移して独立した。が、慶応《けいおう》三年（一八六七）十一月、七条油小路で新選組の襲撃を受け、甲子太郎ら同志を失った。道之助はからくも一命を永《なが》らえ、翌月、高台寺党生き残りの篠原泰之助、阿部十郎らとともに新選組局長・近藤勇狙撃計画に加わった。が、騎馬で伏見奉行所に帰る途中の近藤勇《いさみ》は、右肩を撃ち抜かれながらも、しぶとく逃げのびた。

その後、道之助は江戸の探索方となり、赤報隊にも籍をおいていたはずである。流山で官軍に帰順したとき、有馬藤太が大久保大和の正体を見破っていたのは間違いないが、念には念をいれ、高台寺党の生き残りに首実検させようというのである。

（おそらくは……）

と、重助は思った。

（……土佐の谷守部《もりべ》あたりが、声高に断罪を言い張っておるに違いない）

谷守部（干城）のことは、重助もよく知っている。

沈毅《ちんき》な薩人とは違い、土佐の志士には絵に描いたような熱血漢が多い。守部は、その代表のような男だった。

そのいごっそうぶりは、同門の剣士たちからも、重助はいやというほど聞かされていた。

神道《しんとう》無念流――。

門弟三千とも四千ともいわれる岡田十松吉利《じゅうまつよしとし》の撃剣館道場で、この流派をおさめたうち、もっとも傑出したのは斎藤弥九郎善道《やくろうよしみち》である。

ほかに、江川太郎左衛門、渡辺崋山《かざん》、藤田東湖《とうこ》らの名士や鈴木派無念流の鈴木斧八《おのはち》郎《ろう》、神刀流の北川俊亮ら錚々《そうそう》たる顔触れがそろっていた。

土佐からきた谷守部も、神田猿楽町の撃剣館で学んだひとりだった。

重助は、十松から印可をうけているが、師と仰いだのは、同流師範役の芹沢鴨《せりざわかも》だった。

芹沢は、十松を育てた有道軒こと戸賀崎熊太郎暉芳《くまたろうてるよし》に可愛《かわい》がられ、岡田派無念流という一派をたてることを許された。

この芹沢の片腕を自称していたころの重助は、むろん、いまのような町人髷など結っていない。どこから見ても刀術者とわかるような大髷に、長大な刀をかんぬき掛けに差した姿で、町をのし歩いていた。

が——。

芹沢について京にのぼってから、重助の運命は暗転した。

発足したばかりの新選組の局長であった芹沢は、つねに「尽忠報国の士芹沢鴨」と彫り込んだ鉄扇を携え、あおるように酒を飲んでは高歌放吟した。

武州多摩在の郷士あがりの近藤勇や、その腹心の土方歳三《ひじかたとしぞう》らの天然理心流を田舎剣法と馬鹿にしきっていたのは、重助も同様だった。

実兄が水戸藩の公用方をつとめていた関係で、芹沢は金まわりがよく、その点でも、粗末な縞《しま》木綿の着物ばかり着ていた近藤たちを見下していた。

芹沢には、重助のほかに腹心の使い手が三人ついていた。

神道無念流・岡田助右衛門のもとで免許皆伝の新見錦《にいみにしき》、同流・百合本升三の門弟で、目録者であった野口健司《のぐちけんじ》、斎藤弥九郎から目録を受けた平山五郎《ひらやまごろう》の三人である。

つねに芹沢と行動をともにしていた重助たちは、高価な絹物を着用し、毎夜のように料亭通いをした。

剛胆な芹沢は、鴻池善右衛門《こうのいけぜんえもん》のような豪商からも平気で大金を押し借りし、派手に遣い切った。そのおこぼれに与《あずか》るのは、もちろん、剣では筋目ただしい神道無念流の一派だったが、芹沢はときには貧乏くさい天然理心流の連中にも、いくばくかの金をくれてやっていた。

鼻紙代や煙草銭にも不自由していた近藤たちは、内心はどうあれ、その金を当てにしていたのである。

ところが――。

近藤たちの一味は、周到に用意した闇《やみ》討ちで芹沢を惨殺した。

重助ひとりが奇跡的に助かった。

（あの酒さえ飲まなければ……）

重助は、くちびるを噛《か》んだ。

商売ものの薬箱をかついで板橋の本営裏にある病棟に入りこみ、じっと加納道之助が出てくるのを待ちながら、重助はその夜のことを思いだした……。

四

文久《ぶんきゅう》三年（一八六三）九月十八日——。

その日は、辰《たつ》の下刻から強風をまじえた土砂降りになった。

島原の角屋で大酒をあおった芹沢は、深夜、前後不覚のまま駕籠に揺られて壬生《みぶ》に戻った。

いつになく、芹沢は泥酔していた。

そばにいた重助は、その原因はつい最近、腹を切らざるを得ないところに追いこまれた新見錦のことにあると睨《にら》んでいた。

芹沢が片腕ともたのんでいた新見は、近藤たちの仕掛けた罠《わな》にまんまとはまって、無念の最期をとげた。

芹沢が決めた局則（隊規）のうちの、

「恣《ほしいまま》ニ金策及ビ訴訟請託ヲ許サズ」

と、ある条に違反したというかどである。

新見は、局長の芹沢名で越前藩の矢島藤十郎《とうじゅうろう》から金子《きんす》二十両を借りた。その請求書が芹沢のもとに届いたのである。

近藤と土方に決着を迫られた芹沢は、みずから決めた局則にしばられ、腹心の新見に切腹を申しつけなければならなかった。

芹沢には、女がいた。

四条堀川の太物問屋菱屋の妾《めかけ》・お梅である。

土砂降りをついて壬生に戻ってきたその夜も、お梅は奥の十畳の部屋で芹沢を待っていた。

お梅は色白で目が色っぽく、きりりと口もとの締まった美女であった。最初のうちはむりやり芹沢に床をともにさせられたが、そのころは自分のほうから忍んでくるようになっていた。

芹沢に同行していた平山五郎も、島原の娼妓《しょうぎ》・吉栄《きちえい》を連れていた。

平山は国許《くにもと》で花火を調合中、爆発事故に遭《あ》って左眼が潰《つぶ》れていたが、剣はよく使った。

泥酔していた平山は、奥の十畳間に倒れ込むようにして寝入った。

もともと酒が好きなほうではない重助だけは、玄関右の部屋で布団にくるまっていた。島原から連れてきた絲里《いとさと》が、同じ布団に潜り込んできた。

　ここは、芹沢たちに屋敷を貸してくれている八木源之丞《やぎげんのじょう》の家族が使う部屋だったが、たまたまその夜は空いていた。そのことが、重助が一命をとりとめる遠因ともなった。雨でうっとうしいものだから、屋敷の雨戸も唐紙も、すべて開けはなしてあった。覆面した近藤たちが、突風のように襲ってきたのは、重助がうつらうつらしはじめたときだった。

　あとでわかったことだが、この夜の討っ手は、近藤、土方のほかに沖田総司《そうじ》、井上源三郎、原田左之助といずれも天然理心流系の使い手ばかりであった。

　芹沢への初太刀は、沖田が入れた。

　枕元に立ててあった屏風《びょうぶ》を、顔の上にかぶせられ、その屏風ごとところかまわず刀を突きたてられたのである。

　血まみれになって立ち上がろうとした芹沢に、土方が一太刀浴びせた。斬られながらも、縁側へ転がりでた芹沢の胸を、近藤の虎徹《こてつ》が刺しつらぬいた。

　死骸《しがい》になった芹沢が倒れこんだのは、八木家の子供二人が寝ていた布団の上だった。空をつかんだ芹沢の手にはなにもなく、下帯さえつけない全裸であった。

　芹沢が寝ていた奥の十畳間には、首がもげそうになったお梅の死骸が転がり、顔も髪も、血でぐずぐずになっていた。

　平山は、原田に斬《き》られた。

同衾《どうきん》していた吉栄の枕を蹴った音で目を覚ました平山は、這《は》いずって刀を取ろうとしたところを、肩に一太刀受け、さらに横薙《よこな》ぎに首をはねられた。

首は、床の間まで血の筋をひいて飛んだ。

重助が助かったのは、一緒に布団に入っていた絲里のおかげだった。

厠《かわや》に行った絲里は、不審な物音を聞いて重助を揺り起こした。

刀を取ろうと手を伸ばしかけるのを、絲里は布団の中でしがみついて、そうはさせなかった。やむなく重助は、そのまま息をひそめていた。

近藤たちも、その部屋がふだんは八木家の者が使っているのを知っていた。そのため、布団にくるまっている重助を家人と勘違いして見逃した。

芹沢と平山の葬儀が行われたのは、その翌々日のことだった。ふたりとも、薩長の浪士に襲われた、ということになっていた。

近藤は、八木屋敷裏の蔵の前に安置した棺《ひつぎ》に向かい、新選組を代表してしらじらしい弔辞を読んだ、という。

壬生から逃げた重助は、平間《ひらま》という名前を捨て、髷のかたちも変えた。

諏訪部の重助になりきって、きょうまでじっと復讐《ふくしゅう》の機会をうかがいつづけてきた。

復讐、というよりは、布団をかぶってひとりだけ生き残ったことへの負い目が、重助の心の奥深いところに澱《おり》のようにこびりついていた。

それを消すには、芹沢なきあとの新選組を牛耳《ぎゅうじ》ることになった近藤勇を殪《たお》すしかない。

たとえ殪せなくとも、その最期を見届けたい……。

だが、暗殺集団の頭目にのしあがった近藤のそばに、重助など近づくことすらできないまま、むなしく日が過ぎた。

そして――。

あの土砂降りの夜の惨劇から五年たったいま、ようやくその機会がめぐってきたのである。

膏薬売りとなって、日光街道にやってきたのも、このためだった。

大久保大和と名を変えた近藤が、日光街道の松戸に近い流山にこもったとさから、重助は古河宿に草鞋をぬぎ、じっとようすをうかがってきた。

（あの夜、角屋で飲んだ酒が怪しい……）

大久保大和が召喚された板橋の本営裏で、重助は前々から抱いていた疑問をあらためて問いなおした。

あの土砂降りの夜、斗酒《としゅ》なお辞せずの芹沢と平山が、足腰もたたないほど泥酔したのがそもそも腑《ふ》に落ちない。

近藤の片腕だった土方歳三は、かつて多摩で家伝の薬を売っていた男である。土方なら酒に毒汁を混入するぐらいわけはない。

できるものなら、その疑問を近藤本人に突きつけてみたかった。

五

板橋の本営に出入りしているうちに、さまざまな情報が重助の耳にはいってきた。

ひとつは、加納道之助の首実検である。

書院の障子の穴から覗《のぞ》いた道之助は、なかに端座している大久保大和をひと目見ただけで、

「間違いございませぬ」

と、小声で検分役の脇田頼三にいった。

そこで、脇田は大久保大和の帯刀を取り上げておいてから、道之助を書院に入れた。

「大久保大和、いや、改めて近藤勇……、しばらくであったな」

道之助がそう声をかけると、近藤ははっと立ち上がりかけ、やがてがっくりとうなだれた。顔色は紙のように白くなっていた。

実際には、流山で捕えられたときから、大久保大和が近藤勇なのは、総督府の幹部にはわかっていた、という。

道之助を呼んだのは、最終的な確認のためというより、あくまでも若年寄格の容儀をたもとうとする近藤をぐらつかせるのが狙いだった。

高台寺党の生き残りである道之助に、呼び捨てにされたあと、たちまち近藤は万石とりの大名から元の多摩壮士に戻った。すかさず脇田は近藤に縄を打ち、囚人の扱いに落とした。

本営には、すでに谷守部も駆けつけてきていた。

四月八日から、脇田が監察主任となって厳しい取り調べをはじめた。もっとも鋭く追及したのは、谷守部だった。守部は、師とも仰ぐ坂本龍馬《りょうま》が何者かに暗殺された直後、龍馬とともに襲われながらまだ息のあった中岡慎太郎から、じかに話を聞きとった当人である。

新選組の所業と信じこんでいただけに、その首魁《しゅかい》である近藤にたいする扱いは、容赦がなかった。

甲州への出撃も、流山の布陣も、ともに慶喜公の恭順の意を解さずに暴発しようとするやからを抑えるためのものであった、という近藤の陳述に怒り、

「このうえは、拷問にかけて本当のことを吐かせるまでよ」

と、わめいた。

だが、薩摩の平田九十郎は、これを押しとどめ、

「すくなくともこの近藤は、数十人、数百人を指揮したひとかどの者……。決して身分賤《いや》しき者ではない。拷問などは承服しかねる」

と、つっぱねた。

そういう話は、すぐに本営の裏にある傷病兵の病棟に伝わる。いつのまにか、包帯の取り替えなどを手伝うようになっていた膏薬売りの重助は、とぼけて、さまざまな角度から本営の下役たちに質問を投げかけてみた。

そのうち、次第にことの成り行きが読めてきた。

それと同時に、背後にうごめいている男たちの姿もだんだん見えてきた。

(谷守部も、大きなことはいえぬはず……)

かつての同門である守部が、龍馬の復讐に燃えている、ということ自体が、裏の事情に通じている重助にはおかしかった。

もともと中岡慎太郎は、はじめから龍馬を訪ねたのではなかった。

遭難した日に、中岡は河原町四条にいた守部の仮寓《かぐう》を訪ねたのだが、留守だった。守部は前の晩から、山根子《やまねこ》といわれた町芸妓《げいぎ》の小菊のところにしけこんでいたのである。やむなく中岡は、近くの龍馬のところへ寄った。そこを襲撃されたのである。

いわば、中岡の死にたいして、守部は一半の責任があるのだ。

(それに……)

想像していた以上に、薩摩と土佐との確執が激しいのもわかってきた。

薩摩は、旧幕府の実質上の首班である勝海舟《かつかいしゅう》と結んで江戸開城を平和裡《り》に行なおうとしていたが、これに不満なのが土佐だった。

もしも、土佐の谷守部が、

「甲州進発や流山の件は、海舟に命じられてやった」

と、いう言葉を近藤の口からひきだすことができれば、勝に官軍に反抗の下心あり、として処断できるし、薩摩の独走にも歯止めをかけられる。

一方、薩摩側は勝と結んで政治的解決をはかるのを基本方針としているから、近藤の口から勝海舟の名前が出るのだけは、なんとしても防ぎたい。そのふたつの思惑が、元新選組局長・近藤勇を中において真っ向から火花を散らしているのである。

(勝海舟か……)

重助が耳にしたところでは、近藤、土方などが甲陽鎮撫隊を編成したさい、隊長の近藤を若年寄格にし、土方を交替寄合格とすることを本人たちに告げたのが、勝だった、という。

交替寄合格といえば、九千石以上の旗本でなければなる資格がない身分だ。薬屋の土方歳三にすれば大抜擢《ばってき》だが、この大盤ぶるまいをやってのけた張本人が勝海舟だった。

からくりは、重助には読めている。

そのころ、鳥羽・伏見の激戦を戦った新選組隊士四十四人が、江戸城と内堀ひとつへだてた大名小路に屯集していた。

彼らが先頭にたって、過激な旗本や御家人をかき集め、江戸を舞台に官軍と一戦まじえることにでもなれば、勝の無血開城策は画餅《がべい》に帰してしまう。

そうさせないためには、激発の可能性を秘めた新選組を、なんとか口実をもうけて江戸から遠方に追いはらってしまうにかぎる。

その口実が、甲陽鎮撫隊の編成であり、近藤と土方にたいするにわかの昇進だった。中山道を進撃してくる官軍に先んじて、要衝の甲府城を掌中にすれば、将軍の内意として、近藤に百万石を下さることになっている、とも、勝は吹き込んだらしい。

(思えば、近藤もあわれな奴《やつ》……)

板橋本営では、その近藤の処分をめぐり、薩長土因の代表による激論が連日、たたかわされた。

ついには、この件は総督府にまで持ち込まれた。

薩摩の参謀・伊地知正治《いじちまさはる》は、

「これまでの大業は、いったい誰が成し遂げたと思うのか。薩摩の論がいれられないのならば、即刻、兵をまとめて帰る」

とまで言いだした。

この恫喝《どうかつ》におどろいた総督府は、土佐側の軍監・香川敬三と谷守部をなだめる側にまわった。

「ここで薩摩と争うのは、天朝の御為《おため》にならぬ。が、その代わり近藤の刑については、おぬしたちの気持ちを十分に斟酌《しんしゃく》しよう」

取引であった。

やむなく、土佐側は折れた。

六

重助は、近藤が幽閉されている場所も突き止めていた。

はじめは本陣の飯田宇兵衛方に預けられていたが、すぐに脇本陣の豊田市右衛門のところに移送された。

警戒は厳重だったが、旧幕臣のうちの何人かは面会を許されていた。

そのなかに、重助は安岡完斎というかつて江戸城で奥医師をしていた男がいるのを見て、首をかしげた。

近藤と親交がある医師のひとりに、旧幕府の典医で浅草今戸《いまど》八幡《はちまん》に住んでいる松本《まつもと》良順《りょうじゅん》がいる。

良順ならわかるが、完斎はそれほど近藤と親しくはない。

だが、何度か脇本陣に出入りしている完斎を見ていて、重助ははっとした。完斎は勝が海軍奉行をしているとき、たしか甲鉄艦詰めの軍医をしていた。

(ひょっとしたら……)

勝は口封じのため、近藤を殺すつもりかもしれない。そのために、完斎はしばしば差し入れの品をもって脇本陣を訪ねてきているのではないか。

それとも、勝はこの完斎を使者にして総督府に助命嘆願をしているのだろうか。

だが、それはいずれも重助の思い過ごしだったようだ。

時勢も急旋回していた。

近藤が捕えられてから十日後の四月十一日に、江戸城の明け渡しもすみ、慶喜は水戸に隠棲《いんせい》することになった。

そして——。

薩摩の寛典《かんてん》論をしりぞけて、土佐の香川敬三を軍監とする総督府は、ついに近藤にたいして断をくだした。

斬罪梟首《ざんざいきょうしゅ》。

士分扱いにせず、鼠賊《そぞく》並の極刑である。

近藤の身柄は、処刑の前日に脇本陣から滝野川三軒屋の問屋場に移された。

重助は、すぐに問屋場まで飛んでいった。

四月二十五日。処刑当日の朝、近藤はここから刑場へ運ばれることになっている。

近藤の山駕籠が出る前に、覆いをかけた唐丸駕籠がもう一挺、問屋場に着いた。

山駕籠が刑場へ出たあと、重助は問屋場の裏手に行き、近在から手伝いにきている女たちに虫くだしや疝気の薬をやって、出発前の近藤のようすを訊《き》いた。

「お前さん、あのお旗本の親戚には見えないねえ……」

などといいながら、女たちは口々にその朝の近藤のようすをしゃべってくれた。

「……念入りに髭《ひげ》を剃《そ》っていたわさ。最後のおめかしじゃ、というて、お奉行さまの手の衆も黙って見ておった」

「へえ、そうかね」

「白の麻の単衣《ひとえ》に着替えとったが、新しい着物は、要《い》らんのじゃないのかい……」

女たちとそんなやりとりを交わしたあと、重助は刑場へと急いだ。

もの好きかもしれない。

が、ここまで追いつめてきた以上、最後の最後まで見届けないと気がすまなかった。

刑場は、中山道沿いの馬捨て場である。

わびしげな庚申塚《こうしんづか》があって、くぬぎの疎林が切れるところには、やや広い平地があり、そこにすでに真新しいむしろが敷かれ、首を落とす穴が掘ってあった。

近藤を乗せた駕籠はなかなか着かず、重助をいらだたせた。

あとでわかったことだが、くぬぎ林にいる見物人のなかに近藤の養子・勇五郎《ゆうごろう》がいた。

勇五郎は、このとき十八歳だった。

「顎《あご》ひげが少し伸びて、不思議にも江戸の家にいた時分に着ていた亀綾《かめあや》の袷《あわせ》を着ていました」

と、のちに勇五郎は語っている。

ようやく昼過ぎになって、近藤を乗せた山駕籠がついた。前後を三十人ほどの鉄砲隊が固めている。

（待てよ……）

駕籠から出てきた近藤を見て、重助は思わず後ずさった。

体つきは似ているが、顎の張りようは違う。それに、朝、剃ったはずの髭が遠目にも目立つぐらい薄黒く伸びている。

それに、着ている衣服である。

問屋場の女は、たしか白い単衣を着ていった、といっていたのに、いま目の前にいる近藤はなぜか亀綾の袷を着ている。

膝をそろえてむしろに座った近藤は、穴の前で役人に月代《さかやき》と髭とを剃ってもらい、

「ながなが御厄介《ごやっかい》に相成った」

と、頭をさげた。

背の高い壮年の武士が、ただの一太刀でその首を落とした。

壮年の武士は、総督府付の岡田栄之助の家臣・横倉喜三次という名うての刀術者だった。

近藤の首は、手桶《ておけ》の水で洗い清められたあと、三軒家と板橋宿とのあいだにある一里塚に梟首《きょうしゅ》された。

ここで三日晒《さら》しのうえ、京都三条河原に送られて、もう一度、晒されることになっていた。

（そうか……）

一里塚まで出向いた重助は、じっと近藤の首をみつめた。

（……そういう次第か）

無意識のうちに、重助は腰の刀を抜くしぐさをした。

板橋の木賃宿に預けてある錆び刀を、これから取りに戻らなければならない。

七

薬箱を宿に預け、錆び刀をつかんで重助はひとまず問屋場に寄った。

昼前に薬をやって話をきいた女は、まだいた。

「唐丸駕籠できた人間は、どこへ行ったか知らぬか？」

「仮牢《かりろう》じゃないかえ……」

「そいつ、まだ牢に入っているか？」

女はけげんな顔をしたが、問屋場のなかを覗いてからふたたび出てきた。

「変だねえ。牢は空っぽじゃ」

「で、昼過ぎにここから、誰か出なかったかい？」

「そういえば、さっき恰幅のいいお侍さんが出て行ったね。口が大きくて、顎が張ったお侍さんで……」

「ひとりか？」

「ああ」

「どっちへ向かったか、わかるか？」

「千住のほうへ行ったわさ」

それだけ聞けば、十分だった。

やはり、何者かが処刑寸前、替え玉を使って本物の近藤勇を問屋場の仮牢から逃したのである。

唐丸駕籠で連れてこられた替え玉は、本物と齢《とし》格好、体つきが似ている死刑囚かなにかだろう。本物の近藤勇の右肩には、高台寺党の加納道之助らに狙撃されたときの鉄砲傷が残っているが、あるいはのちのちのことを考え、肩口になにかしら傷がある囚人を選んだかもしれない。

（千住か……）

本物の近藤は、来た道をまたしても戻るつもりなのか。流山の旧幕軍の一隊は、すでに武装解除されて散りぢりになってしまったが、副将の土方は日光街道の今市あたりにいるはずだった。

方向はあっている。

それに、一本道である。追いつくのは時間の問題だった。

（……すべては、土方のさし金に違いない）

重助は、またしてもくちびるを嚙んだ。

そういえば、流山で近藤が投降したさい、所用と称して、一度、陣所に舞い戻って、長時間だれかと話をした。しびれを切らした有馬藤太が出向いて、ようやく腰をあげた。

あのとき、近藤が話していた相手は、土方だったに違いない。

噂ではその後、江戸に急行した土方は、勝海舟に膝詰談判して、近藤の助命についての口添えを依頼した、という。

勝は、総督府とは接触がある。

土方としては、近藤の隊は勝の命で旧将軍家脱走の者を宣撫するために動いていた、と証言してもらう必要があった。

勝は、おそらく答えをはぐらかしたに違いない。が、もしも近藤が処刑されればどうなるかわからぬ、と土方に脅かされ、表向きは自分の関与を否定しながら、ひそかに裏で救出工作をめぐらせたのだ。

重助がしばしば目撃した奥医師の安岡完斎は、その段取りをととのえる役をおおせつかっていたのだろう。

(官軍と土方の双方に、いい顔をするつもりか……)

重助は、ぺっと唾をはいた。

千住大橋を渡り、北詰の掃部《かもん》宿を過ぎた。

問屋場の女は、近藤が武士姿になっていたとほのめかしていた。着替えの着物や差し料も、勝はぬかりなく手配していたはずである。

かつて新選組局長のころ、数え切れないほどの人を斬った近藤は、いまや刀を携えた生きた凶器となっている。

（くそっ！）

重助は、大道芸に使ってきた自分の錆び刀を眺めた。

新選組は、京都守護職・松平容保《かたもり》御預かりと決まって正式に認知されたが、そのとき、頭分の芹沢鴨が十三人の隊士の姓名を列記した。

平間重助の名はその五番目にあり、近藤勇よりは上位だった。

近藤の剣技も間近で何度も見たが、下腹を突きだし気味にして、目にもとまらぬ疾《はや》さでさっと籠手《こて》を打つのが得意技だった。

沖田総司のように、三段突きの難剣は使わず、まっとう過ぎるのが、かえって相手に畏怖感をあたえた。

その近藤と、一対一で闘う……。重助は喉がからからに渇いてくるのを意識した。

陽《ひ》が落ちてきた。

草加宿の手前にさしかかった。

ぽつん、と、ひとつ人影が前を歩いているのが見えてきた。

袴をはいている。

ぶあつい背中は、間違いなく近藤勇だった。

重助は、たそがれが濃くなってきた街道に、すばやい目を走らせた。

ほかに人はいない。

千住から一里半あるせいもあって、こんな夕暮れどきには、よほどでないと旅人も通らないのだ。

歩度をあげて差をつめてから、重助は錆び刀を抜いた。

粗末な鉄鞘は、それだけでは重くて帯のあいだにおさまらないので、左手に持った。

上州の博徒《ばくと》の構えに近い。

重助は息を詰め、すすっと擦り足でなおも追った。

「おいっ、近藤！」

その声で、近藤は右足を軸にくるっと体をまわした。振り向いたときには、もう抜刀している。

「何奴？」

「忘れたか。おのれの壬生の闇討ちで死に損なった平間重助だ……」

「重助？」

馬鹿にしたような薄笑いが、近藤の顔にうかんだ。

「お、お前はあの夜、酒に毒汁を仕込ませたであろう。あれがなければ……」

重助がいった。

それを、最後まで聞こうともせず、近藤はいぜんとして薄笑いをうかべたまま、
「……その髷は、なんだ？」
と、訊いた。
かつて草創期の新選組では、近藤たちはボロ切れのような縞木綿の着物を着ていた。
いま目の前にいるのは、大身の武士らしい絹物を着こなした男である。
それは、かつての重助の格好でもあった。
（く、くそっ！）
重助は、刀をふりかざした。
さっと近藤が間合いを詰めていき、いきなり重ねの厚い剛刀を打ち下ろしてきた。
「くらえっ！」
左手首へのすさまじい打ちこみだった。
そのままなら、たちまち手首は断ち切られて飛ぶ。
とっさに重助は、左手にもっていた鉄鞘を寝かせ、それで手首をかばった。
ぴーん。
冴《さ》えた金属音がした。
鞘に近藤の刀が当たった瞬間、重助は全身の重みを乗せて水平に錆び刀を突きだした。

これも、上州の博徒がよく使う捨て身のけんか殺法だった。

「う……」

近藤がうめいた。

その胸板を、錆び刀がまっすぐに突き抜けていた。

日光街道から入った森に、錆び刀とともに近藤勇の死骸を埋めた諏訪部の重助は、その足で古河宿まで急いだ。

蚕種商人の喜七に、むしょうに会いたくなったからである。

その後、喜七とともに諸国をまわっていた重助は、風のたよりに京都三条河原に晒されていた近藤勇の首が、何者かに盗まれたのを知った。京都には生前の新選組局長の顔を覚えている人は、数え切れないほどいる。それを怖《おそ》れた誰かが盗ませたのだろうが、重助にはもはやそんなことは、どうでもよかった。

明治《めいじ》二十三年（一八九〇）九月四日、養蚕巡回教師として岩手県内の各地をまわっていた諏訪部重助という老人が、江差《えさし》郡の知人宅で脳溢血《のういっけつ》のため倒れ、二日後に死亡した。

五稜郭《ごりょうかく》の夕日

中村彰彦

中村《なかむら》彰彦《あきひこ》（一九四九〜）

栃木県生まれ。東北大学文学部在学中に『風船ガムの海』で第三四回文學界新人賞佳作入選（加藤保栄名義）。大学卒業後、文藝春秋社に入社、『週刊文春』『オール讀物』などで編集者を務める。一九八七年『明治新選組』で第一〇回エンタテインメント小説大賞を受賞し、一九九一年から作家専業となる。史料調査に定評があり、逆賊とされた人物の復権に力を入れている。一九九三年『五左衛門坂の敵討』で第一回中山義秀文学賞を、一九九四年『二つの山河』で第一一一回直木賞を、二〇〇五年『落花は枝に還らずとも』で第二四回新田次郎文学賞を、二〇一五年に第四回歴史時代作家クラブ賞の実績功労賞を受賞している。

一

雨足の強かった夕立が、そのまま梅雨時《つゆどき》特有のしとしと降りに変わった明治《めいじ》二年（一八六九）七月初めの黄昏時《たそがれ》のことである。東西九町（九八一メートル）の宿場町、武州日野宿に、その雨に打たれながら入ってきた小柄な男がいた。

古手拭いを頬《ほお》かむりして蓬髪《ほうはつ》を隠し、蓑《みの》代わりにからだに茣蓙《ござ》を巻きつけているその姿は、物乞いにしか見えない。甲州街道の左右にならぶ旅籠《はたご》の客引きたちも知らぬ顔の半兵衛を決めこむうちに、この男は右に制札場と問屋場のある地点まで進み、道の左側に目をむけた。

そこに建っているのは、下手な武家屋敷など顔負けの日野宿一の大邸宅であった。門は、その右側に竹藪《たけやぶ》を繁らせた両脇戸つきの冠木《かぶき》門。鉄板と鉄鋲《てつびょう》を打った門扉の左へ伸びてゆく垣根とよく手入れされた庭木のかなたには、総二階の母屋の黒瓦が雨に濡《ぬ》れて小暗く輝いていた。

それだけではない。街道と垣根の間には南北四間、東西四間、都合十六坪ほどの撃剣道場が建てられている。

ひとわたりこれらのたたずまいを見まわすと、男は意を決したように冠木門に近づき、脇戸をくぐろうとして身を屈《かが》めた。

と、その時、門前に怪しい風体の者がいると気づいたのだろう、その脇戸を内側からひらき、ぬっと馬面を突き出した百姓髷《まげ》の中年男がいた。

「なんだ、おめえは。だんなさまは物乞いなんぞに用はねえ、とっととゆきな」

それでなくとも武州は、ことばの荒い地方として有名である。

しかし、莫蓙をからだに巻きつけている男は怯《ひる》まない。下男らしい野良着姿の中年男に、逆にたずねた。

「卒爾《そつじ》ながら、その方の申すだんなさまとは佐藤彦五郎《さとうひこごろう》殿のことか」

「そ、そうだとも。それがどうした」

まだ脇戸の内に腰を折ったままの下男は、物乞いと思った男が武家ことばをつかうのに驚きながら答えた。

「ならばぼくは、彦五郎殿にお目にかからねばならぬ。さ、早う案内せぬか」

「へ、へえ。けど、どちらさまがお見えと申しあげればよろしいので」

にわかにへりくだった下男に、男はまだ若々しい声で応じた。

「元新選組の市村鉄之助《いちむらてつのすけ》が来た、と伝えよ」

五分後、――。

古手拭いを外してすでに髷を落とした蓬髪をあらわにした市村鉄之助は、莫蓙も捨てて垢《あか》じみた麻かたびらと小袴《こばかま》につつんだまだ筋骨の稔《みの》らないからだを佐藤家中庭の軒下へ入れていた。秀でた額と三日月形の眉、つぶらな瞳がややつれた面差《おもざし》のうちに姿よく収まり、その瞳にはなにかを思いつめている者特有の輝きがある。

やがて、その中庭に面した長い廊下のかなたから絽《ろ》の夏羽織に袴、白足袋をつけた恰幅《かっぷく》のよい人物が足早に近づき、

「いや、お待たせいたしました。どうかそのまま、そのまま。手前が当家のあるじ、佐藤彦五郎でござります」

端近《はしぢか》に正座して軒下に片膝をつこうとする鉄之助を制し、ひろく取った月代《さかやき》と小ぶりな髷をみせて一揖《いちゆう》した。

「されば、まずはこれをお受け取り下され」

鉄之助は帯代わりに腰に結んでいた古い革の胴締めのなかから、油紙の薄い包みを抜き取って彦五郎に手わたした。切迫したその口調には、ことばを挟みにくいものがある。

「拝見いたしましょう」

と答えた四十三歳の彦五郎は、大きな目と鼻の両脇の縦皺《たてじわ》が特徴的な男臭い風貌をうつむけ、手早くその包みをひらいた。

この時代の者たちは、文章を読む時には黙読するよりも音読することを好む。幅二

寸しかない小切紙《こぎれがみ》をまず取り出し、彦五郎は読みあげた。

「使いの者の身の上、頼みあげ候《そうろう》 義豊」

義豊とは幕末の京で新選組副長として勇名を馳《は》せ、鳥羽伏見から会津におよぶ一連の戊辰《ぼしん》戦争を戦ったあと、旧幕府海軍副総裁榎本武揚《えのもとたけあき》とともに蝦夷《えぞ》地へ北走した土方《ひじかた》歳三《としぞう》の諱《いみな》である。

「おお、これはまさしく歳三の筆跡だ。市村さま、おみさまは箱館の五稜郭に入ってからも歳三と行をともにしておられたのか」

彦五郎が思わず声を震わせたのは、歳三の姉おのぶこそ自分の妻だからにほかならない。

のみならず、彦五郎は若くして撃剣を好み、みずから撥雲館《はつうんかん》道場を建てた男。文久《ぶんきゅう》三年（一八六三）春に上京する前、江戸牛込の試衛館道場から師範代の歳三や沖田総《そう》司《じ》をつれて定期的に出稽古にきていた近藤勇《いさみ》と深く交わり、天然理心流剣術の免許皆伝となって勇と義兄弟の盃を交わしてもいた。

昨慶応《けいおう》四年（九月八日明治改元）一月、鳥羽伏見の戦いに敗れて江戸へ還《かえ》った新選組が甲陽鎮撫《ちんぶ》隊と名を改め、この日野を経由して甲府城奪取にむかった時には春日盛《さかり》と変名し、日野宿の若い衆三十余名からなる春日隊をひきいてこれに同行。甲州勝沼で明治新政府軍に敗北を喫し、近藤勇や土方歳三とはばらばらになってしばらく近在に身をひそめていた。

　そんな立場の者だけに彦五郎は、この明治二年五月十一日に新政府軍が陸海から五稜郭を総攻撃した際、率先出撃して討死したと聞く歳三の最期の模様を知りたいと思いながら梅雨空を眺め暮らしていたのである。

「はい、甲陽鎮撫隊は二百人近い人数でしたからおぼえておいでではなくとも無理はありませんが、ぼくもそのひとりとして御当家へ立ち寄ったことがありました。その後、新選組が箱館入りして箱館新選組となってからも、ぼくは土方先生づきの小姓をしておったのです」

　軒端《のきば》から落ちる雨の滴を背にした鉄之助は、その包みにはもうひとつ別のものが入っていると思う、とつづけた。

　うなずいた彦五郎が手に取ったのは、歳三の遺影であった。

「それは榎本先生や土方先生が蝦夷共和国政府を樹《た》ててまもなく、箱館の写真館で写したものです」

　鉄之助の声を聞きながら彦五郎の見入ったその写真には、椅子に腰掛けた歳三の姿があった。髪はすでに髷を落とした総髪のうしろ撫《な》でつけ、黒ラシャのフロック型洋式軍服とズボン、膝まで隠れる革長靴を着用してチョッキも着こみ、そのチョッキに懐中時計《セコンド》の鎖をつけて左手には大刀をつかんでいる。

「ああ、そうだ、甲州勝沼で別れた時も歳三は洋式軍服を着ていたものだが、まだ革の靴などははいていなかった。歳三、なんと雄々しい死装束か」

歳三の眉に迫った切れ長の双眸《そうぼう》と通った鼻筋、きつく結ばれた唇を注視するうちに、彦五郎は我知らず写真に呼びかけていた。その写真を持ったいかつい手は、いつか小刻みに震え出す。

「これでようやく、土方先生の最後の御命令を果たすことができました」

鉄之助はつぶやき、緊張が解けたように頰に光る筋を伝わらせた。彦五郎も拳でぐいと目をこすり、しばらく顔を動かさなかった。

二

市村鉄之助は久しぶりに風呂に浸り、最初に顔を合わせた佐藤家の下男に全身の垢を擦《こす》り出してもらった。髪も洗ってさっぱりし、真新しい浴衣《ゆかた》を与えられて一室に案内されると、そこに用意されていたのは二の膳つきの食事であった。

「いえ、物乞いのように装っていたのは盗賊よけのためで、別に食いつめた旅でもありませんでしたから」

とはいいはしたが、鉄之助はまだ十六歳の食べ盛りであった。名産の鮎《あゆ》の塩焼きと芳しい味噌汁の香りに誘われ、飯を三度までおかわりしてから恥ずかしそうに弁解した。

「ぼくの生国《しょうごく》、美濃《みの》の大垣は鮎のおいしいところで、ついその味を思い出して鱈腹《たらふく》いただいてしまいました」

「まあ、そう気になさらずに。これぐらいのことをさせていただかぬと、わしらが歳三に叱られますわい」

団扇《うちわ》で鉄之助に風を送ってやっていた佐藤彦五郎は、かれが茶を喫しおわるのを見計らっていった。

「長旅でお疲れのところ申し訳ないが、今宵《こよい》のうちにもう少し五稜郭のことをお話しいただけますまいか」

「それはもう。ぼくはそのために遣わされた使者なのですから」

鉄之助は、湯上がりの頬を紅潮させてうなずいた。

しかしかれは、紙燭《しそく》の点《とも》る納戸部屋に案内されるや思わず目を瞠《みは》っていた。その部屋の下座には、すでに佐藤家の家族六人が集まって、横二列に居流れていたのである。

前列は、いずれも麻かたびら姿の長男源之助二十歳、二男力之助十五歳、三男漣一郎十二歳。後列は腰の曲がった彦五郎の母おまさ六十三歳、妻おのぶ二十九歳、次女おとも六歳。髷を島田に結って眉を落としているおのぶは、弟歳三に似て色白たまご形の顔だちをしていた。

「おい、あさや。しばらくの間、だれも近づけてはならぬぞ」

振り返って下女に命じた彦五郎は、六人が鉄之助に挨拶するうちに杉の戸をぴたりと鎖してしまう。

彦五郎は昨年三月に甲陽鎮撫隊が一敗地に塗《まみ》れたあと、賊徒に味方した不届き者として新政府軍に睨《にら》まれ、しばらくおのぶ、おともとともに逃亡生活を余儀なくされた。重度の疥癬《かいせん》を病んで臥《ふ》せっていた源之助は八王子へ連行され、二日間にわたって訊問《じんもん》を受けた。

そんな苦い経験があったため彦五郎は、

(まだどこかに政府の密偵の目が光っているかも知れぬ)

と考えていた。

上座の座布団に座らされた鉄之助は、彦五郎が源之助のかたわらに正座して夏羽織の裾を払うのを見、居住まいを改めて話し出した。

「……蝦夷地の箱館港は箱館府の治めるところですが、箱館府はかつて旧幕府の造営した五稜郭という洋式城郭《じょうかく》のなかに置かれていました。まず、われわれ新選組がどのようにして五稜郭を無血占領したか、ということから申しあげます」

昨年三月、甲州から散り散りになって江戸へ戻った近藤勇《いさみ》、土方歳三たちは、ふたたび新選組を名のって下総《しもうさ》の流山《ながれやま》に集結。隊士たちが出払っている間に近藤は新政府軍に捕われ、斬首されてしまったが、その後新選組は土方を隊長として旧幕脱走諸隊と合流し、宇都宮城を陥落させたあと会津藩領へ入った。

しかし、頼みの会津藩も次第に孤立し、八月二十三日には鶴ヶ城に拠《よ》って籠城戦を開始せざるを得なくなる。はるか東の猪苗代《いなわしろ》方面にあってこの籠城戦に加われなかった新選組は、仙台藩伊達《だて》家を頼った結果、品川沖から仙台湾へ流れてきていた旧幕府海軍と合流することができた。

旧幕府海軍副総裁榎本武揚《えのもとたけあき》指揮、最新鋭艦開陽丸を旗艦とする旧幕府海軍の七隻は、会津藩、仙台藩ともに降伏してしまったあとの十月十日、石巻付近の入江から出帆。十九日に蝦夷地内浦湾の鷲《わし》の木沖に順次到着し、二十二日から箱館五稜郭めざして陸路進撃に移った。

「ところが新政府の派遣していた箱館府知事はすでに逃亡していたので、われらは戦わずして五稜郭を奪い、榎本先生を総裁として蝦夷共和国政府の樹立を宣言することができたのでした。

土方先生はその下で、陸軍奉行並、箱館市中取締、裁判局頭取の三つの重職を兼務され、箱館新選組は箱館の市中見廻《みまわ》り役をつとめました。隊士たちは黒ラシャの洋式軍服と紫色ビロードのチョッキが支給されまして、ぼくもそのチョッキを着たくて仕方ありませんでした。でもぼくはまだ十五歳だったため、市中見廻り役から外されて土方先生に小姓としてお仕えすることになったのです。

その後、松前その他でさまざまないくさがありました。頼みの開陽丸も江差《えさし》沖で難破してしまい、われらはすっかり多勢に無勢となってこの春の雪解《ゆきげ》時を迎えたのでした」

そこで一息つくうちに鉄之助は不意に涙ぐみ、三日月形の眉を寄せた。

その後、圧倒的に優勢な新政府軍は、蝦夷共和国軍にはない七連発、五連発のライフル銃と大砲多数を装備して箱館平野に浸透。土方と箱館新選組ほかの旧幕脱走諸隊は夜陰に乗じて敵陣を襲いつづけたもののかえって少なからぬ死傷者を出してしまい、蝦夷共和国政府の劣勢を次第にくつがえしようもないものとなっていった。

すると、

「いよいよ新政府軍の総攻撃も間近らしい」

との噂《うわさ》が飛び交っていた五月五日夕刻、土方は五稜郭の木造瓦葺《ぶ》き望楼《ぼうろう》つきの庁舎のうちにある自室へ鉄之助を招いた。まだ和装で髷に前髪を立てていた鉄之助が入室した時、土方は丸テーブルを前にし、フロック型軍服に革長靴を着け、憂い顔で椅子に腰掛けていた。

土方はむかい側の椅子を鉄之助に勧めてから、おもむろに口をひらいた。

「ではその方に、大切な御用を命ずる。これより武州日野宿の佐藤彦五郎のもとへ旅し、これまでのわれらのいくさぶりを詳しく伝えてくるのだ、よいな」

「えっ、先生、それは」

あまりの意外さに、鉄之助は夢中でかぶりを振った。

「ぼ、ぼくは先生の小姓ですから、先生と御一緒に最後まで戦って討死《うちじに》する覚悟です。どうかその御用は、どなたか別の人に……」

「なんだと」

鉄之助がいいおわらないうちに土方は革長靴を鳴らして叫び、立ちあがっていた。そして大刀の鍔《つば》に左手の拇指《おやゆび》を掛け、眼光鋭く鉄之助を睨《にら》みつけた。

「その方、わが命令に従えぬと申すか。ならば是非もない、この場で討ち果たすぞ」

京都以来、倒幕派の志士たちを幾人となく斬《き》り捨てた土方が抜刀の構えに入ると、古参の新選組隊士であっても息を呑《の》むほど空気がぴんと張りつめる。

「いえ、わかりました。それでは日野へ使者に立ちます」

青くなって答えた鉄之助に、土方は構えを解いて笑いながらいった。

「よしよし、実は今日の朝、箱館港に入った外国船がある。二、三日中に横浜へゆく船だ。船長にはすでにその方のことを伝えてあるから、これよりただちに乗船して出帆を待て。日野へ持っていってほしいのはこれとこれだが、港までは案内人をつけてやる。息災にな」

土方が指差したのは、テーブル上に並べられていた小切紙と自分の写真、そして革の巾着であった。

「遅れましたが、それがこの巾着です。二分金で五十両がそっくりそのまま入っていますから、お改め願います」

いったん話を中止した鉄之助は、いつのまにかまた浴衣の下に巻きこんでいた胴締めから巾着を取り出し、彦五郎の前にすべらせる。

「おみさま、これを路銀に使って下されば馬や駕籠《かご》を雇えましたものを」

彦五郎が驚くと、

「いえ、それはできません」

鉄之助は、また涙声になって答えた。

「土方先生からことづけられたものに手をつけたりしたら、泉下の先生に合わせる顔がなくなってしまうではありませんか」

三

「ゆるりとおからだを休めなされ。いつまでおいで下さっても構いませぬのでな」

佐藤彦五郎のことばに甘え、市村鉄之助はその後しばらく佐藤家に逗留《とうりゅう》することになった。

鉄之助と土方歳三との最後のやりとりは、歳三が五月十一日に討死したことから逆算すると死の六日前の出来事となる。彦五郎は涙なしにその話を聞くことができなかったが、もっとも強い印象を受けたのは、鉄之助が巾着を差し出したあとにつけ加えた思い出であった。

五月五日の日暮れ時、案内役につれられて五稜郭の城門にむかった鉄之助は、慶応三年秋以来畏敬してきた土方とはもう会えないと思うと哀《かな》しくなり、庁舎を振り返った。すると瓦屋根の上の望楼から、フロック型軍服をまとった人影がこちらを見下ろしているのに気づいた。

しかし、それが土方だとは判じようもなかった。この時、五稜郭の上空は朱を流したような夕焼に染まり、漂う斑雲《はだれぐも》も灰色と朱鷺《とき》色とをこき混ぜた彩りに変わって妖しいまでに輝いていた。

「その逆光が徒《あだ》となってお顔が見えなかったのですが、ぼくは土方先生がぼくを見送って下さったのだといまでも信じています」

ということばで、鉄之助は五稜郭を去った経緯を語りおえたのであった。

日野宿は東に多摩川、西へ二里足らずの八王子周辺に多摩の山並を見るためか、雲の動きが速い。夕日が八王子に傾いて日野宿の家並を翳《かげ》らせ、空と雲とを赤く照り映えさせるころ、その夕焼を仰いだ彦五郎は反射的に五稜郭の望楼にたたずむ土方歳三の姿を思い浮かべるようになった。

事情は、鉄之助にとってもおなじらしかった。

佐藤家から西へ半町（約五五メートル）ほどの地点には、日野宿の鎮守の八坂神社が街道にむけて木の鳥居を据えている。間口二間、棟高五間、総欅《けやき》造りのその本殿には、天然理心流三代目宗家近藤周助《しゅうすけ》とその養子近藤勇および佐藤彦五郎をふくむ日野宿の門人たちの奉納した木刀《ぼくとう》二本が奉額に飾られている。

そう教えられた鉄之助は、毎日空が茜《あかね》色に染まる頃にはおのぶの仕立ててくれた小倉の袴《はかま》を着け、脇差を帯びてこの本殿に参拝するのが習慣となった。つづいて夕日にむかって長い間合掌し、べそをかいたように少し鼻の頭を赤くして冠木門の脇戸から帰ってくる。

――大垣には両親がおりました。兄の辰之助もぼくと一緒に脱藩して新選組に加盟したのですが、臆病風に吹かれたのか流山で姿を消してしまいましたから大垣に帰ったのかもしれません。しかし、両親はぼくたちの脱藩を藩庁からきつく咎《とが》められたと聞いていますから、いまさらおめおめと帰国する気になれないのです。

問わず語りに語る鉄之助は、そのはっきりとした口調、横浜から日野宿までひとり歩き通した胆力とともに、さすがに土方歳三が見こんだだけのことはあった。いまだ春秋に富むこの少年を自分とともに死なしめることはできない、と土方が考え、用事を与えて五稜郭から去らしめたのも彦五郎から見ればごく自然な発想と思われた。

だが鉄之助には、いささか問題がなくもなかった。十四歳にして脱藩、その後足掛け三年戦旅にあったためであろう、読み書きの素養がひどく遅れているのである。

それに気づいた彦五郎は架蔵の四書五経の素読と手習いを教え、源之助と力之助からも進み具合をさりげなく観察させるよう努めた。

十六歳の少年は、飲みこみが早い。鉄之助は砂に水がしみこむように素養を身につけたが、好みはやはり剣術であった。

彦五郎が竹刀《しない》、防具と稽古着とを与え、道場で源之助、力之助と立ち合わせてみると、父の手ほどきを受けてなかなか稽古の進んでいる源之助すら勝味《かちみ》がない。

「しかし、竹刀稽古というのは実戦にはさほど役立ちません。やはり本身《ほんみ》の刀を使い慣れなければ」

文机《ふづくえ》にむかう時と違って平然とうそぶいた鉄之助は、ある日佐藤家の竹藪に入りこみ、六方斬りの妙技を披露した。六方斬りとは、自分が円陣を作った六人の敵に取りこまれたものと想定し、六打の連続技によってそのことごとくを斬り捨てる高度な抜刀術である。

「はあっ」

と気合を発した鉄之助が舞を舞うように白い稽古着姿を旋転させると、カッカッと音を立てた六本の竹は、つぎの瞬間枝をざわつかせながらその頭上に落ちかかった。右斜め上方斬り上げに始まる六打に切断されたその青白い切り口は、いずれも角度が一定していて免許皆伝の彦五郎すら目を瞠ったほど。

「これはおみごと、さすがに五稜郭生き残りはお強い」

彦五郎が思わず手を打つと、

「いえ、御承知のように戊辰の戦いはほとんどが鉄砲のいくさでしたから、とてもぼくなどは」

髪を土方の遺影そっくりの総髪うしろ撫でつけにした鉄之助は、照れながらもまんざらでもなさそうに白い歯を見せた。この時も鉄之助の出てきた竹藪のかなたには夕焼がひろがっていて、その小柄なからだは朱鷺色《ときいろ》の稽古着をまとっているようであった。

佐藤家を第二の箱館新選組隊士が訪ねてきたのは、明治三年（一八七〇）になってからのことであった。

四

隊士の名は、沢忠助《ちゅうすけ》。

まだ京にいた時代の新選組に拾われ、近藤勇の馬丁をつとめていた勇み肌の男である。忠助も甲陽鎮撫隊に参加し、いつも赤ふんどし一本の出立《いでた》ちで近藤の馬の口を取っていたから、佐藤彦五郎もよく覚えていた。

まだ佐藤家に滞在中の市村鉄之助が初めてあらわれた日のように風呂と食事をふるまわれた忠助は、

「あっしは近藤先生亡き後は土方先生の馬丁となり、市村さん同様、会津、仙台、蝦夷地とお供をした者でござんす」

と来歴を語り、土方歳三の遺品だといって水色組紐《くみひも》の刀の下緒を彦五郎に差し出した。

これは土方が仙台藩青葉城におもむいた際、藩主伊達慶邦《よしくに》から下賜された品であった。

土方は五稜郭に最後の日が迫るや、鉄之助に用を命じて蝦夷地を去らしめるかたわら、この下緒を知己となった地元商人大和屋友次郎に記念として与えていた。土方が戦死していよいよ五稜郭の降伏開城が決まった時、忠助はひそかに近くの湯の川へ脱出。ほとぼりもさめてから箱館へ潜入して大和屋に面会し、これを見せられて彦五郎に届けると約束したのだという。

ざんばら髪で無精髭《ぶしょうひげ》も伸び放題ながら、忠助は月代を剃《そ》って髷を下馬銀杏《げばいちょう》に結いあげればさぞいなせな男であったろう。忠助は彦五郎から酌をされ、うまそうに盃を傾けながら土方歳三最後の突撃の模様を伝えた。

さる明治二年五月十一日、五稜郭にあって箱館半島先端の弁天台場の味方が危ないと聞いた土方は、兵五百を率いてその手前の一本木関門へ走った。フロック型軍服に革長靴、額に白鉢巻を巻いて馬上白刃を振りかざしたかれは、赤ふんどしのみの素裸になった忠助に馬の口を取らせていた。

この兵力によって正面を黒々と埋めた新政府軍の第一線を抜いた時、

「よし、忠助、下がれ」

土方にいわれ、全身汗みずくの忠助は息を喘《あえ》がせながら馬の口を離してそのうしろ姿を見送った。

しかし、つぎの瞬間、新政府軍の第二線が一斉に射撃。土方は上体を反《そ》らしたかと思うと大刀を取り落とし、もんどり打つように落馬していた。

「先生！」

忠助がなおも飛び交う弾丸をものともせず駆け寄って抱きあげた時、すでに土方は息をしてはいなかった。……

この沢忠助は、京に女房が待っているので、といって佐藤家にはほんの数日間しか宿泊しなかった。

対して鉄之助の髪型は土方に似せてもまだあどけなさの残る表情は、このころからにわかに憂いを帯びた。読み書き手習いもしなくなり、案じた彦五郎父子が道場に誘っても、いいえ、今日はちょっと、と答えるばかり。明治四年（一八七一）となっても、六方斬りに成功して白い歯を見せた明るさはすっかり姿をひそめていた。

それでも日暮れ時に八坂神社へ参詣する日々の習慣だけは守っているので、彦五郎は三月に入ったある日思いきってその後を追い、本殿の狛犬《こまいぬ》の前でたずねてみた。

「鉄之助さん、近ごろ一体どうなすった。その塞ぎこみようは歳三の刀の下緒が届けられて以来と見たが、沢忠助さんとの間になにかあったのかね」

すると夕日を羽織袴の背に受けて彦五郎の足元に長い影を倒していた鉄之助は、かぶりを振ったかと思うと唇を震わせ、

「彦五郎殿、どうか教えて下さい」

と、これまで抑えに抑えてきた胸の内を一気にほとばしらせていた。

「どうして土方先生は、ぼくを遠ざけてから討死なさらねばならなかったのです。沢

忠助には最後まで供をさせたというのに、なぜぼくをつれて行っては下さらなかったのです。ぼ、ぼくだって新選組の隊士だったんだ、一緒に斬死しようといわれれば喜んでお供したのに」

そこでことばをつかえさせ、鉄之助はおいおいと泣きはじめた。

この時、彦五郎は初めて気づいた。鉄之助はようやく十八になったところだというのに、土方とともに箱館に死ななかった自分をなおも恥としつづけていたのである。

「いや、きっと歳三はこう考えたんでしょう。鉄之助さんには生きてこの明治の御世の行く末を見定めてほしい、と」

彦五郎は羽織の袂《たもと》から手巾を取り出し、夕日に身を翳らせた鉄之助に手わたしたところではっとした。なぜかかれは、夕日に染まった五稜郭の望楼にたたずむ義弟に手巾をわたしたような錯覚に捉われていた。

五

鉄之助がそろそろ大垣に帰ると申し出たのは、この明治四年三月中のことであった。美濃国の旧大垣藩は、すでに岐阜県大垣町と名を変えている。

「では、二、三日だけお待ちを」

と答えた彦五郎は、旅仕度一式とまとまった資金とを与えることにした。二年半前に受け取ったまま保管していた五十両を五十円の新紙幣に両替し、それに、蝦夷共和国政府発行の通貨で明治政府のそれと認められなかった分は自前で補塡《ほてん》して、餞別《せんべつ》として五十円。

百円という額は邏卒《らそつ》初任給の四年分以上に相当する。だが、日野三千石を管理する彦五郎にとってはせめてもの心尽くしであり、

（もしも鉄之助さんが戊辰の賊徒として大垣で白い目で見られても、充分暮らしむきが成り立つように）

との配慮でもあった。

しかし、日野を去った鉄之助はその後なんの消息もよこさなかった。

あけて明治五年の入梅時には立川主税《ちから》という坊主頭の元箱館新選組隊士があらわれ、慶応三年から箱館戦争終結に至るまで書きつづけた自分の日記を寄贈してくれた。名づけて『立川主税戦争日記』。

四十六歳になってやや老眼の気の出てきていた彦五郎が目をこすりながら読むと、明治二年五月十一日の項はこう書かれていた。

「明ケ七ツ半時（午前五時）砲撃声《ほうげきせい》ニ郭中ノ人員城外ニ進ミ（略）箱館ハ只《ただ》土方兵ヲ引率シテ一本木ヨリ進撃ス。（略）七重浜へ敵後《うしろ》ヨリ攻来《せめきた》ル故ニ土方是《これ》ヲ差図ス。故

ニ敵退ク、亦《また》一本木ヲ襲《おそう》ニ敵丸腰間ヲ貫キ遂《つい》ニ戦死シタモフ。土方氏常ニ下万民ヲ憐《あわれ》ミ、軍《いくさ》ニ出ルニ先立《さきだち》テ進《しん》シ士卒共ニ勇（ヲ）奮フテ進ム、故ニ敗ヲトル事ナシ」

　義弟土方歳三がただの剣鬼ではなく、兵たちから敬愛されていたことのよくわかる文面であった。

（歳三を慕ってくれたのは、あの鉄之助さんだけではなかった。だからこうして、ぽつりぽつりと日野を訪ねてくる元隊士たちがいるのだ）

と思うと、彦五郎はうれしかった。かれは三年前に鉄之助のきた日も梅雨空だったことを思い出し、一句詠んだ。

　待つ甲斐《かい》もなくて消えけり梅雨の月

　越えて明治七年（一八七四）二月には、佐賀の乱が発生。九年十月には熊本で神風連の乱、福岡で秋月の乱、山口で萩の乱が連続し、物情騒然となった。ついで十年二月には西南戦争が勃発したが、九州のほぼ全域に及んだこの内乱も九月には薩軍の壊滅によって幕を閉じた。

　ただしこのころ、彦五郎に野次馬気分で西南戦争の帰趨《きすう》を眺めている余裕はなかった。十年一月十七日に、妻おのぶが四十七歳で病死してしまったのである。

葬儀もおわって彦五郎がその遺品となった針箱を改めると、その底には一枚の紙が大切にしまわれていた。

「使いの者の身の上、頼みあげ候　義豊」

と書かれた、あの歳三の絶筆であった。

（それにしても、鉄之助さんが大垣に帰ってもう丸六年だ。餞別がお役に立ったのならよいが）

髪は薄くなり、鼻の両脇の皺も深くなった彦五郎が八坂神社へ参詣して帰ってきた夕刻のことであった。これも初老となった下男が門の脇戸から飛び出してきて、

「あ、だんなさま、いまこんな手紙が届きまして」

と一通の封書を差し出した。

差し出し人の名は、岐阜県大垣町の市村辰之助。急ぎ開封した彦五郎は、おりから上空にひろがりはじめた夕焼の下で内容を走り読みした。

そこには、こう書かれていた。

「かつてお世話に相なりましたる舎弟鉄之助儀、先頃家を出て行方を絶ちおり候ところ、西南の役勃発後薩軍に加入、熊本鎮台を抜かんとして被弾戦死いたし候由《よし》、鹿児島県庁筋より内々に報じられたることに候。ここに生前の御厚誼《ごこうぎ》を謝し、とりあえず一筆つかまつり候。不一」

そういえば鉄之助は、辰之助という兄も流山まで新選組に加入していた、と語ったことがある。

（それにしてもあの鉄之助さんが、薩軍に身を投じて命を散らしたとは）

一瞬茫然《ぼうぜん》とした彦五郎は、下駄を鳴らして西の空を仰いだ。今しも落日はちぎれ雲を灰色と朱鷺色混じりに染めあげ、荷車のゆく街道筋を影絵のように翳らせて八王子のかなたに沈もうとしている。

その朱を刷《は》いたような夕焼のなかにおなじ髪型をした歳三と鉄之助の笑顔を見たと感じ、思わず彦五郎は呼びかけていた。

「鉄之助さん、あんたはそこまで歳三に死に遅れたことを気に病んでいなすったか。だからどうしても、もう一度政府軍と戦わねば気が済まなかったんだね」

やおら夕日にむかって合掌した彦五郎を、野良着姿の下男は馬面をかしげて見つめていた。

その後、彦五郎は南多摩郡の初代郡長に就任。明治二十一年にはそれまで逆賊とみなされてきた近藤勇、土方歳三の雪冤《せつえん》のため高幡《たかはた》不動のうちに殉節両雄の碑を建立し、同三十五年九月に至って大往生を遂げた。享年七十六。

西南戦争に死所を求めた土方の元小姓、市村鉄之助二十四歳については、佐藤家所蔵文書にささやかな記述があるばかりである。

剣菓

森村誠一

森《もり》村《むら》誠《せい》一《いち》（一九三三〜）

埼玉県生まれ。青山学院大学卒業。ホテル勤務を経て、一九六九年に『高層の死角』で江戸川乱歩賞を受賞して推理小説家としてデビュー。一九七三年には『腐蝕の構造』で日本推理作家協会賞を受賞している。映画化された『人間の証明』は大ベストセラーになり、この作品に登場した棟居刑事の活躍はシリーズ化された。『新幹線殺人事件』『黒の十字架』『致死連盟』『密閉山脈』など社会的なテーマを織り込んだミステリーに加え、『青春の源流』『人間の剣』などの時代小説、『太平記』『平家物語』などの歴史小説も手がけており、『悪道』で吉川英治文学賞を受賞した。

一

その老人がどこから来たのか、どんな経歴の持主か、だれも知らない。その老人が留吉《とめきち》の前に現われたのは、師走《しわす》の木枯しの吹き荒れる夕方であった。

裾《すそ》がほつれたインバネスに風呂敷包みを二個肩に振り分けにして、手に柳行李《やなぎごうり》を下げていた。

顔は皺《しわ》だらけで渋を塗ったような色をしている。下腭《したあご》に鑿《のみ》で抉《えぐ》り取ったような傷痕がある。筋骨はたくましく、見かけよりは若いのかもしれない。

インバネスが風に煽《あお》られて、大きなコウモリのようにはためくのが不吉に見える。路地で遊んでいた悪童たちも、老人の身体に漂っているような不吉な気配に、遠くから恐る恐る見守っている。

老人は子供たちの群から一人離れていた留吉のかたわらへ来ると、意外に優しい声で、

「八百屋吉兵衛《きちべえ》さんの家はこの近くかな」

と問いかけた。吉兵衛はこの辺一帯の長屋の大家である。以前八百屋をしていたとかで「八百吉」で通っている。

「そこの横丁の角の松のある二階家だよ」

留吉が教えてやると、

「有難う」

と老人はニコリと笑って吉兵衛の家の方へ歩いて行った。眼光が鋭いのに、笑うと優しい顔になった。

その老人が留吉の家の隣りに住むと知ったのは、それから間もなくである。留吉一家が夕食の膳を囲んでいると、老人が手拭いを一筋もって挨拶に来た。

「今度お隣りに住むことになりました入布《いりふ》と申します。よろしくお願いいたします」

老人は手拭いを差し出しながら丁寧に腰を折った。それが留吉と入布のつきあいの始まりであった。


老人は柳行李の中になにやら難しい本をいっぱい詰めており、それを売って歩いているのだと言った。はたして売れるのか売れないのかわからないが、朝、行李を下げて出かけ、夕方になると戻って来る。

留吉の父は渡りの大工である。親方になれず、あちこちの親方に仕事を分けてもらっては出かけて行く。これを「一人大工」とか「一人棟梁《とうりょう》」とか言うが、腕がいいのでよく座敷がかかる。

だが名人気質《かたぎ》で、気に入った仕事しかしないので、いまだに江戸の裏街が尾を引いたようなじめじめした棟割《むねわり》長屋から出て行けない。文明開化の波が滔々《とうとう》と押し寄せる時勢の中でこの長屋のある町内だけは、時流から取り残されたような江戸そのままの一画である。共同井戸を囲んで棟割長屋が立ち並び、北側の隅には稲荷社《いなりしゃ》がある。

ここに職人やボテ振り商人、日雇い、車夫、馬丁、大道芸人などが住みついて共同生活体《コミュニティ》を形成している。ごちゃごちゃと乱雑に寄り集まっているようだが、同業者や近くに同じ商店がある業種の者は住まわせないように家主の吟味がされている。また犯罪者や博徒《ばくと》なども入り込ませないように家主が店子《たなこ》の生活を監督している。店子の犯罪や失火は家主の監督不行届ということで連帯責任を取らされる恐れがあるからである。

入布老人が隣りに入居して三日後、一つの事件が起きた。

「やいやいくそ爺《じじ》い、てめえどこに目ん玉つけてやがんでえ、天下の往来で人に突き当たりやがって、ただですむとおもってやがんのか」

長屋の路地の一角で罵声《ばせい》が湧いた。数人の凶悪な面構えをした地まわりが、入布老人を取り囲んでいる。

「猫政一派だ」

長屋の住人たちは入布にからんでいる連中を見て青ざめた。猫政とはここ半年ぐらいの間にこの界隈《かいわい》に住みついた無頼《ぶらい》の一派で、首領格の政五郎の渾名《あだな》をもじって呼んでいる。二の腕に猫の彫り物があるところからつけられた渾名である。

人殺しの前科があるとかで、凶暴このうえなく、二十人前後のいずれ劣らぬ悪《わる》どもを従えてこの界隈で勝手放題の振舞をしている。

若い娘にはいたずらをしかける。新道の小商人の店に押し入ってわずかな売上げをかすめ取る。無銭飲食はする。それを阻もうとすれば店をめちゃめちゃに叩《たた》き壊す。家の中に汚物を叩き込む。警察を呼べばもっと非道《ひど》い報復にあう。まさに傍若無人《ぼうじゃくぶじん》のしたい放題である。

腹にすえかねた剣術指南役だったという武士上がりの手習い師匠が注意したところ、その場は引きさがったが、間もなく、師匠は両手の指の骨を悉《ことごと》く折られた。また無銭飲食を敢然《かんぜん》と訴えた酒屋の亭主は、足の甲に五寸釘《くぎ》を打ち込まれた。

いずれも猫政の仕業《しわざ》とわかっていながら、夜中突然襲われたために証拠がない。このことがあってから町内は慄《ふる》え上がり、だれも抵抗するどころか、被害を訴え出る者もない。

そんなことをしても警察は護《まも》ってくれないことを知っている。維新前ならば奉行所と各町内との連絡が緊密であった。各町内には町《ちょう》役人がおり自警組織が確固としていて、犯罪者や無頼漢の跳梁《ちょうりょう》を許さなかったが、ご維新になって奉行所体制が崩れると、警察制度が確立されるまで、東京の治安維持は尾張、紀伊、薩長他十二藩藩兵による警邏《けいら》に委ねられた。

その後幾多の変遷があったが明治《めいじ》初期から中期にかけては警察の過渡期にあり、江戸っ子気質の東京市民は警察を信用していなかったのである。

この虚を突いて猫政一派はこの町に巣くった。

住人が抵抗を捨てた時点で、この町の支配者は、天皇でも政府でも地主家主でもなく、猫政一派となったのである。

それがいやな者は逃げ出すほかはなかった。とは言え逃げる自由があったわけではない。悟られないように夜中密《ひそ》かに家財をまとめて、あるいは着の身着のままで逃げるのである。

猫政一派の、いかなる悪党よりも悪辣《あくらつ》なところは、女子供、老人であろうと容赦しないということである。老人の老後の生活資金にと蓄《た》めた小金を平然と取り上げる。十二歳の女の子を輪姦《りんかん》したこともあった。自分を身代わりにしてくれと言った母親をてめえのような婆ァは犬もしかけねえと言って、犬に舐《な》めさせてみなで嗤《わら》った。

そこまでされても、住人はひたすら耐えるほかはなかった。そこ以外に生きる場所のない者は猫政一派の暴虐《ぼうぎゃく》に耐えても、しがみついているほかはない。

いまも猫政一派が新しく入居して来た入布老人によき鴨《かも》とばかりからんだのである。

猫政の片腕と言われる弥助が故意に突き当たって行ったところ、入布が意外に身ごなしが敏捷《びんしょう》でひょいと躱《かわ》されてしまった。勢い余った弥助が体勢を崩したところが水たまりに滑って見事に尻餅をついてしまったのである。

びっくりした入布は頭を地にこすりつけるようにして謝った。突き当たったのは弥助の方であるが、そんな言いわけが通る相手ではない。

「やいこの老いボレ、頭下げてなんでも物事が納まりゃあ、米つきバッタが天下取《カ》らあな。畏れ多くも弥助兄哥《あにき》を小便くせえ地べたに這《は》いつくばわせたんだ。この決着《タ》はどうつけてくれるんでえ」

弥助は、尻をくるりとまくってあぐらをかいた。仲間が柳行李を蹴飛ばして中身の本を往来にばら撒《ま》いた。老人から金を毟《むし》り取ろうという魂胆がある。町内の住人は可《か》哀想《わいそう》だとはおもったが、どうすることもできない。

「しがない本売りで大した売上げもないが、これで許して下され」

老人はその日の売上げらしい小銭を差し出した。弥助は素早くそれを掌《てのひら》で数えると、

「爺い、手めえこの弥助様をナメてやがんな。こんな鐚銭《びたせん》で弥助様に詫《わび》を入れたつもりかよ。ふざけやがってかんべんならねえ」

そう言いながらも金はちゃっかり懐中に入れると、裾をまくり老人に〝放水〟を始めた。仲間が面白がって見倣《みなら》う。入布はたちまち頭から〝水浸し〟となった。体だけ

でなく売れ残った本までさんざんに放水を浴びて、売り物にならなくなった。

「これに懲りて以後往来を歩くときは、目ん玉よく開いて歩きやがれ」

弥助ら一行は捨てぜりふを残して立ち去った。後に残された老人は水浸しになった本を拾い集めた。留吉が出て行って手伝った。

「有難う」

入布は笑っていた。留吉は不思議におもった。ごろつきどもから言語道断な辱しめを受けながら、老人の表情が明るいのである。辱しめられただけでなく、今日一日の乏しい稼ぎを奪い取られたのに落胆も憤りの色もない。渋を塗ったような面は、淡々としていて穏やかである。

そのとき留吉は彼から不思議な圧力をおぼえた。それは海のように途方もなく広く深いものから受ける圧力に似ていた。

二

そのときから留吉は時々入布の家へ行くようになった。母親がつくった総菜《そうさい》や煮物などを裾分けして留吉が運んで行ってやる。入布は大層喜んだ。一人暮らしの老人で、めしをつくるのが面倒なときは、抜いてしまうこともあるらしい。留吉の家からの裾分けで、ようやく食物にありつくということもあるようである。

あるとき老人は珍しい菓子をくれた。これまで見たこともない西洋の菓子である。今日の出先でもらってきたのだという。

一口、口に入れて世の中にこんなうまいものがあるのかとおもった。これまで食べたいかなる駄菓子ともちがう、高貴で、よい香りがして口の中が溶けてしまいそうであった。

「うまいか」

老人がにこにこして聞いた。

「うまい」

「そうか。よかったな」

「外国人《メリケン》はみんなこんなうまい菓子を食っているのか」

「多分そうだろう」

「こんな菓子を毎日食べたいな」

「留吉が大きくなったらつくればいいだろう」

「うん、おれきっとこんな菓子をつくるよ」

「それがいい」

老人がくれた西洋菓子は、留吉に夢をあたえた。

苛《いじ》められっ子で臆病の留吉は、仲間の遊びにもなかなか入って行けない。ようやく入ってもすぐに疎外されてしまう。仲間と一緒に遊んでいるよりも、一人で中を見たり、ノラと遊んでいるほうがずっと楽しい。いきおい一人でいることが多くなり、ますます疎外されてしまう。通っていた手習い師匠が逃げ出してから、大工の子に学問は要《い》らないという父親の意見で、父親の仕事に引っ張り出される以外はたいてい一人でいる。

家に帰っても貧乏人の子だくさんで、二人の兄と二人の姉がいる。親はもう子供は要らないという意味をこめて「留吉」と名づけた。名前すら親の愛から疎外されている。

父は、諸事引っ込み思案の留吉が、歯がゆくて仕方がないらしい。家族からも友達からも孤立している留吉は、入布老人の家に来ることが多くなった。べつに言葉を交《か》わすわけでもないが、老人のそばにいると気分がゆったりと寛《くつろ》いでくる。なんとなく海を見ているような気分である。

老人も留吉を拒まない。売上げで時々駄菓子などを買って来てくれた。だが西洋菓子はあのとき一度だけであった。

「おじいさんはいつまでここにいるの」

留吉は尋ねた。このままずっとここに住みついてもらいたいとおもった。

「さあ、わからんな」

老人の表情は、茫洋《ぼうよう》として取りとめがない。

「わからないって言うと、いつか出て行くんだね」

「わからんな」

言葉は表情以上に茫洋としている。

「なるべく長く居てもらいたいな」

留吉は本音を吐いた。

「まだ当分はここに居るつもりだよ。本を売り切るまではな」

入布老人は柳行李の方に目を向けた。分厚い、なにやら難しげな本で、一日売り歩いても数冊しか売れないようである。行李の中にはまだだいぶ残っている。全部売り切る前に猫政一派に追い出されなければよいがとおもった。

「猫政に本をだいぶだめにされちゃったんだろう」

「またたくさん仕入れてきたよ」

「本当に非道いやつらだ」

留吉は、改めてあのときの場面をおもいだして義憤を新たにした。老人を救うためめに指一本出せなかった自分に対して腹を立てている。

「手出しをしてはいかんよ。あの者たちは人間ではない、狂犬じゃ。いや気ちがい猫じゃな」

　留吉の心を読んだように老人は言った。

「おじいさんは悔やしくはなかったのかい」

「猫に小便を引っかけられたくらいで怒っていても仕方があるまい。引っ掻《か》かれて怪我《けが》をしてもつまらん」

「でも猫は、あんな非道いことはしないよ」

　留吉は日頃大きなことを言っているおとなたちが、猫政の前ではそれこそ借りて来た猫のようになってしまうのが悔やしかった。彼のことを臆病だの、金玉もってるのかなどと罵《ののし》る父親すら、猫政の前では口答え一つできない。

「だから狂っておるのだよ。相手が人間なら話してわかるだろう。乱暴を止めさせることもできるじゃろう。だが人間の言葉の通用しない相手をまともに相手にして怪我をしてもつまらんじゃないか。中途半端に手出しするくらいなら、最初からなにもせんほうがええ」

　あきらめているのではなく、これまで潜り抜けてきた人生の体験から悟った口調であった。

　だが留吉には老人が逃げているように聞こえた。

三

それから間もなく留吉は老人が決して逃げてばかりいるのではないような光景を目撃した。

猫政一派の暴虐は、ますます募《つの》ってきた。町内では彼らのために商いが成り立たなくなり、店じまいする者が増えてきた。町は生活必需品を商う店があって初めて町として、機能する。

魚屋、風呂屋、髪結い床、八百屋、酒屋、めし屋、これらの店が櫛《くし》の歯が欠けるように失われて、町が次第に死んでいく。

一方で旧江戸の裏街の生活を支える者が、早朝の納豆、しじみ売りを皮切りに一日に三度も回って来る豆腐屋や季節の味を運ぶ各種食物や生活用品の行商人である。だが、猫政一派が商品を只《ただ》食い只取りした揚句《あげく》に売上げまで奪うものだから行商人が来なくなった。

豆腐屋は容器の中身を路上に打《ぶ》ち撒《ま》けられたうえに顔に豆腐を叩きつけられて逃げ出した。どじょうやうなぎは盤台ごと取り上げられた。

行商の中で猫政の最も好餌《こうじ》にされたのが、玉子売りである。新鮮な地玉子を天秤《てんびん》の両端に吊《つ》り下げた籠《かご》の中に盛って売り歩く。売り声も「たまごう、たまごう」と独特の節をつける。必ず二声で、一声や三声はない。前の籠に小さい玉子、後ろの籠に大きいのを入れている。客に呼ばれると一つ一つ日の光に透かして売る。

　猫政一派はよき鴨とばかりわっと玉子売りを取り巻いた。

「やい玉子屋」

「へえ」

「日に透かすのはどういうわけなんでえ」

「へえ濁っているのが古い玉子、透けて見えるのが新しい玉子なんで」

「それじゃあ手めえは古い玉子を売るのか」

　早速からんできた。

「万一古いのが入ったときの用心でございます、へえ」

「そうか、それでもし古いのが入《へえ》っていたらどうするんでえ」

「古い品は売りません」

「古いのは捨ててもいいんだな」

「へえ」

「それじゃあおれたちが調べてやろう」

　弥助が玉子を一つ手に取って日光に透かした。

「おい、こいつは中が濁っているぞ」

仲間がたちまち真似《まね》をした。

「こいつも濁ってるぜ」

弥助が玉子を地面に叩きつけた。仲間たちが見倣う。

「これも濁ってやがる」

「みんな腐れ玉子だ」

と言いながら地面に叩きつける。そのうちに地面で玉子を割るのに飽きた弥助が通行人に投げつけた。通行人が悲鳴をあげて逃げる。仲間が面白がって真似をした。

通行人が逃げ散ったので、弥助らは付近の家に玉子を投げつけ始めた。玉子は店先の戸や床や壁に叩きつけられどろどろの黄色い中身が流れ出した。

商品に玉子を叩きつけられると売り物にならなくなる。頭に投げつけられた者は、当分玉子のにおいが消えない。住人はパニック状態に陥った。面白がって猫政一派はますますつけ上がった。

そのときである。どこから飛来したのか一個の玉子が弥助の顔面に命中した。つづいて次々に一派の連中が玉子の目つぶしを喰《く》らった。

「や、野郎」

と玉子の飛んで来た方角へどなったが、目に玉子の砕けた中身が流れ入って見えない。

「馬鹿野郎、相手を見て投げろ」

弥助は玉子投げに興じている間に〝同士討ち〟をしたとおもったらしい。

玉子であるが、加速度をつけて飛来するのでかなりのダメージを受ける。たちまち全員が目をつぶされた。視力を失った彼らは路面に流れた玉子に滑って転倒した。起き上がろうとして足を取られ、全身玉子まみれになった。

四

その光景を留吉は少し離れた所から見ていた。路地に身を隠して猫政一派に玉子を投げつけたのは、入布老人であった。少し前に買った玉子を手に構え、まるで手裏剣《しゅりけん》を投げるような形で投げていた。

玉子は一個一個水平に宙を飛んで吸い込まれるように猫政一派の顔面に命中した。一個も狙いをはずさなかった。

留吉はその場面をしっかりと見ていた。入布老人が玉子を投げたのを見ていた者は留吉以外にはいない。老人は玉子を投げ終えると、なにもなかったような顔をしてその場から離れた。

留吉は自分の予感が当たったとおもった。かねてから入布老人は、ただの老人ではないとおもっていた。初対面のとき彼から受けた海のような威圧感と、いま見届けた手練は決して無関係ではあるまい。そのころから老人が以前は有名な剣術遣いだったという噂《うわさ》が立った。

それにしてもあれほどの手練を秘めていながら、なぜ猫政一派の小便を甘んじて全身に浴びたのか。

留吉は不思議におもった。

だがそれを老人に直接聞くのは憚《はばか》られた。それを聞くことが、老人が決して語ろうとしない過去の秘密に触れるような気がしたのである。

そのころ留吉は一匹のノラ犬を拾った。雑犬で雨の日にどこからともなく留吉に従《つ》いて来た。濡《ぬ》れそぼり、痩せ細っていた。放っておけば死ぬのはわかっていた。

留吉は追い返せなくなって家へ連れ帰った。

父親が犬を見て怒った。

「一家の人間が食うのにかつかつなのに犬にやるめしがあるか。すぐ捨てて来い」

とどなった。留吉が捨てに行かなければ、自分が捨てに行きかねない見幕であった。

母親が見かねて、

「せめて今夜一晩だけおいてやって、明日必ず捨てておいで」

と取りなしてくれた。翌日、留吉は自分の朝めしの残りをもってノラを連れ出した。ノラはおとなしく従いて来た。

「ごめんな、おまえを飼ってやれないんだよ」

留吉が言い聞かせてもくーんと鳴いて離れようとしない。困り果てた留吉は一軒の空き家の中に連れ込んだ。猫政一派に足に五寸釘を打ち込まれて夜逃げした酒屋のあとがそのまま空き家になっている。

留吉はそこでノラを親に隠れて飼うことにした。ノラに「コロ」と名づけた。

「いいか、コロ。家では飼ってやれないが、ここが今日からおまえの家だ。餌《えさ》はおれが運んで来てやるからひとの家のものを盗むんじゃないぞ」

留吉が頭を撫《な》でて言い聞かせてやると、わかったのかわからないのか尾を振ってしきりに甘えた鳴き声を出した。

「あら、可愛《かわい》い犬ねえ」

突然背後に女の声がした。振り向いた留吉は、「お千代ねえさん」と目を見張った。同じ長屋に住んでいる古着屋の娘である。十七歳で、「はきだめに鶴」とか「長屋小町」と呼ばれている美しい娘である。留吉も密かに憧れている。

町内全体で庇《かば》っているので、猫政一派の魔手から辛《かろ》うじて免《まぬか》れていた。

「どうしたの、この犬」

お千代はコロを見るために顔を近々と寄せた。留吉の胸の動悸《どうき》が激しくなった。留吉よりも八歳も年上であるが、彼女は彼の心の祭壇に祀《まつ》られた女神である。

その女神とたった二人で空き家の中にいる。留吉はお千代に心臓の動悸が聞こえるのではないかと心配になったほどである。

「拾ったんだよ、ここでおれが飼うことにしたんだ」

「そう、お父さんやお母さんに飼ってはいけないって言われたのね」

お千代は事情を察した。

「内緒だよ」

「大丈夫よ。だれにも言わないわ。私も時々餌を運んで来てあげるわね。留ちゃんと私の二人きりの秘密よ」

お千代は優しく笑った。その日からコロは留吉とお千代の共有の秘密となった。二人に餌を運ばれてコロはその空き家に住みついた。

留吉はお千代と秘密を分かち合ったのが嬉《うれ》しかった。

五

「留吉、おまえ学校へ行かないのか」

入布老人の家へ行ったとき、彼が尋ねた。

「大工の子に学問は要らないって」

「父さんが言ったのか」

「うん」

「そうか」

そのまま老人が黙した。維新後の日本の教育は外国の制度を鵜《う》飲みにしてまだ暗中模索の段階である。

小学校の義務教育制が打ち出されるのは明治十九年である。

「なぜ学校へ行かなければいけないんだい」

「それはだな」

老人は言葉をちょっと切ってから、

「ちゃんとしたおとなになるためだよ」

「それじゃあ、うちのお父やお母や長屋の人たちはみんな学校へ行ってないけど、ちゃんとしたおとなではないのかい」

「これは一本取られたな。だがこれからは読み書きやソロバンがこれまでよりも必要な世の中になる。おまえがお父さんの後を継いで大工になっても、あるいはおまえがつくりたいと言っていた西洋菓子をつくるために丁稚《でっち》奉公に上がっても、図面一枚引けず、そろばん玉一つ弾《はじ》けないようでは困るだろう」

「いろはと数字くらい書けるよ」

「これからはもっといろいろなことが必要になる。そうだ。わしが少しずつ教えてやろう」

「え、本当かい」

「ただし、親には黙っているんだぞ」

「どうして」

「余計なこととおもわれるかもしれないからな。わしとおまえの間の秘密にしておくんだ」

留吉にとってまたべつの秘密の共有者ができたことになった。

留吉はこの機会に日頃胸に秘めていたことを入布老人に頼んでみることにした。

「お爺さん」

「これからは先生と呼ばなければいかん」

優しい老人の顔がにわかに引き締まってみえた。

「先生」

「なんだな」

「おれに剣術を教えてください」

「剣術だと？」

老人の表情が驚いた。

「お爺さん、いえ先生のことを長屋の人たちは元剣術の先生だと噂しているよ。おれ剣術を習いたいんだ」

「剣術を学んでどうするつもりだな」

「猫政をやっつけたい」

「馬鹿者！」

突然強い声を浴びせられて留吉はきょとんとした。老人は声を柔らげて、

「剣術はそんなことのために学ぶものではない。生兵法《なまびょうほう》の、つまり中途半端の剣術など学んではならぬ」

と諭《さと》すように言った。

「だから中途半端でなく教えてください」

「ならぬ。猫政をやっつけるという目的自体が中途半端なのだ。剣術はだれかをやっ

つけるために学ぶものではない」

「それじゃあなんのために学ぶのさ」

「強《し》いて言うなら自分に勝つためだ。わしなどはいまだに自分に勝てぬ。人に教える資格などないのだ」

「自分に勝つってどういうことなんですか」

「たとえば猫政をやっつけたいとおもうことを怺《こら》えることだ」

「先生は悔やしくないんですか」

「あんなやつらと戦ってなんになるか。男が本当に戦わなければならない相手は、あんな連中ではない」

「それじゃあどういう相手ですか」

「それが勉強すればだんだんわかってくる。男が本当に立ち上がらなければならないときは、めったにあるもんじゃない。その代わり一度立ち上がったら、もう引き返せないぞ。徹底的にやらなければいかん」

入布老人の言葉はよくわからぬながらも、留吉の胸の深い所に響くようであった。

その日から留吉は老人から少しずつ漢字や漢文の素読《そどく》を教えてもらうようになった。

六

町内に妙な噂が流れ出した。

「大家がよう、いつの間にか株を売っちまったらしいぜ」

「株を売ったってだれに」

「ふぐ辰《たつ》が新しい家主だってよ」

「ふぐ辰だって、おい冗談じゃねえぞ」

ふぐ辰こと伊勢町の線香問屋井筒屋辰五郎は、あくどい土地の買占めで財を成したと噂される悪名高い大地主である。

線香問屋の表看板の下に旧江戸中のめぼしい土地を次々に買い占め、地価を釣り上げておいて転売して利ザヤを稼いだり、多くの貸家を建て、家主を雇い、家賃を取り立てる。

顔がふぐのように脹《ふく》れているところからふぐ辰と呼ばれている。いったんこのふぐ辰が目をつけると、やくざやごろつきを雇い、あらゆるいやがらせをして住人を追い出し、買い占めた土地を自分が意図したように再利用するところから裏街の住人から蝮《まむし》のように嫌われ、恐れられていた。

「するってえと、猫政一派はふぐ辰に雇われていたってわけか」

「どうやらそうらしい」

「ふぐ辰が地主になったら、いずれこの町内ペンペン草も生えなくなるぜ」

町内の住人たちは戦々兢々《せんせんきょうきょう》とした。ふぐ辰の手口は、まず大通りに近い江戸の長屋が残っている裏街を狙う。江戸の街の特色は繁華街と貧民街が混在していることである。

大商店が軒《のき》を並べる大通りから一歩裏へ入れば、そこには大通りに住む大商人が経営する裏店《うらだな》が密集している。いわゆる「九尺二間」の棟割長屋がびっしりと軒を接している。

明治二年、東京の占地比率は武家地六十九パーセント、寺社地十五パーセント、町地十六パーセントであった。この町地に東京（旧江戸）の総人口の約半数が詰め込まれていた。人口密度は一平方キロあたり六万人である。

この偏頗《へんぱ》な人口密度を可能にしたものが、裏長屋の存在である。江戸末期の町人人口約五十五万人、世帯数約十四万中、四十万人十万世帯は裏長屋の住人であった。

つまり江戸市民の七十二パーセントは、長屋の八っつぁん熊さんだった。当然のことながら居住環境はきわめて悪い。日照、通風は悪く、プライバシーはない。一年中じめじめしていてナメクジ長屋とか、ガタクリ長屋などと呼ばれる。

だが江戸の活力と人間くさい営みはこの裏長屋の住人によって支えられたのである。「粗忽《そこつ》の釘」を打てば隣家に突き抜けるような薄い壁一つを隔てて緊密な隣人愛を培《つちか》い、彼らは人間的なぬくもりをもった生活共同体を形づくっていた。

この長屋が江戸後期から明治にかけていささか供給過剰になった。文明開化による生活の洋風化と旧武家階級の崩壊によって地方から職を求めて流入して来る者が増え裏店の連帯意識も薄れてきた。

ここに目をつけたふぐ辰は、表通りに近い裏店が建っている底地を買い占め、あらゆるいやがらせを用いて住人を追い出し、建物を取り壊した後に新たな合屋《あいや》（いまのアパート）や和洋折衷《わようせっちゅう》の貸家を建てた。

これを地方から流入して来た人間や洋風かぶれのハイカラ族に貸して巨富を築いたのである。狭いながらも一戸ずつ軒を接している長屋よりも、一戸の中に多数の部屋を仕切った合屋の方が限られた土地に多数の人間を住まわせられる。

またハイカラ族からは高い家賃を取り立てる。大通りに近い裏店は、住人を追い出し、上に乗っていた建物を取り除いて更地《さらち》化しただけで数倍も値上がりする。

ふぐ辰のやり方で、人情味のある昔ながらの江戸の下町が、オニヒトデに食い荒らされる珊瑚《さんご》の海のように殺風景な、〝新開地《しんかいち》〟に変っていった。

そのふぐ辰が彼らの町内に狙いをつけて、その先兵として猫政を送り込んだという。

噂を裏書きするように大家が代った。

当時の大家は、その土地の代々の住人であり、土地と家屋を所有する〝居付き地主〟と、他の土地に住んでいる〝他町地主〟がいた。前者は店子との間に親子関係を擬制して町政から住人の日常生活の面倒までみて住人から尊敬と信愛を集めていたが、後者はおおむね家作の事務的な差配《さはい》（管理人）としての大家をおくだけであった。これら〝雇われ大家〟と住人の間には家族的な緊密感など生まれるべくもない。

これまでの土地家屋の所有者であった古い居付き大家が代ったということは、その背後にふぐ辰の存在をうかがわせるものである。

「ふぐ辰相手じゃ勝負にならねえよ」

「なんでも政府のお偉《え》ら方とも結《ツル》んでるってえ噂だぜ」

「もともとふぐ辰は江戸の人間じゃねえ、薩長の役人と組んで東京中を根こそぎ煉瓦《れんが》を敷きつめたメリケンの街にするんだとよ」

薩長主導型の明治新政府は、徳川幕府の築いた江戸の地名に反感をもっている。

地形的に手狭な京から離れて、江戸を東の京として地理上の名称としては江戸を残した。初期の間は「東京《とうけい》江戸」と称していたのが、東京と混同され、いつしか江戸が省かれてしまった。

ふぐ辰の東京オール煉瓦街化の噂は、このような背景事情もあって信憑性《しんぴょうせい》があった。

この時期に長屋の空き家から火を発した。幸いに発見が早くボヤのうちに消しとめたが、住人たちは慄え上がった。木造家屋の密集した裏店は火に弱い。焼け出されたら、この地に留《とど》まる根拠がなくなる。現代のように地上権や居住権が確立していない時代であったが、現に住んでいる人間を相当の理由もないのに闇雲に追い出すことはできなかった。江戸以来の下町は何代も住みついている住人が多い。こういう古い住人となると、単なる賃貸借以上の地縁がある。

だが家が焼失してしまえばべつである。建物の乗っていない更地に新しい地主がどんな建物を建てようが建てまいが、勝手である。

火を発した空き家に火の気があるはずはない。猫政一派の仕業であることは明らかであるが、証拠はない。ましてや猫政がふぐ辰と通じているということは噂にすぎない。

町内では自警団をつくって自衛する以外に方法がなかった。

ボヤ騒ぎから半月ほど後の夜である。若い女の悲鳴が夕食を終えて各家が寝支度をしている裏路地の闇を引き裂いた。悲鳴は救いを求めている。

ギョッとなった住人たちが顔を出したところへ車夫の平七の女房のおよねが裸足《はだし》になって走って来た。

「た、大変だよ」

と言ったまま息が切れて後の言葉がつづかない。

「いってえどうしたんだ」

平七にうながされて、ようやく、

「お千代さんが、猫政に連れて行かれちゃったよ」

と女房が訴えた。

「なんだと」

住人は顔色を変えた。長屋の夜は早い。朝の早い職人や小商人が多いので早寝早起きのライフスタイルとなる。夕食の後かたづけが終ると、女たちは銭湯の仕舞湯へ出かけ、男と子供たちはさっさと寝てしまう。

ボヤ騒ぎ以後、しばらく猫政一派の姿を見かけなかったので、女たちも少し気を抜いていた。

「銭湯から出て来たら、猫政一派が待ち構えていやがったんだ。私は必死に囲みを破って逃げて来たんだけど、お千代さんが捕まっちゃったよ」

「てめえなんかにだれが手を出すか。それでお千代さんはどうなったんだ」

「わかんないよ。早く行ってたすけてやんないと間に合わないよ」

と訴えられても、相手が猫政では手も足も出ない。警察に訴えたところで、すべてが終った後に申しわけ程度に顔を出すだけである。

ともかくおよねに引っ張られて住人たちが銭湯の近くへ行ってみると、地上に手拭いや垢《あか》すりなどが落ちているだけで、お千代も猫政一派の姿も見えない。

そのとき少し離れた方角から犬の鳴き声が聞こえた。

「コロだ」

お千代がさらわれたと聞いて大人たちに従いて来た留吉が叫んだ。つづいて口を塞《ふさ》がれたような女のうめき声がかすかに聞こえた。

「あっちだ」

住人たちは犬の鳴き声と女の声がした方角へ走った。それは留吉がコロを隠し飼いしている空き家の中から発していた。

住人たちが駆けつけた気配に、空き家の中から数人のごろつきが出て来た。

「やいやいてめえらなんのつもりだ」

彼らは手に手に匕首《あいくち》や棍棒《こんぼう》を玩《もてあそ》んで凄《すご》んだ。

「お千代さんを返してくれ」

留吉の父が勇気を奮って言った。

「お千代だと。そんな女は知らねえな」

弥助が弥蔵《やぞう》をこしらえて（懐ろ手をしながら、着物の中で握りこぶしを肩に突き上げる）言った。

「お千代さんの声が中でしたじゃねえか」

そのときまたコロが吠《ほ》えた。

「だったらおめえ中へ入って確かめたらどうなんでえ」

弥助は懐ろから抜いた手に匕首を握り、その刀身で留吉の父の首筋をぴたぴたと叩いた。父が蒼白《そうはく》になって後じさった。

「だれでも確かめてえやつは確かめなよ。だれも止めねえよ」

弥助が言った尻馬に乗って、仲間も、

「お千代の代わりに鬼がいるかもしれねえよ」

「鬼に食い殺されねえように注意しな」

「犬がここ掘れわんわんって鳴いているぜ」

「なにを掘るんでえ」

「きまってらあな、女のあそこだろうよ」

「あそこは掘るもんじゃなくて、埋めるもんじゃねえのか」

「だったらてめえは釜でも掘ってな」

そんなことを言い合いながらニタニタ笑っている。長屋の住人の数のほうが多いが、猫政一派の凶悪な気配と凶器に圧倒されている。また空き家の中にさらに凶暴なのが何人いるかわからない。

「男がこんなにガン首揃《そろ》えてやがって、だらしないったらないよ」

車夫の女房ががまんできなくなったらしく飛び出した。蛮勇《ばんゆう》を奮って空き家の中に飛び込もうとしたのを、弥助がおもいきり蹴飛ばした。

およねは蛙《かえる》のように引っくりかえった。

「婆《ばば》ァはすっこんでろ。てめえのような人三《にんさん》化け七は豚も食わねえぜ」

弥助は嗤ってつばを吐きかけた。だが長屋の住人は歯ぎしりするばかりで手出しができない。その間空き家の中では落花狼藉《らっかろうぜき》が進行している気配であった。

そのときである。弥助らの注意がおよねに集まっている一瞬の隙を突いて留吉が屋内に飛び込んだ。

「あっ、このガキ」

慌てて阻止しようとしたときは留吉は空き家の奥に走り込んでいた。家の中は暗かったが、外から来る薄明かりで、そこでなにが行なわれているかはわかる。

床にねじ伏せられたお千代の手足を二人が押え、その上に男が一人のしかかっていた。周囲に十人ほど立って固唾《かたず》をのみながらその様を見物している。

「早くしろ」

「後がつかえているぜ」

などと周囲から声が飛んでいる。そこへ駆け込んだ留吉は、お千代の上にのしかかっていた男の背中に殴りかかった。まさかそんな不意討ちを食うとはおもっていなかった猫政一派はびっくりした。

「野郎」

「なんだ、このガキは」

そこへ表口から弥助らが留吉を追ってどやどやと戻って来た。

「太えガキだ、つまみ出せ」

たった一人の「子供の殴り込み」と知って最初の驚きから立ち直った猫政一派は、留吉を追い出そうとした。

留吉は必死に抵抗をした。手当り次第に嚙《か》みつき、引っ掻き、暴れまわった。

「あっ、痛え」

「食いつきやがった」

「ガキだとおもって手かげんすればつけ上がりやがって」

「かまうこたあねえ。打《ぶ》ち殺せ」

ごろつきどもは本気になった。屋内で留吉が暴れている気配はわかったが、おとなたちは猫政一派への恐怖にいすくめられている。

「あんたあ、留が殺されちゃうよ」

留吉の母親が父親に泣きついた。父親が必死の勇を奮って救いに行こうとしたとき、屋内でコロのけたたましい鳴き声がした。

袋叩きになりかけた留吉を庇って飛び込んで来たのはコロである。コロは小さな犬体で必死に幼い主人を庇って戦った。

「こん畜生め」

コロに嚙みつかれた弥助が、匕首を突き出した。コロが飛びかかる勢いと、匕首を繰り出した速度が相乗されて、匕首は弥助の手元までコロの首筋の中に埋まった。

コロの悲鳴と共に、コロの血がしぶいた。

「なにをいつまで遊んでやがる。ガキと犬の死骸を早くつまみ出さねえか」

お千代に早々と一番乗りして見物していたらしい猫政が、汚い物でも取りかたづけさせるように手をはらった。

コロのおかげで袋叩きにされるのを免《まぬか》れた留吉は一派に手取り足取りされて外へ放り出された。同時にコロの死骸が投げ出された。

「コロ！」

抱き上げたとき、わずかに生きていて、鳴く身振りをしたが、すでに声は出なかった。

七

その夜遅くお千代はボロボロになって帰って来た。着物はずたずたに引き裂かれ、足首にまだ血が伝わっていた。髪も乱れ、身体じゅうにみみず腫《ば》れや痣《あざ》ができている。お千代はずっと家に閉じ籠《こも》りきりで出て来なかった。数日後の朝、主人はお千代の家が空き家になっているのを知った。

コロはお千代が襲われた夜に死んだ。死ぬ間際に悲しげな目で留吉を見ると、口から血をゴボッと吐いて死んだ。留吉は一人でコロを稲荷社の後ろのわずかな空き地に埋めた。涙が止めどもなく頰《ほお》を流れ落ちた。コロは留吉の唯一の友だちであった。

コロも留吉同様臆病の弱虫で、犬仲間から疎外されていた。他のノラや富裕な家の飼い犬に圧倒されて、隠れ家の中にシッポを巻いて身をすくめていた。

自分で餌を見つける才覚はなく、留吉が運んでやる餌に命をつないでいた。留吉とコロは弱い者同士が身を寄せ合うようにして、たがいの傷を舐め合っていたのである。

そのコロが大勢のおとなも手出しできなかった猫政一派の前に身を挺《てい》して留吉を守ってくれたのである。コロが助けてくれなかったら、留吉は猫政一派に叩き殺されていたかもしれない。

「コロ、おまえだけ死なせてごめんな」

コロの墓をつくり、その前で留吉は手を合わせて詫びた。コロが死に、コロを共有したお千代が長屋を去って、また留吉は一人ぼっちになってしまった。

長い間コロの墓の前でうずくまっていると、ふと背後に人の気配を感じた。振り返って見ると、入布老人が立っていた。だいぶ前からそこにたたずんでいたようであるが、気づかなかったらしい。

「先生」

老人を見て、ようやく止まりかけていた涙がまた流れてきた。

「よしよし」

入布老人は留吉の頭を撫でた。厚く大きな掌《てのひら》であった。

「先生、猫政をやっつけたい」

その気持を抑えることが、おのれに勝つことだと教えられていたが、自分に勝てなくともいいから、猫政にコロの怨みを一矢《いっし》でも報いてやりたい。

「男は一度立ち上がったら引き返せないぞ」

入布は言った。

「おれ、死んでも引き返さないよ」

「おまえのような子供がそこまで言うのは、よくよくのことだな」

「コロはおれのために死んだんだよ」

「そうだ。それは大変なことだ。おとなの人間が、おまえを救うために指一本上げなかったとき、コロだけが来たんだ。コロは犬ではない。人間以上だ」

「おれはコロの仇《かたき》を討ちたい」

「おまえのその気持は尊いとおもう。いまやおまえにとって猫政をやっつけるという目的は中途半端ではない。おまえは猫政を許してはならぬのだ。人間が人間を救うのは珍しくない。だがだれ一人人間が手出ししないときに犬がおまえを救った。この事実をおまえはこれからずっと忘れてはいかん。男にとって最も大切なものは意地を貫くことだ。犬の仇を討つ。一見つまらないようだが、おまえを守って命を捨てた犬のために命をかけて猫政と対決する。そこにおまえの意地があるのだ。犬のためではないぞ。意地のためだ。やるがいい。やる以上は徹底的にやれ。わしも助太刀《すけだち》してやろう」

入布老人は諄々《じゅんじゅん》と諭すように言った。

八

翌日から二人は密かに準備を始めた。老人の指示で網、綱、油、胡椒《こしょう》などを買い集める。

老人は、留吉を近くの社《やしろ》の境内に連れ出した。地上に的をつけた棒を突き刺し、そこから十歩歩いた所に留吉を立たせた。

「ここから石をあの的に投げろ。当たるようになったら一歩ずつ後へ退《さ》がれ。石が届かなくなったらそこに立ち止まり、的を小さくするのじゃ。今日から毎日練習するのじゃ」

入布は言って模範を示した。数十歩離れた所から石は物差しで引いたように水平に宙を飛んで悉く的に当たった。それはかつて玉子を猫政一派に投げたときよりも威力と迫力があった。

「凄《すげ》え！」

「おまえも練習を積めば当たるようになる。近づいたら敵《かな》わぬ。おまえが猫政に対抗するには遠方からこの方法を取る以外にない。よいか、的を猫政とおもって狙うのだ」

入布老人は厳しい顔をして言った。その日から留吉は連日投石訓練に励んだ。その間に老人は町内の住人を説いた。これ以上猫政の暴虐を許してはならぬ。町の人たちが団結すれば、必ず猫政を追い出せると説きまわった。

だが住人たちは老人の説得に耳を貸さなかった。

「爺さん、気でも狂ったんじゃねえのか。一人や二人じゃねえんだよ。狂犬みたいな連中が二十人も揃っているんだ」

「町内の男たちは五十人はいる。みんなが力を合わせれば、猫政に負けないはずだ」

「ぶるぶる桑原《くわばら》、桑原。あいつら人殺しを商売にしているような連中だよ。おれたちが束になってかかって行っても敵《かな》やしねえよ」

「そうおもい込んでいるだけだ。おまえさんたちの敵は猫政ではない。まず自分の中に巣くっている恐怖を追い出すことだ。いま猫政に対して立ち上がらなければ、みんなこの町から追い出されるぞ」

「猫政もおとなしくしていれば命までは取らねえ。爺さん、猫政のやり口を見て知っているだろう。下手に歯向かって一つしかねえ命を失いたくねえ」

「猫政を追い出せば、ふぐ辰もあきらめるだろう。江戸から住みついているこの町をあんなやつらに明け渡していいとおもっているのかね」

「まだ家を壊されたわけじゃねえ、大家が代っただけで追い出されてもいねえ。おれにゃあ女房子供もいるんだ。猫政と戦争するんなら他の人に言ってくれ。聞かなかったことにしてやるぜ」

猫政によって植えつけられた恐怖は、住人の骨の髄《ずい》にまで沁《し》みついていた。多少関心を持って聞いた人も、自分から進んで立ち上がろうとはしない。猫に鈴をつけたいが、自分が鈴つけ役になるのはごめんだという態度である。

「町内の人たちを立ち上がらせるのは、理屈ではない。まず行動で示さなければならん。二人だけで始めるぞ。覚悟はできているだろうな」

入布老人は留吉に言った。

「とっくにできています」

「石投げはどうだ」

「十五歩の距離から十発中九発は当たるようになりました」

「二十歩から十発必中にするのだ。そうなったら戦闘開始だ」

入布老人は胡椒を一つまみずつ料紙に包んでひもでくくった。

「これはなんですか」

「玉子の代りじゃよ」

老人は笑みを含んで言った。

「玉子？　それじゃあおれが見ていたのを知っていたのですか」

「それが見えないようでは命中せんよ。よく黙っておったな」

「これをぶっつける練習だったんですね」

「よいか。どんなことがあっても猫政一派に十歩より近づいてはいかん。それより敵が近づいたら逃げろ」

「先生をおいて逃げられないよ」

「わしのことを案ずる必要はない。自分一人のことだけを考えろ。戦いはそういうものじゃ。よいか、これは遊びや試合ではないのだぞ。命のやり取りをする真剣勝負なのじゃ。おまえもわしがついているとおもうな。戦うときは常に一人じゃ。味方がいるとおもうと中途半端になる。わかったか」

入布老人の気迫がひたひたと迫った。平素茫洋として穏やかに烟《けぶ》っていた老人の表情に、触れれば斬られそうな気合が漲《みなぎ》った。

一か月の訓練の後、二十歩の距離から十発必中になった。的も狭くしており、老人が示したように物差しで引いたように水平に飛んだ礫《つぶて》は悉く的に当たった。

「ようやったのう。わしの方の準備も整った。いよいよ明日から戦いを始めるぞ」

入布老人は言った。

翌日夕闇が濃く路地に積り始めたころ猫政一派の三人がめし屋から出て来た。さんざん飲み食いした揚句、金は払わない。どんなに横暴を尽くされようと、じっと耐えているかぎり、店を壊されない。

だがこの店も追いつめられていた。猫政一派の餌食にされたうえに彼らが来ている間は他の客が寄りつかないからである。他の店も同じ様な境遇にあった。

「畜生め、このごろはめしもまずい、酒もまずいのしかおいてやがらねえ」

「それによう、女の影もとんと見かけなくなったじゃねえか」

「女っ気はメス犬もいねえぞ」

そんな好き勝手を言いながら、往来を千鳥足で行く。彼らの前に突然、小さな影が立った。

「なんだ、てめえは」

三人は、十歳ぐらいの子供が彼らの前に物おじせずに立っているので少し驚いた表情になった。薄暗いこともあったが、すでに留吉の顔を忘れている。

「金を払え」

「なんだと」

三人は言われたことの意味がわからなかった。

「いま食ったためしの金を払え」

「こ、こ、このガキ」

三人はびっくりした余り言葉がもつれた。この町へ来てそんなことを言われたのは初めてである。

「金を払わなければ警察へ突き出す」

「てめえネボケてやがんのか」

「めし、煮物、汁、酒十二本分払え。これまでのたまっている分は、後でもって来い」

「ガキい、ふざけやがって」

三人は留吉に馬鹿にされたとおもったらしく本気になって怒りだした。追跡の体勢に入ったときは子供は横路地に走り込んでいた。

「待ちやがれ」

子供の足は意外に速い。狭い路地なので、縦列《じゅうれつ》になって追跡する。ようやく追いつきかけたとき、先頭がなにかに足を取られた。路地を通して一本の綱が張られていたのである。

たまらず転倒したところへ後続の者が次々につまずいた。

「畜生、もうかんべんならねえぞ」

頭に血が上った三人は、懐中から凶器を取り出した。子供でも容赦しない構えである。そのとき闇の中からなにかが飛来する気配がした。はっとしたときは顔に命中して弾けた。視野が真っ赤に炸裂《さくれつ》したように感じて凄《すさ》まじい熱感が目を貫いた。なにが起きたのかわからない。三人は恐怖に駆られて匕首をめちゃめちゃに振りまわした。足がツルリと滑ってバランスが崩れた。慌てて立ち上がろうとしたが地上に油が撒かれていて手足を取られた。その前にもののけの影のように入布老人が立った。老人は仕込み杖《づえ》の中の得物を引き抜くと、もがいている三人に、型を示すような打ち込みを送り込んだ。

一瞬の間に三人は峰打ちで利き腕の骨を叩き折られていた。翌朝警察の前に手足を縛《しば》られた三人が芋虫のように転がされていた。そのかたわらに、

「此者共《このものども》、傍若無人にして横暴を極め、諸人を困窮《こんきゅう》せしむるを以《も》って天に代って成敗

するものなり」と書いた紙が貼られてあった。

この事件に町内の住人たちは快哉《かいさい》を叫んだ。だがそれだけに留まらなかった。

その日の午後猫政一派の三人が利き腕を叩き折られて大通りに転がされ、べつの二人が近くの寺の大銀杏《おおいちょう》の木に縛りつけられていた。かたわらにいずれも同文の〝声明文〟が掲げられていた。

猫政は激怒した。

「町内のだれかの仕業にちがいねえ。女子供でも容赦するな。痛めつけて口を割らせろ」

彼は子分に命じた。たちまち長屋の住人が引っ立てられて来た。

「てめえらの中に潜んでいるにちがいねえ。痛い目をしたくなかったら、だれの仕業か白状しやがれ」

猫政は凄まじい形相をしてにらみつけた。住人たちは入布老人から猫政打倒の相談を持ちかけられたことをおもいだしたが、まさかあの老人一人で猫政一派相手に戦争をしかけたとは信じられない。

「しゃべりたくなければしゃべらなくてもいいんだぜ。そっちからしゃべりたくなるようにしてやる」

猫政が弥助に顎をしゃくった。弥助が酷薄《こくはく》な笑いを刻んで、引っ立てて来た子供の中から一番幼い三歳の女の子を引き出した。女の子は怯《おび》えて泣き出した。

女の子の両親の鋳掛《いか》け屋夫婦が、

「止《や》めてくれ。子供に罪はない」

「わかってるじゃねえか。罪のない子供に痛い目をさせたくなかったら、だれがやったか素直に言え」

「知らないんだ。本当に知らないんだよ」

「そうかいそうかい。それじゃあおもいださせてやろうじゃねえか」

猫政の目配せに応じて弥助が火鉢にかけてあった薬罐《やかん》を取り上げた。

「なにをするつもりだ」

「だからおもいださせてやるのよ。その可愛い女の子にお湯《ブウ》を使わせてやんな」

「合点」

弥助が薬罐を少し傾けた。しゅうという音がして筒先から熱湯が噴き出した。

「止めろ、止めてくれ」

鋳掛け屋夫婦が絶叫した。その場に連れて来られた者の顔から血の気が引いた。

「先生、大変だ」

住人が猫政一派に引き立てられて残酷な拷問にかけられようとしているのを逸速《いちはや》く知らせてきたのは、留吉である。留吉は猫政が来るのを予測していたので、逃れられたのである。

「とうとう来たか」

入布老人も覚悟を定めていたらしい。

「留吉、一度立ち上がったら中途半端は許されないと言ったのはこのことだ。ここで徹底的に猫政を叩かなければ、町内の者が報復される。いよいよ、勝負だ。行くぞ」

九

鋳掛け屋夫婦の女の子が熱湯をかけられようとした際どい矢先《やさき》に、

「女の子に罪はない。きさまらの仲間をやったのはわしだ」

という渋い声がした。声の方角を見ると見憶《みおぼ》えのある老人が立ち枯れた木のように立っている。

「爺い、てめえだったのか」

猫政一派はザワッと立ち上がったが、半信半疑である。まさかこの老いボレ一人がというおもいを捨て切れない。

「気をつけろ。この爺い、ただの老いボレじゃねえぞ」

さすがに猫政は入布老人から発する名状し難い気配を察知した。

「しゃらくせい、畳んじまえ」

一斉に押し包もうとした猫政一派の前に空を切って飛来したものがある。躱《かわ》す間もなくそれは一派の顔面を捉えた。視野を潰されただけでなく熱い鉄を押し込まれたような熱感が眼球を貫き、くしゃみの発作が連続する。

「味なまねをしやがって」

目つぶしから免れた何人かが老人に殺到した。けんかに馴《な》れた素速い身のこなしである。実戦で身につけた匕首捌《さば》きは面も向けられぬほど鋭く速い。あわや老人が一突きにされたかに見えた瞬間、体を開いた老人の手から仕込み杖が引き抜かれた。

目撃していた者には老人の手から白い閃光《せんこう》がキラッキラッと光ったように見えただけである。老人はほとんどその位置を動いていない。

だがしかけた数人の猫政一派は地上に倒れてうめいていた。老人の手練の束《つか》の間たじろいだが、まだ猫政一派は圧倒的優勢を誇っている。

「老いボレ一人にいつまで遊んでやがるんだ」

猫政が叱咤《しった》した。弥助が突っかけて来た。さすがに他の子分よりも鋭いしかけである。老人の手練をまったく恐れていない。修羅場で積んだけんか殺法が、強敵に見《まみ》えて奮い立ったようである。

凄まじい刀勢で突きかけて来たのを紙一重の差で躱した入布老人の仕込み杖が弥助

の膝を薙《な》ぎ上げていた。膝頭を砕かれた弥助は、たまらず地上にうずくまった。残った一派は入布老人に恐れをなして浮き足立った。

そのときわっと喚声《かんせい》が湧いた。茫然《ぼうぜん》として傍観していた住人たちが一斉に猫政一派に躍りかかったのである。

男はあり合わせの棒切れを拾い、女は箒《ほうき》やはたきを構え、なにもない者は素手で猫政一派に殴りかかった。さすがの一派も多勢に無勢でたちまち圧《お》し伏せられてしまった。

幼い子供の泣き声に、興奮した住人が、我に返ると、猫政が鋳掛け屋夫婦の女の子の首に匕首を突きつけていた。

「やってくれるじゃねえか。この決着《カタ》はしっかりとつけさせてもらうぜ」

猫政は泣き叫ぶ幼女を楯にして、

「爺い、仕込み杖を捨てろ。みんなこっちへ並べ。野郎ども立ちやがれ。素人《トウシロ》相手になんてザマだ」

住人に命じると、子分どもを叱咤した。目つぶしにやられた子分がようやく視力を回復し、怯《ひる》みかけた子分が立ち直った。

「爺い、仕込み杖を捨てろと言ってるんだ」

幼女が悲鳴をあげた。切先をチクリと突き刺したらしい。入布老人がカラリと得物を地上に捨てた。

「拾え」

猫政は子分に命じた。注意が地上に投げ捨てた仕込み杖に逸《そ》れた。その束の間の間《かん》隙《げき》を突いて、石礫が飛んで来た。石は猫政の手首に当たり、幼女に突きつけた匕首をはじき飛ばした。衝撃で抱えていた幼女を離した。

「留吉、でかした」

同時に老人の手許《てもと》から霞《かすみ》のようなものがふわりと舞い立った。猫政は投網をかぶせられ、身体の自由を失っていた。

「きさまだけは許さぬ」

地上から仕込み杖を拾い上げた入布老人は、猫政のかたわらに歩み寄ると足許《あしもと》から胯《こ》間《かん》にかけて刀身を一閃《いっせん》した。とたんに猫政の胯間から血が迸《ほとばし》り、身体を海老《えび》のように曲げた。

「生命に別条はない。一生女を抱けなくなっただけだ」

入布老人は無表情に告げた。

猫政一派は一掃された。それから間もなく入布老人は来たとき同様に飄然《ひょうぜん》と長屋を立ち去って行った。

「ようやく本を売り終ったのでな。また会うこともあろう。達者で暮らせよ」

老人は留吉に言った。

「先生、本当に行っちまうんですか」

「人はいつか別れなければならん。親きょうだいとも別れるときはきっとくる。人間は一人なのだ」

「それでは戦いのときと同じなんだね」

「そうだ。一緒に戦う仲間はいる。おまえとわしが一緒に戦ったようにの。だが仲間を頼ってはいかん。別れを悲しんではいかん」

「わかりました。先生、おれ絶対に中途半端はしないよ」

「それでよい。さらばじゃ」

入布老人はそのまま立ち去った。その後、ふぐ辰は長屋の住人を追い立てなかった。この一画に旧《ふる》い江戸はしぶとく生き残っていた。

十

それから二十数年の星霜《せいそう》が流れた。留吉は丁稚奉公に上がった（神田）須田町の菓子店紅《べに》屋の主人に認められ、そこの婿に直った。留吉の創意工夫による西洋菓子は、当時の洋風化の時流に乗って圧倒的な人気を博した。本店だけでは追いつかず支店をいくつも広げた。

押しも押されもせぬ大店《おおだな》の主となったが、留吉の心の隅にはいつも入布老人の残像が尾を引いていた。「男にとって最も大切なものは意地を貫くことだ」と教えた入布の言葉を果たして自分はどこまで忠実に実践しているか。

ここまで来られたのも、入布老人のおかげである。紅屋の洋菓子の原点に入布老人がくれた洋菓子があった。菓子屋に丁稚に上がったのもあの味が忘れられなかったからである。あの味に魅せられて、その味奥《みおう》をひたすら追究してきた。

それ以来洋菓子三昧《ざんまい》の半生であった。

彼が発明した洋菓子には、エキゾチックな味の中に古い郷愁があり、おとなを喜ばせた。子供のころに食べたくても食べられなかった、西洋菓子とはこういう味にちがいないと想像の中で発達させた味を開発したのである。特に彼が発明した西洋駄菓子〝コロッケ〟の人気は圧倒的であった。

本来高級菓子と駄菓子の差はない。そのときの需要により、その位置が逆転することがある。いま駄菓子に入っている金平糖やかりんとうは高級菓子であった。また豆板、岩おこし、仙台駄菓子などは、いまは高級菓子である。

高級なイメージの西洋菓子を駄菓子として売りだしたところが斬新であった。コロッケは小判型のクッキー風黒パンにザラメを塗《まぶ》したものであるが、これが子供ばかりでなくハイカラ人種の人気を集めた。

コロッケは、留吉が隠れ飼ったコロに因《ちな》んで名づけたものである。彼にとってコロは、入布老人に次ぐ存在である。いま帝都で人気の的の菓子が、飼い犬に因んで命名されたと知ったら客はどんな顔をするか。人間が留吉を救うために指一本上げなかったとき、コロは、生命を捨てて彼を守ったのだ。

留吉は家の庭にコロの墓を移し、新しい菓子をつくる際にその前に供える。墓の由来を知らぬ細君は、夫が信仰する社だとおもっている。

留吉が成功の階段を上るにつれて、入布老人の投影は大きくなってきた。入布からもらった西洋菓子の味が留吉の人生の方向づけをすると同時に、入布の教えが留吉の生き方の姿勢を定めたと言ってもよい。

もし入布老人がまだ健在であるなら、自分がつくった菓子を食べてもらいたかった。あのとき留吉の目にはかなりの老人に見えたから果たしてまだ存生《ぞんじょう》しているかどうか。

そのおもかげは長い星霜の中に烟《けぶ》っているが、毅然《きぜん》として古武士の風貌を留めた入布が、留吉の心の中枢に住みついている。

だが入布老人の手がかりはまったく残されていない。留吉の裏店に住んでいた期間は半年程度で、彼がどこから来て、以前何をし、どこへ去って行ったかだれも知らない。

入布老人と共に猫政一派から護《まも》った裏街も時の流れの中に消えていった。留吉の家のあった跡には、いまは瀟洒《しょうしゃ》な西洋館が建っている。

留吉は八方手を尽くして老人の行方を探したが、手がかりがなく、皆目その消息をつかめなかった。

十一

明治は終り、大正《たいしょう》の代となった。大正五年の正月、留吉は麻布笄《こうがい》町の顧客松本家へ年賀に行った。松本家の先代は幕府に仕え、「奥医師法眼兼医学所頭取、海陸軍医総長」をつとめ、維新後は兵部《ひょうぶ》省陸軍軍医総監となった人である。幕府以来連綿たる旧家で、先代の人脈が残っている。留吉が西洋菓子を手がけてより、華族や政府の要人に紅屋の菓子を推薦してくれている贔屓筋《ひいきすじ》である。

客間に招じ入れられて当主としばらく歓談をしていると、家人が、

「集古堂《しゅうこどう》さんがお見えになりましたけど、どうしましょう」

と聞いてきた。そろそろ暇を告げる潮時を探していた留吉は、

「それでは私はこれで」

と立ち上がりかけると、当主が、

「まあよいではありませんか。ちょうどよい折じゃ。集古堂は先代のころから出入りしている古本屋でしてな、時々珍しい本を持ち込んで来る。珍しい菓子の本などももっているかもしれません」

と引き留めた。珍しい菓子の本と聞いて、留吉は色気を出した。間もなく入って来た集古堂は、七十を越えているかとおもわれる老人であった。

主人に引き合わされて挨拶を交わすと、集古堂は携えてきた木綿の風呂敷包みを繙《ひもと》きながら、

「今日は非常に珍しい本を持参いたしました」

と言って一冊の古色蒼然《こしょくそうぜん》たる本を差し出した。表紙や各頁は茶に変色し綴《と》じつけはボロボロに崩れている。その表紙の書体を見た留吉は記憶に刺戟《しげき》を受けた。

当主がその本を手に取り、

「これは懐しい。よく出て来ましたな」

「古書籍市に出ておりましてな。私もまさかとおもいましたが、まぎれもなくご先代様のご本なので求めてまいりました」

「それはなにより。父の本は一冊も手元に残っておりませんので、よう買い求めてくれました」

主人は感謝を面に現わしている。

「失礼ですが、このご本はご先代様とどのような由縁《ゆえん》がございますので」

留吉は好奇心に耐えかねて口をはさんだ。

「亡父が生前著《あらわ》わした本でしてな。移転した際、保存本まで紛失して探しておったのです」

「ご先代の！」

「この本がどうかしましたか」

主人が留吉の反応に不審をそそられた様子である。

「私が幼少のころ私の生まれ育った裏店に一時期住まわれていたご老人がたしかにこの本を売り歩いておりました。幼な心に表紙の書体に記憶がございます」

「その老人の名前はご記憶かな」

「入布と名乗っていました。出入りの入に、布地の布です」

「入布とな。その老人は筋骨たくましく、顔が渋を塗ったように浅黒く下膊のあたりに削り取ったような傷痕がありませんでしたか」

「そうです。その通りです。入布老人をご存じですか」

「その老人こそ私の父が面倒をみていた杉村義衛《よしえ》にちがいありません。若いころは新選組隊士永倉新八《ながくらしんぱち》として勇名を馳《は》せた人物です」

「永倉新八……」

その名は留吉も聞いたことがある。

「近藤、土方《ひじかた》、沖田総司《そうじ》などと共に新選組を起こした生えぬきの隊士です。あの有名な池田屋斬込みの一人ですよ。私の父が新選組の顧問医をしておりました関係で、ご一新後も生き残り隊士の生活の方途について面倒をみておったのです。永倉新八は一時期入布新と名乗っていたと聞いております」

「いまその永倉新八老はご健在ですか」

「残念ながら昨年一月小樽《おたる》で亡くなっております。晩年は子や孫に囲まれて幸せであったと聞いております」

「永倉老はなぜそんな裏店に住んでいたのでしょうか」

「いまとなっては本人に聞けないのでよくわかりませんが、新選組以後、明治十五年から北海道月形村の樺戸《かばと》監獄署に剣術師範として招かれていましたが、同署を明治十七年に退職してから、全国各地をまわり生き残り隊士やその遺族の行方を追っていたのです。その間私の父の本を売って生計の資に当てていたようです。父の書は好事家の間ではかなりの需要がありましたから」

「そんな大変な方とは少しも知りませんでした」

留吉は入布老人との関わりを詳しく話した。

「ほうそんなことがあったのですか。いかにも永倉新八らしい。あの新選組の勇士が、紅屋の洋菓子を産むきっかけとなったとは、面白い逸話ですな」

主人も感慨深げに言った。

「老人は私に男というものは一度立ち上がったら、途中で引き返せぬと教えてくれました」

「永倉老をはじめ新選組の男たちは引き返せぬと言うより、引き返すことを拒否した人たちでしたな」

時流に敢《あ》えて逆流して鮮烈に生きた男たち、衰運に向かった徳川家を支えて滅びに至るとわかっている途《みち》を、男の意地を貫くためにひた走って行った群像の中に入布老人がいたのである。

維新後、幕府の侍の中には、薩長主導の新政府に出仕して要領よく生きた者もいる。だが永倉は、市井《しせい》に埋もれたまま逆流する途を歩きつづけたのである。

「意外な所で永倉新八の足跡を見つけましたな」

集古堂が感慨深げなおももちをした。松本家を辞去した留吉は、自分が追い求めている西洋菓子の味奥に入布老人、かつての新選組の剣客永倉新八が立っているのを感じた。

彼が生きている間に自分のつくった菓子を食してもらいたかった。

引き返すことを拒否した剣客永倉新八のように、自分も味奥を追う途上の旅から引き返すことはあるまい。

日本における西洋菓子の原型を造り上げた紅屋留吉と永倉新八の因縁を知る者は少ない。後年留吉は欧州に渡り、さらに製菓法を研究し、和菓子の味を加味した独特の日本式洋菓子を発明した。これは「紅屋の洋菓子」として海外からも研究に来るほどの人気を博した。

永倉新八が発起人となり松本順が後援して建立《こんりゅう》した、北区滝野川七ノ八地先の近藤、土方の墓所に、昭和四年永倉新八の息杉村義太郎が新八の墓を分骨して建てた。

その墓前に紅屋謹製の洋菓子が供えられた。新八と洋菓子との由縁を知らない者には奇異な供物に映じたかもしれない。

作者註　紅屋はその後、コロッケ、ドロップ、ビスケット、ショートケーキ、マコロン、ジェリービーンズ、ウエファースなど次々と世に送り出したが、昭和《しょうわ》二十年三月十日の東京大空襲に被災し、一家の消息は絶えたままである。

編者解説

末國善己

　幕末の京で、尊王攘夷・倒幕派を取り締まるために結成された新選組は、現在も世代を超えて愛されている。幕末は、尊王攘夷を唱えた長州藩や薩摩藩が、開国による富国強兵を進めた幕府を批判し、これが倒幕運動へ繫がっていった。ただ倒幕を始めた頃には、尊王攘夷は単なるスローガンになっていて、長州も薩摩も諸外国から最新の武器を購入している。目的を達成するためなら、本音と建前を使いわける不実がまかり通った幕末にあって、最後まで武士としての「誠」を曲げなかったことが、新選組人気の根本にあるのではないだろうか。そして現代も、混迷を深め、小狡く立ち回った人間が得をしているように見えるからこそ、新選組が残したメッセージが重要になってきているのである。

　新選組は、子母澤寛の『新選組始末記』以来、歴史学者の研究というよりも、市井の歴史研究家や歴史小説作家によって知名度をあげていった。そのため、新選組を題材にした歴史・時代小説は膨大な数にのぼる。本書『血闘！　新選組』は、戦後に発表された新選組ものの短編の中から、傑作十編をセレクトした。収録作は、新選組の結成から壊滅までの流れをたどれるよう年代順に並べたが、読みどころやエピソードの重複を考慮して多少の入れ替えを行っている。

池波正太郎「色」

（『池波正太郎短編小説全集下巻』立風書房）

土方歳三と京の経師屋の未亡人お房の「色事」を軸に、新選組の興亡を描いている。土方は冷徹な策士として描かれることが多いが、冒頭の一文からも、池波がこのイメージを覆そうとしたことがうかがえる。

池波のエッセイ「土方歳三」によると、本作を執筆する一年前、母親が「あの土方って人の彼女は、京都の、経師屋の未亡人だったんだってねえ」と言い出したという。この池波の母親の父は、多古藩の家老の三男だったが、維新後は錺職になっていた。この父と同業の山口宗次郎の父が、土方の「馬の口とり」をしていて、宗次郎の話が回り回って池波の耳に入ったのだ。新選組の復権は、子母澤寛が幕末を知る古老から聞いた話をまとめたルポ『新選組始末記』から始まる。母の一言から本作を始めとする一連の新選組ものを書いた池波は、子母澤の伝統を受け継いでいたともいえる。

本作が発表された翌年に連載がスタートした司馬遼太郎『燃えよ剣』でも、土方の恋人が武家の未亡人お雪とされており、司馬は本作を意識した可能性もある。

ちなみに本作は、『維新の篝火』のタイトルで映画化（一九六一年、東映、監督・松田定次、脚色・結束信二、出演・片岡千恵蔵、淡島千景）されている。

大内美予子「おしの」

（『沖田総司拾遺』新人物往来社）

土方＝冷徹な策士というイメージを定着させたのが司馬遼太郎『燃えよ剣』とするなら、やさしく、爽やかな青年剣士という沖田総司像を広めたのは、大内美予子『沖田総司』といっても過言ではない。本作は、『沖田総司』の外伝的な短編をまとめた『沖田総司拾遺』の一編で、幕末版『ロミオとジュリエット』になっている。

江戸の試衛館時代、沖田は、切腹するも死に切れずにいた相沢一馬の妹おしのに懇願され、介錯をした。尊王攘夷論者だった兄の影響もあり、桂小五郎の手伝いを始めたおしのは、京で沖田と再会。おしのは、沖田が新選組の一員と知らずに恋心を募らせるが、その前に、桂の同志・吉田稔麿が現れ、おしのを想うようになる。

沖田がおしのの恋心を知らないので三角関係としては変則的だが、恋のライバルである沖田と稔麿は、そのまま政治的な闘争相手でもあるだけに、池田屋事件に向けて進む物語が、サスペンスあふれるものとなっている。政争に翻弄されながらも、おしのが純粋に沖田への愛を貫いたからこそ、ラストがより印象深く感じられるはずだ。

藤本義一「赤い風に舞う」（『壬生の女たち』徳間文庫）

新選組にかかわった女性たちを主人公にした連作集『壬生の女たち』の一編。大阪で生まれ育ち、井原西鶴や上方落語の研究家としても有名な藤本は、上方言葉を使うお鈴の一人称で物語を進めており、美しい語りも作品の魅力となっている。

お鈴は、但馬出石の豪商・広戸家で奉公していた。主人の甚助と妹の八重は、政変で京を追われた桂小五郎を匿う。お鈴も桂の潜伏生活を助けるが、桂を追ってきた新選組と知り合い、山崎烝とは恋仲になってしまう。これに、桂が初めての男になり、京に恋人の幾松がいると知りながら、桂に魅かれる八重の恋愛模様もからんでいく。

山崎への愛と甚助、八重兄妹への恩義に引き裂かれ苦しむお鈴の心情は、せつなく感じられる。報われない愛を捧げたお鈴と八重を通して、政治の非情を浮き彫りにした主題も鮮やかである。

宇能鴻一郎「群狼相食む」（『斬殺集団』新潮社）

過激な暴力とエロスで新選組を描いた連作集『斬殺集団』の一編。作中には、土佐の人斬りとして有名な岡田以蔵が、目明し文吉の体に金串を刺していたぶるなど、目を背けたくなるようなグロテスクな場面も多い。こうした過激な描写が、些細な主義主張の違いですぐに斬り合いになった幕末の狂気を際立たせているのも間違いない。

宇能は、幕末に日本の政治を動かしていたトップは、勤王の志士も、それを取り締まる新選組も、血に飢えた狼に過ぎず、互いに殺し合いをして共倒れになった方が、日本の未来には益があると考えていたとする。この歴史観を使い、池田屋騒動の時に、なぜ新選組だけで斬り込みをかけたかにも独自の解釈を示しており、興味深い。

宇能は、新選組は使い捨てにされる駒に過ぎなかったとするが、その新選組も、己の利益のためなら平然と弱者を切り捨てた。弱い者が、さらに弱い者を叩く負のスパイラルは、現在も起こっているので身につまされる。


（『新選組情婦伝』角川文庫）

南原幹雄「女間者おつな」

新選組隊士を愛した女たちを描く連作集『新選組情婦伝』の一編。

試衛館時代から山南敬助と恋仲だったおつなは、新選組を結成した山南を追って京へ行く。山南は、尊王攘夷派の取り締まりに辣腕を振るい、声望を高めている土方に差を付けられていた。その原因を、土方には有能な密偵・山崎蒸がいるからと考えたおつなは、自らが密偵となって、新選組が追う桂小五郎の行方を探ろうとする。

山南が新選組から脱走した理由には諸説ある。著者は、土方との確執、新選組屯所の西本願寺移転問題で山南が追い詰められたためとするが、これに山南への一途な恋を貫くおつなの存在をからめており、虚実の皮膜を操る南原の確かな手腕が楽しめる。

火坂雅志「石段下の闇」（『新選組魔道剣』文春文庫）

現実主義者の集まりだった新選組の隊士が、怪異や伝説が渦巻く京の文化と出会い、奇怪な事件に巻き込まれていく連作集『新選組魔道剣』の一編。

祇園社西楼門の石段下に、新選組隊士の幽霊が出るとの噂が広まった。その幽霊は、石段下で斬られた大石造酒蔵とも、谷三十郎ともいわれていた。隊内に動揺が広がるのを恐れた幹部は、九戸市蔵と輪堂寅之助に調査を命じる。元南部藩士で、郷里に残した妻子に仕送りを続ける市蔵のモデルは、吉村貫一郎と思われる。

この作品は、石段下に現れるのが幽霊なのか、それとも尊王攘夷派がめぐらす人為的な陰謀なのかが終盤まで議論されるので、先の展開が読めず、スリリングな物語が楽しめる。火坂は歴史小説家との印象が強いかもしれないが、デビュー作は伝奇小説『花月秘拳行』で、時代ミステリー『美食探偵』も発表している。本作には、これらの作品で培ったテクニックが導入されているのがよく分かる。

津本陽「祇園石段下の血闘」（『明治撃剣会』文春文庫）

新選組の動静を探り、隙があれば近藤、土方を暗殺する使命を帯びて新選組に潜入した薩摩藩士で、示現流の達人・指宿藤次郎を主人公にしている。

剣道の有段者で、示現流の流祖・東郷重位を描く『薩南示現流』を書いた津本が、示現流の使い手から見た新選組を描いた作品である。藤次郎が、沖田や土方らと稽古をする場面は、それぞれの剣の違いが描かれていて、一種の剣客論となっている。

新選組の徴募に応じた人間が、どのような試験を受けて仮同士になり、仮同士がどんな訓練を受けると正式な隊士になるのかという選抜方法や、隊士の日常生活など、あまりクローズアップされない新選組のバックヤードに着目しているのも面白い。

藤次郎が調査結果を報告するのが、人斬りとして知られる薩摩藩の中村半次郎（後の桐野利秋）であり、ラストには、藤次郎が八人の敵を相手に戦う迫力の剣戟シーンも用意されているので、剣豪小説ファンには特にお勧めである。

新宮正春「近藤勇の首」

（『勝敗一瞬記』集英社文庫）

剣豪の真剣勝負の勝敗を分けた一瞬に着目した短編集『勝敗一瞬記』の一編。

近藤ら試衛館一派が、芹沢鴨を暗殺した時、現場となった壬生の八木家には、芹沢派の平山五郎と平間重助もいて、平山は殺されたが、平間は難を逃れた。その後の平間は消息不明だが、流泉小史『新選組剣豪秘話』によると、各地を転々とした後に岩手県で養蚕の指導者となり、明治二十三年まで生きたとされている。

一方、鳥羽・伏見の戦いで敗れ、京を追われた近藤は、紆余曲折を経て、総州流山で再起をはかろうとしていた。居場所を摑んだ薩長軍に捕縛されたとも、近隣住民に迷惑をかけるのを避けるため自ら出頭したともいわれる近藤は板橋の刑場で斬首された。近藤の首は京へ運ばれさらされたが、その首は行方不明になっている。

謎が多い平間の行方と近藤の首をからめ、ミステリータッチの物語に仕立てたのが本作である。クライマックスには、異色の決闘シーンも用意され、剣を交える二人の意外性にも驚かされるはずだ。

中村彰彦「五稜郭の夕日」（『新選組秘帖』文春文庫）

新選組の知られざるエピソードを描く連作集『新選組秘帖』の一編。

明治二年、武州日野宿でも随一の大邸宅を構える佐藤彦五郎を、みすぼらしい少年が訪ねてくる。少年は、箱館まで転戦した元新選組隊士で、土方の小姓を務めた市村鉄之助だった。新政府軍の総攻撃直前、鉄之助は、土方から生き伸びて新選組の戦いぶりを義兄の彦五郎に伝えることを命じられていたのである。

鉄之助を使者に立てた土方の意図を汲み取った彦五郎は、戦乱に明け暮れる青春時代を送った鉄之助が、新時代を生きられるよう読み書きを教え始める。だが若さゆえに土方の心情が十分に理解できない鉄之助は、土方の死を見届けた馬丁の沢忠助が第二の使者として佐藤家に現れたことで、自分は生き恥をさらしたと考えてしまう。

責任を取るとは、潔く死ぬことなのか、後ろ指をさされても生き残ることなのかを問うラストは、考えさせられる。

（『魔剣　士魂の音色』カドカワ ノベルズ）

森村誠一「剣菓」

幕末を生きた剣豪たちを描く短編集『魔剣　士魂の音色』の一編。

明治時代。東京の裏長屋に、本の行商をする入布新という老人が越してくる。苛められっ子で臆病な少年・留吉は、仲良くなった入布老人に西洋菓子をもらい、将来は菓子職人になりたいと考えるようになる。その頃、長屋の住人は、猫政一家の横暴に苦しめられていた。入布老人が、同士打ちに見せかけて猫政の子分を撃退するのを見た留吉は、猫政一家と戦うため剣術を教えて欲しいと頼む。

やがて猫政一家の目的が、長屋の住人を立ち退かせることだと判明する。本作がバブル期の一九八八年に発表されたことを考えると、猫政一家のいやがらせは、当時横行していた地上げへの批判と考えて間違いあるまい。猫政一家が、誰もが恐れる暴力で弱者を意のままに操っているからこそ、横暴に毅然として立ち向かう入布老人と留吉に勇気をもらった長屋の住人が、共に戦う決意を固める終盤は、痛快に思える。

本作は、一見すると新選組は無関係に思えるが、ラストに意外な繋がりが明かされる。留吉が、混迷の幕末をぶれることなく駆け抜けた新選組隊士から受け継いだ熱い想いを胸に成長する展開には、深い感動がある。

【編者略歴】

末國善己《すえくによしみ》

一九六八年広島県生まれ。明治大学卒業、専修大学大学院博士後期課程単位取得中退。歴史時代小説・ミステリーを中心に活躍する文芸評論家。著書に『時代小説で読む日本史』（文藝春秋）、『夜の日本史』（辰巳出版）、『読み出したら止まらない！ 時代小説 マストリード100』（日経文芸文庫）、共著に『名作時代小説100選』（アスキー新書）などがある。編書に『国枝史郎伝奇風俗／怪奇小説集成』『山本周五郎探偵小説全集』『岡本綺堂探偵小説全集』『小説集 黒田官兵衛』『小説集 竹中半兵衛』『小説集 真田幸村』（以上作品社）、『軍師の生きざま』『軍師の死にざま』（作品社・実業之日本社文庫）、『軍師は死なず』『決戦！ 大坂の陣』『永遠の夏 戦争小説集』『決闘！ 関ヶ原』（実業之日本社文庫）、『真田忍者、参上！』（河出文庫）などがある。

＊本書は実業之日本社文庫のオリジナル編集です。

＊本書は各作品の底本を尊重し編集しておりますが、明らかに誤植と判断できるものについては修正しました。また、差別的ととられかねない表現が一部にありますが、著者本人に差別的意図がなく、作品の芸術性を考慮し、原文のままとしました。（編者、編集部）

実業之日本社文庫 ん27

血闘《けっとう》！ 新選組《しんせんぐみ》

2016年2月15日 初版第1刷発行

著　者 池波《いけなみ》 正太郎《しょうたろう》、大内《おおうち》美予子《みよこ》、藤本《ふじもと》義一《ぎいち》、宇能《うの》鴻一郎《こういちろう》、南原《なんばら》幹雄《みきお》、火坂《ひさか》雅志《まさし》、津本《つもと》 陽《よう》、新宮《しんぐう》正春《まさはる》、中村《なかむら》彰彦《あきひこ》、森村《もりむら》誠一《せいいち》

発行者 増田義和

発行所 株式会社実業之日本社

〒104-8233 東京都中央区京橋 3-7-5 京橋スクエア

電話 [編集]03(3562)2051 [販売]03(3535)4441

ホームページ http://www.j-n.co.jp/

印刷所 大日本印刷株式会社

製本所 株式会社ブックアート

フォーマットデザイン 鈴木正道(Suzuki Design)

ISBN978-4-408-55281-1（文芸）